Nora Roberts est le plus grand auteur de littérature féminine contemporaine. Ses romans ont reçu de nombreuses récompenses et sont régulièrement classés parmi les meilleures ventes du *New York Times*. Des personnages forts, des intrigues originales, une plume vive et légère... Nora Roberts explore à merveille le champ des passions humaines et ravit le cœur de plus de quatre cents millions de lectrices à travers le monde. Du thriller psychologique à la romance, en passant par le roman fantastique, ses livres renouvellent chaque fois des histoires où, toujours, se mêlent suspense et émotions.

Crimes de New York
à Dallas

Du même auteur aux Éditions J'ai lu

NORA ROBERTS

Lieutenant Eve Dallas - 33
Crimes de New York à Dallas

Traduit de l'anglais (États-Unis) par Sophie Dalle

Titre original
NEW YORK TO DALLAS

Éditeur original
G.P. Putnam's Sons, published by the Penguin Group (USA) Inc.,
New York

Le présent est la somme vivante du passé tout entier.

THOMAS CARLYLE

Ma foi, je me demande ce que toi et moi
Faisions avant de nous aimer.

JOHN DONNE

1

Au son d'un violent orage qui faisait trembler son unique et étroite fenêtre, le lieutenant Eve Dallas rêvait de meurtre.

Seul un bon crime bien sanglant pourrait la sauver de ce supplice, à savoir une montagne de paperasse accumulée sur son bureau du Central. Certes, elle ne pouvait s'en prendre qu'à elle-même, mais elle avait été un tantinet trop occupée à mener et clôturer des enquêtes pour se concentrer sur tous ces budgets, rapports financiers et autres fiches d'évaluation.

Se répéter que cela faisait partie de son boulot ne la consolait guère quand elle n'avait d'autre choix que de s'y atteler. Elle s'était donc enfermée avec des litres de café en priant pour que quelqu'un commette un assassinat, histoire de l'arracher à ce cauchemar.

« Enfin, pas vraiment, rectifia-t-elle. Ou plutôt, pas exactement. Mais dans la mesure où des gens en tuent régulièrement d'autres, pourquoi pas maintenant ? »

À force de fixer les chiffres sur l'écran de son ordinateur, elle en avait les yeux qui la brûlaient. Elle jura, bougonna, bouillonna, puis se ressaisit et moulina, truqua, manipula pour faire correspondre les maigres ressources du Département aux besoins de sa division.

« Nous sommes flics. La Criminelle ne vit pas uniquement d'hémoglobine », songea-t-elle avec amertume.

Cette tâche accomplie, elle passa aux notes de frais que lui avaient soumises ses officiers.

Baxter s'imaginait-il une seconde qu'elle allait lui rembourser trois cent soixante-quinze dollars pour une paire de chaussures sous prétexte qu'il avait esquinté les siennes en pourchassant un suspect dans les égouts ? Quant à Reineke, quelle mouche l'avait piqué de payer deux fois le prix normal une prostituée pour un simple tuyau ?

S'accordant une pause, elle alla se resservir du café, et contempla la tempête au-dehors durant quelques minutes. Quelle chance de ne pas se trouver sous ce déluge, coincée comme un bouchon humide dans un aérotram bondé ou se frayant un chemin dans les embouteillages ! Elle serait trempée, fumerait comme une moule ébouillantée alors qu'une interminable vague de chaleur sévissait sur New York en cet été 2060.

« Tu perds du temps », se réprimanda-t-elle avec dégoût en se forçant à se rasseoir. Elle s'était promis de terminer son pensum avant la cérémonie de l'après-midi au cours de laquelle sa partenaire et elle seraient décorées. Peabody le méritait encore plus qu'elle, pour avoir joué le rôle de catalyseur dans une sordide affaire de ripoux.

Si la paperasse était une corvée inhérente à son poste de commandement, soumettre le nom de sa coéquipière pour la Médaille d'honneur du mérite et de l'intégrité l'avait réjouie. Une fois débarrassée de toutes ces formalités administratives, elle pourrait profiter pleinement du moment, les idées claires et la conscience tranquille.

Elle se serait volontiers offert une sucrerie, mais n'avait toujours pas décidé où planquer ses provisions, l'infâme Voleur de friandises ayant récemment découvert sa dernière cachette. Dommage qu'elle ne puisse plus se délester d'une partie de ces dossiers au profit de

Peabody, comme à l'époque où celle-ci était son bras droit et non sa partenaire.

Le bon vieux temps était loin.

« Tu traînes la patte », constata-t-elle en se passant la main dans les cheveux.

Elle décortiqua les notes de frais, les transmit au responsable concerné après avoir décidé que c'était à lui de se débrouiller. Quant aux évaluations, elle se pencherait dessus plus tard.

— C'est bon. On ferme.

— *Requête irrecevable*, répliqua aussitôt l'ordinateur.

— J'ai fini.

— *Déclaration inexacte. La commande précédente stipulait que tous les rapports et évaluations listés devaient être complétés avant extinction. Ordre de Dallas, lieutenant Eve, basé sur la priorité. Ne peut être annulé à sa demande qu'en cas d'incendie, d'attaque terroriste, d'invasion d'extraterrestres ou d'une enquête en cours réclamant toute son attention.*

Au secours ! Comment avait-elle pu programmer un truc pareil ?

— J'ai changé d'avis.

— *La commande précédente précise que les changements d'avis, la fatigue, l'ennui ou toute autre excuse boiteuse sont inacceptables.*

— Va te faire voir, grogna-t-elle.

— *Requête irrecevable.*

— D'accord, d'accord. Ordinateur, afficher les évaluations antérieures de tous mes officiers par ordre alphabétique.

Elle se replongea dans le travail. Elle avait intégré elle-même cette commande pour se fixer des balises – et parce que chacun de ses hommes méritait le temps et l'attention indispensables à une évaluation solide et pertinente.

Après Baxter et les deux Carmichael, elle s'attaquait à Jenkins quand on frappa.

— Qu'est-ce que c'est ? aboya-t-elle tandis que Peabody ouvrait la porte. Une invasion d'extraterrestres ?

— Pas que je sache. Il y a un type là-bas, plutôt nerveux, qui prétend ne vouloir parler qu'à vous. Il affirme que c'est une question de vie ou de mort.

— Ah, oui ? s'enquit Dallas, soudain ragaillardie. Ordinateur, annulation pour question de vie ou de mort. Sauvegarder l'ensemble. Mode veille.

— *Vérification requise.*

— Peabody, dites à cette putain de machine qu'un être humain requiert mon attention et que c'est une question de vie ou de mort.

— Euh... Ordinateur, Peabody, inspecteur Delia, requiert l'attention du lieutenant pour une question de vie ou de mort.

— *Vérification acceptée. Sauvegarde des données. Mise en veille.*

Excédée, Eve gratifia l'appareil d'une tape.

— Lamentable. Mon propre ordinateur refuse de me croire.

— C'est vous qui l'avez réglé ainsi afin de vous empêcher de bâcler la paperasse.

— N'empêche. Envoyez-moi notre visiteur.

Ce dernier déboula en trébuchant, un type maigre, la vingtaine avancée, affublé d'une masse emmêlée de dreadlocks, d'un bermuda rouge trop large, d'un anneau en argent à la lèvre et d'un débardeur blanc qui révélait ses bras tatoués. Son visage pâle et émacié ruisselait de transpiration.

— Vous êtes Dallas. Lieutenant Eve Dallas, de la police de New York. La Criminelle.

— Absolument. Qu'est-ce qui vous...

Il fondit en larmes – des sanglots bruyants, entrecoupés de hoquets.

— Il a dit... il a dit que je devais m'adresser uniquement à vous. Que je devais vous trouver. Il l'a avec lui. Il séquestre Julie et va la tuer si vous ne revenez pas avec moi. Il m'a accordé une heure et il m'a fallu trente minutes pour arriver ici.

Eve quitta son siège et le força à s'asseoir.

— On se calme. Comment vous appelez-vous ?

— Tray Schuster.

— Et « il », c'est qui ?

— Je l'ignore. Il était là, chez moi. Chez nous. Julie a emménagé la semaine dernière. On l'a vu quand on s'est réveillés et il nous a ligotés. Il a pris un petit-déjeuner et… aucune importance. Vous devez venir sans quoi il va la tuer. J'ai oublié, je ne sais pas. Je devais vous dire : « La cloche vient de sonner le deuxième round. » Je vous en supplie. Il a un couteau. Il va la taillader. Il a ajouté que si je rentrais avec quelqu'un d'autre que vous, il la tuerait.

— Où ?

— Chez moi. Enfin, chez nous.

— Où habitez-vous, Tray ?

— 258, Murray Street.

La gorge d'Eve se noua. Elle connaissait cette adresse.

— Appartement 303 ?

— Oui. Comment avez-vous… ?

— Restez ici, Tray.

— Mais…

— Ne bougez pas.

Elle fonça dans la salle commune.

— Peabody ! cria-t-elle tout en balayant du regard les postes de travail. Baxter, Trueheart, Carmichael, Sanchez, laissez tout tomber et préparez-vous. Le suspect est Isaac McQueen. Il retient une jeune femme en otage au 258 Murray Street, appartement 303. Il est armé et extrêmement dangereux. Je vous donnerai d'autres précisions en route, le temps presse. Carmichael et Sanchez, allez chercher le témoin dans mon bureau. Enfermez-le à clé dans votre véhicule. Peabody, avec moi. On se magne !

— Isaac McQueen ? bredouilla Peabody qui devait presque courir pour rester à la hauteur de Dallas. Le Collectionneur ? Il est à la prison de Rikers. Condamné à perpète.

— Justement, renseignez-vous. Soit il en est sorti, soit on a un imposteur sur les bras. C'était son apparte-ment. C'est là qu'il les cachait.

Toutes ces filles...

— Il a pris l'amie du témoin en otage et a expédié ce dernier ici. C'est moi qui ai arrêté McQueen, dans cet appartement.

— Je ne vois aucun signal, aucune notifica... Attendez une seconde. Je viens de dénicher une alerte interne. Ils n'ont même pas informé les huiles. McQueen s'est évadé hier. Il a assassiné un infirmier et réussi à sortir de Rikers en revêtant son uniforme et en présentant son badge... Il est tout bonnement parti à pied, conclut Peabody en levant les yeux de son Palm.

— On va l'y ramener *illico*, riposta Eve en piquant un sprint jusqu'à sa voiture. Prévenez le commandant Whitney. Il se chargera de sermonner l'administration de la prison. McQueen ne l'a pas encore tuée, murmura-t-elle en grimpant au volant et en démarrant en trombe. Il ne s'est pas échappé juste pour découper une femme en morceaux. Il est intelligent, organisé, et il a un calen-drier. Il a des besoins. Il ne les exécute pas – à moins qu'elles ne craquent ou le déçoivent. Il aime collection-ner. Cette Julie ne l'intéresse pas. Elle est trop âgée.

Peabody acheva son mail destiné au bureau du commandant avant de glisser un coup d'œil à Eve.

— Julie est un appât, devina-t-elle. C'est vous qu'il vise.

— Oui, mais ça n'a aucun sens. Ça ne peut que le ramener droit au cachot.

« Absurde », pensa Eve. Toutefois, elle donna l'ordre à Peabody de demander des uniformes en renfort.

Utilisant la montre que son mari lui avait offerte, elle enclencha le communicateur.

— Carmichael, Sanchez et vous couvrirez l'arrière du bâtiment. Des uniformes vont arriver en renfort. Baxter, Trueheart et vous entrerez à l'intérieur avec Peabody et moi. Gilet pare-balles obligatoire.

Elle secoua la tête, se glissa entre deux Rapid Taxis.

— Il ne sera pas là. Il ne va pas se jeter dans la gueule du loup. Il sait que je vais débarquer et que je ne serai pas seule.

— Peut-être est-ce justement ce qu'il veut que vous pensiez, et que c'est un piège.

— Nous n'allons pas tarder à le découvrir.

Eve examina l'édifice, une de ces demeures gigantesques qui avaient survécu aux Guerres Urbaines et que l'on avait transformées en appartements. Il avait connu des jours meilleurs – cent ans auparavant –, mais n'en conservait pas moins un certain cachet, avec ses briques rose pâle et ses fenêtres munies de grilles ouvragées.

Dotée d'un système de sécurité sommaire, l'entrée principale donnait directement sur le trottoir. « Quartier ouvrier », nota Eve. Comme au temps du règne de McQueen. Ici, les résidents rentraient chaque soir après le travail, s'installaient devant leur grand écran avec une bière et se mêlaient de leurs affaires.

McQueen avait donc pu sévir en toute tranquillité pendant presque trois ans. Et les vies de vingt-six gamines âgées de douze à quinze ans en avaient été marquées à jamais.

— Les stores sont baissés, constata Eve. S'il est là-haut, il nous a repérés. En prison, il a dû se créer un réseau de contacts. Il est charmant, affable, rusé. Il se peut qu'il soit équipé d'autre chose que d'un simple couteau. Baissez-vous. Déplacez-vous rapidement.

Elle appela Carmichael, donna le feu vert.

Chassant tout souvenir de son esprit, elle se rua vers l'escalier, l'arme au poing. La gorge sèche. Lucide.

— Laissez-moi scanner la porte, proposa Peabody en sortant son mini-ordinateur. Il l'a peut-être piégée.

— Elle s'ouvre sur une salle de séjour, cuisine au fond, coin-repas vers la droite. Deux chambres, une à droite avec salle de bains attenante, une à gauche. Douche à gauche de la cuisine. L'espace est vaste, environ cinquante mètres carrés.

— Scan négatif, annonça Peabody.

— Baxter, vous filez au fond. Trueheart et Peabody, à gauche. Je prends la droite.

Elle adressa un signe de tête à Trueheart, qui tenait le bélier, et abaissa les doigts : un, deux, trois.

La porte se fracassa, les verrous explosèrent. Eve se propulsa en avant, concentrée sur le présent. Ses coéquipiers la suivirent.

Elle s'immobilisa sur le seuil de la chambre, la balaya avec son arme. Elle aperçut une silhouette sur le lit, mais poursuivit son inspection : gauche, droite, armoire, salle de bains.

— RAS ! lancèrent ses collègues.

— Par ici ! cria Eve.

Elle s'approcha du lit.

— Tout va bien. Tout va bien. Nous sommes de la police.

Elle dénoua le bâillon, révélant la bouche ensanglantée et enflée de la victime qui émettait des gémissements et des murmures incohérents.

Il l'avait déshabillée. Le mode opératoire n'avait pas changé. Avant qu'Eve n'en aboie l'ordre, Trueheart, son beau visage irradiant la compassion, s'empara de l'édredon tombé sur le sol pour recouvrir le corps tremblant.

— Vous n'avez plus rien à craindre, à présent, dit-il avec douceur.

— Il m'a fait mal. Il m'a fait mal.

Peabody s'approcha et entreprit de détacher le drap dont McQueen s'était servi pour lui attacher les mains à un crochet dans le mur.

— Il ne peut plus rien contre vous, la rassura-t-elle.

Puis elle s'assit au bord du lit et tint la pauvre Julie dans ses bras.

— Il m'avait juré qu'il ne me ferait pas de mal si Tray lui obéissait, mais c'était un mensonge. Il m'a violée. Il m'a fait mal. Et il m'a fait ça, ajouta-t-elle en désignant sa poitrine.

Eve l'avait déjà vu, un tatouage rouge sang au-dessus du sein gauche, un cœur encerclant le nombre vingt-sept.

27

— Dallas, l'ambulance est en chemin, annonça Baxter à mi-voix. Un psy prendra le relais. Voulez-vous que je fasse appel à la brigade scientifique pour passer les lieux au peigne fin ?

Ça ne servirait à rien. Il n'aura laissé aucune trace à moins d'en avoir l'intention. Cependant, elle opina.

— Rassurez le petit ami. Il peut l'accompagner à l'hôpital. Trueheart et vous pouvez sortir. Peabody, trouvez des vêtements pour Julie.

Eve se planta au bout du lit, attendit que le regard de Julie croise le sien.

— Vous ne pouvez pas vous habiller tout de suite, expliqua-t-elle. Il faut vous ausculter d'abord, et nous allons devoir vous poser quelques questions. C'est difficile, j'en suis consciente. Sachez que Tray a fait tout son possible pour m'atteindre au plus vite et me ramener ici.

— Il ne voulait pas y aller. Il a supplié ce monstre de me libérer à sa place. Il ne voulait pas me laisser.

— Je sais. Le monstre en question s'appelle Isaac McQueen. Il vous a dit quelque chose, Julie ? Il vous a délivré un message à me transmettre ?

— Il a dit que je n'étais pas... pas assez fraîche, mais qu'il ferait une exception à la règle. Je n'ai pas pu l'arrêter. Il m'a fait mal, il m'a attaché les mains.

Frémissante, elle tendit les bras pour montrer ses poignets contusionnés.

— Je n'ai pas pu l'arrêter.

— Je sais, Julie. Je suis le lieutenant Dallas. Eve Dallas. Quel était le message d'Isaac McQueen ?

— Dallas ? Vous êtes Dallas ?

— Oui. Que vous a-t-il demandé de me dire ?

— Que vous lui devez tout et que le moment est venu pour vous de payer. Je veux ma mère, gémit Julie en se cachant le visage dans les mains. Je veux ma mère.

Se lamenter serait absurde. Eve n'aurait rien pu faire pour empêcher le calvaire qu'avaient enduré Julie Kopeski et Tray Schuster. Elle était impuissante à effacer ce traumatisme qui les changerait à jamais.

Elle connaissait la pathologie d'Isaac McQueen, son style très particulier de torture. Il avait le don d'instiller un sentiment d'apathie et de désespoir dans l'esprit de ses victimes, de les convaincre de lui obéir au doigt et à l'œil.

Elle n'avait jamais été l'une de ses proies, mais elle comprenait d'autant mieux la souffrance de celles-ci qu'elle avait souffert le même sort.

Raviver ces souvenirs ne la mènerait nulle part, pas plus que de repenser aux jeunes filles qu'elle avait sauvées. Ni à celles qu'il avait torturées autrefois, douze ans auparavant.

À l'hôpital, elle entraîna Tray à l'écart.

— On va l'examiner. Ensuite, Julie devra avoir une conversation avec la psychologue.

— Mon Dieu ! Je n'aurais jamais dû l'abandonner.

— Si vous aviez refusé d'obéir à McQueen, elle serait morte et vous aussi. Elle est vivante. Elle souffre, elle a été violée, mais elle est vivante. Vous allez devoir vous rappeler ça, tous les deux, parce que être vivants, c'est mieux. Vous avez dit qu'il était là quand vous vous êtes réveillés.

— Oui.

— Racontez-moi.

— Nous avons eu une panne d'oreiller, ou en tout cas, j'ai pensé que...

— Quelle heure était-il ?

— Je serais incapable de vous préciser l'heure exacte. Il me semble qu'il était environ 8 heures. J'ai roulé sur le côté en pensant : « Nom d'un chien, nous allons arriver en retard au boulot. » Je n'étais pas dans mon assiette, comme si on avait trop fait la fête la veille. Mais ce n'était pas le cas. Je vous le jure.

— Vous devrez l'un et l'autre vous soumettre à un test toxicologique.

— Je vous assure que nous n'avons rien pris. Je vous le dirais. Il a donné un truc à Julie, mais il a expliqué que...

— Il vous a probablement drogués, l'interrompit Eve. Les analyses permettront de déceler le produit en cause. Personne ne va vous accuser d'avoir ingurgité des psychotropes, Tray.

— D'accord, d'accord. Pardon. Je... je suis complètement déboussolé.

— Qu'avez-vous fait en vous réveillant ?

— Je... j'ai dit à Julie de se dépêcher, je lui ai donné un petit coup de coude. Elle dormait profondément. Je l'ai secouée, et j'ai vu le ruban adhésif sur sa bouche. J'ai cru que c'était une blague et j'ai commencé à rire. Il était là. Il m'a attrapé par les cheveux, tiré la tête en arrière et il a posé la lame de son couteau sur ma gorge. Il m'a demandé si je tenais à la vie. Si je tenais à celle de Julie. Il m'a dit qu'il ne ferait de mal à personne à condition que je lui obéisse. J'aurais dû lutter.

— McQueen doit peser au moins trente kilos de plus que vous. Il vous menaçait avec un couteau. S'il vous avait tué, pensez-vous que Julie serait encore vivante ?

— Je n'en sais rien, hoqueta Tray, les larmes aux yeux. Je suppose que non. J'avais peur. Je lui ai expliqué que nous avions très peu d'argent, mais qu'il pouvait emporter ce qu'il voulait. Il m'a remercié, très poliment. Ce qui était encore plus terrifiant. Il avait une paire de menottes en plastique. Il m'a dit de les mettre et de m'asseoir par terre au pied du lit. J'ai obéi. Julie était toujours dans les vapes. Il m'a précisé qu'il lui avait donné un somnifère pour qu'elle dorme, le temps qu'on fasse connaissance tous les deux. Il m'a demandé d'accrocher les menottes au pied du lit et m'en a donné une autre paire pour mettre aux chevilles. Puis il m'a collé du ruban adhésif sur la bouche. Là-dessus, il m'a dit de rester bien tranquille, qu'il allait revenir dans une minute.

— Il a quitté la pièce ?

— Oui. J'ai essayé de me détacher, mais je n'y suis pas parvenu. Je sentais une odeur de café. Ce salopard était dans notre cuisine, en train de se préparer du café ! Bref... il revient avec une tasse fumante et un bol de céréales. Il arrache le ruban adhésif de ma bouche, s'installe et commence à me poser toutes sortes de questions en mangeant son putain de petit-déjeuner. Il me demande mon âge, celui de Julie, depuis combien de temps nous sortons ensemble, quels sont nos projets pour l'avenir, depuis quand nous sommes locataires de l'appartement, si nous en connaissons l'histoire.

Tray reprit son souffle, laissa échapper un soupir tremblant.

— Il était tout sourire et si... enthousiaste. Comme s'il avait vraiment envie d'en savoir plus sur nous.

— Combien de temps cet échange a-t-il duré ?

— Aucune idée. C'est surtout lui qui a parlé. Il m'a raconté qu'il avait vécu là, mais qu'il était parti depuis longtemps. La couleur de la chambre ne lui plaisait pas. Non, mais on rêve !

Il marqua une pause, jeta un coup d'œil vers la salle d'examen.

— Ça va être encore long, d'après vous ?

— Soyez patient. Julie s'est-elle réveillée ?

— Il a fini son petit-déjeuner et emporté la vaisselle. À son retour, il lui a donné autre chose. Là, j'ai pété un plomb. Je me suis mis à hurler et à me débattre. J'étais sûr qu'il allait la tuer. J'ai pensé...

— Il ne l'a pas tuée. Ne l'oubliez pas.

— Je ne pouvais pas intervenir. Il m'a giflé plusieurs fois. Pas fort. Des tapes légères. Ça aussi, ça m'a glacé. Il a dit que si je n'étais pas sage, il allait lui couper le mamelon gauche, est-ce que je voulais vraiment être responsable d'une telle mutilation ? Il avait un de ces crochets dont Julie se sert pour suspendre les plantes. Il l'a vissé dans le mur. Il l'a ligotée avec le drap avant de le fixer au crochet. Quand elle a repris conscience, elle était donc en position assise. La pauvre, elle était terrorisée. Le ruban adhésif étouffait ses cris et elle se tortillait dans tous les sens. Quand il a posé la lame sur sa gorge, elle s'est figée. Il l'a félicitée : « C'est bien. » Puis il s'est adressé à moi. De deux choses l'une. Soit il allait la découper par petits bouts jusqu'à ce qu'elle meure. Soit j'avais une heure pour me rendre au Central délivrer un message au lieutenant Eve Dallas et revenir avec elle. Si je dépassais le délai, il tuerait Julie. Si je m'adressais à quelqu'un d'autre, il tuerait Julie. Si je tentais de vous joindre par communicateur et non en personne, il tuerait Julie. Je lui ai répondu que je ferais tout ce qu'il voudrait, mais qu'il devait la relâcher. L'envoyer au Central à ma place.

Tray essuya ses joues ruisselantes.

— Je ne voulais pas la laisser seule avec lui. Mais il m'a assuré que si j'insistais, si je le questionnais, il lui découperait un bout de chair afin de me donner une leçon. Je l'ai cru.

— Vous avez eu raison, Tray.

— Il m'a fait répéter mon texte encore et encore, son couteau sur la gorge de Julie. Puis il m'a détaché et m'a jeté mes affaires à la figure. « Soixante minutes », il a dit. Une de plus et elle serait morte parce que j'aurais été incapable de suivre ses directives. J'ai dû courir. Je n'avais ni argent ni carte sur moi, pas de quoi payer un taxi ou un bus. Si j'avais pu avertir un autre flic plus rapidement, il n'aurait peut-être pas eu le temps de la violenter.

— Peut-être, admit Eve. Ou peut-être lui aurait-il tranché la gorge. Ça ne prend guère de temps. Elle est vivante. Je connais cet homme et vous pouvez me croire quand je vous affirme qu'il aurait pu commettre le pire. Tenez, ajouta-t-elle en lui tendant sa carte. Voici mes coordonnées. Vous allez éprouver le besoin de parler à une tierce personne, quelqu'un qui n'appartient pas à la police. Quand vous serez prêts, contactez-moi, je vous recommanderai des spécialistes.

Elle s'éloigna en songeant à sa montagne de paperasse. Elle avait rêvé de meurtre. Maintenant que son vœu avait été exaucé, elle s'en mordait les doigts.

Au Central, Eve réunit ses hommes.

— Le sujet a trente-neuf ans. Sexe masculin, cheveux châtains, yeux bleus – bien qu'il change souvent la couleur de l'un et de l'autre. Un mètre quatre-vingt-dix, une centaine de kilos. Adepte du corps-à-corps, il a étudié différents arts martiaux et entretenu sa forme en prison.

Elle afficha sa photo d'identité sur l'écran, remarqua les rides qu'une douzaine d'années en cage avaient creusées sur son visage. Les femmes le trouvaient beau et charmant, et il avait le don de les séduire avec son sourire enjôleur. Les jeunes filles se laissaient ensorceler par ses traits féminins, ses lèvres pleines et ses fossettes.

Il se servait de tous ces atouts pour appâter ses proies.

— Il a une prédilection pour les couteaux qu'il utilise comme arme et comme moyen d'intimidation, enchaîna Eve. Sa mère était une toxico, une arnaqueuse de haut vol qui lui a enseigné les ficelles du métier. Ils ont eu une relation incestueuse et ont souvent travaillé en couple. Elle nourrissait son addiction aux gamines. Ensemble, ils ont enlevé, violé, torturé, puis vendu leurs victimes – ou s'en sont débarrassés – jusqu'au jour où l'on a sorti le cadavre d'Alice McQueen de la rivière de Chicago, à l'automne 2040. Elle avait la gorge tranchée. Il n'a jamais avoué ce meurtre, mais on l'en croit responsable. À l'époque, il avait dix-neuf ans… On le soupçonne aussi d'avoir enlevé au moins dix mineures dans les régions de Philadelphie et de Baltimore. Il aurait assassiné Carla Bingham, de Philadelphie, et Patricia Copley, de Baltimore. Deux toxicos, âgées respectivement de quarante-cinq et de quarante-deux ans, qui auraient vécu et fait équipe avec lui lorsqu'il séjournait dans ces villes. Toutes deux ont été retrouvées noyées et égorgées. Par manque de preuves, ou de tripes, des procureurs respectifs, McQueen n'a jamais été inculpé pour ces crimes.

Pourtant, il les avait bel et bien perpétrés. Et d'autres encore.

— Entre 2045 et 2048, New York est devenu son terrain de chasse. Il y a sévi en compagnie de Nancy Draper, quarante-quatre ans, funky-junkie. Au cours de cette période, il a raffiné ses méthodes. Draper et lui habitaient un appartement du Lower West Side. Ils finançaient leur dépendance à la drogue et leur train de vie en commettant usurpations d'identité et fraudes électroniques – autres aptitudes qu'il avait développées en parallèle. McQueen ne vendait plus ses victimes, il les séquestrait. Vingt-six New-Yorkaises âgées de douze à quinze ans ont été enlevées, violées, torturées, battues et ont subi un lavage de cerveau. Il les retenait, menottées, dans une chambre de l'appartement – appartement complètement insonorisé. Durant cette phase, il a entrepris de leur tatouer sur le sein gauche un cœur entourant le chiffre qui indiquait leur classement par ordre d'enlèvement. Vingt-deux ont été retrouvées dans cette pièce.

Elle les voyait encore, chacune d'entre elles.

— Les quatre dernières n'ont jamais reparu. Il a été impossible de les identifier car il s'en prenait souvent à des fugueuses. Cet homme est d'une intelligence redoutable. C'est un sociopathe organisé, un prédateur pédophile, un narcissique capable d'endosser toutes sortes de personnages. Il exploite ses mères de substitution, puis les élimine. On a sorti le corps de Nancy Draper de la rivière Hudson deux jours après sa capture. Elle était morte depuis trois jours. On suppose que McQueen s'apprêtait à quitter New York ou tout simplement à changer de partenaire.

Eve avait toujours penché en faveur de la seconde hypothèse.

— Il n'a rien confessé, même après une succession d'interrogatoires intenses. On l'a inculpé pour enlèvements multiples, séquestration, viol, violence sur personne. Il purgeait une condamnation à perpétuité incompressible à la prison de Rikers où, selon les rapports, il se comportait en détenu modèle.

Eve entendit l'un de ses hommes pousser un grognement de dégoût ou de dérision. Écœurée elle aussi, elle se garda de tout commentaire.

— Jusqu'à hier, continua-t-elle, quand il a égorgé un infirmier et s'est évadé. Il s'est ensuite rendu dans son ancien appartement. Il a menacé le couple qui y vit désormais puis, après avoir forcé le jeune homme à venir me chercher, il a battu et violé la jeune femme avant de lui tatouer sur le sein gauche un cœur au centre duquel figure le nombre vingt-sept. Il leur a laissé la vie sauve parce qu'il voulait qu'ils nous délivrent des messages. « Isaac McQueen est de retour et a l'intention de reprendre ses activités. » Il ne s'agit pas d'un homicide, ajouta Eve. Officiellement, cette enquête n'est pas la nôtre.

Elle vit Baxter se redresser sur son siège.

— Lieutenant…

— Toutefois, poursuivit-elle, quand un salopard comme McQueen m'envoie un message, je prends l'affaire au sérieux. J'attends de vous que vous en fassiez autant. Lisez son dossier. Ayez toujours sa photo sur vous. Quel que soit votre interlocuteur – témoin, indic, victime, suspect, collègue ou vendeur de glissa-gril –, montrez-la-lui. Ouvrez les yeux et les oreilles. Il est déjà en quête du numéro vingt-huit.

Ayant terminé, Eve regagna son bureau au pas de charge – elle avait besoin d'une minute pour elle. Mais Peabody lui emboîta le pas.

— Je dois rédiger mon rapport, Peabody, grommela-t-elle, et prendre contact avec le commandant. Lisez le dossier.

— Je l'ai lu. J'ai étudié l'affaire en profondeur quand j'étais à l'École de police. Vous en sortiez tout juste vous-même. Vous portiez encore l'uniforme. C'était votre première arrestation d'importance. Vous...

— J'y étais, Peabody, coupa Dallas en entrant dans son bureau. Je me rappelle tous les détails.

Le visage grave, sa coéquipière la fixa.

— Vous savez qui il est, ce qu'il est et comment il fonctionne. Vous savez donc qu'en vous faisant parvenir un message, il a enfreint son mode opératoire habituel. Il vous doit douze années de taule, Dallas. Il va se venger sur vous.

— Possible, mais je ne suis pas son genre. J'ai franchi le seuil de la puberté depuis belle lurette. Je ne suis ni naïve ni stupide, encore moins sans défense. À mon avis, il envisage la suite comme une compétition – il veut me battre. Et cette ville grouille littéralement de jeunes filles à cueillir dans le seul but de me faire payer ces douze ans en cage.

Soudain terriblement lasse, elle s'assit.

— Il ne veut pas me tuer, Peabody. Du moins pas tout de suite. Il veut me démontrer qu'il est plus malin que moi. Il veut m'humilier en commençant une nouvelle collection.

— Il a sans doute suivi votre évolution au fil du temps. Il croit vous connaître, mais il a tort.

— Il me connaîtra avant que cette histoire se termine, je vous le garantis. Écoutez, le temps presse. Allez enfiler votre uniforme.

— On pourrait repousser la cérémonie et se mettre au boulot sur cette affaire, suggéra Peabody.

Eve n'arrivait pas à oublier les visages de Tray Schuster et de Julie Kopeski, et n'avait aucune envie de faire des ronds de jambes. Pourtant, elle secoua la tête.

— Nous ne repousserons rien du tout, d'autant que cette affaire ne nous revient pas (mais elle avait la ferme intention de la récupérer). Fichez-moi le camp, à présent. Moi aussi, je dois me changer. Vous n'êtes pas la seule à recevoir une médaille aujourd'hui.

— Pour vous, ce n'est pas une première, observa Peabody. Vous y attachez de l'importance malgré tout ?

— À celle-ci, oui. Elle compte beaucoup. Et maintenant, dégagez.

Restée seule, Eve réfléchit. Peabody avait raison. McQueen ne la connaissait pas. Elle ne se sentait pas humiliée. Elle avait mal – au cœur, aux entrailles, au cerveau. Et, par chance, elle sentait la colère monter en elle.

Elle travaillait toujours mieux lorsqu'elle était en colère.

2

Dans les vestiaires empestant la sueur, le savon et la lotion après-rasage bon marché, Eve laçait ses bottines noires de cérémonie. Elle les détestait depuis toujours, mais le règlement était le règlement. Elle remua les orteils, se leva et s'empara de sa casquette. Se tournant vers la glace, elle la plaça sur sa tête.

Elle se revoyait douze ans auparavant, neuve comme le printemps, avec sa plaque et ses fichues chaussures rutilantes.

Flic alors, flic aujourd'hui, sans le moindre regret. Elle n'avait pas le choix. Elle croyait savoir ce qui l'attendait, mais, en vérité, elle n'avait pas imaginé l'ampleur de ce qu'elle allait apprendre et finir par accepter au fil de sa carrière. Ce qu'elle allait affronter et supporter.

Que de virages abordés, dont le premier, si serré, la fois où elle avait franchi le seuil de l'appartement 303 au 258, Murray Street par une suffocante journée de septembre, six mois à peine après sa sortie de l'École de police !

Elle se rappelait encore la peur, le goût métallique dans la gorge, l'horreur de la découverte.

Agirait-elle différemment maintenant qu'elle avait acquis de l'expérience ? Elle l'ignorait. Mais, au fait, pourquoi se posait-elle la question ?

Elle avait fait son boulot. Joué son rôle de flic.

Elle entendit la porte extérieure s'ouvrir, s'écarta du miroir, ferma son casier et pivota. Il était là.

Elle lui avait dit de ne rien changer à son emploi du temps, mais Connors avait la fâcheuse habitude d'agir à sa guise. Le voir la rassura et elle chassa toute pensée négative de son esprit.

Il lui sourit, magnifique dans son costume sur mesure, ses cheveux de jais lui frôlant presque les épaules.

Elle connaissait chaque courbe, chaque angle de ce beau visage, chaque muscle de ce corps élancé. Et pourtant, le simple fait de le regarder lui coupait parfois le souffle.

— J'ai un faible pour les femmes en uniforme, déclara-t-il de sa voix grave teintée d'un léger accent irlandais.

— Ces bottines sont atroces, marmonna-t-elle. Je t'avais dit que ce n'était pas la peine de te déplacer. Cette cérémonie n'est qu'une formalité.

— Elle est bien plus que cela, lieutenant, et je ne l'aurais ratée pour rien au monde. Quand je pense à toutes ces années que j'ai passées à esquiver les flics sans me rendre compte à quel point une femme flic en tenue pouvait être sexy... Mais peut-être que c'est uniquement la mienne.

Il s'avança, lui caressa le menton en le soulevant légèrement. Il déposa un baiser sur ses lèvres, et son regard bleu scruta celui d'Eve.

— Qu'est-ce qui te tracasse ?

— Le travail, répondit-elle, laconique. Un imprévu.

— Tu es sur une nouvelle enquête ?

— Pas exactement. Je n'ai pas le temps de t'en parler pour l'instant. Mais je suis heureuse que tu sois là. Ce ne sera pas long. L'inconvénient, c'est que tu devras remettre à plus tard l'acquisition d'un ou deux pays du tiers-monde pour écouter le maire prononcer un discours interminable et ennuyeux.

— Le jeu en vaut la chandelle... Donc, tu me raconteras.

— Oui.

Elle le ferait. Elle le pouvait. Connors était un autre virage, le plus grand, le meilleur. Elle l'avait rencontré lors d'une autre cérémonie, un enterrement. Elle était chargée d'une enquête sur un meurtre, lui était un suspect au passé sombre et au présent douteux. Un homme doté d'une figure d'ange, qui possédait plus d'argent et de pouvoir que le diable en personne.

Et qui était aujourd'hui son mari.

— C'est une longue histoire, reprit-elle.

— Nous prendrons tout notre temps.

— Tout à l'heure. Tu as raison, cette cérémonie est davantage qu'une simple formalité. Elle est très importante pour Peabody et pour l'inspecteur Strong. Cette médaille, elles l'ont amplement méritée.

— Toi aussi.

— J'ai fait mon boulot.

Tous deux se dirigèrent vers la porte. Le petit ami de Peabody, Ian McNab, apparut soudain, non pas affublé comme à son habitude d'une tenue aux couleurs criardes, mais en costume de gala. Il avait même pris la peine de rentrer sa longue tresse blonde sous sa casquette.

— Salut, Dallas. Vous êtes superbe. Connors, content que vous ayez pu venir.

— Ian, vous êtes méconnaissable ! s'exclama ce dernier.

— Il faut ce qu'il faut. Ces chaussures me massacrent les orteils.

— Je ne vous le fais pas dire, confirma Eve.

— Je passais juste vous prévenir qu'ils ont décidé de faire ça sur le perron du Central.

— Pitié !

Une lueur de compassion vacilla dans les prunelles vertes de McNab.

— Le maire voulait mettre en valeur les flics qui ont démantelé le réseau de Renée Oberman, reprit-il. Ainsi que sa petite personne, si vous voulez mon avis. Vous, vous voyez tout de suite ce que les médias vont en faire. Les bons flics contre les méchants flics, et blablabla. Bref, Peabody est à son bureau, la tête entre les genoux. Vous pourriez peut-être essayer de la calmer afin qu'elle ne flanque pas un coup de pied dans le tibia du maire quand il lui accrochera sa médaille.

— Pour l'amour du ciel !

Eve fonça jusqu'au bureau de Peabody.

— Inspecteur, ressaisissez-vous. Vous vous ridiculisez. Plus grave, vous *me* ridiculisez.

— Ils veulent faire ça dehors, en public.

— Et alors ?

— En public, répéta Peabody sans relever la tête.

— Vous êtes à l'honneur pour avoir eu l'intégrité, le courage et la capacité d'éliminer un fléau au sein de notre police. Grâce à vous, des flics pourris, avides et assassins sont derrière les barreaux. Que vous le vouliez ou non, vous allez vous lever. Vous ne vomirez pas, vous ne tomberez pas dans les pommes, vous ne hurlerez pas comme une enfant. C'est un ordre.

— J'avais plutôt envisagé un sermon du genre : « Du calme, Peabody, nous sommes fiers de vous », avoua McNab à Connors.

Celui-ci secoua la tête en souriant.

— Vraiment ? Vous avez encore beaucoup à apprendre.

— Lieutenant, murmura Peabody en se mettant debout.

— Seigneur ! Vous êtes pâle et en nage. Allez vous asperger le visage d'eau froide.

— D'accord.

— Peabody. Nom de nom, cette médaille, vous l'avez méritée. Reprenez-vous, tenez-vous droite et recevez ce que vous avez gagné avec fierté. Et si vous ne pouvez pas l'accepter avec fierté, faites-le par peur parce que je vous garantis que je vous botterai les fesses si vous…

Eve s'interrompit abruptement.

— Surtout n'interrompez pas votre conversation pour nous ! claironna Phoebe Peabody d'un ton enjoué.

— Maman ?

Oubliant les instructions de sa supérieure, Peabody gloussa comme une gamine.

— Maman ! Papa ! Vous avez fait le voyage jusqu'à New York !

Elle se précipita dans leurs bras.

— Nous serions arrivés plus tôt sans ces fichus embouteillages, expliqua Sam Peabody en serrant sa fille contre lui. Tout le monde t'embrasse.

— Vous êtes là. Vous êtes là.

— Évidemment ! s'exclama Phoebe avec un regard attendri. Regardez-moi ma petite fille. Si belle, si courageuse. Nous sommes tellement heureux pour toi.

— Tais-toi, maman, je vais pleurer, et ça m'est interdit. Ordre du lieutenant.

— En effet, nous sommes au courant.

Rejetant sa longue chevelure noire en arrière, Phoebe s'approcha d'Eve et la gratifia d'un baiser sur la joue. Eve émit un petit rire gêné.

— Vous êtes très impressionnante, en uniforme. Et très sexy. N'est-ce pas, Sam ?

— Absolument.

Eve eut droit à une nouvelle étreinte au beau milieu de sa salle commune. Décidément, songea-t-elle, ces adeptes du Free Age se sentaient obligés d'étaler leur amour. Elle poussa un soupir de soulagement tandis qu'ils concentraient leur attention sur McNab et Connors.

— Ils ne voulaient pas que je devienne flic, dit Peabody. Ils m'aiment, ils souhaitaient que je reste bien au chaud à la maison. Mais ils m'ont laissée poursuivre mon rêve. Et ils sont venus assister à cette cérémonie. Je ne vomirai pas, je ne tomberai pas dans les pommes.

— À la bonne heure ! Prenez un peu de repos après la fête. Occupez-vous d'eux.

— Mais McQueen…

— Ce n'est pas notre enquête. Du moins, pas encore. Profitez du moment, Peabody.

Eve prit place sur les marches du perron du Central. Après l'orage de la matinée, l'air était chaud et humide. Elle aurait préféré une cérémonie plus discrète, à l'abri des médias, mais Peabody méritait tous ces flonflons. De même que l'inspecteur Strong, qui se tenait auprès d'elle, appuyée sur ses béquilles.

Le maire pouvait se féliciter : la foule, composée de reporters, de collègues, de proches et de badauds, était nombreuse. Eve écouta son discours d'une oreille tout en scrutant l'assemblée.

La journaliste Nadine Furst était présente, bien sûr, au premier rang avec ses camarades des médias. Elle était venue pour des raisons professionnelles, mais surtout par amitié. Eve repéra aussi Mira, vêtue d'un de ses ravissants tailleurs. « Surtout, ne pas oublier de lui parler de Julie et de Tray », nota-t-elle mentalement.

Les parents de Peabody se tenaient par la main. Mavis, la meilleure amie d'Eve, se trouvait à côté d'eux avec son bébé et son mari. Crack n'était pas loin – difficile de ne pas remarquer le géant noir tatoué, des plumes accrochées aux oreilles. Près de lui, Charles, l'ex-prostitué professionnel, et son épouse, la dévouée Dr Louise Dimatto.

Un frémissement d'horreur parcourut Eve lorsqu'elle vit Trina jouer des coudes pour se frayer un chemin jusqu'à sa grande copine Mavis, embrasser le bébé… puis tourner les yeux vers elle et la jauger d'un regard critique. Franchement, personne ne voyait ses cheveux sous cette casquette. Personne, sauf Trina. Cette spécialiste de la beauté avait une vision aux rayons X.

Eve chercha Connors du regard, histoire de puiser en lui un peu de réconfort. Et sursauta. Cette longue silhouette noire... était-ce bien Summerset, le major-dome de Connors, le squelette ambulant, l'enquiqui-neur de première ?

Bon sang, ces allocutions sans fin étaient tellement soporifiques qu'elle finissait par avoir des halluci-nations !

Tous les hommes de sa division étaient là, répartis sur les marches – à sa demande. Feeney, son ancien mentor et partenaire, capitaine de la DDE, s'était glissé parmi eux, l'air grave et le regard humide.

Comme le sien.

Des applaudissements retentirent, et Eve regarda le commandant Whitney, en grande tenue, rejoindre le maire.

Tous deux s'approchèrent de Strong. Le maire lui murmura quelques mots, s'enquit de sa santé, puis fixa la médaille sur sa poitrine.

Il répéta ce processus avec Eve. Elle n'avait rien contre lui, mais la poignée de main de Whitney lui était infini-ment plus précieuse que les paroles d'un politicien.

— Félicitations, lieutenant.

— Merci, monsieur.

Un flot de fierté la submergea tandis que le maire prononçait le nom de Peabody. Intégrité, honneur, cou-rage. Eve s'autorisa un sourire en entendant sa parte-naire accepter ces compliments d'une voix tremblante.

Elle savoura l'instant. Puis vint la séance de broyage – tapes dans le dos, accolades. Elle s'adressa à Peabody :

— Pas d'étreintes. Les flics ne s'embrassent pas.

Peabody lorgna Strong, qu'un collègue serrait contre lui.

— D'accord, d'accord, concéda Eve. Sachez que dans mon esprit, je vous embrasse très fort.

Feeney apparut, sa casquette enfoncée sur ses che-veux gris-roux.

— Beau boulot, ma chère, déclara-t-il en la gratifiant d'une étreinte de flic – un coup de poing sur l'épaule.

— Merci.

— J'ai cru que le maire n'en finirait jamais, mais, l'un dans l'autre, c'est un sacré événement.

Peabody eut droit à une tape sur les fesses de la part de McNab. Connors apparut, et Eve craignit le pire. Il se contenta de lui prendre les mains et de la dévisager avec un respect infini.

— Félicitations, lieutenant. Cette médaille te va à merveille. Et bravo, Feeney, pour avoir fait d'elle un si bon flic.

Feeney s'empourpra, comme chaque fois qu'il était heureux ou embarrassé.

— Elle avait la matière première. Je n'ai eu qu'à la façonner ici ou là.

— Il ne s'en est pas privé, riposta Eve. Je crois qu'il...

Les mots moururent sur ses lèvres. Elle venait de le distinguer au loin. Ce beau visage, cette pâleur de détenu. Lunettes de soleil, cheveux blond foncé coiffés en arrière, costume gris à fines rayures et cravate bleu roi.

— Seigneur Dieu !

Elle se propulsa en avant, mais la foule les engloutit tous les deux. Une main sur la crosse de son arme, Eve se faufila entre flics et civils. Le bruit de la ville était assourdissant. Au-dessus de leurs têtes, un dirigeable publicitaire beuglait un *jingle* annonçant des soldes au centre commercial.

Connors réussit à la rattraper alors qu'elle s'était immobilisée sur le trottoir, le poing fermé.

— Qu'y a-t-il ?

— Je l'ai vu. Il était là.

— Qui ?

— McQueen. Isaac McQueen. Ce fils de pute. Il faut que j'aille prévenir le commandant.

— Je t'attends ici. Je présenterai tes excuses à Mavis et aux autres. Eve, ajouta-t-il en lui agrippant le bras. Dès que tu le pourras, je veux que tu me racontes tout.

Le commandant Whitney était encore en uniforme, comme Eve. Grand, imposant, il portait avec élégance le poids de sa charge. Il la jaugea de son regard sombre.

— Vous en êtes certaine ?

— Oui, commandant. Il voulait que je le voie, que je sache qu'il était capable de traverser un océan de flics devant le Central. Il cherche à humilier et à discréditer le département dans son ensemble et moi en particulier. Je dois rassembler une équipe de toute urgence et le retrouver.

— Il est déjà recherché par la police de New York et le FBI. Laissez-moi finir, ajouta-t-il en levant la main comme elle ouvrait la bouche. Je comprends que vous vouliez participer à cette chasse à l'homme. Je ne vous interdirai pas de vous servir de ce que vous savez au sujet de McQueen ni de vos ressources pour aider à son arrestation. Il vous veut autant que vous le voulez, et je le soupçonne d'avoir énormément pensé à vous durant toutes ces années.

— Je le connais mieux que personne, commandant. Je ne souhaite pas attendre qu'il tue quelqu'un pour que son cas devienne une priorité.

— Pensez-vous qu'il reprendra contact avec vous ?

— Oui.

— Nous aviserons à ce moment-là. En attendant, rassemblez tout ce que vous avez sur lui, effectuez vos calculs de probabilités. Je dois recevoir un rapport complet du directeur, de l'administrateur et du psychiatre de la prison, ainsi que des gardiens de son secteur d'ici demain matin. Je vous en transmettrai une copie.

— Il a un plan. Il prévoit toujours tout soigneusement. Il n'est pas sorti de Rikers par hasard. Je veux interroger ses codétenus et ses gardiens. J'ai besoin d'accéder à ses fichiers, sa liste de visiteurs, ses relevés téléphoniques.

— La prison mène une enquête interne.

— Commandant, il s'est évadé il y a presque vingt-quatre heures !

— J'en suis conscient, lieutenant. Je ne l'ai appris que ce matin.

Il marqua une pause, hocha la tête avec lenteur.

— On m'a promis un compte-rendu pour 9 heures. Soyez assurée qu'à 9 h 01, vous disposerez des mêmes documents que moi.

— Ils tergiversent. D'ici là, cette ordure aura peut-être enlevé une autre gamine. Voire plusieurs.

— Je sais, marmonna Whitney en s'asseyant. Quand bien même nous obtiendrions toutes les informations nécessaires, rien ne permet d'affirmer qu'elles nous mettront sur sa piste. Sa précédente arrestation a requis de gros moyens et un soupçon de chance, Dallas. Il va nous falloir les deux pour le remettre en cage.

Eve alla se changer, puis rassembla toute la documentation concernant l'affaire, mais elle avait un goût amer dans la bouche.

Connors l'attendait près de son véhicule dans le parking.

— Donne-moi ça, ordonna-t-il en lui prenant ses sacs des mains. Si tu m'avais dit que tu serais aussi chargée, je serais monté.

— J'ai plus de dossiers que je ne l'imaginais.

« Pas tout à fait vrai », songea-t-elle en lui laissant le volant. Elle avait d'autres archives sur Isaac McQueen à la maison.

— Pour commencer, je t'annonce que j'ai décliné une flopée d'invitations à boire un verre, dîner et/ou faire une mégabringue dans un établissement de ton choix.

Cette dernière proposition venait sûrement de Mavis.

— Désolée.

— Ne t'inquiète pas. Tout le monde comprend. Les parents de Peabody comptent rester un jour ou deux et espèrent te revoir avant de quitter la ville.

— Avec plaisir, murmura-t-elle en pianotant sur son genou.

— Comment s'est passé ton entretien avec Whitney ?

— Comme je m'y attendais. Je n'ai pas obtenu tout ce que je voulais.

— Si je me fie au poids de ces sacs, la nuit sera longue.

— Je n'aurai aucune information en provenance de la prison avant demain matin, 9 heures. Isaac McQueen est...

— J'ai lancé une recherche pendant que tu étais avec Whitney. Je connais l'essentiel. Vingt-six filles. Je veux tout entendre de ta bouche, Eve.

— Je te relaterai les faits, mais, avant, j'ai besoin de m'éclaircir les idées. J'aimerais être dehors à le traquer, mais ce serait une perte de temps et d'énergie, parce qu'il pourrait se trouver n'importe où. Je dois commencer par réfléchir et je n'y arriverai pas tant que je ne me serai pas défoulée physiquement. Je vais m'accorder une heure dans la salle de gym.

— Avec un droïde que tu peux aplatir ?

Elle esquissa un sourire.

— Je ne suis pas énervée à ce point.

— Prends ton temps. Nous discuterons ensuite.

Elle demeura silencieuse tandis qu'ils franchissaient le portail et remontaient l'allée menant à leur somptueuse demeure.

Ce palais, c'était Connors qui l'avait construit. Désormais, elle y vivait avec lui. Encore un bonheur qui lui coupait le souffle.

— À l'époque, je n'avais personne à qui me confier. Feeney ne m'avait pas encore prise sous son aile, je n'avais pas rencontré Mavis. Je n'éprouvais pas le désir d'en parler. Aujourd'hui, il me semble que si je garde tout pour moi, je vais devenir folle.

— Je suis là, lui rappela-t-il en s'emparant de sa main. Tu ne seras plus jamais seule, ajouta-t-il en portant ses doigts à ses lèvres. Va. Détends-toi. Je m'occupe de tes sacs.

Parce qu'il s'était renseigné sur McQueen, il savait qu'elle avait besoin de s'isoler et l'acceptait. Qu'avait-elle fait pour mériter un homme qui la comprenait si bien ? se demanda-t-elle en pénétrant dans la maison.

Cela dit, rien n'était jamais gratuit.

Summerset se dressait devant elle, tout de noir vêtu, le visage indéchiffrable, Galahad, le gros chat, à ses pieds.

— Incroyable mais vrai, vous êtes presque à l'heure et vous n'arborez pas la moindre tache de sang, commenta-t-il.

— La journée n'est pas finie. Figurez-vous que j'ai cru apercevoir un squelette ambulant, il y a deux heures. Avez-vous été obligé de descendre en ville vous réapprovisionner en yeux de triton ?

Il haussa les sourcils.

— J'ignore de quoi vous parlez. Je préfère faire mes courses dans le quartier.

— Alors, ce devait être un autre cadavre, bougonna-t-elle en passant devant lui pour gagner l'ascenseur.

Tout en songeant que le lieutenant avait une sacrée allure en uniforme sur les marches du Central, Summerset alla ouvrir la porte à Connors.

— Si je comprends bien, ton dîner de célébration est repoussé à plus tard.

— En effet. Un vieil adversaire a refait surface. C'est inquiétant, répondit Connors avant de grimper l'escalier, le chat sur ses talons.

Elle courut cinq kilomètres, sélectionnant le programme « urbain » qui simulait le bruit de ses pas sur la chaussée et le brouhaha de la circulation – routière et aérienne.

Après quoi, elle souleva des poids jusqu'à ce que ses muscles demandent grâce. Insatiable, elle prit une douche et décida d'aller plonger dans la piscine. Une douzaine de longueurs l'aideraient peut-être à effacer les dernières traces de frustration et de peur. Sans prendre la peine de se mettre en maillot, elle attrapa au vol une serviette. Elle avait dépassé l'heure prévue, mais elle ne se sentait pas encore tout à fait prête.

Lorsqu'elle pénétra dans la serre exotique qui entourait le bassin, elle le vit, assis à une table. Il avait troqué son costume pour un jean et un tee-shirt, prévu une bouteille de vin et deux verres – et il semblait s'amuser comme un gosse avec son mini-ordinateur.

Il l'attendait. N'était-ce pas en soi un miracle ? Cet homme extraordinaire était là pour elle, rien que pour elle.

Les cinq kilomètres de course à pied, la musculation avaient été superflus. Connors lui suffisait.

— Ah ! Te voilà ! fit-il. Tu te sens mieux ?

— J'ai pris plus de temps que prévu. Je me suis laissé entraîner.

— Aucune importance. J'avais du travail à terminer et j'en ai profité pour me baigner.

— Ah bon ? Je pensais que tu nagerais avec moi.

— Je pourrais, mais je préfère te regarder, surtout quand tu es toute nue.

— Espèce de pervers… Pourquoi ne pas te joindre à moi ? proposa-t-elle en le rejoignant. À moins que tu n'aies plus que la force de regarder.

Elle laissa tomber sa serviette.

— Vu sous cet angle…

Plutôt que de plonger directement dans l'eau, comme à son habitude, elle emprunta les marches du coin lagon. Elle commanda la mise en route des jets et d'un éclairage bleu et s'enfonça doucement dans l'eau.

— J'allais finir ma séance par des longueurs, expliqua-t-elle tandis que Connors se déshabillait. Mais je pense que tu saurais mieux me soulager.

— J'adore les défis, riposta-t-il en la rejoignant.

Elle renversa la tête en arrière, enfouit les doigts dans ses cheveux et attira son visage vers le sien.

— Prouve-le.

Elle avait envie de sexe pur et dur. Pas de tendresse, pas de caresses, que de l'abandon.

Comme toujours, il le sentit. Elle enfonça les dents dans la chair de son épaule pendant que ses mains, agiles et fermes, la transportaient en un lieu où il n'y avait plus de place pour les angoisses, les pensées négatives, la cruauté.

Ah ! Cette bouche qui la dévorait... Le premier orgasme la saisit tandis que Connors l'entraînait sous l'eau.

Haletante, aveugle, elle se laissa couler, noyer par les sensations. Comme il la remontait à la surface, elle poussa un cri sauvage. Elle noua les bras autour de son cou, se pressa contre lui, avide, vorace. Sa bouche, ses mains devinrent aussi actives que les siennes à lui, aussi exigeantes. L'anxiété qu'il avait décelée dans son regard s'était dissipée.

Pris au piège par son propre désir, il la plaqua contre la paroi, la saisit par les hanches et plongea en elle. Des gémissements étouffés s'échappaient de ses lèvres. Il aurait voulu les avaler, l'avaler, elle, à grandes goulées. L'eau bleutée clapotait autour d'eux, nimbant leur peau d'une teinte étrange.

— Encore. Encore, répéta-t-il.

« Oui, pensa-t-elle. Encore. » Se cramponnant au bord de la piscine, elle enroula les jambes autour de sa taille et se cambra, s'arc-bouta jusqu'à ce que ses cris retentissent à travers le jardin exotique. Jusqu'à en perdre haleine.

3

S'il lui laissait le loisir d'en décider, Eve choisirait sans doute de discuter devant un prétendu repas dans son bureau. Connors opta donc pour un dîner sur l'une des terrasses fleuries.

L'air était encore humide après l'orage matinal, et les flammes des bougies vacillaient dans l'obscurité.

— J'ai des recherches à effectuer, protesta-t-elle.

— Je n'en doute pas, et nous nous y attellerons dès que j'aurai appréhendé la situation et que tu te seras restaurée. Viande rouge, annonça-t-il en soulevant la cloche qui recouvrait son assiette.

Eve contempla le steak.

— C'est de la triche.

— Existe-t-il un autre moyen ? J'ai prévu un tonneau de sel pour tes frites.

Elle rit malgré elle.

— Salaud, plaisanta-t-elle en acceptant le verre qu'il venait de remplir. Tu connais toutes mes failles.

— Comme ma poche. Je parie que tu as loupé le déjeuner.

Elle s'assit, avala une gorgée de vin.

— J'ai passé la matinée à jour les gratte-papier en me disant qu'un cadavre me permettrait d'esquiver cette corvée. Méfions-nous de nos rêves, ils pourraient se réaliser. Le pire, c'est que c'est vrai.

Elle lui parla de Tray et de Julie, de l'administration de la prison qui avait tardé à signaler l'évasion de McQueen.

— Il cherche à attirer ton attention.

— Il a réussi. Il l'aura jusqu'à ce que je le remette en cage. On aurait dû le transférer dans un pénitencier hors-planète il y a six ans, quand Omega a ouvert ses portes. Mais...

Elle haussa les épaules, s'attaqua à son steak.

— Il n'a jamais été accusé des meurtres ? s'étonna Connors. Sa mère, les filles que l'on n'a pas retrouvées, les autres femmes ?

— Non. Manque de preuves, selon des procureurs davantage préoccupés par leur taux d'inculpations que par la justice.

— Cela t'a déçue, devina-t-il.

— Je débutais. J'étais persuadée que les présomptions concernant les quatre gamines disparues, la mère décédée, les compagnes étaient suffisantes. Malheureusement, ce n'était pas à moi d'en décider. Ce n'est pas mon boulot.

— Tu n'es pas remise de ta déception.

— Possible mais, depuis, j'ai acquis de l'expérience, et je suis devenue plus réaliste. Du reste, McQueen n'a jamais craqué. Feeney l'a cuisiné pendant des heures, des jours. J'avais le droit d'observer. Il m'a même invitée une fois dans la salle d'interrogatoire dans l'espoir que ma présence déstabiliserait McQueen. Mais je m'égare. Il vaudrait mieux que je commence par le commencement.

— Tu sortais tout juste de l'École de police.

— J'essaie de me remémorer ce temps-là, de me voir telle que j'étais. Je voulais tellement être flic. Un bon flic, solide. Gravir les échelons jusqu'au poste d'inspecteur. J'ai toujours visé la Criminelle. Je ne connaissais personne. La plupart de mes camarades de promotion se sont retrouvés dans différentes banlieues. J'ai eu Manhattan et j'étais enchantée. C'était là que je voulais être.

— Je pense à la photo que tu m'as offerte pour Noël. Tu es à l'École, derrière ton bureau. À peine sortie de l'enfance, les cheveux longs.

— Quand j'ai eu mon diplôme, je les ai coupés.

— Tu avais déjà des yeux de flic.

— Je ne voyais pas tout. J'avais beaucoup à apprendre. Je travaillais dans le Lower West Side. Un petit commissariat. Le Central a fini par l'absorber il y a environ huit ans. Aujourd'hui, c'est un night-club. Le *Blue Line*. Bizarre.

Une pensée lui vint.

— Tu n'en serais pas le propriétaire, par hasard ?

— Non.

Elle inspira à fond, puis :

— Donc, je n'étais là que depuis quelques semaines, affectée aux tâches subalternes comme tous les bleus. Il faisait chaud. Il y a eu une agression qui a sérieusement dérapé. Un couple qui rendait visite à leur fille. Elle venait d'avoir un bébé. Ils retournaient chez elle après être sortis faire quelques courses pour le gosse. Un junkie en manque surgit devant eux, armé d'un couteau. Ils ne lui remettent pas assez vite ce qu'il demande et il flanque un coup de lame à la femme pour qu'ils pressent le mouvement. Une chose en entraîne une autre, l'homme reçoit un coup mortel. Bien que gravement blessée, la femme est consciente. Elle réussit à appeler au secours jusqu'à ce que quelqu'un s'arrête enfin. C'est un quartier tranquille et on est en plein jour. Sauf qu'il n'y a personne dans les parages. Pas de chance. L'enquête est confiée à Feeney.

— Ça, c'est une chance, en revanche, commenta Connors.

— Oui. Il était remarquable. L'informatique est son dada et il est le meilleur dans son domaine, mais c'était un sacré bon flic. Il n'a pas changé, sinon qu'il avait moins de cheveux gris et moins de rides. Mais même à cette époque, il semblait toujours avoir dormi avec ses vêtements. J'ai tout appris en l'observant. Comment analyser une scène de crime, les témoins… Je me suis dit : « Voilà ce que je veux être. » Pas uniquement flic de la Criminelle, mais, surtout, aussi efficace que lui. Je le revois sur le trottoir, devant le corps. Il visionnait la scène. Il s'en imprégnait. Tout était dans le ressenti. C'est difficile à expliquer.

— Et inutile, répliqua Connors, car lui aussi avait vu Eve devant des corps, visionnant la scène, s'en imprégnant, ressentant.

— Bref, le junkie s'est tiré et les dépositions des témoins étaient contradictoires. La victime survivante était inconsciente la plupart du temps, mais nous avions un scénario sur lequel nous baser. L'un des témoins ayant suggéré que le coupable vivait dans Murray Street ou connaissait quelqu'un qui y habitait, des uniformes ont dû quadriller le secteur. J'ai travaillé en binôme avec Boyd Fergus, un bon officier de proximité. Nous avons atterri au 258, Murray Street. Nous étions dans une impasse. Personne n'avait rien vu – logique puisque la plupart des gens étaient au boulot. En atteignant cet immeuble, Fergus a décidé qu'on allait se séparer et que, comme j'étais plus jeune et plus en forme, je devais démarrer par le deuxième étage pendant qu'il s'attaquait au rez-de-chaussée. On devait se retrouver au premier. Fatalité ou coup de chance, toujours est-il que je suis montée au deuxième.

Là, elle avait vu. Ressenti.

Le vieil édifice emprisonnait la chaleur comme une boîte en métal. S'y mêlaient des odeurs de ragoût de légumes à l'ail qu'un locataire préparait dans l'un des appartements. Provenant de différents logements, rock trash, informations, rires artificiels d'une sitcom et chants d'opéra résonnaient dans la cage d'escalier. Au-delà de ce fond sonore, elle avait perçu des grincements, des voix, une femme se plaignant du prix exorbitant du café de soja.

Elle était bien d'accord.

Elle s'était imprégnée de l'ensemble, machinalement, notant la taille et la forme du couloir, les issues, la fenê-tre au bout du palier, les murs fendillés.

L'important était de prêter attention, d'enregistrer les détails pour comprendre où l'on se trouvait. Elle appré-ciait que Fergus lui ait fait confiance même si ce n'était qu'une procédure de routine.

Les procédures de routine étaient la base de tout, la structure. Certes, frapper aux portes, se présenter, interroger, puis recommencer encore et encore, était ennuyeux à la longue. Mais dès que l'ennui menaçait, elle se ressaisissait : elle était flic, elle faisait son boulot.

Pour la première fois de sa vie, elle avait une raison d'être.

Elle était l'officier Eve Dallas de la police de New York.

Désormais, elle avait un but précis. Si elle avait gravi les marches de ce bâtiment suffocant et bruyant, c'était pour Trevor et Paula Garson.

Deux heures auparavant, Trevor était en vie et Paula, en pleine santé. À présent, lui était mort et elle luttait pour vivre.

Peut-être, *peut-être* qu'un de ces interrogatoires lui fournirait une information sur le salaud qui avait volé une vie, brisé toutes celles qui y étaient reliées.

Elle avait frappé, s'était présentée, elle avait ques-tionné puis recommencé.

La femme qui lui avait ouvert était en pyjama et avait les yeux rougis.

— J'ai un rhume, avait-elle expliqué. J'essaie de m'en débarrasser en dormant.

— Vous avez passé toute la journée chez vous ?

— Oui. C'est à quel sujet ?

— Deux personnes ont été agressées dans le quartier il y a environ deux heures. Avez-vous vu ou entendu quoi que ce soit d'anormal ?

— Possible. J'ai le cerveau en compote et les oreilles bouchées, mais il m'a semblé entendre des cris. Je me suis dit que c'était mon imagination ou qu'un voisin avait monté le volume de sa vidéo, mais j'ai tout de même jeté un coup d'œil par la fenêtre. J'ai vu quelqu'un courir, mais je ne m'en suis pas inquiétée et je suis retournée me coucher. Mon Dieu ! Il y a des blessés ? Nous sommes pourtant dans un quartier paisible.

— Oui, madame, il y a des blessés. Pouvez-vous me décrire l'individu que vous avez aperçu ?

— Bof, je ne l'ai pas vraiment regardé. J'étais là, avait-elle enchaîné en indiquant une fenêtre. Je m'étais levée pour boire et je pensais m'allonger sur le canapé.

— Vous permettez que j'entre ?

— Pas de problème, mais tenez-vous à distance. Je suis probablement contagieuse. Franchement, j'étais dans les vapes à cause de tous les médicaments que j'ingurgite, mais j'ai bien vu quelqu'un courir. Dans cette direction.

Elle avait pointé le doigt vers l'ouest.

— C'était un homme. Cheveux longs... euh... châtains, je crois. Il me semble qu'il a jeté un regard par-dessus son épaule. Il avait une barbiche.

— Taille, poids, couleur de peau ?

— Euh... il était blanc. En tout cas, il n'était pas noir. Plutôt maigre. Un short ! Il portait un short. Les genoux noueux. Et il avait des sacs de courses. Je m'en souviens parce que j'ai trouvé qu'il paraissait drôlement pressé de rentrer chez lui avec son butin. Merde ! C'était celui d'un autre ?

— Aviez-vous déjà vu cet individu ?

— Je ne crois pas. En général, la journée, je suis au boulot. J'ai emménagé il y a environ deux mois, je ne connais pas grand monde.

Eve avait noté le nom et les coordonnées de la jeune femme. Après l'avoir remerciée, elle avait quitté l'appartement avec l'intention de mettre Fergus au courant de la situation.

Elle s'était figée. Devant le 303 se tenait un homme. Il avait posé ses deux sacs de courses – au logo du supermarché local – pour décoder son système de sécurité, nettement plus élaboré que ceux de ses voisins. Tout en s'approchant de lui, elle avait enregistré sa taille, son poids, les vêtements qu'il portait.

— Excusez-moi, monsieur.

Il avait ouvert la porte et se penchait pour ramasser ses sacs. Il s'était redressé lentement et tourné vers Eve.

— Que puis-je pour vous ?

— Êtes-vous résident de cet immeuble ?

— Je le suis, oui. Isaac McQueen, avait-il ajouté avec un sourire charmeur.

— Vous arrivez de votre travail, monsieur McQueen ?

— À vrai dire, j'étais sorti faire quelques courses.

— Étiez-vous chez vous il y a environ deux heures ?

— Bien sûr. Pourquoi ?

Quelque chose clochait, mais quoi ?

— Il y a eu une agression.

Il avait affiché une expression de détresse, un peu comme s'il glissait un masque sur son visage.

— Ah, c'est donc cela ? J'ai vu des policiers en allant au supermarché.

— Avez-vous vu ou entendu quelque chose ?

— Je n'en ai pas souvenir. Il faut vraiment que je range mes provisions.

Décidément, ce type était… bizarre.

— J'ai quelques questions de routine à vous poser. Puis-je entrer ?

— Je ne vois pas en quoi je peux vous aider, officier…

— Dallas. Ce ne sera pas long, et cela vous épargnera une autre visite afin que je puisse compléter mon rapport.

— Entendu. Je suis tout prêt à aider les hommes – et les femmes – en bleu.

Elle lui avait emboîté le pas.

Bel espace, joliment meublé. Nombreuses fenêtres, tous stores baissés. Une porte sur la gauche munie de verrous.

Oh, oui, ça sentait mauvais !

— Je vais mettre les fruits et les légumes au frais, annonça-t-il.

— Allez-y. Bel endroit, monsieur McQueen.

— Je m'y plais, avait-il marmonné en emportant ses sacs dans la cuisine.

— Vous vivez seul ?

— Pour le moment, oui.

— Vous avez un emploi ?

— En quoi cela vous concerne-t-il ?

— Je vous le répète, ce sont des questions de routine pour mon rapport.

— Télétravail, en free-lance.

— À domicile, donc.

— Essentiellement.

— Dans un environnement calme et confortable, avait-elle commenté.

« Calme, contrairement aux autres appartements. » Pour quelle raison avait-il insonorisé le sien ? En quel honneur l'une des pièces était-elle verrouillée de l'extérieur ?

— Étiez-vous en train de travailler il y a deux heures, quand l'incident s'est produit ?

— Oui, ce qui explique que je n'ai rien vu et rien entendu.

— C'est dommage car la fenêtre derrière vous donne directement sur la scène du crime... C'est votre bureau ? avait-elle poursuivi en jetant un coup d'œil vers la gauche.

— Oui.

— Cela ne vous ennuie pas que j'y jette un coup d'œil ?

— Je crains que si. Mes activités sont sensibles et confidentielles.

— D'où tous ces verrous extérieurs.

— Mieux vaut prévenir que guérir. À présent, si vous n'avez plus de...

— Vous m'avez dit que vous viviez seul.

— Exact.

— C'est beaucoup de nourriture pour une personne seule.

— Vous trouvez ? Cela dit, vous êtes très mince, n'est-ce pas, officier Dallas ? À moins que vous ne me croyiez coupable d'une agression sur un couple à deux pas de chez moi, j'aimerais pouvoir ranger mes victuailles et me remettre au boulot.

— Je n'ai pas parlé d'un couple.

Le visage de McQueen s'était fendu d'un large sourire.

— Je vous escorte jusqu'à la sortie.

Comme il contournait le comptoir et se dirigeait vers elle, elle avait posé la main sur la crosse de son arme.

— Monsieur McQueen, j'ai du mal à comprendre pourquoi vous n'avez pas signalé un crime ou au moins appelé les secours alors qu'une femme hurlait dehors.

— Je le répète : je n'ai rien vu. Et dans l'hypothèse où j'aurais vu quelque chose, certains d'entre nous préfèrent ne pas s'impliquer. Je vous prie de...

— Ne me touchez pas, monsieur.

Il avait levé la main en un geste d'apaisement.

— Quant à moi, je ne tiens pas à devoir dénoncer ce harcèlement auprès de vos supérieurs.

— J'appelle mon collègue au rez-de-chaussée. Il montera et vous pourrez nous dénoncer tous les deux...

Fergus lui botterait sans doute les fesses mais, nom de nom, il se passait quelque chose de louche ici !

— Et nous expliquer ce que vous cachez derrière cette porte, avait-elle achevé.

— À votre guise, avait-il rétorqué, mi-agacé, mi-amusé.

Son poing avait jailli, vite et fort. Elle s'était écartée, mais il avait rebondi sur sa pommette et une explosion de douleur l'avait assaillie. Son mouvement de recul avait permis à McQueen de faire valser le pistolet paralysant qu'elle venait de pointer sur lui.

Elle avait pivoté, la main droite engourdie, la figure en feu, pour riposter d'un mouvement de jambe circulaire, suivi d'un revers du poing. Elle aurait volontiers appelé des renforts via son communicateur, mais elle avait aperçu l'éclair d'une lame.

La gorge nouée, elle avait eu du mal à esquiver le premier coup.

— Criez si vous voulez, avait-il raillé.

Il souriait, mais elle avait décelé – et reconnu – le monstre qui se cachait derrière.

— Personne ne vous entendra. Quant à vos appareils électroniques, ils ne fonctionneront pas. J'ai activé les brouilleurs. Vous auriez dû m'écouter, officier Dallas. Je vous ai laissé une chance de vous échapper.

Bloquant son coup de pied, il lui avait entaillé l'épaule avec la pointe de son couteau.

Il était plus lourd qu'elle, mieux placé et armé. Apparemment, il était bien entraîné au combat.

Fergus tenterait de la joindre. N'y parvenant pas, il viendrait à son secours.

Mais elle ne pouvait pas dépendre de lui. Elle ne pouvait compter que sur elle-même.

— Vous vouliez voir mon bureau. Je vous le montrerai quand nous en aurons terminé. Vous verrez où vont les petites vilaines.

Elle s'était emparée d'une lampe et la lui avait jetée au visage. Pitoyable, mais au moins elle avait réussi à augmenter la distance entre eux.

Cette fois, quand il avait tenté de lui porter un autre coup, elle avait plongé les poings dans ses testicules et la tête dans son ventre. La pointe de la lame l'avait accrochée, mais elle avait contre-attaqué par un upper-cut et un coup de genou dans son entrejambe déjà meurtri. Elle avait voulu le plaquer au sol, mais il l'avait envoyée valdinguer à l'autre bout de la pièce.

— Vous m'avez fait *mal* ! avait-il braillé, écarlate de rage. Espèce de salope, vous allez me le payer.

Ses oreilles bourdonnaient. Sa vision se brouillait. Pas question de mourir comme ça. Elle voulait ses galons d'inspecteur.

Elle avait réussi à se relever tant bien que mal, avait titubé derrière un fauteuil. Il fallait qu'elle reprenne son souffle. Elle était blessée, mais elle ne devait pas y pen-ser. Si elle ne se défendait pas, il l'achèverait.

— Je suis flic, avait-elle déclaré, un goût de sang dans la bouche. Dallas, officier Eve. Vous êtes en état d'arres-tation. Vous avez le droit de garder le silence.

Il avait ri, ri, ri encore, la lèvre ensanglantée. Balan-çant son couteau d'une main dans l'autre, il s'était avancé vers elle.

— Quelle fougue ! Je vais vous maintenir en vie un long, long moment.

L'espace d'un éclair, elle l'avait vu en double. Souffrait-elle d'une commotion cérébrale ? « Plus près, s'était-elle dit. Laisse-le se rapprocher. Laisse-le croire que tu es à bout. »

C'est alors qu'elle avait poussé le fauteuil dans ses jambes, de toutes ses forces, avant de plonger à terre. Elle avait roulé sur le sol, s'était relevée avec son pisto-let à la main. Tandis qu'il bondissait vers elle, elle avait tiré. Une fois. Deux fois.

— À terre, salopard !

Et une troisième fois.

Son couteau lui avait échappé, il s'était effondré, le corps secoué de spasmes, et Eve s'était entendue crier :

— Salopard ! Salopard ! Salopard !

Elle s'était redressée. Elle avait du mal à respirer.

L'entraînement, la routine. « Repousse son arme. Sors tes menottes. Sécurise le prisonnier. »

Elle était percluse de douleurs, le cœur au bord des lèvres.

Elle ne saurait jamais pourquoi elle l'avait fait. Des années plus tard, elle se demandait encore ce qui l'y avait poussée. Fouillant dans les poches de McQueen, elle avait trouvé la clé.

Elle avait titubé jusqu'à la pièce verrouillée tout en se rappelant les règles : « Fiche le camp, contacte Fergus, appelle des renforts. Tu as besoin de soins. »

Au lieu de quoi, elle avait utilisé la clé et, après trois essais, réussi à décoder la serrure.

Et elle avait ouvert la porte de l'enfer.

— Elles étaient si nombreuses. Des gamines, chevilles et poignets enchaînés, nues, couvertes d'hématomes, de sang séché et de Dieu sait quoi d'autre. Elles se pressaient les unes contre les autres. Tous ces regards rivés sur moi… L'odeur, les bruits… je ne peux pas te les décrire.

Elle ignorait si c'était elle qui avait pris la main de Connors ou le contraire, mais ce contact lui permettait de s'ancrer dans le présent, de prendre du recul par rapport à l'horreur.

— Il leur avait fourni deux toilettes chimiques, des vieilles couvertures. Des caméras fixées dans les angles lui permettaient de les surveiller. Sur le moment, je ne les ai pas remarquées. Je ne voyais que les gamines, leurs yeux. Je les vois encore.

— Fais une pause, murmura Connors.

Eve secoua la tête avec vigueur.

— Tout d'un seul coup, c'est mieux. Pendant une minute, je me suis retrouvée ailleurs. J'avais refoulé si profondément les souvenirs de mon père, dans cette chambre à Dallas. Je croyais avoir oublié. Mais là, devant ces filles, j'ai fait un bond dans le passé. Les néons rouges qui clignotaient derrière la vitre. Le froid. Tout ce sang. Je me suis figée. J'avais de nouveau huit ans. J'ai senti que je m'affaissais, que je glissais à terre, que je retournais en un lieu que je ne reconnaissais pas totalement. Mais l'une des filles s'est mise à crier : « Aidez-nous ! Faites quelque chose ! Espèce de conne, faites quelque chose ! » Elle s'appelait Bree Jones. Sa jumelle, Melinda, et elle étaient les dernières arrivées. Il les avait enlevées une semaine auparavant. Une semaine de martyre. Certaines d'entre elles subissaient ce sort depuis des années.

— Comme toi autrefois.

Eve ferma brièvement les yeux et se concentra sur la main de Connors, chaude et ferme, qui enserrait la sienne.

— Elle hurlait, tirait sur ses chaînes et, soudain, je suis revenue au présent. *Aidez-nous !* Ma mission, c'était de les aider, pas de rester là, paralysée, tremblante, effarée. Les autres ont commencé à hurler, à sangloter. Des sons inhumains. Je suis entrée. J'étais paumée. Je n'avais pas les clés des chaînes. Je devais à tout prix les trouver.

Elle se frotta le visage.

— La procédure, la routine. Je me suis appuyée dessus. Je leur ai expliqué que j'étais de la police. Je leur ai décliné mon nom et mon grade, je leur ai dit qu'elles n'avaient plus rien à craindre. Quand je leur ai annoncé que je devais aller chercher de l'aide, elles sont devenues folles. « Ne nous laissez pas ! » Elles me suppliaient, m'injuriaient, elles rugissaient comme des bêtes sauvages. Mais je n'avais pas le choix. Je devais prévenir Fergus, rameuter d'autres flics, alerter les secours. La procédure, la routine. Tout est là. Je suis sortie. McQueen reprenait conscience. Je l'ai assommé d'un quatrième choc. Sans le moindre état d'âme. Dans le couloir, j'ai appelé Fergus avec mon communicateur. Je lui ai demandé des renforts et des médecins. En nombre. Victimes multiples, appartement 303. Il ne m'a posé aucune question. Il a transmis mes requêtes tout en me rejoignant. Je l'ai entendu monter l'escalier au pas de course alors que je regagnais la pièce. Je l'ai entendu s'exclamer : « Jésus Marie, Mère de Dieu ! » Comme une prière. Ensuite, j'ai quelques trous.

Elle reprit son souffle, but une gorgée de vin.

— Nous avons déniché les clés, des draps et des couvertures pour couvrir les gamines. Fergus était si calme – comme un bon père. Rassurant. Puis ce fut de nouveau la procédure. L'arrivée des renforts, des secours, l'obtention des identités des victimes, les questions. Feeney.

Elle contempla le parc joliment éclairé, huma les fragrances de fleurs dont elle ignorait les noms.

— Feeney s'est assis près de moi pendant que l'infirmier soignait mes blessures. Dans ce chaos plus ou moins organisé, il a pris la peine de s'asseoir et de me dévisager. Tu connais ce regard.

— En effet.

— « Eh bien, ma petite, aujourd'hui, tu as épinglé un monstre et sauvé quelques vies, m'a-t-il dit. Pas mal, pour une débutante. » Je n'étais pas dans mon état normal. On m'avait donné une dose de calmants avant que je puisse refuser. Alors j'ai rétorqué : « N'importe quoi, lieutenant. C'est pas mal pour n'importe quel flic. » Il a acquiescé, puis m'a demandé combien elles étaient. Vingt-deux. Je ne me rappelais pas les avoir comptées.

Prenant soudain conscience que ses joues étaient humides de larmes, elle les essuya.

— J'ai refusé d'aller à l'hôpital. Étonnant, non ? Il a enregistré mon rapport oral sur place, dans l'appartement de McQueen. Deux jours plus tard, j'étais promue coéquipière de Feeney. Le Central, la Criminelle. D'une certaine façon, grâce à McQueen, j'ai eu tout ce que je voulais.

— Tu te trompes. Tu ne dois ta réussite qu'à toi-même. Tu as décelé en lui ce que les autres n'avaient jamais remarqué et n'auraient peut-être pas remarqué avant longtemps.

— J'ai vu mon père. J'ai vu Richard Troy. Je ne le savais pas, mais c'est lui que j'ai vu en McQueen.

— Tu as sauvé vingt-deux jeunes filles.

— La trêve aura duré douze ans. À présent, la donne a changé. Il est de nouveau en chasse, Connors... Il a sûrement un logement. S'il n'a pas déjà une partenaire, il ne tardera pas à en trouver une. Il aura un moyen de transport, probablement une fourgonnette foncée. Il s'est échappé de l'infirmerie, il s'est donc muni de drogues – somnifères, neuroleptiques. Il modifiera légèrement son apparence. Quand je l'ai aperçu aujourd'hui, il avait les cheveux plus clairs qu'autrefois. Il est trop vaniteux pour se métamorphoser complètement, mais il procédera à quelques changements subtils. Il s'habillera bien, dans l'air du temps mais rien de surfait. Il aura une apparence rassurante, attirante. Il est sûrement pressé de recommencer. Julie lui a permis de se défouler, mais elle ne correspond pas à ce qu'il recherche. Il sera à l'affût d'une gamine de douze ou treize ans, ou d'une ado de quatorze, quinze ans qui paraît plus jeune. Si elle est avec des amis ou des membres de sa famille, il se débrouillera pour l'attirer à l'écart. Il l'entraînera jusque dans la camionnette ou lui donnera juste la dose de tranquillisant qu'il faut pour la rendre malléable.

Connors comprit qu'Eve avait besoin de travailler. D'éplucher des données, de faire appel à la logique pour refouler l'émotion.

— Comment ? Comment peut-il financer tout cela ? s'enquit-il.

— Si cela s'avère commode ou nécessaire, il volera. Comme pickpocket, il est aussi doué que toi.

— Je t'en prie !

— Bon, peut-être un peu moins, mais je me fie uniquement aux rapports et au passé. Nous avons supposé qu'il planquait des fonds quelque part. À en juger par les vêtements, les appareils électroniques, la qualité des provisions et du vin chez lui, il avait forcément de l'argent. Plus que ce que nous avons trouvé. Il a longtemps vécu – et bien – de ses talents de fraudeur. La DDE n'a jamais déterré un autre compte que celui qu'il avait pris à son nom et sur lequel il avait environ deux mille dollars. Mais nous pensions qu'il dissimulait du fric dans un coin, comme il avait appris à le faire depuis l'enfance.

— S'il est intelligent, il aura prévu plusieurs cachettes. Il n'est jamais prudent de mettre tous ses œufs dans le même panier.

— Tu en sais quelque chose. S'il avait de l'argent à New York, il l'a probablement déjà récupéré. Cependant...

— Cependant... ?

— Des liasses de billets ici et là, pourquoi pas ? Des liquidités, histoire de tenir. Mais il est malin, avide, il aime les beaux vêtements, les bons vins. Il s'y connaît en informatique.

— Tu penses qu'il a un ou plusieurs comptes secrets. Des investissements, de l'argent qui travaille.

— Exactement. Autre priorité : la partenaire. Il a besoin d'attention, de soutien, de quelqu'un qui puisse le protéger.

— La liste des visiteurs, le relevé de ses communications. Elle doit y figurer, non ?

— Forcément. Il s'est peut-être évadé sur un coup de tête ou en profitant d'une occasion, mais s'il n'avait pas échafaudé un plan au préalable, il aurait fait profil bas en attendant.

Eve se tut un instant pour réfléchir.

— Ils sont à l'affût d'un individu qui fuit, se terre, reprit-elle, les idées plus claires, à présent. C'est une erreur. Il a délibérément sollicité l'attention, preuve qu'il se sent en confiance. Il n'est pas en fuite. L'avis de recherche ne donnera rien, sauf coup de chance inouïe. Il a séquestré sa première victime new-yorkaise dans cette chambre pendant trois ans. Elle était solide. Il vivait dans un quartier tranquille, au deuxième étage d'un immeuble respectable. Il a réussi à y amener ses proies et à en sortir les corps de celles qui n'avaient pas survécu au nez et à la barbe de tous ses voisins. Il ne sera pas facile à coincer.

— Sans remettre en cause ton jugement, permets-moi d'ajouter que, cette fois, il s'agit d'autre chose que de nourrir un besoin, de collectionner des jeunes filles. C'est à toi qu'il en veut. La vengeance est pour lui une distraction qui comporte des risques nouveaux.

— En effet, convint Eve. Le fait qu'il ait changé son mode opératoire complique davantage la situation pour lui que pour nous. Cela dit, il a eu douze ans pour réfléchir, organiser, affiner les détails. À moi de le rattraper.

— Dans ce cas, on devrait s'y mettre, déclara Connors en se levant. Ce n'est pas la chance qui t'a permis de l'arrêter autrefois. Déjà, tu étais plus futée que lui. Il avait la force, l'avantage, mais tu n'as pas perdu la tête. Et tu as continué à te perfectionner dans ton métier. Si lui a eu le temps de planifier, toi, tu en as profité pour aiguiser ton instinct, parfaire ton expérience. Sans oublier que tu as aujourd'hui un atout que tu n'avais pas à l'époque.

— Toi.

— Tu vois à quel point tu es intelligente ?

Il déposa un baiser sur son front.

— C'est avec plaisir que je mets à ta disposition mes ressources considérables, reprit-il, sans mentionner des capacités...

— Tu viens de les mentionner.

— Dont acte. Je m'en servirai volontiers pour t'aider à l'enfermer de nouveau, cette fois définitivement. Je peux commencer par accéder à sa liste de visiteurs et aux relevés de ses communications depuis la prison.

Elle ouvrit la bouche, prête à refuser. Ce ne serait pas la première fois qu'elle enfreindrait les règles, mais cela ne la mettait jamais très à l'aise.

— D'accord, dit-elle. Après tout, ils n'avaient qu'à nous rendre leur rapport aujourd'hui. J'ai besoin de savoir à qui il a parlé, qui il a vu. Quelques heures d'avance nous permettront peut-être de sauver une jeune fille.

Ils gagnèrent le bureau de Connors, où se trouvait son matériel clandestin, à l'abri du regard vigilant de CompuGuard. Il se dirigea vers sa console en forme de U, posa la paume sur l'écran tactile.

— Ici Connors. Mise en marche.

Mille et un boutons lumineux se mirent à clignoter. Aucune des informations obtenues via cet ordinateur surpuissant ne pourrait figurer dans les rapports d'Eve, pas tant qu'elle ne les aurait pas reçues par les canaux officiels. Toutefois...

C'était l'une de ses zones d'ombre. Connors en avait plus qu'elle, ses limites étaient plus flexibles. Mais en repensant à toutes ces gamines, tous ces regards, elle oublia ses états d'âme.

Elle s'installa devant la machine auxiliaire, afficha ses dossiers. Plus tard, elle mettrait sur pied un tableau de meurtre, car elle travaillait mieux à l'aide de visuels. Pour l'heure, elle voulait se rafraîchir la mémoire.

Elle se plongea dans les documents, photographies, fichiers, comptes-rendus psychiatriques, minutes des procès et ne refit surface que lorsque Connors posa une tasse de café près d'elle.

— L'infirmier qu'il a tué hier avait une femme et une gosse de deux ans, annonça-t-il.

Elle opina.

— Tu penses que j'éprouve le besoin de justifier ce que je suis en train de faire ou ce que je te laisse faire. Ce sera peut-être le cas un de ces jours. Pour l'instant, cela ne me pose aucun problème. Au diable, le règlement.

Elle leva les yeux vers lui. Il s'était attaché les cheveux en catogan – comme toujours lorsqu'il travaillait.

— Tant mieux. Bien… j'ai le registre des visiteurs et le relevé de toutes ses communications approuvées. J'imagine que tu le soupçonnes d'avoir contacté quelqu'un à l'extérieur par des moyens interdits. Je vais creuser la question.

Il s'appuya sur la console, but une gorgée de son propre café.

— J'ai programmé une recherche sur les phrases clés, les répétitions. Jusqu'ici, tous ses mails se sont révélés anodins. Réponses à des messages de reporters, d'écrivains, d'un groupe de défense des détenus. Ils sont très peu nombreux pour une période de douze ans, ce qui me fait pencher pour la théorie du louvoiement.

Eve réfléchit.

— Il a des connaissances informatiques. Il n'aura commis aucune erreur de ce côté-là et aura fait très attention à ce qu'il mettait sur le disque dur. Nous avons analysé tous ses appareils électroniques, autrefois. En vain. Il est prudent. S'il s'est choisi une partenaire, il l'a connue par le biais des visites. Un contact en face à face. Grâce aux actions des groupes de défense des détenus, les visites ne sont plus surveillées. J'opterais pour une femme entre quarante et… cinquante ou soixante ans. Jolie, souffrant d'une addiction ou d'une vulnérabilité exploitable.

— Pratiquement toutes les personnes qui sont allées le voir étaient de sexe féminin. J'ai transmis les données sur ta machine.

Eve s'empressa d'ouvrir le dossier. Sur vingt-six visiteurs, dix-huit étaient des femmes, et la plupart étaient revenues à plusieurs reprises.

— Les journalistes, je comprends – cette histoire sordide pourrait donner lieu à un bouquin ou à un film. Il doit les bercer de fausses espérances pendant un temps, les inciter à revenir, à le divertir. Sans rien leur dire. Mais les autres ? Qu'ont-elles à gagner ? Je ne... Seigneur ! Melinda Jones.

— Oui.

— Août 2055. Il y a environ cinq ans. Elle ne s'est présentée qu'une fois. Il faut que tu me renseignes sur elle.

— Je t'ai devancée. Elle est psychologue, rattachée à la police de Dallas où sa sœur vient de passer inspecteur. Elles partagent un appartement, à quelques kilomètres seulement de la demeure de leurs parents, où elles ont grandi. Elle est célibataire et clean.

— Donc, elle devait avoir dix-neuf ans quand elle l'a rencontré, calcula Eve.

— Elle voulait sans doute affronter son bourreau.

— Possible. Probable. Il faut que je la contacte. Elle ne correspond plus à ce qu'il recherche. Trop vieille pour satisfaire ses fantasmes, trop jeune pour devenir sa partenaire. L'une est psy, l'autre est flic. Elles s'en sont bien sorties après ce qui leur est arrivé. J'en suis heureuse.

Elle déroula la liste.

— Voyons un peu quelles sont les récidivistes. Visites multiples mais pas trop. Pas la peine d'attirer l'attention... Ordinateur, séparer les noms des sujets qui comptent entre six et douze visites... Commençons par là.

— J'en prends quatre, proposa Connors.

Ils demandèrent leurs biographies et leurs photos.

— Ordinateur, éliminer les sujets trois, cinq et huit. Trop d'arrestations, expliqua-t-elle à Connors. Il ne peut pas travailler avec une incapable au risque de se faire prendre. La deux étant décédée, nous pouvons aussi la supprimer. Il n'en reste plus que quatre.

Eve se leva et se mit à arpenter la pièce.

— La première, Deb Bracken, est domiciliée à New York. On ira la voir. Les trois autres sont dispersées entre Miami, Baltimore et Bâton Rouge. Si Bracken ne donne rien, on s'adressera aux autorités locales pour les autres. Celle-ci, la sept, m'intrigue.

— Sœur Suzan Devon, lut Connors. Toxicomane en rémission. Deux arrestations pour possession de produits illicites et une pour racolage sans licence.

— Oui, mais c'était dans sa jeunesse dépravée. Depuis ses trente ans, RAS. L'âge correspond. La cinquantaine, pas trop moche. Membre de l'Église de la rédemption, basée à Bâton Rouge. Se dit conseillère spirituelle pour justifier ses visites. N'importe quoi.

— Elle n'y est pas retournée depuis plus d'un an.

— Aucune importance s'il avait déjà réussi à mettre son plan sur pied et à la joindre en douce. Elle me paraît louche, je vais me pencher sur son cas ainsi que sur celui de la numéro six. Résumons : Bracken parce qu'elle est à New York, Devon et Verner parce qu'elles titillent ma curiosité et enfin la quatrième, Rinaldi, parce qu'elle n'a pas été éliminée au départ.

Eve se tourna vers Connors.

— Si l'on parvient à établir une corrélation entre leur emplacement géographique et les mails que tu as exhumés, peut-on identifier leurs communications spécifiques ? Le système de contact qu'elles ont utilisé ?

— Nous, je ne sais pas. Moi, oui.

— Prétentieux.

— Je vais poser mes fesses de prétentieux sur un siège et te faire ça tout de suite, ma chérie. Quant à toi, tu peux aller me chercher un cookie.

— Un cookie ?

— Oui. J'aimerais un cookie et une autre tasse de café.

— Pfft !

Comme il posait ses fesses de prétentieux sur un siège, elle décida de s'offrir un cookie, elle aussi.

4

Quand Eve pénétra dans le bureau de Whitney le lendemain matin, elle avait déjà prévu sa stratégie. Elle connaissait les données, les hypothèses et les quelques individus qui méritaient qu'on leur remonte les bretelles.

Tout dépendait de la manière dont elle présenterait les choses.

La réunion avec les agents fédéraux, le directeur de la prison, les avocats et les membres de la brigade de Recherche des fugitifs pouvait tourner en séance de blabla et de poignées de main ou en concours d'insultes.

Personnellement, Eve n'avait rien contre les concours d'insultes, mais là, le temps pressait.

Elle arriva donc préparée à jouer un jeu qu'elle comptait bien gagner.

— Lieutenant Dallas.

Whitney demeura assis et la présenta aux agents du FBI. Eve étudia la brune voluptueuse, l'agent spécial Elva Nikos, et son partenaire, Scott Laurence, au gabarit de boxeur.

Pourvu que ces deux-là ne soient pas des connards.

— Le lieutenant Tusso dirige l'équipe de Recherche des fugitifs, expliqua le commandant. Nous attendons les représentants de la prison.

— Dans l'intervalle, proposa Nikos, j'aimerais vous répéter ce que l'agent Laurence et moi-même avons dit au commandant Whitney et au lieutenant Tusso. Nous ne sommes pas ici pour vous écarter ou vous marcher sur les pieds. Nous comprenons que la police de New York a appréhendé le sujet et étayé le dossier pour son inculpation, et que vous, lieutenant Dallas, avez tout particulièrement intérêt à localiser Isaac McQueen.

— Dans ce cas, permettez-moi de vous répondre que je me fiche éperdument de qui découvrira McQueen et le remettra au trou, déclara Eve. Votre partenaire et vous, le lieutenant Tusso et son équipe, mes hommes et moi – ou toute autre combinaison qui en découle. Et si c'est une petite grand-mère munie d'une bombe de gaz poivre et d'un bon crochet du droit, tant mieux !

— Je vous remercie, lieutenant. Il va de soi que nous partagerons avec vous toutes nos découvertes.

— Idem. Voulez-vous que j'attaque dès maintenant ou préférez-vous patienter jusqu'à l'arrivée des représentants de la prison, commandant ?

Whitney la scruta un instant, puis :

— Vous avez du nouveau, lieutenant ?

— Je pense avoir... identifié plusieurs pistes, commandant.

D'un signe de tête, il lui indiqua de poursuivre.

— J'ai examiné les fiches des gardiens et autres membres du personnel le plus souvent en contact avec McQueen, en respectant la procédure dans la mesure où tous peuvent être et sont considérés comme des suspects. Suite à une série de recherches standard et des calculs de probabilités, je souhaite convoquer Kyle Lovett, un gardien affecté au bloc de McQueen, et Randall Stibble, un thérapeute non professionnel.

— Qu'avez-vous sur eux ? s'enquit Nikos.

— Je pars du principe que vous n'avez pas besoin de voir mon travail, rétorqua Eve d'un ton sec. Lovett, un joueur invétéré, a déjà suivi deux programmes de réhabilitation. Depuis que sa femme l'a quitté, il y a dix-huit mois, je suis prête à parier qu'il est partant pour un troisième round. McQueen a une prédilection pour les personnes qui souffrent d'addictions.

Elle avait d'autres renseignements, mais ceux-là avaient été obtenus par des voies un peu trop obscures.

— Stibble conseille les drogués et les alcooliques sur la base de son expérience personnelle, continua-t-elle. Il a enchaîné les cures de désintoxication depuis l'âge de seize ans, il a purgé des peines pour délinquance juvénile puis, plus tard, pour des faits relatifs à des produits illicites. McQueen ne prend pas de stupéfiants, il boit du vin – de qualité – avec modération. Pourtant, il a assisté régulièrement aux réunions de Stibble. Or, il ne gaspille jamais son temps et n'entreprend rien sans un but précis.

— Vous soupçonnez l'un ou les deux d'avoir aidé McQueen à s'échapper ? demanda le lieutenant Tusso.

— Je pense que l'un ou les deux sont allés encore plus loin. McQueen travaille avec une partenaire jusqu'à ce qu'elle le lasse, commette une erreur ou ne lui soit plus utile. Il avait besoin de quelqu'un à l'extérieur. Une messagère, en quelque sorte… Il en a sans doute eu plus d'une au cours des douze dernières années. Nous allons constater que sa liste de visiteurs penche sérieusement en faveur du sexe féminin. On établit un lien avec quelqu'un à la prison – Lovett ou Stibble, selon moi – et on a un indice sur la partenaire. Une femme vulnérable, vraisemblablement une arnaqueuse. Séduisante, entre quarante-cinq et soixante ans.

Eve se lança dans la phase la plus délicate.

— J'ai une liste de noms de femmes qui correspondent au profil et ont eu des contacts avec Stibble ou Lovett. Avec un peu de chance, on pourrait en retrouver une sur la liste des visiteurs.

— C'est une tâche considérable pour un délai très court, protesta Nikos.

Eve lui jeta un vague coup d'œil.

— Le temps presse. Il est déjà en chasse.

— Nous savons que McQueen préfère les environne-
ments urbains, intervint Tusso. Le plus souvent, il
repère et enlève ses victimes dans des endroits très fréquentés. Times Square, Chelsea Piers, Coney Island –
ce sont les terrains de jeu de sa dernière crise.

Eve l'aurait volontiers repris sur ce terme. Crise
rimait avec colère, rapidité, hasard. Une soif soudaine
de violence et d'excitation. Elle tint sa langue.

— Il a déjà commis une agression à New York, continua Tusso, et adressé des messages au lieutenant Dallas
par le biais des victimes. Nous allons nous concentrer
sur ses terrains habituels.

— Nous coordonnerons nos efforts avec les vôtres,
annonça Nikos. Nos calculs de probabilités nous inci-
tent à penser que McQueen va quitter la ville et faire
profil bas un certain temps. Nous surveillons les transports publics et procédons à des reconnaissances
faciales aux péages.

Eve la laissa développer la stratégie du FBI. Si les
fédéraux voulaient se convaincre que McQueen était en
fuite, grand bien leur fasse.

— Nous avons déjà déployé des hommes dans les
zones à haut risque. McQueen enlève en général ses
proies la nuit, mais il a œuvré aussi en plein jour. Ces
secteurs seront surveillés vingt-quatre heures sur vingt-
quatre jusqu'à ce qu'on le capture.

Après avoir frappé discrètement, l'assistante de
Whitney annonça l'arrivée du directeur de la prison,
Oliver Greenleaf. « Tête de fouine », songea aussitôt
Dallas. À ses côtés, en tailleur rouge vif, se tenait Amanda
Spring, l'avocate principale du pénitencier. Sa mallette
en cuir rutilante était assortie à ses cheveux châtain doré.

— Commandant, pardon pour ce léger retard, attaqua Greenleaf avec un sourire carnassier en traversant
la pièce, la main tendue. Nous avons été retenus par...

— Vingt bonnes minutes, l'interrompit Whitney d'un ton qui, à la grande satisfaction d'Eve, effaça le sourire du visage pâle et émacié de Greenleaf. Vos explications et excuses ne m'intéressent pas. Vous avez déjà assez fait attendre ce département et les agents du FBI en vous accordant vingt-quatre heures pour nous procurer des informations indispensables à notre enquête.

— Commandant, intervint Spring d'un ton sévère, en tant que représentante légale de…

— Je ne vous ai pas encore adressé la parole et je n'ai aucune intention de le faire, riposta Whitney. Greenleaf, votre établissement est responsable de l'évasion d'un pédophile violent et vous avez gaspillé le temps – précieux – des hommes chargés de l'appréhender. Je vous préviens, ainsi que l'avocate que vous avez jugé nécessaire d'amener avec vous, que si une seule jeune fille est enlevée, vous le paierez cher. C'est une promesse personnelle.

— Commandant Whitney, les menaces ne mènent à rien.

Whitney fusilla Spring du regard.

— Si vous intervenez encore une fois, je vous éjecte de ce bureau. Vous n'y avez pas été invitée. Votre client n'a nul besoin de conseils juridiques puisqu'il n'est – malheureusement selon moi – pas question de le placer en état d'arrestation. À présent, je veux tous les documents que nous vous avons réclamés après avoir été si tardivement avertis de l'évasion d'Isaac McQueen.

— Nous avons pas mal d'informations à vous soumettre, commença Greenleaf. Toutefois, notre enquête interne n'est pas encore achevée. Il est bien entendu impératif qu'elle soit méticuleuse et approfondie. Nous espérons pouvoir vous remettre le dossier à la fin de la journée.

— Encore trente secondes de ce petit jeu et voici ce qui va se passer, articula Whitney. Je tiendrai une conférence de presse avec mes lieutenants et ces agents.

Je déclarerai que non seulement Isaac McQueen est sorti comme si de rien n'était de votre prison après avoir assassiné un infirmier, mais qu'en plus, vous avez estimé normal de patienter dix-huit heures avant de prévenir la police. Délai au cours duquel McQueen a agressé et violé une femme. Je vous procurerai tous les détails.

— Commandant...

— Taisez-vous, je n'ai pas fini. J'attesterai par ailleurs que votre institution a mis vingt-quatre heures supplémentaires avant de nous transmettre des données indispensables à notre enquête et que nous envisageons de la poursuivre pour obstruction à la justice. Ensuite, je demanderai au lieutenant Dallas de rappeler au public ce qu'elle a découvert quand elle a épinglé Isaac McQueen il y a douze ans. Vous aurez de la chance si la foule ne se rue pas sur vous armée de fourches.

Il marqua une pause.

— Je veux tout ce que vous avez, immédiatement, y compris vos rapports préliminaires relatifs à votre enquête interne. Trente secondes, répéta-t-il tandis que Greenleaf adressait à Spring un regard anxieux. Ne me poussez pas à bout.

L'avocate ouvrit sa mallette.

— Permettez-moi de...

— Non. Posez tous les dossiers sur mon bureau et allez-vous-en. Tous les deux. Greenleaf, si vous m'avez caché quoi que ce soit, vous aurez en effet besoin d'un défenseur. De même que votre supérieur. N'hésitez pas à lui passer l'info.

Spring s'exécuta, puis secoua vivement la tête tandis que Greenleaf ouvrait la bouche. Elle tourna les talons et disparut, son client trottinant derrière elle.

S'ensuivit un silence de plomb.

Laurence, dont le visage stoïque rappelait à Eve celui d'un chef de tribu africain, avait écouté ce sermon sans ciller. Un large sourire s'épanouit soudain sur son visage.

— Ce serait mal venu, mais j'ai très envie de vous applaudir, commandant, avoua-t-il. Une petite question : auriez-vous mis vos menaces à exécution ?

— Lieutenant Dallas ? Qu'en pensez-vous ? répliqua Whitney en pivotant vers elle.

— Vous leur avez accordé plus de temps qu'ils ne le méritaient, et plus de temps que nécessaire. Ils n'ont manifesté aucun remords pour avoir mis la population en danger ni pour l'infirmier assassiné. Ils ont cru pouvoir mener la danse en se présentant en retard à ce rendez-vous et en tentant de gagner du temps pour nous communiquer les documents requis. S'il l'avait fallu, vous les auriez grillés en sollicitant les médias. Les choses étant ce qu'elles sont, je pense que vous mettrez à profit votre influence et vos contacts pour obtenir l'annulation pure et simple des contrats de Greenleaf, de son avocate et de son supérieur. C'est mon opinion, commandant.

— Le lieutenant Dallas vient de vous offrir une brève démonstration de la raison pour laquelle elle est l'un des atouts les plus précieux de notre Département, déclara Whitney. Elle observe, déduit et rapporte minutieusement.

Ayant récupéré les copies qui lui étaient destinées, Eve traversa la salle commune et fit signe à Peabody de la rejoindre.

— Comment ça s'est passé ? s'enquit celle-ci. La réunion a duré beaucoup plus longtemps que je ne le pensais. Je commençais à m'inquiéter.

— Les gens de la prison nous ont fait poireauter. Whitney les a taillés en pièces comme un samouraï. C'était magnifique. J'ai l'impression qu'on est bien tombés avec les fédéraux. Ils m'ont l'air correct, bien qu'à mon avis ils se fourvoient en considérant l'affaire sous un mauvais angle. Quant à Tusso, de la brigade de Recherche des fugitifs, il a mis ses équipes en place autour des terrains de chasse connus de McQueen. Asseyez-vous.

— Aïe.

— J'ai déjà des noms, des liens et un plan d'action. Je ne vous dévoilerai pas la méthode grâce à laquelle j'ai récolté ces données.

— D'accord.

— Officiellement, je suis passée par les voies normales en franchissant de peu la limite. J'ai transmis ce que je pouvais de ces paramètres à nos collègues. Les fédéraux vont interroger l'un des gardiens. Il a les mains sales. Nous nous chargerons du conseiller non professionnel. Il est impliqué. Je le sais parce que j'ai réussi à dresser une liste de partenaires possibles de McQueen et qu'il a des liens avec plusieurs des femmes qui ont rendu visite à ce dernier en prison. Parmi les quatre sélectionnées, l'une se trouve à New York. Nous lui rendrons une petite visite.

— Le débriefing s'est prolongé, mais on est plus avancées que je ne le craignais, commenta Peabody.

— Pas suffisamment. McQueen a bénéficié de presque deux jours de répit. Le gardien est un vrai déchet. Un joueur invétéré. Je n'ai pas pu tout dire aux fédéraux, mais ils ne vont pas tarder à découvrir qu'il possède un compte mal dissimulé sur lequel il dépose deux mille dollars tous les mois depuis des années. McQueen savait qu'on le démasquerait et qu'on le convoquerait. Il n'aura pas grand-chose à nous apprendre.

— Raison pour laquelle vous l'avez refilé aux fédéraux.

— Il faut le cuisiner un peu. Il en sait peut-être davantage que je ne le pense. Mais c'est Stibble, le conseiller non professionnel, qui m'intéresse. Il n'est pas au courant des projets de McQueen, du moins pas dans le détail, mais il a peut-être une petite idée sur la partenaire. La New-Yorkaise est sur notre chemin, nous commencerons donc par elle. Allons-y.

Eve fonça vers la porte.

— Comment allons-nous nous organiser avec les autres équipes ? demanda Peabody en lui emboîtant le pas.

— Nous travaillerons indépendamment, décréta Eve qui se dirigea vers le tapis roulant. Nous partagerons toutes nos découvertes au cours d'un débriefing quotidien. Pour l'heure, tout le monde joue le jeu mais… j'aimerais que vous vous renseigniez sur les fédéraux. Histoire de mieux les cerner, ajouta-t-elle après avoir communiqué leurs noms à Peabody.

— Combien serons-nous ?

— Je m'en occuperai quand nous aurons interrogé ces deux personnes, répondit Eve en montant dans son véhicule. J'ai bien réfléchi hier soir. Si je me fie aux calculs de probabilités et aux données dont nous disposons actuellement, McQueen est en ville. Il chassera ses proies ici dans l'espoir d'engager le combat avec moi. Il veut que je participe à l'enquête.

— Logique, acquiesça Peabody, qui s'était installée à ses côtés.

Elle entra les noms des agents fédéraux dans l'ordinateur de bord.

— Non, rester à New York est stupide, rétorqua Eve, et McQueen ne l'est pas. Oui, il a enfreint son mode opératoire, ce qui signifie qu'il le transgressera de nouveau. Oui, il veut ma peau. Mais pourquoi le faire chez moi ? Il pourrait se rendre n'importe où.

— Quitter New York, renchérit Peabody. Vous semer.

— Il s'en est déjà pris à moi mais, curieusement, ça me chiffonne. Trop simple, trop direct. Je doute qu'il s'en contente alors qu'il a eu des années pour peaufiner ses plans. Mais ce ne sont que des supputations, marmonna Eve en faisant jouer les muscles de ses épaules pour les dénouer. Il faut que je voie Mira. Elle est plus fiable que les calculs de probabilités.

— Elle a assisté à la cérémonie, hier.

— Je sais. Je l'ai aperçue.

— C'était sympa que tous les amis soient venus. Je vous remercie de m'avoir libérée si tôt.

— Dites-vous bien que ça n'arrivera plus tant que McQueen ne sera pas retourné en cage.

— Quand bien même. Mes parents étaient enchantés de passer un peu de temps avec moi. Papa nous a invités à dîner. Dans un vrai restaurant, en plus. Pas une gargote végétalienne pour Free Agers. Nous avons mangé de la viande. Ils étaient désolés que Connors et vous ne puissiez vous joindre à nous. Ils ont compris, mais ils étaient navrés.

— J'ai été contente de pouvoir les saluer. Qu'ont donné vos recherches, Peabody ? Nous y sommes presque.

— Agent spécial Scott Laurence, vingt-sept ans de service. Recruté alors qu'il était encore étudiant. Une flopée de récompenses. Pressenti pour un poste de chef de bureau.

— Intéressant. C'est sa collègue qui a pris les rênes.

— Elle n'est pas du genre à se laisser faire. Il est marié depuis vingt-deux ans. Deux enfants. Elle est célibataire, huit ans de service. Diplômée en psychologie et en criminologie. Première de sa promotion à Quantico.

Peabody leva les yeux de l'écran tandis qu'Eve se garait sur un emplacement de deuxième niveau dans la rue.

— J'ai l'impression qu'on peut compter sur eux, conclut-elle.

— Je m'en doutais. Bracken bosse la nuit, enchaîna Eve. Elle est serveuse dans un bar de strip-tease où elle s'effeuillait autrefois. Elle vit au-dessus de son lieu de travail actuel.

— Pratique, commenta Peabody.

— Elle a cinquante et un ans. Jamais mariée, pas d'enfants. Parcours professionnel chaotique, deux peines de prison pour affaires de drogue. Rien de tragique. D'après les archives, sa jeunesse n'a été qu'une suite d'arnaques, de fugues et de vols mineurs.

— Tout pour plaire à McQueen.

Le quartier avait sans doute connu des jours meilleurs, mais aux yeux d'Eve il semblait avoir toujours été sale, morne et dangereux. Le bar de strip-tease, ingénieusement baptisé *Strip-tease Bar*, se tassait sur le trottoir tel un crapaud. Un artiste de rue avait dessiné des organes génitaux démesurés sur la femme nue de l'enseigne aux seins tout aussi démesurés.

Eve aurait volontiers utilisé son passe-partout pour franchir la porte réservée aux résidents, mais la serrure était cassée. Depuis peu, apparemment.

Ignorant les odeurs de Zoner rance dans l'entrée étriquée et l'ascenseur encore plus étroit, elle emprunta l'escalier, Peabody sur ses talons.

— Pourquoi les mecs s'obstinent-ils à uriner contre les murs d'édifices comme celui-ci ? s'interrogea celle-ci.

— Ils expriment leur dédain pour les toilettes aménagées.

Peabody ricana.

— Excellent. Le dédain par la pisse. Je parie qu'elle habite au dernier étage.

— Appartement 4-C.

— Ma foi, j'ai mangé tout mon dessert et une partie de celui de McNab, hier soir. Autant éliminer. Je n'avais pas prévu d'en prendre mais il était là, tout beau, tout sucré. C'est comme le sexe. Quand c'est là, comment refuser ? Je n'avais pas prévu de faire l'amour, vu que mes parents dormaient dans le bureau, mais...

— Peabody, fermez-la.

— Je crois bien qu'ils ont fait l'amour, eux aussi.

Eve s'efforça de ne pas tressaillir.

— Vous tenez à ce que je vous expédie au rez-de-chaussée et vous oblige à gravir une deuxième fois tous les étages ?

— Bof.

L'appartement 4-C n'était pas équipé d'un écran tactile ni d'une caméra de sécurité, nota Eve. Juste de deux verrous et d'un judas manuel.

Elle frappa.

— Les partenaires de McQueen conservent toujours leur propre logement, signala-t-elle à Peabody. En général, elles travaillent à plein temps ou à mi-temps. Les renseignements donnés par les victimes ne concernent que la dernière. Elle l'a aidé à appâter, kidnapper, séquestrer. Quand il abusait de ses victimes, elle prenait son pied à regarder.

— Elle était aussi monstrueuse que lui.

— En effet.

Eve frappa de nouveau. La porte d'en face s'ouvrit.

— Silence ! On ne peut plus dormir tranquille ?

Eve examina l'homme qui la fixait d'un œil noir. Nu comme un ver, un anneau au téton et le bras tatoué d'un serpent enroulé. Elle brandit son badge.

— Je pourrais vous embarquer pour atteinte aux bonnes mœurs. Deb Bracken.

— Merde. Elle est là. Elle a un sommeil de plomb.

Eve insista encore et encore jusqu'à ce qu'elle entende quelqu'un jurer dans le vestibule. Une minute plus tard, la locataire ouvrait.

— Qu'est-ce que c'est, bordel ?

De toute évidence, elle tombait du lit. Ses cheveux courts et emmêlés – une tignasse cuivré et noir – se dressaient autour de son visage affaissé. Elle avait négligé de se démaquiller, aussi ses paupières et sa bouche étaient-elles maculées de mascara et de rouge à lèvres. Elle portait un peignoir noir attaché à la va-vite, révélant de jolies jambes et des seins trop impertinents pour être d'origine.

— Isaac McQueen.

— Qui ?

— Si vous vous foutez de moi, Deb, nous aurons cette conversation au Central.

— Pour l'amour du ciel ! Vous me réveillez, vous m'agressez. De quoi s'agit-il ?

— Isaac McQueen, répéta Eve.

— Ouais, c'est bon, j'ai compris. Seigneur... Il me faut un shoot.

Elle se détourna et s'éloigna.

Sourcils en accent circonflexe, Eve entra à sa suite, la regarda se diriger d'un pas traînant vers la salle de séjour en désordre dans l'angle de laquelle se trouvait une kitchenette comprenant un évier miniature, un mini-frigo et un autochef de la taille d'une boîte à chaussures. Comme elle mettait ce dernier en marche, il émit un grincement, suivi d'un bruit sourd.

Elle en sortit une tasse, en avala le contenu en grimaçant. Un substitut de café bas de gamme, supposa Eve. Elle laissa à Bracken le loisir de s'en programmer une deuxième dose.

— Isaac est en taule.

— Plus maintenant.

— Sans blague ! s'exclama Bracken, une lueur d'intérêt dans les prunelles. Comment ça ?

— Il a égorgé un infirmier et emprunté son identité.

— Il a tué quelqu'un ? N'importe quoi.

— Ce n'est pas la première fois.

— Je n'en crois rien, grogna-t-elle en secouant la tête. Il ne purgeait pas une peine pour meurtre, ce n'était pas son truc. Ce type est peut-être un salopard, mais il n'a rien d'un assassin.

— Vous n'aurez qu'à l'expliquer à la veuve et au gosse de l'infirmier. McQueen est-il venu ici, Deb ?

— Sûrement pas. Il m'a jetée depuis longtemps. Connard.

— Vous lui avez rendu visite en prison.

— Oui, et alors ? Je n'ai pas enfreint la loi. Un flic l'a piégé pour s'attirer les projecteurs. D'accord, il aimait bien le porno juvénile. La belle affaire. À chacun son truc, non ? De toute façon, je ne suis allée là-bas que deux ou trois fois pour bavarder avec lui, lui tenir compagnie.

— Onze fois, rectifia Peabody.

— Quelle importance ? Je ne l'ai pas vu depuis, voyons… deux ans. Il m'a lourdée. Vous comprenez ça, vous ? Il est en taule et il me plaque. Connard.

— Comment vous êtes-vous connus ? voulut savoir Eve.

— Qu'est-ce que ça peut vous faire ?

Sur un signe de tête d'Eve, Peabody sortit un dossier de son sac et le lui tendit. Eve le posa sur le comptoir ridiculement exigu et encombré.

— Regardez, dit-elle. Voici ce qu'il conservait dans une pièce fermée à clé de son appartement, il y a douze ans.

Bracken blêmit.

— C'était un guet-apens, protesta-t-elle.

— J'étais là. C'est moi qui ai trouvé ces jeunes filles.

— C'est vous qui l'avez piégé ?

— Je ne l'ai pas piégé, je l'ai arrêté. Et je le referai. Voici le crime qu'il a commis hier pour me prévenir qu'il était de nouveau dans le circuit.

Elle lui présenta la photo de Julie Kopeski.

— Son conjoint et elle habitent dans l'ancien appartement de McQueen. Il y est entré par effraction. Il l'a battue, violée. Voici la question que je me pose, Deb : est-ce qu'il va vouloir renouer avec vous ?

— Je veux m'asseoir.

— Allez-y.

Deb Bracken se fraya un chemin dans son capharnaüm et s'affaissa dans un fauteuil.

— Ce n'est pas une plaisanterie ?

— Souhaitez-vous voir un cliché de l'infirmier qu'il a tailladé ?

— Seigneur, non ! Je l'aimais bien. Sincèrement. Il me parlait gentiment. Et il est beau. Il paraissait si triste, comme s'il avait besoin de quelqu'un à qui se confier. Quand il m'a annoncé qu'il ne voulait plus me voir, j'en ai été profondément blessée. Il m'a rayée de sa liste de visiteurs et a refusé de répondre à mes messages.

— Vous n'avez pas commencé à lui rendre visite par simple bonté de cœur.

— Je participais à un programme. J'avais des problèmes de… de drogue. C'était une sorte de service à la communauté, supposé me remettre sur les rails. Aujourd'hui, je suis clean. Vous pouvez vérifier. Je le suis depuis bientôt neuf mois. Mais à l'époque, j'étais encore dans le flou et je gagnais cent dollars par visite. Au début, je l'ai fait pour le fric, mais ce connard m'a séduite. Si vous voyez ce que je veux dire.

— Qui s'est chargé de cet arrangement ?

— Je ne veux pas lui causer d'ennuis.

— Deb, McQueen a reçu une quantité de femmes comme vous. Toutes vulnérables. Il aime travailler en équipe. De préférence avec une femme à problèmes.

Sidérée, Bracken devint écarlate.

— Merde ! Jamais je ne ferais de mal à un gosse – ni à quiconque. Bon, je l'avoue, j'ai piqué quelques portefeuilles, j'ai fraudé, mais tout ça, c'était… Je n'ai jamais fait de mal à personne. Jamais je ne l'aurais aidé à malmener une gamine !

— C'est sans doute la raison pour laquelle il vous a écartée. Qui vous a menée à lui ?

— Stibble. Le salopard. Celui-là, je pourrais le tuer. Pas pour de vrai, s'empressa-t-elle de préciser.

— Randall Stibble ?

— C'est ça, grommela Bracken en passant la main dans ses cheveux hirsutes. Il gérait le programme. Quand Isaac m'a virée, j'ai replongé et tout laissé tomber. Aujourd'hui, je suis clean, je vous le jure.

— Je vous crois. Vous a-t-il jamais fait part de ses projets ?

— Parfois, il racontait qu'il allait trouver le moyen de s'échapper, de mettre les points sur les « i » au flic qui l'avait piégé. J'en déduis que c'est vous.

— Lui avez-vous apporté des produits ou objets interdits ?

— Écoutez, je n'ai rien à me reprocher. J'ai un boulot.

— Je ne suis pas ici pour vous harceler sur votre passé. Mais j'ai besoin de savoir, insista Eve en tapotant la photo de Julie.

— Bon, c'est vrai, il m'est arrivé de filer des trucs à Stibble ou à l'un des gardiens...

— Lovett ?

— Si vous le savez, pourquoi me le demander ?

— Quels trucs ?

— Ben... de la pornographie juvénile. C'était son point faible, ce n'était pas à moi de juger.

— Rien d'autre ?

— Euh... des appareils électroniques, peut-être.

— Par exemple ?

— Je ne sais pas, moi, je n'y connais rien. Il me donnait une liste et j'allais lui acheter ce qu'il voulait. La plupart du temps, c'est moi qui payais, en plus. *Connard !* Il m'avait expliqué qu'il se passionnait pour l'électronique. Où était le mal ? Il était tellement adorable. Il m'appelait sa poupée. Et il m'a fait livrer des fleurs. À deux reprises.

— Très romantique.

— C'est ce que je croyais.

Bracken se voûta sur sa tasse de café.

— Ensuite, il m'a envoyée paître, et maintenant, vous me dites qu'il a violenté ces gamines. J'aurais probablement dû m'en douter, mais j'étais paumée. Quand on est sobre, on voit les choses sous un autre angle.

— Si McQueen vous contacte, avertissez-moi immédiatement. S'il se présente ici, ne lui ouvrez sous aucun prétexte. Appelez les secours et joignez-moi.

— Vous pouvez compter sur moi, promit Deb en acceptant la carte de visite que lui tendait Eve.

— Et soyez raisonnable. Ne contactez pas Stibble.

— Je n'ai rien à dire à ce salaud. Mince ! McQueen, je l'aimais bien. Quel malade !

— Votre impression ? demanda Eve à Peabody tandis qu'elles regagnaient la voiture.

— Comme vous. Elle n'a pas menti. McQueen ne pense plus à elle depuis deux ans. Ça m'étonnerait qu'il lui rende visite.

— En effet, mais la crainte de le voir ressurgir incitera Bracken à nous relater tout ce qui pourrait lui venir à l'esprit. De surcroît, elle vient de nous confirmer que Stibble agissait comme intermédiaire.

— Et nous, on a plein de choses à dire à ce fumier.

— Oh que oui !

5

Elles trouvèrent Stibble dans une petite boutique où il tenait ses réunions. Il avait encore plus l'air d'un furet que sur ses photos d'identité, nota Eve. Sa barbe courte et bouclée n'adoucissait en rien son menton pointu, et la couleur rosée de son nez crochu ajoutait à son air stupide.

Avec sa longue tresse dégoulinant dans le dos de sa tunique blanche à capuche et ses bracelets en cuir aux chevilles, il offrait un curieux mélange de Free Ager au cœur tendre et de moine urbain.

Sans doute était-ce précisément ce qu'il visait.

Trois autres personnes étaient avec lui, toutes assises par terre en cercle. Une sorte de presse-papiers en forme de pyramide trônait au centre. Harpes et gongs constituaient le fond sonore.

Il marqua une pause, adressa un sourire chaleureux à Eve et à Peabody.

— Bienvenue ! Bienvenue ! Nous venons de commencer notre exercice de visualisation. Je vous en prie, installez-vous. Si vous en avez envie, vous pouvez nous donner vos prénoms.

— En ce qui me concerne, c'est lieutenant, annonça Eve en sortant son badge. Et vous pouvez visualiser un tour au Central.

— Il y a un problème ?

— Isaac McQueen en est un gros. L'autre, c'est que vous avez organisé ses rencontres avec sa future partenaire tout en empochant une rémunération de l'État.

Stibble croisa les mains.

— Il semble que vous soyez mal renseignée. Nous allons mettre cela au clair. Cette séance doit durer encore quarante minutes. Si vous voulez revenir, je...

— Auriez-vous l'amabilité de vous lever ? l'interrompit Eve d'un ton posé. Ou préférez-vous que je vous donne un coup de main. La classe est finie, ajouta-t-elle à l'intention des autres.

— Quoi ? Mais j'ai payé !

Elle examina l'homme qui venait de protester, ses joues mal rasées, son regard las.

— Combien ?

— Soixante-quinze dollars. Offre spéciale de lancement.

— Mon pauvre, vous êtes vraiment mal barré. Peabody, donnez à ce monsieur l'adresse du centre Dépendants Anonymes le plus proche. C'est gratuit. Et on ne vous oblige pas à vous asseoir en tailleur pour contempler des pyramides. Cerise sur le gâteau, on vous sert du café presque décent et des gâteaux.

— Je n'apprécie guère ces insinua...

— Vous, bouclez-la, conseilla-t-elle à Stibble. Pardon pour le désagrément, mais votre thérapeute est attendu ailleurs.

— C'est avec plaisir que je reporterai la session, bredouilla ce dernier tandis que ses clients s'éclipsaient. Surtout, que ce problème mineur ne vous fasse pas trébucher sur le chemin de la santé et du bien-être !

— La ferme, Stibble.

— J'ai d'autres patients qui doivent...

— Peabody, citez-lui ses droits.

— Attendez ! Attendez ! glapit-il.

Agitant les mains, sautillant sur la pointe des pieds, il effectua quelques cercles pendant que Peabody lui débitait le code Miranda révisé.

— Comprenez-vous vos droits et obligations, monsieur Stibble ?

— Vous ne pouvez pas m'arrêter ! Je n'ai rien fait de mal.

— Répondez à ma question, ordonna Eve.

— Oui, je comprends. En revanche, je ne comprends pas de quoi il s'agit. Isaac McQueen a assisté à nombre de mes séances. Je les pratique en prison depuis des années. Je sais qu'il s'est évadé. C'est épouvantable, mais je n'y suis pour rien.

— Deb Bracken. Ce nom vous dit quelque chose ?

— Je... je ne suis pas sûr.

— Elle n'a eu aucun mal à se souvenir de vous ni des cent dollars que vous lui remettiez chaque fois qu'elle rendait visite à McQueen. J'ai une liste de noms et je parie que tous pointent le doigt sur vous.

— Le contact humain et l'échange verbal sont des outils essentiels à la réhabilitation. Ça n'a rien d'illégal.

— En revanche, accepter un pot-de-vin d'un détenu pour lui présenter des femmes est interdit. Vous n'avez pas distribué vos billets de cent dollars par compassion ou par générosité, Stibble. Comment McQueen vous rémunérait-il ?

— C'est absurde ! braillat-t-il, visiblement paniqué. Mme Bracken était sous l'influence de son addiction, à l'époque. Elle doit confondre.

— Je m'apprête à vous inculper pour complicité dans la séquestration de deux personnes, l'agression et le viol de l'une d'entre elles.

— Vous plaisantez, bafouilla-t-il en reculant de quelques pas. Jamais de ma vie je n'ai levé la main sur un être humain.

— McQueen, si. Vous l'aidez et l'encouragez depuis des lustres.

— C'est un malentendu. Vos menaces me boulever-sent. Nous devrions tous reprendre notre respiration.

— Peabody, menottez-le.

— Une seconde, une seconde ! s'affola-t-il. En effet, je me suis débrouillé pour que plusieurs femmes ren-dent visite à Isaac. À des fins thérapeutiques, et avec l'approbation de l'administration. Bien entendu, ces femmes devaient être rétribuées pour le temps passé. La réhabilitation exige de nombreux outils.

— Épargnez-moi vos conneries. Combien touchiez-vous ?

— Une indemnité ridicule. Pour couvrir mes frais.

— Mille dollars la visite, ça fait beaucoup de frais. Nous avons trouvé votre compte caché, Stibble.

— C'étaient des donations, s'égosilla-t-il. Pour mon centre. Un arrangement tout ce qu'il y a de plus légal.

— Comment dénichiez-vous ces femmes ? Elles ne sont pas toutes d'ici.

— Je... euh... j'ai prodigué des conseils à de nom-breuses personnes en difficulté.

— Parmi ces dernières, qui a-t-il choisi pour travail-ler avec lui ?

Le regard de Stibble n'arrivait pas à se fixer, et Eve comprit qu'un rien suffirait pour lui faire cracher le morceau.

— Je n'en sais rien. Je ne vois pas où vous voulez en venir.

— Bien sûr que si.

Elle s'avança juste assez pour envahir son espace. Le visage dur, la voix monocorde, elle martela :

— Vous saviez pertinemment ce qu'il manigançait et vous vous en foutiez tant qu'il vous filait du fric. Il en a sélectionné une. Je veux un nom.

— Je ne peux pas vous révéler ce que j'ignore.

D'un mouvement preste, Eve le plaqua contre le mur, les bras dans le dos, et lui passa les bracelets.

— Non ! Que faites-vous ? Vous n'avez pas le droit ! Je coopère.

— Pas assez à mon goût. Vous êtes en état d'arrestation pour avoir accepté un pot-de-vin alors que vous étiez employé par l'État de New York, pour connivence avec un détenu, complicité d'évasion, meurtre et...

— Meurtre !

— Nathan Rigby. McQueen lui a tranché la gorge pour récupérer son uniforme et son badge. C'est vous qui allez porter le chapeau.

— Je n'étais pas au courant. Comment aurais-je pu l'être ?

— Donnez-moi un nom, insista Eve en le poussant vers la sortie. Je veux le nom de sa partenaire.

— Sœur Suzan. C'est sœur Suzan. Lâchez-moi.

— Où est-elle ?

— Je n'en sais rien. Je n'en sais rien, je vous le jure.

Eve s'immobilisa sur le seuil, relâcha légèrement son étreinte.

— Comment savez-vous que c'est elle ?

— J'ai joué les messagers à partir du moment où il lui a demandé de ne plus venir. Des blocs-notes électroniques et des disques. J'ignorais ce qu'ils contenaient. Il me disait où envoyer ceux qu'il lui destinait. Diverses boîtes postales. C'est tout ce que je sais.

— J'en doute, mais c'est un début.

— J'ai coopéré. Vous ne pouvez pas m'arrêter.

— On parie ?

Eve avait l'intention de le laisser mariner un moment avant de le cuisiner de nouveau. Il avait d'autres informations à lui dévoiler et elle avait la certitude qu'il craquerait. Pendant qu'elle le questionnait, Peabody effectuerait une recherche approfondie sur sœur Suzan Devon.

Toutefois, alors qu'elle s'engouffrait dans le parking souterrain du Central, son communicateur bipa.

— Dallas.

— Vous devez vous rendre au bureau du commandant Whitney. Immédiatement.

— Bien reçu.

— Vous croyez qu'il y a du nouveau ? s'enquit Peabody.

— Je ne vais pas tarder à le savoir. Vous pouvez vous charger de ce salopard ?

Peabody jeta un coup d'œil à Stibble, qui avait sangloté durant tout le trajet.

— Je pense que oui.

— Occupez-vous des formalités, puis mettez-le en cellule.

Il pleura encore dans l'ascenseur. Ce fut avec un immense soulagement qu'Eve en émergea et fonça vers les escaliers roulants.

L'assistante de Whitney la fit entrer aussitôt et ferma la porte derrière elle.

— Commandant. L'inspecteur Peabody et moi avons placé Randall Stibble en détention provisoire. Il a révélé le nom de la partenaire.

— Nous verrons cela ensuite. Asseyez-vous, lieutenant.

Il savait qu'elle préférait rester debout, mais elle obéit car il s'était exprimé d'un ton sans appel.

— McQueen a refait surface, lâcha-t-il. Il a pris un otage.

— Un otage ?

— C'est ce que nous supposons dans la mesure où elle ne colle plus au profil type de ses victimes.

L'estomac d'Eve se noua.

— En d'autres termes, il a enlevé une de ses ex-victimes. Une des jeunes filles. Je n'ai jamais songé... j'aurais dû... Comment pouvons-nous en être sûrs ?

— Il a laissé un message.

On frappa et le Dr Mira entra. Un frisson d'effroi parcourut l'échine de Dallas.

— Eve.

Mira s'installa dans un fauteuil et le tourna vers elle. Comme toujours, elle irradiait le calme et la beauté. Mais la lueur d'angoisse dans ses prunelles poussa Eve à se lever.

— Commandant.

— Restez assise, Dallas. J'ai prié le Dr Mira de nous rejoindre car je... *nous* accordons une grande valeur à ses perceptions et opinions. Je lui ai déjà résumé la situation.

Eve obéit et il déplaça son propre fauteuil – geste qu'il n'avait jamais eu auparavant – pour se placer en face d'elle.

— Aux alentours de minuit, heure Central, Isaac McQueen a enlevé Melinda Jones – sa dernière proie, avec sa sœur jumelle, il y a douze ans.

— Je sais qui c'est, murmura Eve. Elle lui a rendu visite en prison quand elle avait dix-neuf ans. Je n'ai pas approfondi la question, avoua-t-elle, la gorge sèche, le cœur battant. Sa sœur est flic, elles vivent toutes les deux à Dallas. Mon nom.

Car c'était à Dallas qu'on l'avait trouvée, visiblement brutalisée, mais incapable – ou refusant – de se rappeler ce qui s'était passé.

— Quel est le message ?

— En tentant de joindre sa jumelle, l'inspecteur Jones est tombé sur cette annonce...

Sans bouger, Whitney commanda à l'ordinateur de la diffuser.

Bonjour Bree ! J'espère que tu te souviens de moi aussi bien que Melinda lors de nos retrouvailles-surprises. Quelle jolie femme, et comme tu lui ressembles malgré la différence de coiffure. C'est ton vieil ami Isaac. Melinda et moi réapprenons à nous connaître. J'aimerais en faire autant avec toi. Nous n'avons pas pu passer beaucoup de temps ensemble, il y a douze ans, vu que nous avons été si grossièrement interrompus. Sois mignonne, veux-tu, et transmets ceci à Eve Dallas – devenue le lieutenant Dallas : « Venez me chercher. Si Dallas n'est pas à Dallas – astucieux, non ? – dans les huit heures suivant la réception de ce message, ma foi, tout ce que je peux dire, c'est que Melinda sera très déçue de ne plus avoir que neuf doigts. Et ce ne sera qu'un début. Huit heures, Eve. Le deuxième round commence maintenant. Bises, Isaac. »

— On a pu récupérer le communicateur ?

— Dans son véhicule. À deux kilomètres à peine de chez elle.

— À quelle heure sa sœur a-t-elle essayé de la contacter ?

— 10 h 43 ce matin.

— Il n'est pas midi. Nous sommes dans les temps.

— Rien ne prouve qu'elle est encore vivante, observa Whitney.

— Il ne va pas la tuer, commandant. En tout cas, pas tout de suite. Il a choisi Melinda Jones pour des raisons spécifiques. Elle est allée l'affronter lorsqu'il était en prison. D'après la liste des visiteurs, aucune autre de ses ex-victimes n'a pris une telle initiative. De plus, il s'est démené pour mettre son plan sur pied. Il devait disposer de moyens pour l'atteindre, un appartement où la séquestrer. Cela signifie qu'il a effectué toutes les recherches nécessaires et mis sa partenaire à contribution. Quel intérêt de la tuer après tant d'efforts ?

— Si je suis plutôt d'accord avec vous, il est possible qu'elle ne soit qu'un appât – mort ou vivant – pour vous attirer dans une embuscade. Il vous veut là-bas, hors de votre élément, privée de vos ressources habituelles. Et comme vous, je pense qu'il s'est soigneusement préparé, qu'il s'est servi de sa partenaire et que vous êtes sa cible.

Whitney se tut, se pencha légèrement vers Eve.

— Comprenez-moi, lieutenant. Je ne vous donnerai pas l'ordre d'y aller.

— Quoi qu'il attende de moi, commandant, il ne s'arrêtera pas tant qu'il n'aura pas obtenu satisfaction.

Elle avait su tout de suite qu'il ne traînerait pas à New York, qu'il refuserait de se battre sur son terrain à elle.

De là à élire Dallas. Jamais elle n'avait imaginé qu'il opterait pour cette ville, et une ex-victime.

— Il reste vingt et une survivantes sur lesquelles il peut jeter son dévolu. Et des centaines d'autres qui satisferaient ses besoins. C'est moi qu'il vise. Il va torturer Melinda Jones et/ou enlever d'autres proies jusqu'à ce que j'aille là où il le veut.

Elle était coincée. Il l'avait poussée dans ses retranchements. Un point pour lui.

— Je préférerais avoir votre permission et votre soutien, commandant, ainsi que la collaboration de la police de Dallas. Mais s'il le faut, je m'en passerai. J'ai des congés à prendre.

— J'ai eu une conversation avec le lieutenant de l'inspecteur Jones. Il accepte votre aide et veut bien vous engager comme consultante. Toutefois...

Whitney posa les paumes sur ses cuisses, les tapota deux fois.

— Dallas, nous sommes tous au courant de votre passé dans cette ville. Nous devons en déduire que McQueen l'est aussi, du moins en partie.

Une boule de glace se forma dans le ventre d'Eve.

— Il a dû déterrer les faits de base, répliqua-t-elle. Raison de plus pour vouloir m'attirer là-bas. Vous le connaissez, ajouta-t-elle à l'adresse de Mira. Vous savez que c'est une possibilité.

— Commandant, puis-je bavarder quelques minutes en privé avec le lieutenant, s'il vous plaît ? demanda cette dernière.

Whitney fronça les sourcils, mais acquiesça et se leva.

— Bien sûr.

— Nous perdons du temps, déclara Eve dès qu'il fut sorti. Il est évident que je dois y aller, à quoi bon ressasser ?

— Je vous empêcherai de quitter New York tant que nous n'aurons pas parlé.

— Vous n'en avez pas le pouvoir.

Les yeux de Mira, d'un bleu si doux, virèrent à l'acier.

— N'en soyez pas si sûre.

— Vous seriez prête à le laisser torturer, démembrer, tuer une femme innocente pour m'épargner un traumatisme ? s'insurgea Eve en se levant. Je suis flic. Ce n'est pas à vous d'en décider.

— Si, justement, rétorqua Mira dans un élan de colère. Vous n'avez pas cillé. Vous n'avez pas hésité. Je vous conseille vivement de le faire maintenant, en ma présence, plutôt que de vous jeter dans la fosse aux lions sans réfléchir aux conséquences. Vous avez été battue et violée à Dallas.

— À Chicago aussi. Et ailleurs. Dois-je vous fournir une liste pour que vous me donniez l'autorisation de voyager ?

— Vous n'avez pas tué votre agresseur à Chicago. Vous avez enfin réussi à vous défendre à Dallas – une enfant de huit ans, couverte de sang, le bras cassé, en état de choc qui déambulait dans les rues.

— Je suis au courant. J'y étais.

— Vous avez refoulé ce drame pendant des années. Vous avez vécu avec vos cauchemars.

— Je n'en ai plus. J'ai vaincu le problème.

Presque complètement.

— Avez-vous envisagé, ne serait-ce qu'une seconde, ce que le fait de vous rendre là-bas en ces circonstances risquerait de provoquer ? Pourchasser un homme qui abuse physiquement, sexuellement, émotionnellement d'enfants, comme votre père autrefois ? Avez-vous songé à la manière dont cela pourrait vous affecter, sur les plans professionnel et personnel ?

— Vous croyez que j'en ai envie ? explosa Eve. J'y suis retournée une fois, dans cette chambre, dans ces rues, et même dans l'allée où l'on m'a ramassée. J'ai surmonté cette épreuve et je me suis promis de ne plus jamais y remettre les pieds. Il est mort ici et ici, enchaîna-t-elle en plaquant les mains sur sa tête. Je ne tiens pas du tout à le ranimer en me rendant là-bas. Mais que voulez-vous que je fasse ? Que je laisse mourir cette femme par peur de mon passé ?

— Au contraire, affirma Mira d'un ton posé. Je compte sur vous pour faire votre boulot, le débusquer et l'arrêter.

Eve hésita, puis :

— En somme, vous vouliez que je craque *avant* ?

— Exactement. Je vous apprécie énormément, Eve. Vous êtes bien davantage pour moi qu'un simple dossier parmi d'autres. Je vous aime comme ma propre fille et je suis consciente que ce genre de sentiment peut compliquer notre relation de temps en temps.

Elle poussa un soupir où la tristesse se mêlait au regret.

— Une mère protège son enfant avant tout. Elle doit aussi le laisser voler de ses propres ailes, mais pas sans s'être assurée que ledit enfant est prêt, armé. Si vous aviez été incapable d'admettre – vis-à-vis de vous-même comme vis-à-vis de moi – vos peurs, vos doutes, vous n'auriez pas été prête. À présent, je peux vous donner le feu vert tout en rêvant de vous retenir.

— Je n'en ai aucune envie, souffla Eve. Mais si je me dérobais, je ne me le pardonnerais jamais.

— Je sais. Il se servira de ce qu'il connaît de votre histoire comme du sel sur une plaie à vif. Il vous lancera des défis, titillera vos faiblesses. Promettez-moi de me contacter si vous avez besoin d'aide.

Eve se rassit.

— Par moments, j'ai du mal parce que les souvenirs que j'ai de ma mère sont tordus et sordides. Elle me détestait. Ce regard haineux, quand elle me contemplait... Le résultat, c'est que je réagis mal face à la moindre manifestation d'amour maternel, si pur soit-il.

— Je le conçois. Nous pourrons approfondir cette question quand vous en aurez envie, assura Mira en posant la main sur celle d'Eve. Surtout, *surtout*, faites appel à moi si vous en ressentez le besoin.

— Vous avez ma parole.

Mira quitta son siège, se dirigea vers la porte et s'immobilisa.

— Vous avez toujours été forte, mais vous l'êtes encore plus qu'autrefois. Vous avez toujours été intelligente, mais vous l'êtes encore plus aujourd'hui. Vous avez plus que cela même parce que vous vous êtes autorisée à donner et à recevoir. McQueen n'a pas changé depuis que vous l'avez arrêté. Vous, si. Appuyez-vous sur cela.

Elle ouvrit la porte.

— Commandant, fit-elle tandis que Whitney les rejoignait, je déclare le lieutenant Dallas apte à cette mission.

— Très bien. Le lieutenant Ricchio, de Dallas, est d'accord aussi, continua Whitney en se tournant vers Eve, et vous autorise à emmener un inspecteur de votre choix. Si c'est Peabody que vous voulez, pas de problème.

— On a besoin de Peabody ici, commandant, répliqua Eve. Elle a étudié les rapports et rassemblé les données sur la partenaire de McQueen ainsi que sur le suspect en détention provisoire – un complice qui pourrait nous procurer des informations précieuses. Je veux qu'elle continue à mener l'enquête d'ici. En tant que responsable.

— Soit.

— Je la mettrai au courant. J'emmènerai Connors comme expert consultant civil, s'il est disponible.

— Organisez-vous comme vous voulez et prévenez-moi quand vous serez dans les airs... Tenez, voici un disque contenant les biographies de Ricchio, de l'inspecteur Jones et d'autres collègues avec qui vous serez probablement amenée à travailler.

— Merci, commandant. C'est... gentil d'y avoir pensé.

— Je connais mes flics. Cela vous épargnera quelques recherches. Bonne chasse, lieutenant.

Eve regagna la Criminelle au pas de course. Elle prendrait le temps de réfléchir et de planifier son voyage, mais pour l'heure, le temps pressait.

Elle aperçut Peabody qui tergiversait devant les distributeurs.

— Peabody, avec moi.

Elle fonça dans son bureau.

— Stibble est en cellule, commença Peabody. Je m'apprêtais à déjeuner, puis à...

— Plus tard. McQueen est à Dallas. Il a enlevé Melinda Jones, une de ses ex-victimes, hier soir.

— Elle est vivante ?

— On suppose que oui. Il a laissé un message à sa jumelle. Il m'invite à aller faire joujou avec lui.

— Pour...

Peabody s'interrompit brusquement et ferma la porte.

— Il sait ce qui vous est arrivé là-bas ?

— Je l'ignore, avoua Eve en rassemblant ses dossiers. Je pars sur-le-champ.

— Autrement dit, *nous* partons sur-le-champ.

— Non. J'ai besoin que vous restiez ici. Je vous charge de Stibble. Essorez-le au maximum. Continuez à vous renseigner sur cette fameuse sœur Suzan. Elle est forcément à Dallas. Elle a préparé le terrain pour McQueen. Ils ont un lieu suffisamment isolé pour y séquestrer un otage. Elle a certainement son propre appartement non loin de là. Mettez Baxter et Trueheart dans le bain. Si vous avez besoin de davantage d'hommes, prévenez-moi.

Peabody se planta devant la porte pour lui bloquer le passage.

— Vous n'irez pas là-bas toute seule.

Eve haussa les sourcils.

— Mes ordres manquaient-ils de clarté, inspecteur ?

— Dallas, épargnez-moi ce genre de connerie. C'est un traquenard. Pire, c'est là que... c'est là.

— Je sais, et il est évident qu'il croit me tendre un piège. Il va faire traîner les choses un moment, juste pour le plaisir. Grosse erreur.

Peabody croisa les bras.

— J'y vais avec vous.

— Peabody, je suis consciente que vous vous efforcez d'améliorer vos compétences en matière de corps-à-corps, mais je peux vous aplatir en moins de cinq secondes.

Eve retint son souffle tandis que l'expression de Peabody se durcissait. D'abord Mira et maintenant Peabody.

— Si je ne peux pas m'en sortir seule, je n'ai rien à faire avec ces galons dans cette division, déclara-t-elle.

— Le problème n'est pas là. Cette fois, c'est différent.

— Chaque affaire a ses particularités et nous les traitons toutes en fonction de ces particularités. Ce qui ne change pas, c'est que nous faisons notre boulot et prenons les risques inhérents à notre métier. Point.

L'espace d'un instant, elle envisagea de démoraliser sa coéquipière en la bousculant. Elle se ravisa. D'une part, elle serait rongée de remords et, d'autre part, elle avait besoin d'une Peabody assurée, confiante et lucide.

De surcroît, elle n'avait pas le cœur à réfuter les inquiétudes de sa collaboratrice. Son amie.

— Je vais voir si Connors peut se libérer pour m'accompagner en qualité d'expert consultant, enchaîna-t-elle. Le commandant a reçu l'aval de la police de Dallas. N'insistez pas, Peabody. Je dois y aller et j'ai besoin de vous pour assumer la charge de l'enquête ici.

— La charge de l'en... Moi ? Mais Baxter...

— Vous connaissez parfaitement l'affaire McQueen et vous avez suivi les événements jusqu'ici. Vous êtes un inspecteur décoré. Vous allez diriger la partie new-yorkaise de cette enquête comme vous y avez été formée. Je vous interdis de me décevoir.

— Je ne vous décevrai pas, mais, je vous en supplie, ne partez pas toute seule. Si Connors ne peut pas se rendre disponible tout de suite, emmenez un autre homme. Quelqu'un à qui vous pouvez vous fier entièrement. Vous ne connaissez personne sur place.

— J'ai des fichiers. Si Connors est occupé, je pense m'adresser à Feeney.

— D'accord. Mais au cas où, je...

— Je sais où vous joindre. À présent, je file. Il ne m'a accordé que huit heures de délai et le temps passe très vite. Transmettez-moi tout ce que vous réussirez à arracher à Stibble, notamment concernant la partenaire.

— Je vous contacterai régulièrement.

À contrecœur, Peabody s'effaça pour laisser sortir Eve.

— Comment souhaitez-vous que j'aborde Stibble ? Dois-je...

— Vous savez ce que vous avez à faire. Faites-le. Et mettez les autres au courant sans attendre.

Sur ces mots, Eve s'éloigna. Elle s'empara de son communicateur et joignit Baxter tout en se dirigeant vers le parking.

— Hello !

— J'ai eu un tuyau sur McQueen et je quitte la ville. Peabody prend le relais. Je veux que Trueheart et vous travailliez avec elle. Elle est en charge de l'enquête.

— Bien reçu.

— Ne la malmenez pas trop, Baxter, mais ne la couvez pas non plus.

— N'ayez aucune inquiétude. Trueheart m'aidera à rester sur les rails. Contentez-vous d'attraper ce monstre, lieutenant.

— C'est bien mon intention.

Elle raccrocha, appela le bureau de Connors. Caro, son assistante, lui répondit avec un grand sourire.

— Bonjour, lieutenant. Connors est en holoconférence. Si c'est important, je peux intervenir.

— Je suis en route. J'ai besoin de lui parler au plus vite. Une urgence.

Le visage de Caro s'assombrit.

— Je lui transmets le message.

— Merci.

« C'est parti ! » songea Eve en grimpant à bord de son véhicule et en démarrant en trombe. Elle enfonça l'accélérateur, esquiva, se faufila, enclencha le mode vertical, puis inséra le disque que lui avait confié Whitney afin de se familiariser avec le lieutenant Ricchio et son équipe.

Lorsqu'elle pénétra dans le vaste hall noir et blanc du siège de l'empire de son mari, un agent de sécurité vint à sa rencontre.

— L'ascenseur vous attend. Montez, lieutenant. Il est programmé.

— Merci.

Pendant la durée de l'ascension, elle arpenta la cabine, échafaudant un plan d'attaque.

Les portes s'ouvrirent directement sur le bureau de Connors.

— Que s'est-il passé ? demanda-t-il en venant à sa rencontre.

— McQueen a pris un otage.

Comme il lui serrait le bras, elle comprit son erreur. Il pensait que c'était quelqu'un de New York, quelqu'un qu'ils aimaient.

— Qui ?

— Melinda Jones. L'une des jumelles, ses dernières victimes avant son arrestation.

— Je m'en souviens.

Cependant, il ne parut guère soulagé. Connors n'oubliait jamais rien.

— Elle est à Dallas, ajouta-t-il, et ce n'était pas une question.

— Exact. Il l'a enlevée hier soir. Je te raconterai plus tard. Il m'accorde un délai de huit heures pour me rendre sur place, sans quoi il va commencer à la découper en morceaux.

— Il veut que tu ailles à Dallas ? Il te l'a expressément demandé ?

— Oui. Je dois y être huit heures au plus tard après réception de l'annonce qu'il a laissée sur le communicateur de Melinda. Il était 10 h 43 là-bas. Il est maintenant 12 h 40. Je dispose donc de six heures, sauf qu'avec le décalage horaire, ça ne fait plus que... Merde, je n'y comprends jamais rien.

— Il nous reste assez de temps. S'il est à Dallas, ce n'est pas une coïncidence.

— Nous en discuterons. Pour l'instant, ma priorité, c'est de l'empêcher de mettre sa menace à exécution. J'ai l'autorisation de travailler avec les autorités locales et d'emmener un partenaire. Je veux que Peabody reste ici pour poursuivre l'enquête de ce côté.

Connors opina et gagna son bureau face à une muraille de baies vitrées surplombant New York.

— Caro, annulez tous mes rendez-vous jusqu'à nouvel ordre. Réservez-moi un jet pour Dallas, Texas. Immédiatement. Merci... Assieds-toi, Eve.

— Je ne t'ai pas proposé de m'accompagner. Je m'y apprêtais, mais tu ne m'en as pas accordé le loisir.

— Tu crois vraiment que je t'aurais laissée partir sans moi ?

Elle ferma brièvement les yeux.

— Pas de questions ? Pas d'objections ? Pas de : « Je t'interdis de retourner là-bas » ? s'étonna-t-elle.

— Ce serait une perte de temps pour toi comme pour moi. Y aller va te meurtrir. Ne pas y aller te briserait.

Elle laissa échapper un soupir. Puis elle s'avança vers lui et noua les bras autour de son cou.

— Tu as raison. Quant à y retourner sans toi, je ne veux même pas y songer.

— Alors n'y songe pas, murmura-t-il en la repoussant légèrement pour plonger son regard dans le sien. Nous allons surmonter cette épreuve, toi et moi.

— Oui. Je... Nous devons rentrer à la maison faire nos valises.

Connors alla pianoter de nouveau sur son communicateur. Quelques secondes plus tard, Summerset apparaissait sur l'écran.

— Eve et moi devons nous rendre à Dallas. Une enquête policière. Pouvez-vous préparer nos bagages et les expédier à mon jet privé, s'il vous plaît ?

— Bien entendu. Je prévois des vêtements pour une semaine ?

— Parfait. Je vous recontacterai avec d'autres instructions sur le trajet. Merci.

En dépit de l'urgence de la situation, Eve eut un sursaut d'effroi.

— Quoi ? Summerset va préparer mes bagages ? Fourrager dans mes sous-vêtements ?

Connors lui jeta un coup d'œil et sourit.

— Cela semble te perturber davantage que la perspective d'affronter McQueen.

— C'est humiliant. Mais j'avale la couleuvre. Histoire de gagner du temps.

— Détends-toi. Respire. Je dois discuter quelques minutes avec Caro.

Eve resta obstinément debout.

— Connors, tu dois te dire que m'accompagner dans cette épreuve fait partie des règles du mariage.

Il esquissa un sourire.

— Toi et tes règles ! Tu les adores.

— Je les connais et je les comprends. Je te reproche souvent de posséder le monde ou d'acheter des planètes, mais je suis consciente du travail que la direction de toutes tes entreprises te demande, de l'énergie que tu déploies. Je sais que tu vas mettre en attente toutes sortes de réunions importantes à cause de moi, et je t'en suis infiniment reconnaissante.

— Eve... Un jour, je me suis trouvé dans un pré en Irlande, seul et un peu perdu, à me languir de toi. Tu es venue, alors que je ne te l'avais jamais demandé. Tu es venue parce que tu savais que j'avais besoin de toi. Nous ne faisons pas toujours ce qu'il faut, ce qui est bien. Pas même l'un pour l'autre, mais quand c'est important, nous le sentons. Il n'y a pas de règle pour cela, Eve. C'est juste l'amour.

« Juste l'amour », songea-t-elle tandis qu'il quittait la pièce. Elle était sur le point de replonger dans son enfer personnel pour affronter un meurtrier, mais à cet instant précis, elle s'estimait la femme la plus chanceuse du monde.

6

Eve passa la première partie du vol à étudier le reste des données que lui avait fournies Whitney. Puis elle arpenta l'allée en réfléchissant à sa stratégie, jusqu'à ce que Connors délaisse enfin son mini-ordinateur.

— Dis-moi à quoi je dois m'attendre en arrivant.

— Je ne peux rien affirmer, répondit-elle. C'est justement ce qui me tracasse. Ricchio, lieutenant Anton, est le supérieur de l'inspecteur Jones. Il dirige l'Unité Spéciale, il a donc l'habitude des crimes sexuels et des abus sur mineurs. Jones n'a pas choisi cette division au hasard.

— Quant à sa jumelle, elle s'est lancée dans la thérapie du viol. J'imagine qu'elles ont travaillé ensemble.

— Melinda a suivi de nombreuses victimes figurant dans les archives de l'Unité Spéciale. Ricchio a vingt ans de service à son actif. Il est marié – pour la deuxième fois – depuis douze ans. Il a un fils de dix-huit ans issu du premier lit et une fille de dix ans, avec sa femme actuelle. Il me paraît équilibré, il laisse de l'espace à ses hommes. Jones fait équipe avec son inspecteur le plus expérimenté, Annalyn Walker. Quinze ans de boutique, dont les huit dernières à l'Unité Spéciale. Célibataire, jamais mariée, pas d'enfants. Ses états de service sont irréprochables. À mon avis, c'est surtout avec elles deux que nous travaillerons.

Son communicateur bipa.

— Les fédéraux, annonça-t-elle. Ici Dallas.

— Qu'en est-il de la coopération et du partage des informations ? beugla Nikos.

De toute évidence, Elva Nikos était furieuse. Folle de rage, même.

— Agent Nikos, je cours contre la montre. Vous obtiendrez toutes les informations pertinentes en vous adressant à mon commandant et à l'inspecteur Peabody, qui dirige désormais l'enquête à New York.

— Si McQueen est à Dallas avec un otage, Laurence et moi devons nous y rendre.

— Ce n'est pas à moi d'en décider.

— Tout est arrangé. Nous avons une heure de retard sur vous. Vous auriez pu nous proposer de voyager avec vous.

— Écoutez, Nikos, j'ai des préoccupations un tanti-net plus importantes que vos problèmes de transport. McQueen séquestre une jeune femme et a toutes les rai-sons de s'en prendre à une autre qui a réussi à lui échapper. Je ne lui en laisserai pas le loisir. Nous pen-sons que sa partenaire est une certaine Suzan Devon, domiciliée à Bâton Rouge. Ma coéquipière et ses hommes s'efforcent de la retrouver.

— Je suis au courant. Nous avons nous aussi des res-sources considérables, grâce auxquelles nous avons pu établir que sœur Suzan Devon n'existe que depuis trois ans environ. Les empreintes et l'ADN enregistrés sont faux, ils appartiennent à un cadavre vieux de dix ans nommé Jenny Pike. Nous effectuons une recherche faciale dans l'espoir de détecter une correspondance dans notre système.

— Elle est sûrement à Dallas avec McQueen.

— Possible. Ou bien il s'est déjà débarrassé d'elle.

« Non, non, pensa Eve. Utilisez vos méninges. »

— Il a encore besoin d'elle. Il n'a pas eu le temps de chercher une nouvelle partenaire. Elle est avec lui. Elle est devenue sœur Suzan avant de rencontrer McQueen, il n'y est pour rien. L'inspecteur Peabody doit interroger Stibble, qui est à l'origine de leur rencontre. S'il sait quelque chose, elle le fera parler. Nous allons atterrir dans une minute. Nous poursuivrons cette conversation chez le lieutenant Ricchio.

Eve raccrocha et se tourna vers Connors.

— Merde.

— Pourquoi ? L'intervention du FBI complique les choses ?

— Je n'ai pas pensé à les prévenir. Ça ne m'a pas traversé l'esprit et ça aurait dû. Je leur avais promis mon entière collaboration.

— S'ils sont si près derrière nous, c'est qu'ils ont été informés rapidement.

— C'était à moi de le faire, marmonna Eve en se ratissant les cheveux. À présent, je vais devoir leur présenter mes excuses. J'ai horreur de ça. Et, oui, ça complique les choses. Ricchio doit se taper des fédéraux en plus d'un flic de New York. À sa place, je l'aurais mauvaise.

— Tu as une heure d'avance pour l'amadouer. Le FBI n'a qu'à assumer ses propres errements diplomatiques.

— Tu n'as pas tort.

— Assieds-toi et attache ta ceinture.

Se penchant sur elle, il s'en chargea lui-même avant d'entourer son visage de ses mains pour la regarder au fond des yeux. Les atterrissages la terrifiaient autant que les décollages.

— Tu connais ton métier, dit-il. Le lieu où tu l'exerces importe peu.

— Cette fois, si.

— Tu as ta cible, ton objectif. C'est le plus important. Et tu te connais.

Il l'embrassa, pour la rassurer, pour se rassurer.

La navette venait de toucher terre. À Dallas.

Ils émergèrent de l'appareil, et Eve fronça les sourcils en découvrant le véhicule que Connors leur avait réservé.

Amusé, il lui ouvrit la portière côté passager.

— J'ai pensé qu'il valait mieux jouer la discrétion, expliqua-t-il.

— D'accord, ce n'est pas un joujou décapotable en or massif, mais pour ce qui est de la discrétion... Cette voiture est une fortune sur roues.

— C'est une berline élégante dotée de capacités tout-terrain puisque nous ignorons où nous devons aller. Et elle est noire.

Il se glissa derrière le volant, programma l'ordinateur de bord.

— D'ailleurs, une décapotable en or massif pèserait beaucoup trop lourd. Un simple vernis doré, en revanche, pourquoi pas ?

— Je te fais confiance, grommela-t-elle.

— Avec raison.

Ils furent rapidement engloutis dans les embouteillages. Lors de sa précédente visite, Eve avait été frappée par la densité de la circulation, les rues qui partaient dans tous les sens au lieu de former un quadrillage parfait comme à Manhattan. Quant à l'architecture, elle était très différente de celle de New York où l'ancien côtoyait le nouveau, où les vieilles demeures de brique se mêlaient aux tours élancées. Ici, tout paraissait clinquant.

Elle se concentra sur les gratte-ciel, refusant de repenser à ce qui s'était passé dans la chambre glaciale d'un hôtel minable situé dans le quartier chaud de la ville.

— Qu'est-ce que ça a changé depuis notre dernière visite, commenta-t-elle.

Connors indiqua l'une des innombrables grues qui se dressaient dans le ciel.

— Cette ville est en perpétuelle évolution.

— Au fond, ce n'est pas plus mal. Peut-être que je ne ressentirai rien, comme si j'étais dans une cité anonyme... On nous a réservé un emplacement de visiteur. Niveau trois Est, numéro vingt-deux. C'est le niveau de l'Unité Spéciale.

— Pratique.

— Pure courtoisie. Ils auraient pu nous refiler une place à l'autre bout. C'est plutôt bon signe. Je dois convaincre Ricchio de me laisser prendre les rênes. Il ne connaît pas McQueen et c'est normal. Il se sera documenté, bien sûr, mais ça ne suffit pas.

— Bree Jones le connaît.

— Oui, mais elle a moins d'expérience que son supérieur. Et c'est sa sœur qui est en danger. Sans oublier le facteur traumatisme subi – et crois-moi, elle le revit minute par minute depuis 10 h 43 ce matin. J'ignore si elle sera un atout ou un poids.

Connors bifurqua dans le parking.

— Tu es nerveuse, anxieuse. Ne me contredis pas. Ils ne le devineront jamais, mais moi, je ne suis pas dupe. Je le sens.

— Je tâcherai de me contrôler.

— Je n'en doute pas une seconde. Le mieux serait peut-être d'y aller en douceur, de prendre le temps de cerner Ricchio et Bree Jones. De leur donner une chance de te découvrir.

— Oui. Oui, tu as raison. Mais je suis...

— ... pressée d'en finir, devina Connors en se garant sur la place qui leur avait été attribuée.

— Exact. Sauf qu'il faut que j'arrête ça tout de suite. Sinon, j'aurais mieux fait de rester à la maison. Première étape, déclara-t-elle en descendant du véhicule, récupérer Melinda Jones saine et sauve. Deuxième étape, mettre McQueen et sa partenaire derrière les barreaux. Le reste n'est que du superflu.

Il contourna la berline pour la rejoindre.

— Allons-y, l'encouragea-t-il en lui prenant la main.

— Hé ! Les consultants n'entrent pas dans un commissariat en pelotant un flic.

Il lui serra brièvement le bras avant de la relâcher.

— Il s'agit de *mon* flic.

Une fois les formalités d'usage accomplies, on les pria aimablement de patienter.

Les sols en carrelage blanc étincelaient. Les murs d'une teinte chocolat, infiniment plus riche et chaleureuse qu'un vulgaire beige, étaient ornés d'œuvres d'art géométriques bariolées dans des cadres en bronze. Les bancs installés dessous brillaient. Les distributeurs automatiques étaient reluisants.

Eve éprouva une sensation de malaise qui ne fit que croître quand deux uniformes passèrent, leur adressèrent un sourire et les saluèrent d'une voix enjouée.

— Qu'est-ce que c'est que cette boutique où on expose des tableaux et où les uniformes vous saluent au lieu de vous fusiller du regard ? marmonna-t-elle.

— Ressaisis-toi. Je suis sûr que quelque part dans ce bâtiment quelqu'un est en train de se faire remonter les bretelles.

— L'agent de sécurité m'a souri et dit : « Bonjour, madame » avant que je lui présente mon badge.

— Le monde est pourri, Eve, répliqua Connors en résistant à la tentation de la serrer contre lui. Tout fout le camp.

— Absolument. Alors qu'est-ce qu'ils ont, tous, à sourire ? C'est insupportable.

Malgré lui, il l'étreignit et posa les lèvres sur ses cheveux.

— Tu vas me dire d'arrêter ça tout de suite, je sais, concéda-t-il en riant. Mais c'est plus fort que moi dans

106

ce monde de flics souriants. D'ailleurs, en voici un qui correspond mieux à tes critères.

Eve reconnut Bree Jones à l'instant où elle passa la porte. L'espace d'un éclair, elle revit la jeune fille au visage meurtri, enflé, déformé par la rage et la terreur. Puis la vision s'estompa et elle vit une jolie femme aux courts cheveux blonds, aux traits doux mais au menton volontaire. Ses yeux d'un bleu intense étaient cernés et son teint, blême.

Eve songea qu'elle ne pouvait masquer sa fatigue, mais qu'elle surmontait sa peur – à peine perceptible.

Petite, trapue, en jean délavé, tee-shirt blanc et bottes marron, elle s'approcha d'un pas vif.

— Lieutenant Dallas.

La voix était ferme, teintée de ce léger accent texan qui, aux oreilles d'Eve, évoquait un mélange de torpeur et de décontraction. Tout le contraire de sa poignée de main.

— Inspecteur Jones. Voici Connors. Il est ici en tant que consultant.

— Oui. Merci d'être venus aussi vite. J'ai demandé à mon supérieur la permission de venir vous accueillir. Je voulais vous remercier personnellement.

— Ce n'était pas la peine.

— Vous me l'avez déjà dit autrefois, mais j'y tenais. Je vous conduis chez le lieutenant Ricchio.

— Participez-vous à l'enquête, inspecteur ?

— Le lieutenant Ricchio est convaincu que je peux être un atout.

— Est-ce vous qui l'en avez persuadé ?

Bree observa Eve à la dérobée tandis que le trio s'enfonçait dans un dédale de couloirs.

— Oui, lieutenant, avoua-t-elle. Il s'agit de ma sœur. Je ne serais pas intervenue si je n'en avais pas eu la certitude absolue.

Eve ne dit rien. Bree se déplaçait comme un flic et, mis à part son intonation, s'exprimait comme un flic.

Mais ce commissariat ? Rutilant, savamment éclairé, climatisé…

— Ce bâtiment est neuf, inspecteur ? risqua-t-elle.

— Relativement. Il a cinq ans.

Cinq ans ? Les flics qu'elle connaissait en auraient terni l'éclat en cinq jours.

Ils atteignirent l'Unité Spéciale avec sa vaste salle commune et sa rangée de box. Des policiers, certains en veste, d'autres en manches de chemise, s'affairaient devant leur ordinateur. Leur arrivée provoqua un silence, et Eve eut droit à suffisamment de regards ombrageux pour se sentir rassurée.

Ricchio occupait l'espace traditionnellement attribué au patron, avec sa baie vitrée. Il en sortit immédiatement, la main tendue.

— Lieutenant Dallas, monsieur Connors, merci d'avoir réagi aussi vite. Je vous en prie, entrez. Puis-je vous offrir un café ?

Elle faillit refuser et rétorquer : « Mettons-nous au boulot. » Mais elle se rappela qu'elle se trouvait dans un monde où les flics disaient « s'il vous plaît » et souriaient à tout bout de champ.

— Volontiers. Noir.

— Idem pour moi, répondit Connors.

Ricchio programma l'autochef puis, après avoir distribué les tasses, les invita d'un geste à s'asseoir dans les fauteuils – avec coussins – réservés aux visiteurs tandis qu'il se perchait sur le bord de sa table.

Il portait un costume et une cravate ; une cascade de cheveux châtains ondulait autour de son visage carré à la mâchoire volontaire. Son regard passa de Bree à Eve.

— Je suppose que vous avez lu la déposition et le rapport de l'inspecteur Jones, lieutenant Dallas.

— En effet. Cependant, si cela ne vous ennuie pas, j'aimerais qu'elle me relate les faits de vive voix.

— Bree ?

— Bien sûr, lieutenant. Je ne suis rentrée que vers 4 heures ce matin, après une dure journée. Ma sœur et moi partageons un appartement. J'ai pensé qu'elle dormait. Je n'ai pas vérifié. Je me suis couchée tout de suite et, comme j'avais posé un jour de congé, je me suis offert une grasse matinée. Je...

Elle flancha.

— Quand mes inspecteurs ont enchaîné les heures supplémentaires, clôturé une affaire et qu'ils n'ont pas de dossiers pressants en cours, j'ai pour habitude de leur accorder une journée pour récupérer, intervint Ricchio.

— Je comprends.

— Je ne me suis levée qu'à 10 h 30, reprit Bree. Je me suis dit que Melinda était partie travailler. Elle m'avait laissé un message sur le réfrigérateur – nous communiquons souvent ainsi. Elle y écrivait qu'elle avait reçu un appel et qu'elle allait rencontrer une de ses patientes, victime d'un viol. À 23 h 30.

— Cela lui arrive souvent de sortir si tard ?

— Oui, madame... euh, pardon... lieutenant.

— Madame, c'est pour les taties au cul serré.

Bree esquissa presque un sourire.

— Oui, lieutenant. Pour Melinda, il n'est jamais ni trop tôt ni trop tard. Si quelqu'un a besoin d'elle, elle est là. Je ne m'en suis pas étonnée. Si elle avait rédigé ces mots sous la contrainte, je m'en serais rendu compte. Ce n'était pas le cas.

— Elle ne vous a pas précisé qui elle avait l'intention de rencontrer ?

— Non, mais ça n'a rien d'anormal. Sauf que, si elle était rentrée, elle aurait effacé le message. Inquiète, j'ai décidé de la contacter. Et je suis tombée sur l'annonce de McQueen.

Comme elle prononçait son nom, elle se mit à tripoter sa bague en argent.

— J'ai inspecté l'appartement. J'ai joint mon lieutenant pour lui expliquer la situation. Il a envoyé deux officiers et une équipe de techniciens chez nous, et lancé un avis de recherche. On a découvert le véhicule de Melinda dans le parking sécurisé d'un motel à environ un kilomètre de notre domicile. Aucune des personnes interrogées ne se rappelle avoir aperçu Melinda et/ou McQueen.

— Leur a-t-on montré la photo de la présumée partenaire de McQueen ?

— Oui, dès que votre département nous l'a transmise. Nous n'avons obtenu aucun résultat. Nous avons traqué – et nous traquons toujours – les clients qui avaient réservé une chambre la nuit dernière dans ledit motel. Jusqu'ici, ça n'a rien donné.

— Les suspects n'y sont pas descendus, déclara Eve. Ils y ont abandonné sa voiture ou l'ont peut-être transbordée dans une autre. Vraisemblablement une fourgonnette. Il serait judicieux de demander aux témoins s'ils en ont remarqué une sur le parking.

Bree sortit son carnet électronique.

— Selon toute probabilité, poursuivit Eve, la femme a donné rendez-vous à Melinda Jones devant un établissement genre restaurant – de préférence minable, mais très fréquenté. Elle suggère alors à votre sœur de chercher un endroit plus tranquille. Elle ne veut pas prendre le risque d'être vue en compagnie de sa cible. Elle est nerveuse, bouleversée. Votre sœur la fait monter dans sa voiture... Est-ce ainsi que réagirait Melinda, inspecteur ?

— Oui.

Bree cessa momentanément de prendre des notes, tritura de nouveau sa bague.

— Melinda l'aurait emmenée là où cette personne le désirait.

— Au bout d'un moment, enchaîna Eve, elle demande à votre sœur de se garer au bord d'un trottoir ou dans un parking désert. Elle feint une envie de vomir ou une crise d'hystérie : il est plus malin et plus intelligent de neutraliser votre sœur et de prendre le contrôle du véhicule à l'arrêt. La suspecte prend le volant, McQueen les rejoint, ou bien la suspecte se rend au motel où McQueen l'attend. Ils transfèrent Melinda dans un autre véhicule. Peu importe que l'on retrouve la voiture de votre sœur. Au contraire, c'est mieux : ainsi ils pourront prendre de l'avance pendant que vous perdez du temps à les rechercher dans les parages. Ils sont déjà loin.

— Si j'avais vérifié qu'elle était là à mon retour…

— Cela n'aurait rien changé, l'interrompit Eve. Pas plus que si vous aviez été auprès d'elle quand elle a reçu l'appel. Elle serait partie. Elle vous aurait peut-être donné le nom de la femme qu'elle allait voir, mais ça n'aurait servi à rien parce que ç'aurait été un faux nom. Je connais mal le secteur et les pics de circulation par ici mais, selon moi, en moins d'une heure, Melinda était séquestrée dans le local qu'ils avaient préparé.

Eve se tourna vers Ricchio.

— C'est le scénario le plus plausible.

— Pensez-vous qu'ils aient pu l'emmener hors de la ville ?

— McQueen est un citadin. Il a été enfermé pendant des années, loin de l'action, de l'énergie, du dynamisme de la ville. En banlieue ou dans les lotissements, les voisins ont tendance à prêter davantage attention à ce qui se passe autour d'eux. Je pencherais pour un appartement confortable. Rien d'ostentatoire. Sa partenaire avait tout préparé depuis des semaines, voire des mois. Murs insonorisés, système de sécurité dernier cri, beaucoup d'espace. Les partenaires précédentes de McQueen ont toujours conservé leur propre résidence. C'est sans doute toujours le cas. Il ne veut pas l'avoir dans les pattes du matin au soir. Il aime sa tranquillité.

— Vous avez un complice en détention provisoire, m'a-t-on dit.

— Randall Stibble, confirma Eve. C'est un intermédiaire. En échange d'une rémunération, il a recruté pour McQueen des partenaires potentielles qui lui ont rendu visite en prison. Ma coéquipière et un inspecteur sont en train de l'interroger. S'il a d'autres infos, ils sauront les lui faire cracher. Apparemment, la suspecte serait une ex-patiente de Melinda. Avez-vous son dossier ?

Ricchio hocha la tête en direction de Bree.

— Nous avons accédé aux archives de Melinda, expliqua celle-ci, et lancé des recherches sur toutes les personnes qui ont fait appel à ses services au cours des six derniers mois. Photos, ADN, empreintes... Nous n'avons pu établir aucune corrélation.

— Vous devez remonter dans le passé. D'un an, voire plus. Ils auront prévu un laps de temps entre le présumé viol, les consultations initiales et cette reprise de contact. L'identité dont elle s'est servie pour rencontrer McQueen en taule est fausse, mais d'une qualité suffisante pour contourner les vérifications. Comme McQueen, elle a dû modifier légèrement son apparence. Toutefois, ils ne peuvent transformer ni ce qu'ils sont ni qui ils sont.

— J'aimerais que vous mettiez au courant mes officiers et leur soumettiez les profils, intervint Ricchio. Votre expérience avec McQueen nous sera précieuse.

— Les agents Nikos et Laurence devraient être là dans vingt minutes, l'avertit Eve.

— Bien. Réunion dans une demi-heure. Si cela vous convient.

— C'est parfait.

— Comment paie-t-il tout cela ? voulut savoir Ricchio. Les voyages, l'appartement, les transports ?

— Nous avons toujours su qu'il avait de l'argent. Malheureusement, nous n'avons jamais pu mettre la main dessus. Il en aura donné à sa partenaire pour couvrir ses frais, ce qui pourra éventuellement nous indiquer une piste. Notre consultant civil est un grand spécialiste des finances.

Eve jeta un coup d'œil à Connors, qui enchaîna :

— Il possède probablement une multitude de comptes. Stibble et le gardien avec qui il œuvrait avaient tous deux des comptes cachés. McQueen a pu transférer des sommes relativement petites d'un compte offshore – au nom d'une société factice – aux leurs, le plus souvent par le biais de l'ordinateur de Stibble. Ce compte offshore n'a pas été difficile à dénicher, j'en déduis donc qu'il en a d'autres, plus conséquents. Dans la mesure où il a sérieusement entamé le premier, il va avoir besoin de piocher dans les autres pour couvrir ses dépenses courantes.

— Pourquoi Melinda ? interrogea Bree. Pourquoi ici ? Je suis sûre qu'il n'a pas choisi cette ville au hasard. Je vous aurais posé la question même si Melinda n'était pas ma sœur.

— Vous étiez ses dernières victimes avant son incarcération. Un coup de maître. Des jumelles. Jusque-là, à notre connaissance, il n'avait jamais enlevé plus d'une jeune fille à la fois. Il ne vous a eues à lui que peu de temps.

— Il aurait pu s'attaquer à moi. Il aurait dû, insista Bree. Enlever un officier de police est forcément plus excitant que de s'en prendre à une psychothérapeute.

— Je suis d'accord, admit Eve. Mais vous ne lui avez jamais rendu visite en prison.

— Quand ? aboya Ricchio. Êtes-vous en train de me dire que Melinda a été en contact avec McQueen auparavant ? Le saviez-vous, inspecteur Jones ?

— Oui. Seigneur ! souffla-t-elle en pressant la main sur sa tempe. J'avais oublié ce détail, lieutenant. Je ne m'en souvenais pas, c'était il y a des années. Elle ne m'en a parlé qu'après l'avoir vu. J'étais furieuse. Nous nous sommes violemment disputées et je…

— Bree, pour l'amour du ciel, asseyez-vous ! gronda Ricchio en se frottant le visage. Pourquoi est-elle allée le voir ?

— Elle m'a raconté que si elle voulait aider des victimes de viol, elle devait avant tout surmonter ses propres traumatismes. Elle éprouvait le besoin de le voir derrière les barreaux, de constater qu'il payait sa dette pour le mal qu'il avait infligé. Elle voulait aussi lui montrer qu'elle y avait survécu. Qu'elle était libre, en bonne santé, indemne.

Bree ferma les yeux, inspira profondément.

— Elle s'y est rendue en douce parce qu'elle savait que je me fâcherais. J'aurais couru chez nos parents, j'aurais tout fait pour l'arrêter. Mais son initiative a eu un côté positif. Les migraines qui la paralysaient se sont espacées, les cauchemars aussi. Elle était apaisée, plus heureuse... Du coup, j'ai complètement oublié cet épisode, acheva Bree avec une pointe d'amertume.

— Vous a-t-elle rapporté leur conversation ? demanda Eve.

— Elle m'a dit qu'il avait souri d'un bout à l'autre de la rencontre, l'air enchanté, charmant. Il était si content de la voir, elle était devenue si belle, et blablabla. Il lui a posé des questions auxquelles elle n'a pas répondu, du style : « Est-ce qu'elle avait un petit ami ? », « est-ce qu'elle suivait des études ? ». Il l'a interrogée à mon sujet, s'est plaint que je ne sois pas venue avec elle. Elle l'a laissé parler. Puis elle lui a assuré qu'elle aussi était ravie de le voir. En prison. Que c'était merveilleux de se dire que, grâce à l'officier Dallas, il allait pourrir en cellule jusqu'à la fin de ses jours. Qu'elle se réjouissait de le savoir en cage alors qu'elle était libre. Là-dessus, elle est partie. Il ne souriait plus. Elle l'a provoqué, elle a remué le couteau dans la plaie. Il ne l'a pas digéré. Il va lui faire du mal. Comme autrefois.

— Pas tout de suite, déclara Eve. Pour l'heure, elle n'est qu'un outil, comme Stibble, comme la partenaire, comme Lovett, le gardien de prison qu'il a soudoyé. Il a besoin d'elle. Désormais, c'est moi qu'il vise. Melinda m'a mentionnée spécifiquement comme la responsable de son incarcération.

— Oui. Elle… Nous vous étions si reconnaissantes.

— Tant que c'est moi qu'il vise, il la gardera en vie.

Un officier de sexe féminin entra sans frapper.

— On a McQueen sur le communicateur fixe de Bree, vidéo bloquée. Il veut qu'on lui passe le lieutenant Dallas.

— Conduisez-moi, ordonna Eve. Vous, Bree, pas un mot.

Eve fonça dans la salle commune et s'immobilisa devant le bureau de l'inspecteur Jones. Elle sollicita Ricchio du regard ; d'un signe de tête, il lui donna le feu vert. Elle se planta face à la caméra.

— Vous avez un peu d'avance, non ? railla-t-elle.

— Vous aussi, répondit-il, un sourire dans la voix. Quelle impression cela vous fait-il de revenir à la case départ ?

— Ce n'est pas ma case départ.

— Ah, non ? J'ai eu du mal à me renseigner sur vous, mais j'ai fini par y arriver… Certes, vous étiez un peu jeune à mon goût. Vilaine fille. Mais je parie que vous étiez délicieuse. Racontez-moi les détails ; j'aime entendre les détails.

— Vous pouvez toujours rêver. Une preuve de vie, McQueen, sans quoi je prends la prochaine navette pour New York.

— Dites « s'il vous plaît ».

— Allez au diable. Une preuve de vie ou je coupe la communication.

— Pfft ! Vous étiez si polie la première fois qu'on s'est rencontrés.

— Vous voulez dire, quand je vous ai poliment assommé ? C'était le bon vieux temps. Dernière chance, sinon, je m'en vais. Une preuve de vie.

— Si vous insistez...

Les haut-parleurs diffusèrent un jingle de mise en attente. Il se fichait d'elle.

Un instant plus tard, le visage de Melinda Jones apparut à l'écran. Elle avait les yeux vitreux – elle était droguée. Aucune trace d'hématomes faciaux.

— C'est Melinda...

Du coin de l'œil, Eve vit l'officier barrer le chemin à Bree.

— ... Il ne m'a pas fait de mal. J'ignore où je suis. Elle a dit – Sara...

Elle se tut, grimaçant de terreur tandis que McQueen posait la lame d'un couteau sur sa gorge.

— Ttttt ! Ça suffit.

— Je veux la voir en pied, décréta Eve. Je suis arrivée dans le délai imparti. Je veux m'assurer que vous avez respecté vos promesses.

— Vous avez votre preuve de vie, et elle a encore tous ses doigts. Bloquez la vidéo.

L'image disparut.

— Que voulez-vous, McQueen ?

— Votre sang sur mes mains et une jolie petite fille dans mon lit.

— Mais encore ?

— C'est tout, et c'est ce que j'aurai. Entre-temps, j'aurai le plaisir de vous observer pendant que vous tenterez de me débusquer une fois de plus pour sauver la fille. Vous n'y parviendrez pas, mais moi, je vous coincerai, et vous finirez là où vous avez commencé.

Il laissa échapper un long soupir heureux.

— Nous avons Stibble et Lovett, riposta Eve.

— Gardez-les. Je n'ai plus besoin d'eux. Pour le moment.

Sur ce, McQueen raccrocha.

— Vous avez pu le localiser ? lança Eve.

— Non, grogna un homme à proximité, l'air dégoûté. Le signal rebondissait comme une balle de ping-pong.

Il a pris ses précautions. Nous ne pouvons même pas affirmer qu'il se trouve à Dallas.

— Il est ici, murmura Eve en se tournant vers Bree. Melinda est vivante. Il ne l'a pas violentée – sans quoi il n'aurait pas pris la peine de la droguer. Il aurait tenu à ce qu'elle ressente la souffrance.

Elle aperçut les agents du FBI.

— Lieutenant, si vous pouvez m'accorder dix minutes avec les fédéraux, je serai ensuite en mesure de briefer vos hommes.

— Installez-vous dans mon bureau.

7

Eve résuma la situation à Nikos et à Laurence, après de petites chamailleries, elle eut le dernier mot. Elle prendrait la parole devant les policiers de Dallas, après quoi les fédéraux leur feraient part de leurs propres découvertes.

Avec ses tables reluisantes entourées de chaises confortables, la pièce où devait se dérouler la réunion ressemblait davantage, selon Eve, à une salle de conférences. Des écrans flanqués d'ordinateurs recouvraient tout un pan de mur. Quant au pupitre, elle avait la ferme intention de l'ignorer.

Lorsque les participants commencèrent à arriver, elle attira Connors à l'écart.

— Contacte Peabody, veux-tu ? Si elle a du nouveau, il me le faut. D'autre part, peux-tu essayer de remonter à la source de communication de McQueen ? Parce qu'il va rappeler.

— À condition de disposer d'assez de temps et d'un matériel *ad hoc*.

Elle scruta les alentours.

— Ils ont sans doute de quoi te satisfaire. Ils ont tout.

— Je préférerais m'en occuper de mon côté. Je travaillerai sur place avec la DDE si nécessaire, mais je ne connais pas les membres de l'équipe. Toi non plus. Le mieux serait que je m'installe à notre hôtel et que je me connecte avec Feeney.

À quoi bon discuter puisqu'elle était d'accord ?

— Excellente idée. Mais nous devons jouer franc jeu avec les locaux. Si tu progresses, on les informe. Tu t'occuperas des finances et des transmissions électroniques.

— Je m'efforcerai de mériter ma rétribution exorbitante. Melinda Jones a-t-elle prononcé le début d'un nom ?

— C'est mon impression. Sara – Sara quelque chose. Je l'ai signalé aux fédéraux, ajouta-t-elle en jetant un coup d'œil aux deux agents penchés sur leurs mini-ordinateurs. Après cette mise au parfum, je vais devoir installer mon propre QG. J'ai besoin de mon tableau de meurtre, de mon cahier, de mon espace. Pour réfléchir... Comment marchent tous ces écrans ?

— Je m'en charge.

— Tant mieux. Imagine que j'affiche l'une de ces adorables photos de chiots au lieu de celles des suspects.

Eve se tourna vers l'assistance tandis que Ricchio se dirigeait vers le pupitre. Les murmures de conversations se turent.

— Tout le monde ici présent sait de quoi il retourne. Désormais, nous allons mener notre enquête en collaboration avec le Département de police de New York, représenté par le lieutenant Dallas, Connors, consultant civil, et les agents spéciaux Nikos et Laurence, du FBI. Comme vous le savez, ou devriez le savoir après notre réunion préalable, le lieutenant Dallas a appréhendé Isaac McQueen il y a douze ans. Grâce à elle, les mineures qu'il séquestrait chez lui ont été sauvées. Melinda Jones en faisait partie. Vous connaissez tous Melinda, vous avez travaillé avec elle. J'attends de vous la plus grande des courtoisies et une coopération totale avec le lieutenant Dallas, Connors et les agents Nikos et Laurence.

Eve fit un pas en avant.

— Isaac McQueen est un prédateur et un pédophile violent, attaqua-t-elle. Il est extrêmement organisé, intelligent et fixé sur ses objectifs. Il adore prendre des risques, il s'en nourrit, mais il les calcule. Il n'a jamais eu l'intention de se faire coincer, n'éprouve aucun remords mais a, au contraire, le sentiment d'être dans son droit. Il a un faible pour les adolescentes de douze à quinze ans. Des filles jolies. S'il a parfois jeté son dévolu sur des gosses des rues ou des fugueuses, il opte plus volontiers pour les petites bourgeoises bien habillées.

Elle pivota vers l'écran sur lequel Connors avait affiché la photo de McQueen et les facteurs les plus pertinents.

— C'est un arnaqueur expérimenté. Il est expert dans l'art de l'escroquerie. D'après les témoignages recueillis après son arrestation, il forçait souvent ses victimes à s'adonner à des jeux de rôle. Il s'adapte. Il se fond dans la masse. Il est affable et même charmant, élégant, soigné, éloquent. Il va s'intégrer discrètement dans un environnement urbain, vraisemblablement un appartement confortable sans ostentation. Il prend plaisir à bavarder avec ses voisins – c'est pour lui une autre sorte de jeu de rôle... Il n'hésitera pas à sortir. Après douze ans derrière les barreaux, il a envie de se lâcher. Il mangera au restaurant, fréquentera bars et galeries. Le shopping dans les magasins de luxe est un de ses passe-temps favoris. Là encore, il collectionne. Il connaît la ville où il aura élu domicile comme sa poche.

Eve fit signe à Connors d'afficher le visuel suivant.

— Sa mère, Alice McQueen, était une toxico. Elle lui a tout appris en matière de fraude et a abusé de lui sexuellement. On pense que cette relation sexuelle a duré jusqu'à ce qu'il la tue, à l'âge de dix-neuf ans. Elle est le prototype des partenaires qu'il recrute, exploite et dont il se débarrasse ensuite. Des femmes mûres, vulnérables, assez futées pour lui être utiles, assez fragiles pour lui céder.

Elle marqua une pause, le temps qu'une autre photo apparaisse à l'écran.

— Voici celle que nous soupçonnons d'être sa partenaire actuelle, reprit-elle. Pour l'heure, elle n'a pas encore été identifiée. Un intermédiaire l'aurait présentée à McQueen alors qu'il était en prison. Nous avons la preuve qu'ils ont continué à communiquer après l'arrêt des visites. McQueen ayant sélectionné sa cible et le lieu, elle se sera chargée de tout le travail de préparation. À un moment, elle a établi un lien avec Melinda Jones en se faisant passer pour une victime de viol. Elle se sera montrée très convaincante et aura réussi à développer une relation avec la cible. Nous pensons que c'est elle qui a attiré Melinda Jones dans les filets de McQueen. S'il suit son schéma habituel, elle ne vit pas avec lui, mais lui rend souvent visite.

Eve se tut de nouveau, contempla cette nuée de flics qui prenaient des notes tout en la jaugeant, pressée d'en finir avec les préambules pour se mettre sérieusement au boulot.

— Je comprends que votre priorité soit de retrouver Melinda saine et sauve, et je vous soutiendrai dans vos efforts. Mais sachez qu'il va se remettre en chasse.

Cette seule pensée la rongeait.

— Pendant un ou deux jours, insista-t-elle, il se contentera peut-être de prendre son pied en séquestrant Melinda et en me menant en bateau. Mais il sera dehors, il se baladera, il repérera des jeunes filles qui s'achètent une part de pizza, lèchent les vitrines ou traînent avec leurs copines. Il les voit, il les sent, il se frotte contre elles dans la rue. Il est avide et ne se privera de rien... Sa partenaire ne verra rien venir, c'est donc à nous d'agir au plus vite. Ils se déplaceront ensemble à bord d'une fourgonnette, un véhicule banal, passe-partout. McQueen prospecte le plus souvent la nuit, mais pas exclusivement. Il opte pour les lieux très fréquentés, ceux où les ados ont leurs habitudes. Il droguera sa proie avec une seringue, juste de quoi la désorienter. Il dispose sûrement d'un parking souterrain dans son immeuble. Si l'entrée est sécurisée, il sabotera le système. C'est un champion de l'électronique. Pour le moment, Melinda lui est utile, tout simplement. Elle ne correspond pas à ses victimes habituelles.

— Il a violé une femme adulte à New York, fit remarquer l'un des policiers.

Percevant de la colère dans sa voix, Eve l'examina. La vingtaine avancée, beau garçon, cheveux et yeux bruns, la mâchoire crispée.

— Il en a fait un message à mon intention, répondit-elle.

— Vous l'avez agressé pendant la communication.

Eve inclina la tête, le scruta plus attentivement. Manches de chemise retroussées, arme à la ceinture, cheveux en bataille, expression tendue, regard dur.

— Vraiment ?

— Vous l'avez envoyé balader.

— Tu parles d'un scandale !

Quelques rires fusèrent avant que Bree prenne la parole :

— Vous l'avez obligé à se concentrer sur vous – non sans l'énerver un peu. Vous et lui. Vous êtes la cible, par conséquent Melinda est l'outil, l'appât. Un personnage secondaire. S'il la touche, le *deal* est rompu et vous repartez chez vous. Vous le lui avez fait comprendre.

— Et chaque fois qu'il me contactera – car il n'y manquera pas –, je réagirai de la même manière. C'est ce qu'il attend. Ce qu'il désire. Ça l'excite parce qu'il est persuadé qu'il va pouvoir sévir de nouveau et que l'histoire se terminera autrement. Il n'a pas supporté d'être épinglé par une débutante – ce détail a dévoré son ego – et, croyez-moi, il n'a rien d'une mauviette. S'il prend le dessus, il vous mettra en pièces. Il est fort, entraîné à se battre. Ne commettez pas la même erreur que moi. Appelez des renforts. Neutralisez-le au pistolet paralysant s'il le faut. Je ne l'ai pas fait et ce monstre a failli me tuer. À présent, je passe la parole au FBI.

Sans surprise, ce fut Nikos qui prit les rênes. Au grand amusement d'Eve, elle s'installa derrière le pupitre.

— L'agent spécial Laurence et moi tenons à remercier le Département de police de Dallas et le lieutenant Ricchio pour leur collaboration et leur aide. Le Bureau s'est engagé à appréhender Isaac McQueen et à sauver Melinda Jones. Nous sommes d'accord avec l'essentiel du profil, des données et des supputations du lieutenant Dallas. Toutefois, j'aimerais souligner un point.

Elle reprit son souffle.

— Nous sommes d'avis, en effet, que le sujet se fixe des objectifs. C'est précisément pourquoi nos calculs de probabilités dévient de la trajectoire proposée par le lieutenant Dallas : nous doutons fort que McQueen s'attaque à une mineure dans l'immédiat. Par conséquent, notre but premier sera de traquer le sujet et d'obtenir la libération de son otage.

« Excellent », pensa Eve, notant que Laurence continuait à travailler pendant que sa coéquipière parlait.

Nikos poursuivit en ressassant des éléments déjà évoqués. « On perd du temps », s'agaça Eve. Connors se rapprocha d'elle et lui confia à voix basse :

— Ils ont arrêté le gardien de prison et le cuisinent en même temps que Stibble. La DDE a récupéré tous les appareils électroniques, en quête d'éventuelles communications en provenance de/ou adressées à McQueen et à sa partenaire.

— Parfait.

— J'ai mieux. Stibble a prêté son portable à McQueen à plusieurs reprises. McQueen a tout effacé, mais la DDE est dessus.

— Épatant. Je mettrais volontiers un terme à son discours, mais Nikos s'amuse tellement à endormir les flics.

Connors ébaucha un sourire.

— C'est une bureaucrate, plutôt moins barbante que la plupart. Tiens, on dirait que Laurence a du nouveau !

Eve le vit se lever. Nikos se tut.

— Je l'ai ! Sarajo Whitehead, supposée avoir été violée par un inconnu au mois d'octobre l'année dernière.

Bree se leva à son tour.

— On s'est penchés sur ce cas, intervint-elle.

— Traitée à la clinique Mercy par le Dr Hernandez, continua Laurence. Incident rapporté à l'Unité Spéciale. Melinda Jones désignée comme thérapeute.

— Montrez-moi ça, ordonna Eve avant de se rétracter. Excusez-moi.

— Je vous en prie, répondit Laurence avant de tendre son Palm à Connors. Vous êtes l'expert. Vous pouvez transférer ?

— Bien sûr.

— Elle s'est rendue à la clinique à pied, expliqua Bree. Le centre est ouvert jour et nuit. Ses vêtements étaient déchirés, elle avait des hématomes sur les bras et les jambes. L'auscultation a confirmé une relation sexuelle récente, brutale ou forcée.

— Exact, renchérit sa coéquipière, Annalyn Walker. Elle prétendait avoir été agressée après la fermeture du bar dans lequel elle était employée – le... euh, *Circle D* –, c'est à quatre pâtés de maisons de la clinique. Elle a déclaré qu'un type l'avait empoignée, bousculée, menacée avec un couteau. Il l'avait ensuite obligée à retourner avec lui dans le bar, puis l'avait violée avant de s'enfuir avec son sac et les bijoux qu'elle portait sur elle.

Bree prit le relais.

— Elle nous l'a décrit, mais assez vaguement. Il faisait noir, apparemment. Notre enquête a permis de confirmer qu'elle était bien employée dans cet établissement, et nous avons relevé des traces d'activité sexuelle dans l'entrée. Nous avons retrouvé son sac vide dans une benne de recyclage deux pâtés de maisons plus loin. Melinda l'a suivie pendant plusieurs semaines. Nous n'avons jamais mis la main sur le violeur.

— Je veux lire le dossier, décréta Eve. Interroger son ex-patron, ses collègues. Il est évident qu'elle ne travaille plus là. Nous devons retrouver le type avec qui elle a eu cette relation sexuelle – consentie.

— L'examen médical a révélé une déchirure, des contusions.

— Je n'en doute pas. Mais elle n'a pas été violée. Elle a dû se débrouiller pour en donner l'impression afin qu'on la confie à Melinda.

Eve adressa un signe de tête à Connors et pivota vers l'écran.

— Je constate des modifications mineures par rapport à l'époque où elle se faisait appeler sœur Suzan. Mèches plus claires, nouvelle couleur d'yeux, visage un peu plus rond, sourcils remodelés. Elle me rappelle quelqu'un, mais qui ?

— Fausse identité ! annonça Connors en brandissant son propre Palm. Ce nom et ces empreintes sont ceux d'une femme décédée dans un accident de la route à Toledo, Ohio, il y a trois ans.

— Vous êtes un rapide, commenta Laurence.

— Elle suit le plan à la lettre. Elle a endossé un nouveau personnage pour louer l'appartement de McQueen, acheter le véhicule. Elle est douée, murmura Eve en plissant les yeux. Il a eu du nez.

— Nous savons où elle travaillait, intervint Ricchio. Où elle habitait à l'automne dernier. Commençons par là. Annalyn, Bree, vous avez déjà interrogé les gérants du bar. Retournez les voir avec cette nouvelle information.

— J'aimerais en être, lieutenant, fit Dallas.

— Pas de problème, répliqua Ricchio.

— Laurence et moi nous chargeons du domicile, déclara Nikos.

— Je mets des hommes sur la fourgonnette et l'immobilier, promit Ricchio. Acquisition et enregistrement de véhicules d'occasion correspondant au profil, location d'appartements avec parking souterrain. Sans oublier l'achat et l'installation de matériaux d'isolation. Je fais en sorte que l'on vous transmette immédiatement le dossier sur Whitehead, à vous et aux agents du FBI.

— Ça me convient, approuva Eve avant de se tourner vers Bree. Nous vous suivons jusqu'au bar.

— Et maintenant, souffla Connors en se glissant derrière le volant, dis-moi ce que tu penses vraiment.

— Ils savaient que Bree était de service de nuit le jour où ils ont feint le viol. Ils voulaient l'impliquer dans l'affaire. Se faire une idée de la manière dont elle travaille, dont elle réagit. Ils ont parié – et ont eu raison – qu'elle conseillerait sa sœur comme thérapeute. La femme a convaincu un petit plaisantin de rester avec elle après la fermeture de l'établissement et de la malmener.

— Un truc vieux comme le monde, convint Connors.

— Oui. Elle l'oblige à se protéger. Elle ne veut pas qu'on puisse relever son ADN sur elle, le désigner comme coupable. Elle préfère choisir un inconnu. Elle rencontre Melinda, éveille sa compassion. Depuis le mois d'octobre dernier, elle a eu tout le temps de l'observer, de noter ses habitudes et celles de sa sœur. Ensuite, elle disparaît… Je pense que c'est ce que l'on va découvrir. Elle s'est volatilisée, mettant brutalement fin aux séances. Au bout d'un certain temps, elle est revenue. Elle est en rechute ou elle a aperçu son agresseur. Elle est hystérique, elle a besoin d'aide. « Je vous en supplie, est-ce qu'on peut se voir pour en parler ? Je sais qu'il est tard, mais j'ai besoin de me confier à quelqu'un. » Ce n'est sûrement pas la première fois qu'elle met au point un tel stratagème.

— Ce n'est pas l'œuvre d'une novice.

— Non. Le sexe n'est qu'un outil. Il n'aurait pas fait confiance à une fille qui n'aurait jamais utilisé le sexe pour le chantage ou le profit.

— Contrairement à Nikos, je ne suis pas d'accord avec l'essentiel de ton compte-rendu, mais avec l'ensemble. Ils n'ont pas acheté la fourgonnette dans la région.

— Une fois de plus, nous sommes sur la même longueur d'onde. Il faut vérifier, mais je suis presque sûre qu'elle se l'est procurée ailleurs et qu'elle l'a amenée à Dallas. Une fois l'appartement loué.

Connors haussa les épaules, doubla un pick-up.

— Je trouverai le vendeur.

— Tu crois ?

— Elle n'aura pas roulé pendant des jours. Le Texas est vaste, mais ce n'est qu'un État. Cela simplifie les formalités. Et à moins de changer de tête toutes les cinq minutes, il est possible qu'elle ait utilisé l'une des identités que nous connaissons. Personnellement, je vote pour sœur Suzan. Elle est du genre à conduire une estafette d'occasion, non ?

Eve réfléchit.

— Tu as raison. Je n'y avais pas songé.

— Tu aurais fini par en arriver à la même conclusion. Ricchio aussi. Il me paraît très compétent.

— Je suis d'accord avec toi.

Elle jeta un coup d'œil par la fenêtre, s'aperçut qu'ils pénétraient dans un quartier aussi dangereux que celui où elle avait erré, enfant, en état de choc.

Elle chassa ces images de son esprit. Quand Connors lui effleura la main d'une caresse, elle se rendit compte qu'il avait suivi le cours de ses réflexions.

— Je n'y pense pas, murmura-t-elle.

— C'est inutile.

— J'avais réglé mon problème quand nous sommes venus la dernière fois. Toi aussi. À présent, tout ce qui compte, c'est Melinda Jones.

— Tu crois vraiment qu'il va la ménager ou tu as déclaré cela dans le seul but de rassurer sa sœur ? voulut savoir Connors.

— À moins qu'il ne s'ennuie ou qu'il ne pique une colère, je ne vois pas pourquoi il la brutaliserait. Il sait se contrôler, mais un rien le met en rage. Je tâcherai de me débrouiller pour qu'il ne s'ennuie pas et qu'il concentre sa fureur sur moi. Si je n'y parviens pas, il enlèvera une gamine. Sur ce point, Nikos se trompe. Ni Melinda ni sa partenaire ne peuvent lui donner ce qu'il veut, ce qu'il estime être son dû.

— Ce que sa mère l'a aidé autrefois à obtenir.

— Oui. Selon moi, nous avons quarante-huit heures, pas plus et probablement moins. Si nous ne l'avons pas neutralisé d'ici là, il assouvira son appétit.

Connors se gara à côté de la voiture de police de Dallas, sur un parking troué de nids-de-poule.

— L'entrée est de l'autre côté, leur expliqua Annalyn. Elle a affirmé qu'il l'avait empoignée ici, alors qu'elle émergeait de la porte réservée au personnel. Qu'il l'a menacée avec son couteau jusqu'à ce qu'elle rouvre, et qu'il l'a sautée là, par terre.

— Il y a une caméra de sécurité, observa Eve.

Annalyn leva les yeux.

— Il n'y en avait pas. Le propriétaire l'a installée après les faits. Il tient un bouge, mais c'est un type correct. Il était bouleversé qu'une telle agression se soit produite chez lui.

Ils contournèrent le bâtiment. En effet, la façade n'était guère reluisante. Une fois à l'intérieur, Eve devina que c'était un lieu où l'on venait pour boire sec. Long comptoir, tabourets pivotants, quelques tables entourées de chaises en plastique, éclairage sordide. Rien à manger, aucun divertissement hormis l'écran minuscule à l'image vacillante, suspendu à un crochet dans un coin.

Elle compta onze clients, la moitié en bottes de cow-boy, la plupart en solo.

L'homme qui maniait la tireuse à bière avait un ventre de baleine et une raie chauve au milieu du crâne. Il les repéra, hocha la tête et remonta vers le bout du comptoir.

— Inspecteurs, les salua-t-il. Ne me dites pas que vous avez attrapé – pardon pour ma grossièreté – le salopard qui a violé Sarajo ?

Annalyn laissa à Bree le soin de conduire l'entretien.

— La femme que vous avez connue sous le nom de Sarajo Whitehead est recherchée pour interrogatoire concernant une autre affaire. Il s'avère qu'elle a travaillé pour vous sous une fausse identité, monsieur Vik. Nous pensons maintenant que ce viol était une mise en scène.

— Nom de Dieu – pardon pour ma grossièreté ! s'exclama-t-il en se balançant d'un pied sur l'autre, son énorme bedaine roulant comme un tsunami. Je lui ai filé une semaine de paie pour la dépanner. Je me sentais responsable parce que c'est elle qui avait assuré la fermeture et que la porte de derrière n'était pas sécurisée. Pourquoi elle aurait fait un truc pareil ?

— Le problème, monsieur Vik, c'est que nous la soupçonnons d'avoir eu des relations avec une personne présente chez vous ce soir-là. Je sais que nous vous avons déjà posé la question, ainsi qu'aux autres employés, mais en y repensant sous cet angle neuf... qui, selon vous, aurait-elle pu laisser entrer après la fermeture ?

— En tout cas, c'était pas un fidèle. Eux, je les ai tous passés sur le gril, jusqu'au dernier, grogna-t-il en essuyant la surface du bar avec un chiffon. Il y avait bien un type de passage, mais il ne ressemblait pas du tout à celui qu'elle m'a décrit. Elle a parlé d'un type grand, métissé hispanique, cheveux et yeux foncés. Le gars dont je vous parle était blanc comme le cul d'un Irlandais – pardon pour ma grossièreté – et décharné. Cheveux jaunes. Complètement soûlant. Il m'a raconté qu'il était venu assister aux funérailles de son père, que de toute façon il avait toujours détesté son vieux et qu'il allait rentrer le plus vite possible dans le Kentucky. Quand je suis parti, aux alentours de minuit, il était encore là. Mais je vous assure, il n'était pas armé d'un couteau, et Sarajo l'aurait aplati comme une crêpe s'il lui avait posé la main dessus.

— Il s'est présenté ?

— Possible. Attendez un peu que je réfléchisse.

Vik ferma les yeux.

— Chester. Oui, c'est ça. Chester, comme son vieux. Il n'a pas donné son nom de famille, mais sa note était salée. S'il a payé par carte, j'ai une trace.

— Vous nous rendriez un immense service, monsieur Vik.

— Patientez deux minutes. Je vous offre un verre ?

— Non, c'est gentil, merci.

— Larry ! Prends le relais au bar ! aboya-t-il avant de s'engouffrer dans l'arrière-salle.

— Blanc comme le cul d'un Irlandais ? répéta Eve à voix haute.

— En quoi cela te surprend-il, ma chérie ? rétorqua Connors.

Annalyn ricana.

— Autrefois, je suis sortie avec un certain Colin Magee. Il était d'origine irlandaise et il avait un très joli petit cul bien blanc.

— Autrefois, tu es sortie avec tout le monde et n'importe qui, riposta Bree, les yeux rivés sur la porte dans l'espoir que Vik revienne très vite avec les renseignements demandés.

— J'ai toujours préféré le menu dégustation. On goûte un peu de ceci, un peu de cela. Dites-moi, lieutenant Dallas, comment jongle-t-on entre le métier et le mariage ?

— On n'a jamais faim. Ôtez-moi d'un doute : Vik a-t-il aussi bonne mémoire qu'il le sous-entend ?

— Oh, oui ! Lors de notre première visite, il a cité le nom de tous ses clients réguliers et son opinion sur chacun d'entre eux. Il nous a détaillé les emplois du temps et même fourni les coordonnées de ses ex-serveurs au cas où l'un d'entre eux serait revenu commettre ce viol par dépit.

Vik reparut, un papier à la main.

— Voilà. Il a bien payé par carte. Chester H. Gibbons.

— Merci, monsieur Vik, murmura Bree en s'emparant de la feuille. Vous nous aidez beaucoup.

— Si elle a fait ce que vous dites, j'espère qu'elle le paiera cher. Parce qu'elle a pris la poudre d'escampette. J'ai essayé de la joindre sur son communicateur, j'ai même fait un saut chez elle. Je m'inquiétais – et je m'en voulais. Elle avait décampé. J'ai pensé qu'elle était trop ébranlée pour rester.

Il se tut, secoua la tête, examina Connors.

— Vous n'avez pas l'air d'un flic.

— Je ne le suis pas et je vous remercie de le remarquer.

— Vous êtes irlandais, non ? J'ai jamais connu un Mick[1] – sans vouloir vous offenser – qui n'avait pas une bonne descente. Revenez quand vous voudrez, je m'occuperai de vous.

— Avec plaisir.

— J'ai quelques questions, intervint Eve.

— Alors vous, par contre, vous avez l'air d'un flic.

— Je le suis et merci de le remarquer.

— Mais vous n'êtes pas d'ici.

— New York. Monsieur Vik, vous avez une mémoire d'éléphant. Quand Sarajo a-t-elle commencé à travailler pour vous ?

— Ce devait être vers la mi-août de l'an dernier. Elle a déboulé un samedi soir, elle cherchait un job. Les affaires marchaient, je lui ai proposé de se mettre au

---

1. « Mick » : raccourci de Michael, argot pour Irlandais. *(N.d.T.)*

boulot sur-le-champ. Si elle me convenait, je lui filerais des heures ici ou là. J'ai tout de suite vu qu'elle avait de l'expérience. Elle était rapide, elle savait quand la ramener, quand la fermer. Plutôt belle. Même les ivrognes préfèrent que la barmaid soit jolie.

— Vous ne lui avez pas posé de questions ?

— Pas sur le moment, mais avant de l'embaucher officiellement, si. Elle m'a raconté que son mec l'avait plaquée à Laredo, qu'elle voulait redémarrer de zéro. Elle était efficace. Pas forcément aimable mais efficace.

— Vous qui êtes observateur, vous avez sûrement vu qu'elle était toxico.

Il haussa les épaules.

— J'ai bien pensé qu'elle se shootait de temps en temps, mais je n'ai jamais rien remarqué. Et dans la mesure où elle bossait bien, je me suis dit que ça ne me regardait pas.

— Elle assurait souvent la fermeture ?

— Une ou deux fois par semaine. Après quelques semaines, elle a demandé à faire plus d'heures. Mes deux autres serveuses ont des gosses. Pas elle. Ça tombait à pic. Mais qu'est-ce que vous lui voulez ? Vous n'allez pas la mettre en taule pour avoir crié au viol ou pris des stupéfiants.

— Non, bien que ces deux facteurs aient leur importance. Elle ne reviendra pas ici, monsieur Vik, mais si jamais vous la croisez à l'avenir, ne l'approchez surtout pas. Avertissez les inspecteurs Jones ou Walker. Un témoin comme vous nous serait très utile à New York.

— Vous m'enfonceriez un aiguillon à bétail dans le cul – pardon pour la grossièreté – que je mettrais jamais les pieds là-bas. Cette ville grouille de voleurs, d'assassins et de dingues. Sans vouloir vous offenser.

— N'ayez crainte.

Une fois dehors, Eve se tourna vers Bree.

— J'aimerais me rendre à pied à la clinique, interroger le médecin qui a examiné Whitehead. Je peux m'en charger seule si vous souhaitez lancer vos recherches sur Chester.

Bree regarda Annalyn, puis :

— C'est vrai, à quoi bon se déplacer en meute ? Nous vous informerons de nos résultats si nous en avons.

— De même. Puisque vous retournez au commissariat, vous pourriez peut-être en profiter pour mettre les fédéraux au courant de nos initiatives.

— Pourquoi pas ? Le centre médical est à quatre blocs, dans cette direction, indiqua Bree.

Sur ce, ils se séparèrent.

— Donc, attaqua Connors, tu es en quête d'une femme d'un certain âge, une toxico capable de mener à bout une arnaque, qui ne voit rien de mal à s'acoquiner avec un pédophile, qui jouit d'une bonne expérience de barmaid – du moins suffisante pour duper Vik, or, il n'a rien d'une chiffe molle. Elle ne rechigne pas à avoir des relations sexuelles avec un inconnu et à lui demander de la malmener pour simuler un viol. Enfin, elle n'a aucun remords à participer à l'enlèvement et à la séquestration de la thérapeute qui l'a aidée.

— Une vraie princesse, marmonna Eve. Elle a aussi un sens poussé de l'organisation.

— Pour rester dans l'ambiance de l'endroit où nous nous trouvons, ce n'est pas son premier rodéo.

— Non, confirma Eve. Elle monte à cheval depuis longtemps.

Un instant plus tard, ils pénétraient dans la clinique, nettement plus fréquentée que le bar. En effet, la salle d'attente était comble. Des bébés braillaient, des enfants geignaient. Plusieurs femmes arboraient des ventres ronds certifiant qu'elles mettraient bientôt au monde d'autres braillards et pleurnichards.

Eve fonça vers le comptoir de réception derrière lequel une femme en blouse à fleurs tapait sur un clavier.

— Désolée, le temps d'attente est de deux heures, annonça celle-ci sans lever les yeux. Il existe un autre centre…

— Il faut que je parle au Dr Hernandez.

— Je regrette, riposta la femme d'un ton sec, le Dr Hernandez est avec une patiente. Je peux…

Eve agita son badge.

— Il s'agit d'une affaire urgente. Je serai aussi rapide que possible, mais je dois absolument voir le Dr Hernandez.

— Accordez-moi une minute. Doux Jésus, quelle journée !

Elle se leva d'un bond, trottina le long d'un petit couloir, bifurqua à gauche.

— Pourquoi tant de blessés et de malades ? s'interrogea Eve à voix haute. Les voleurs, les assassins, les dingues, d'accord. C'est ce qui nous plaît à New York. Mais c'est à croire que Dallas est la proie d'une épidémie de peste.

La femme revint.

— Écoutez, leur confia-t-elle à voix basse, toutes les salles d'examen, tous les bureaux sont occupés. Si ces gens qui patientent depuis très longtemps aperçoivent ne serait-ce que l'ombre d'un médecin, ce sera l'émeute. Acceptez-vous de rencontrer le Dr Hernandez dehors, à l'arrière ?

— Sans problème.

— Je suis obligée de vous demander de sortir par-devant et de contourner l'édifice. Si je vous conduis…

— L'émeute. J'ai compris. Merci.

— Ce n'est pas la peste, murmura Connors. C'est le manque de personnel, le manque d'argent, et probablement le seul centre médical gratuit à des kilomètres à la ronde.

— Possible, mais j'ai visité la clinique de Louise. Ça n'a rien à voir, et pourtant c'est gratuit, et elle a un monde fou.

— Grâce à toi, Louise a les moyens d'engager du personnel.

Eve se voûta.

— C'était *ton* argent.

— Non, le tien.

— Parce que tu me l'avais donné.

— Donc, c'était le tien, mon Eve chérie.

— Maintenant, c'est celui de Louise, mais peu importe. Je ne me sens pas à l'aise ici. Ce quartier est moche, pauvre – et ce n'est pas ça que je veux dire. Ça pue la criminalité mais ça manque de caractère, d'atmosphère. On a l'impression que si n'importe quel connard vous sautait dessus, il aurait un accent, des bottes de cow-boy, peut-être même un chapeau. Pas intimidant pour un sou.

— Je t'adore, toi et ton esprit chauvin de New-Yorkaise.

Une petite femme brune apparut à la porte de derrière.

— Officier ?

— Lieutenant Dallas. Je travaille en collaboration avec les inspecteurs Walker et Jones. Vous avez reçu une patiente en octobre dernier qui prétendait avoir été violée au *Circle D.*, Sarajo Whitehead. Mes collègues ont pris l'affaire en main et il semble que Melinda Jones ait assuré la thérapie.

— Je m'en souviens. Vous avez arrêté le violeur ?

— Il n'existe pas. Elle a fait semblant.

— Je doute sincèrement que...

— Vous avez tort. Vous pourrez vous renseigner auprès des inspecteurs que vous connaissez. Cette femme est très dangereuse et elle est la complice d'un homme redoutable. Vous connaissez Melinda Jones ?

— Très bien, oui.

— Ils l'ont enlevée... Ce viol n'était qu'une mise en scène pour établir un lien avec Melinda. Cette femme a participé à son enlèvement hier soir. Dites-nous tout ce que vous savez.

136

— Ô mon Dieu ! J'appelle Bree. Je ne peux pas vous croire sur parole.

— Allez-y.

Hernandez sortit son communicateur.

— Je vais chercher le dossier, déclara-t-elle un instant plus tard, après avoir raccroché. Je vous donnerai tout ce que j'ai. J'ai cru cette femme. Ses lésions n'étaient pas si sévères, mais vu son état psychologique... je l'ai crue.

— Normal, dit Eve. Elle est douée.

8

Le dossier à la main, Eve remonta dans la voiture.

— Retour au commissariat ? s'enquit Connors.

— Pas le choix. J'aurais préféré aller à l'hôtel, m'installer, m'organiser et *réfléchir*, grommela-t-elle. Mais j'ai l'esprit d'équipe.

— Bof !

— Si, si, je t'assure.

— Quand il le faut, oui, concéda-t-il en l'observant à la dérobée. Surtout quand tu as la charge de ladite équipe.

— D'accord, je vais morfler. J'ai du mal à avaler le fait de devoir demander à Ricchio et aux fédéraux avec qui je vais bosser et comment. Jones est futée, mais elle ne peut pas être objective dans cette affaire. Aucun d'entre eux ne peut l'être. Moi non plus, au fond.

— Il ne te reste plus qu'à t'adapter dans l'urgence.

— Le temps est compté.

— Exactement.

— McQueen le sait. Il en joue. Oui, c'est ça, rumina-t-elle en pianotant sur sa cuisse. Plus je tarderai à me mettre au diapason, plus il pourra me mener en bateau.

— Parfois, pour obtenir ce que l'on veut, il faut savoir travailler sur deux niveaux en les fusionnant.

« Paroles d'empereur du business », songea-t-elle.

— Collaborer avec Ricchio et les agents du FBI ici, avec mes hommes là-bas. Je suppose que la clé, c'est l'intégration. On a beau prétendre que peu importe qui fait quoi – et en général, c'est vrai –, nous autres flics, nous défendons notre territoire. On est obligés... Ah ! Je rêve d'un bon café. Mais pas question que tu en fasses livrer une cargaison chez Ricchio. C'est à moi de m'adapter, conclut-elle en hochant la tête. Il faut que je m'acclimate.

Dans cette perspective, elle fila directement au bureau de Ricchio avec le dossier médical.

— Hernandez s'est montrée très coopérative. Je vous ai aussi apporté sa déposition. En résumé, les blessures de la suspecte étaient relativement mineures, mais collaient avec son histoire et son état émotionnel. Elle a joué son rôle à la perfection.

— Elle l'avait déjà endossé auparavant.

— C'est mon avis. Nous sommes à la recherche de quelqu'un qui a déjà monté des arnaques sexuelles. Vous avez des subordonnés qui peuvent analyser les données dont nous disposons. Moi aussi. J'aimerais mettre les miens sur ce coup en lien avec les vôtres. Visions variées, angles variés. Nous avons tout à y gagner.

— Empiéter sur un territoire exige du temps et du personnel, ce qui empêche de suivre d'autres pistes potentielles.

Elle aurait voulu rester debout, mais elle s'assit.

— Écoutez, je ne veux pas vous marcher sur les pieds, mais cette situation m'est pénible. Imaginez qu'on vous convoque à New York pour œuvrer au sein d'une unité établie.

Il eut un demi-sourire.

— Je suis allé à New York une fois et je ne peux pas l'imaginer. Mettez-vous à ma place, moi, le chef de l'unité établie, forcé de jongler non seulement avec les fédéraux, mais avec une patronne de New York.

— C'est dur pour tout le monde, convint Eve. Cependant, l'objectif est le même pour nous tous. Je serais plus efficace si je pouvais faire appel à mes propres ressources tout en collaborant avec vous et les vôtres.

Elle marqua une pause.

— En clair, je crois fermement que la suspecte peut nous mener à McQueen. Elle a entrepris toutes les démarches en amont et continue à l'aider. C'est elle qui fera les courses. Elle ne vit pas avec lui. Elle a son appartement et peut-être un autre emploi. Elle est ici depuis plus d'un an. Quelqu'un la connaît, lui a vendu de la nourriture, des vêtements ou d'autres produits. De surcroît, c'est une toxico. Où se procure-t-elle ses saloperies ? Elle est jolie, elle a un homme à satisfaire. Où va-t-elle se faire coiffer, pomponner ?

Avec une petite moue, Ricchio se cala dans son fauteuil.

— Soit, vous avez des arguments. Concentrer tous nos efforts sur McQueen me paraît plus raisonnable, mais vous avez des arguments.

— Si je puis me permettre, intervint Connors, considérez plutôt cela comme une approche à deux volets que comme un empiétement sur un territoire. Une manière de doubler nos chances de réussite.

— Franchement, si j'étais à votre place, j'agirais selon mon instinct en faisant fi de la politique de coopération, admit Ricchio. C'est mieux quand on se met tous d'accord.

— Ça me va. Excusez-moi, marmonna Eve tandis que son communicateur bipait.

Comme elle s'écartait, Ricchio pivota vers Connors.

— La rumeur veut que vous soyez un spécialiste de l'électronique. Ce serait bien que vous rencontriez le lieutenant Stevenson. Il dirige notre DDE.

— Bien sûr.

— Dès que vous serez prêt, je vous y ferai conduire. Nous faisons régulièrement appel à des civils comme Melinda. C'est plus rare au sein de la DDE.

— Dans ce cas, je m'arrangerai pour rester discret.

— Mon père a pris sa retraite de la police récemment, enchaîna Ricchio sur le ton de la conversation. Il y a des années, il a appartenu à une brigade vouée au démantèlement d'une vaste organisation de trafic d'armes. Un certain Patrick Connors était impliqué dans cette affaire. Je m'en souviens parce que mon père a passé deux semaines en Irlande pour cette enquête. Seriez-vous parents, par hasard ?

— Il s'agit de mon père, répliqua posément Connors, ce qui prouve que le monde est petit. Comme vous le savez sans doute, il traitait avec Max Ricker. De même que vous devez savoir que c'est mon épouse qui a expédié Ricker dans une prison hors-planète.

— Très intéressant. Patrick Connors a été poignardé à Dublin, n'est-ce pas ?

— Si vous sous-entendez que je l'ai tué, vous vous méprenez. Je n'ai pas eu ce plaisir.

Connors ravala son irritation tandis qu'Eve les rejoignait. À la lueur dans son regard, il comprit qu'elle avait du nouveau.

— Notre suspecte a échangé des câlins avec le gardien de prison que nous détenons contre des visites à McQueen. Il l'a aidée à entrer en douce à trois reprises au cours de l'année écoulée, les autorisant à se rencontrer dans un box conjugal. Elle a tenté de le soudoyer une quatrième fois, il y a deux semaines. Par le biais de Lovett, McQueen lui a fait comprendre qu'elle devait patienter.

— Elle est amoureuse de lui, commenta Connors.

— À sa façon. Elle est accro et McQueen est une drogue parmi d'autres. Il ne la gardera pas longtemps. Il ne l'a jamais avoué et nous n'avons pas pu le prouver mais, en général, une fois qu'il a viré sa partenaire, il se débarrasse de ses otages et déguerpit.

Eve dévisagea Ricchio, sensible à son angoisse.

— Avant l'épisode de New York, il se cherchait encore. Il a fini par trouver son rythme, par le développer. Il n'en a pas terminé avec moi, il n'en a donc pas terminé avec Melinda. Souhaitez-vous que je fasse équipe, lieutenant ? Et pouvez-vous m'allouer un espace ?

— Je vous ai prévu un bureau provisoire. Modeste. J'aimerais que vous travailliez avec Bree et Annalyn. Bree a besoin de s'occuper l'esprit et elle a confiance en vous.

Eve faillit lui rétorquer que Bree ne la connaissait pas mais se ravisa.

— Bien. Au moins, je n'aurai pas à les mettre au courant de ce que nous avons découvert au bar.

— Si vous pouvez vous passer de Connors un moment, je voudrais le présenter à notre DDE.

— C'est là que tu seras le plus utile, dit-elle à Connors.

— À plus tard.

Ils partirent chacun de son côté.

Le « modeste » bureau était deux fois plus grand que le sien au Central, meublé d'un bureau étincelant, d'un ordinateur haut de gamme, d'un fauteuil multipositions, d'un autochef, d'un frigo, d'un poste de travail auxiliaire et de deux sièges confortables pour les visiteurs – sans oublier une immense fenêtre dont elle s'empressa de baisser le store.

« Trop d'espace, trop luxueux, pensa-t-elle. Adapte-toi, arrange-toi pour que ça marche. »

Elle se servit un pseudo-café, s'en contenta en installant son tableau de meurtre. Quand Bree et Annalyn entrèrent, elle leur jeta à peine un coup d'œil.

— Je ne suis pas tout à fait prête. Vous allez devoir vous partager l'ordinateur secondaire. Lancez une analyse sur toutes les données dont nous disposons, notamment concernant la suspecte. Et préparez-moi une chronologie en partant du premier contact avéré avec McQueen jusqu'à sa dernière communication avec moi.

— Je m'y mets tout de suite, répondit Annalyn en s'asseyant. Bree, pendant ce temps, si tu allais nous chercher de quoi manger ? Utilise mon code. C'est moi qui régale.

— Volontiers. Que voulez-vous, lieutenant ?

— Aucune importance.

— Vous êtes végétarienne ? demanda Annalyn.

— Uniquement quand je n'arrive pas à identifier la viande.

— On a de l'authentique bœuf du Texas. Prends des burgers, Bree.

— Je boirais bien un Pepsi, ajouta Eve. Le café est ignoble.

— Je m'en occupe.

Après le départ de Bree, Eve se tourna vers Annalyn.

— Quelque chose vous tracasse, inspecteur ?

— Bree est un bon flic, elle ne loupe pas grand-chose. Avec un peu d'expérience, elle ne loupera plus rien. Sur le plan personnel, elle est un peu soupe au lait, mais jamais méchante. Pour l'heure, elle s'accroche comme elle le peut. Elle tiendra tant qu'elle aura la conviction que nous allons retrouver Melinda. À la minute où elle cessera d'y croire, elle sera fichue. Totalement.

— Nous ferons en sorte qu'elle continue à y croire.

— Il faut qu'elle puisse participer à la capture de McQueen.

— J'en conviens, mais c'est à votre lieutenant d'en décider, pas à moi.

— Vous ne saisissez pas bien : vous êtes son héroïne. Que vous le vouliez ou non, insista Annalyn. Vous lui avez sauvé la vie et, surtout, vous avez sauvé celle de Melinda. Vous savez ce qu'il leur a infligé, ainsi qu'à toutes les autres, vous l'avez arrêté, vous les avez sorties de l'enfer.

— J'ai eu de la chance. Si vous aviez lu les archives, vous sauriez que c'est un miracle qu'il ne m'ait pas tuée.

Annalyn posa une cheville en équilibre sur son genou.

— Ce n'est pas mon interprétation et, du reste, si la chance ne nous souriait pas de temps en temps, la moitié des affaires que nous avons résolues seraient encore en cours. Qu'importe la manière dont vous y êtes parvenue, vous l'avez fait. Et elle vous croit capable de recommencer. Si vous avez des doutes – et Dieu sait que moi j'en ai –, vous permettrez à Bree de s'impliquer, de se rendre utile, sans rien en montrer.

Eve répondit sans hésiter :

— Soyons claires. À ce stade, je n'ai aucun doute. En revanche, j'ai des infos, des schémas de comportement, des hypothèses et un instinct. Je ne crois pas que nous allons sauver Melinda et mettre McQueen et sa partenaire en cage. J'en ai la certitude.

Annalyn jeta un coup d'œil vers la porte.

— Comment est-ce possible ? Non, attendez que Bree revienne.

— Pas de problème. Démarrez les analyses.

Ayant exprimé le fond de sa pensée, Annalyn s'exécuta. Eve acheva de mettre en place son tableau. Elle en était presque satisfaite quand Bree reparut avec leur en-cas.

Une odeur de hamburgers-frites emplit la pièce et, l'espace d'un instant, Eve se sentit en terrain connu. Elle s'empara d'un sandwich et mordit dedans.

— Délicieux, commenta-t-elle. Bien. Voici comment je fonctionne, et comment nous fonctionnerons tant que je serai là. Je me sers de visuels comme tous ceux que j'ai affichés là, et si je suis calée dans mon fauteuil, les yeux fermés, ce n'est pas parce que je fais la sieste. Je gamberge. Si je vous mets dehors, c'est parce que j'éprouve le besoin d'être seule. Inspecteur Jones, si j'appelle votre sœur « la victime », épargnez-moi la tête que vous faisiez pendant le briefing. Cette enquête vous touche personnellement, j'en suis consciente, et dans une certaine mesure, ce pourrait être un atout. Si cela devient un obstacle, je vous exclurai.

— Oui, lieutenant.

— Votre coéquipière vous comprend et veille sur vous. Je ne veux pas qu'elle perde les pédales sous prétexte qu'elle s'inquiète pour vous.

— Je...

— Ne me coupez pas la parole. Nous allons débusquer McQueen et le renvoyer en prison. Selon moi, la voie la plus directe est la partenaire. Nous allons l'identifier, la localiser, l'intercepter, la convoquer et la passer sur le gril comme un bon steak texan.

Elle prit une autre bouchée de hamburger, avala une gorgée de Pepsi.

— Il a sévi un long moment avant de tomber, reprit-elle. Il a choisi son lieu et en a fait sa cour de récréation. Cette fois, son manège ne durera pas. Pour plusieurs raisons.

Elle s'appuya contre le bureau rutilant, soulagée de constater qu'elle commençait à trouver son rythme.

— Primo, continua-t-elle, je suis sacrément plus affûtée qu'il y a douze ans. Nous avons davantage de ressources et savons qui il est. Deuzio, parce qu'il est obsédé par le désir de me détruire, il a commis des erreurs de parcours. Nous allons presser ses complices comme des citrons et suivre toutes les pistes. Tertio, Melinda. C'est une psychothérapeute expérimentée. Elle sait comment parler aux gens, s'immiscer dans leur cerveau. Elle a eu le cran de rendre visite à McQueen en prison, une épreuve, mais aussi un moyen pour elle de redémarrer sa vie. Elle a eu le courage d'embrasser une carrière qui lui rappellerait jour après jour ce qu'il lui avait infligé. Conclusion : elle est plus solide et plus finaude que lui. Si vous n'y croyez pas, vous ne me serez d'aucun secours.

— J'y crois, lieutenant.

— Qu'est-ce que c'est que cette manie de tripoter votre bague ?

Bree se figea.

— Elle est à Melinda. Je... je l'ai mise ce matin. Je voulais avoir sur moi un objet qui lui appartient, que je peux toucher, qui me rappelle notre lien.

— D'accord, acquiesça Eve. Établissez la chronologie.

Eve examina le tableau, effectua quelques rajustements, y ajouta des éléments. Pendant que Bree s'activait, elle arpenta la pièce, sourcils froncés, s'imprégnant des diverses données.

Elle décida d'aller inspecter l'ancien appartement de la femme, d'interroger les voisins, les commerçants. Les fédéraux lui reprocheraient probablement de marcher sur leurs plates-bandes, mais la théorie de l'approche à deux volets de Connors lui plaisait.

Elle y découvrirait peut-être quelque chose. Une miette, une phrase entendue, une personne remarquée. Une impression. Une opinion.

Ses frites manquaient de sel. Dommage. Désormais, elle penserait à en avoir toujours dans sa poche pour les urgences frites.

Une addiction. Comme le café. Des envies que Connors s'efforçait d'assouvir. Ce qui faisait de lui une sorte de dealer, non ?

— Comment a-t-elle pu tomber amoureuse de lui ?

— Pardon ?

Elle s'immobilisa devant Bree.

— Il est en prison. Elle veut l'argent, le boulot – pour arrondir ses fins de mois, pour se payer sa drogue. Elle a de l'expérience, elle est endurcie, égocentrique comme tous les toxicos. Pourtant, elle en pince pour lui.

Eve se remit à aller et venir en étudiant les photos de McQueen et de sa partenaire.

— Certes, il est bel homme. Peut-être son genre. Lui aussi est coriace, il a bourlingué, il connaît la chanson. Mais il a un faible pour les petites filles. Ces corps menus et souples, des fleurs prêtes à s'épanouir. Elle est trop âgée, trop chevronnée pour satisfaire ses pulsions sexuelles. Elle a beau s'entretenir, elle ne sera plus jamais cette fleur prête à s'épanouir. Elle en est forcément consciente.

— Il est charmant, dit Bree. Quand il m'a violée la première fois, il s'est montré charmant. Je n'entends pas par là que je...

— Je sais. Vous n'étiez pas dupe, mais il a vous a fait son numéro.

— Il m'a flattée. Il me trouvait mignonne, j'avais la peau si douce. Mes hurlements ne semblaient pas l'intimider. Il avait allumé des bougies, mis de la musique. Comme pour un tête-à-tête romantique... Mais je vous ai déjà raconté tout cela quand vous êtes venue me voir à l'hôpital.

— Une piqûre de rappel ne fait jamais de mal. Il la charme, il la flatte. Mais ce n'est pas suffisant. Pour des raisons qui nous échappent, elle se croit différente des autres, indispensable. Comment forme-t-on un être à vous obéir au doigt et à l'œil, à suivre des instructions complexes sur une longue période ? À s'attacher au point de tout accepter sans ciller ? C'est une escroquerie comme une autre. Il ne peut pas la contrôler par la peur, il la contrôle donc par le plaisir.

— Il lui offre tout ce qu'elle désire, lui promet la lune, intervint Annalyn.

— Les stupéfiants. Il est son fournisseur.

Eve se pencha pour attraper son communicateur. Pour joindre Peabody. « Tu as deux inspecteurs à ta disposition, se rappela-t-elle. Sers-toi de ce que l'on te donne. »

— Il me faut les noms de ses codétenus. Cherchez un lien avec un dealer et un prisonnier libéré. Remontez à six mois avant son premier contact avec la femme. Si rien ne vous saute aux yeux, élargissez le champ sur un an.

— Tout de suite, répliqua Annalyn.

— Les appels relevés sur le communicateur de Stibble n'étaient pas tous destinés à cette femme. J'en

148

mettrais ma main au feu. Il devait donner des os à son chien. Il avait quelqu'un à l'extérieur pour s'en charger. Quelqu'un qui lui est redevable ou qu'il payait... Trop d'intermédiaires, marmonna-t-elle. Beaucoup trop d'intermédiaires. Elle a une source à Dallas aussi. On trouve la source, on trouve la partenaire. On trouve la partenaire, on trouve McQueen.

— Jayson, le frère de l'inspecteur Price, est à la brigade des Stups, lança Bree. C'est lui qui vous a interrompue pendant la réunion. Melinda et lui ont commencé à sortir ensemble il y a deux mois, alors...

— Je m'en fiche. Qu'il joigne son frangin. Vik l'Obèse a convenu qu'elle se shootait peut-être de temps en temps. Mais elle prend sûrement aussi des calmants. Avec tout ce qui se passe, elle ne peut pas se permettre d'être défoncée à longueur de temps. Elle doit pouvoir décrocher, se détendre.

— Question sexe, elle doit s'imaginer en concurrence avec les gamines, non ? suggéra Annalyn. Ajoutons donc l'Erotica à la liste.

— Bonne idée. Au boulot, Jones.

Eve étudia Annalyn.

— Vous prenez soin de votre personne, commenta-t-elle.

— Merci. Je m'efforce de mettre mes atouts en avant.

— Et vous êtes célibataire. Vous sortez. Vous fréquentez les salons de beauté ? Les coiffeurs et tout le bataclan ?

— Avec mon salaire de flic, c'est difficile, mais oui, une fois par mois environ. Je vois où vous voulez en venir. Elle doit se présenter à lui sous son meilleur jour. D'après moi, elle a subi quelques interventions esthétiques depuis qu'elle l'a rencontré. Rehaussement des lolos, un coup de laser sur les rides, des trucs de ce genre...

— C'est récent. Après l'arrêt de la thérapie, avant l'évasion de McQueen. À Dallas ou dans les alentours.

À la perspective de le revoir, elle s'est peut-être offert un relooking complet. Ces derniers jours.

— C'est plausible.

— Bon, je m'attaque aux codétenus. Jones et vous connaissez cette ville comme votre poche. Dressez un inventaire des salons de beauté et des centres chirurgicaux où elle aurait pu se rendre. Montrez ses deux photos d'identité. Que la chance soit de nouveau avec nous !

— Allez-vous mettre les fédéraux au courant ?

— Merde, je les avais oubliés, ceux-là. Oui, je m'en occupe.

— Dommage, répliqua Annalyn avec un sourire. Viens, Bree. Allons traquer cette salope.

Eve s'assit devant son ordinateur. Annalyn avait raison. Elle avait flairé une piste.

Elle s'absorba dans sa tâche. Cette fois, McQueen avait merdé. Les fondations se fendillaient sous le poids d'un surplus de complices, d'initiatives.

Elle ne fut pas du tout étonnée de découvrir un tel nombre de détenus libérés, présumés réhabilités, en lien avec le milieu de la drogue.

— Les prisons sont remplies de voyous, marmonna-t-elle en lisant. Burt Civet, alias Thor, tu me plais. Vous me plaisez tous.

Elle effectua un calcul de probabilités, ébaucha un sourire.

— Tiens, tiens ! Tu plais aussi à l'ordinateur. Quelle popularité !... Appeler Peabody, inspecteur Delia, police de New York, ordonna-t-elle au communicateur.

Le visage de Peabody apparut à l'écran. Elle avait les traits tirés.

— Bonjour, Dallas. Nous avons toujours Stibble et Lovett. Nous pensons leur avoir soutiré tout ce que nous pouvions, mais par précaution nous retenterons le coup demain.

— J'ai peut-être un filon. Burt Civet, alias Thor. Il était en prison avec McQueen. Il a bénéficié d'une libération conditionnelle il y a quatre ans. Domicile actuel, rue Washington. Sans emploi, j'en déduis donc qu'il est de nouveau dans le circuit de la drogue. Coincez-le, embarquez-le, cuisinez-le. Je soupçonne McQueen de l'avoir soudoyé pour qu'il fournisse sa partenaire quand elle était à New York.

— Compris.

— Je veux tout ce qu'il sait à propos de cette femme, Peabody. Absolument tout. Je veux savoir comment McQueen s'est débrouillé pour le payer. Négociez s'il le faut mais persuadez-le qu'il a tout intérêt à cracher le morceau. Il a déjà purgé cinq ans ferme. Servez-vous-en. Il aime vendre ses saloperies aux mineurs et a tendance à se balader à proximité des parcs, écoles, galeries de jeux.

— McQueen et lui font la paire.

— Je suis sûre qu'ils se sont liés d'amitié. Je veux la partenaire de McQueen, Peabody. Essorez-le.

— Entendu. Comment ça se passe, à Dallas ?

— C'est bizarre. Ils sont trop polis, ils ont un drôle d'accent, tout est trop brillant. Mais le café est encore plus infect qu'au Central, ce qui me rassure. Je vous envoie tout ce que j'ai. Après quoi, j'irai chercher Connors à la DDE. Je veux travailler seule à l'hôtel un moment. Vous pourrez me joindre sur mon portable.

— Je vous tiens au courant.

Eve raccrocha, poussa un soupir. Elle aurait préféré être à New York pour matraquer elle-même Civet. Depuis son départ, elle n'avait pu intimider, empoisonner, engueuler personne. Pas normal.

Elle contacta Connors.

— J'ai quelques pistes. J'aimerais les explorer tranquillement à l'hôtel. Quand peux-tu te libérer ?

— J'arrive.

Elle sauvegarda ses données, rassembla ses affaires. Plutôt que de s'adresser directement aux fédéraux, elle leur adressa un bref compte-rendu par SMS.

Comme elle émergeait de son bureau pour aller informer Ricchio de ses plans, Connors l'intercepta.

— J'ai dit au lieutenant texan où il pourrait nous trouver en cas de nécessité. Fichons le camp d'ici.

— Un problème ?

Il la saisit par le bras et pressa le mouvement.

— Disons que je suis habitué à ta boutique. Celle-ci me donne de l'urticaire.

— Comment sont les gars de la DDE ?

— Moins sympathiques que les nôtres, mais efficaces, et tout aussi colorés côté garde-robe – avec une petite touche du Sud-Ouest en plus. Le chef n'apprécie guère que des civils envahissent son espace – ça aussi, j'y suis habitué. Mais ce n'est pas ça.

— Tu as pris tes grands airs, devina Eve en montant dans la voiture.

— Je n'avais pas le choix. Je déteste me sentir méprisé et me faire insulter par des flics. Sauf le mien, bien entendu. Et toi, ta journée ?

— On progresse.

Elle lui relata les événements en chemin.

— Ton approche à deux volets semble fonctionner à merveille, commenta-t-il. De même que ton acharnement à retrouver cette femme. Elle est le maillon faible de McQueen. S'il ne s'en est pas encore rendu compte, ça ne saurait tarder. Je suis d'accord avec toi, il ne va pas la garder longtemps.

— Elle pourrait gagner du temps, à condition d'être habile. Mais j'ai l'impression qu'elle s'est attachée à lui, donc, elle va commettre une erreur. Et puis, il a Melinda pour la compagnie et la conversation.

— Tu crois qu'il va la malmener ?

— C'est peu probable, d'où mon inquiétude : je crains qu'il n'enlève une gamine très bientôt. Mais Melinda discutera avec lui, du moins je le pense. C'est son métier. Elle est formée à cela. Je veux croire qu'elle va surmonter cette épreuve, se servir de ses connaissances pour l'empêcher de faire du mal à l'enfant.

Il se gara devant l'hôtel, une tour scintillante toute de verre et de chrome. Sur un simple « Connors », il tendit la carte-clé et un pourboire (exorbitant aux yeux d'Eve) au portier qui se rua pour leur ouvrir la porte.

— Ce n'est pas ici que nous sommes descendus la dernière fois, fit-elle remarquer, mais de toute évidence, cet établissement t'appartient.

— En effet, et je me suis dit que le changement serait le bienvenu pour nous deux.

Alors qu'ils se dirigeaient vers un ascenseur, l'employé de la sécurité derrière son comptoir se leva d'un bond.

— Monsieur.

Connors le salua d'un signe de tête, agita une carte devant le tableau de commande de la cabine.

— Triplex ouest, dernier étage, commanda-t-il.

— Un triplex ?

— Je pensai utiliser le troisième niveau comme QG. Ainsi, on pourra tout verrouiller et aucun membre du personnel n'y aura accès. Un droïde suffira pour le ménage. Espace de vie au premier, chambres au deuxième. Nous montons directement au QG. afin que tu déposes tes affaires. Ensuite, je meurs d'envie d'un foutu verre.

— Moi aussi. Et d'une foutue douche et d'un foutu suspect à matraquer.

Il sourit.

— New York te manque. Que dirais-tu d'un foutu repas pour accompagner le tout ?

— J'ai mangé un hamburger.

— Merde, je n'ai pas eu cette chance.

Les portes s'ouvrirent. Eve cligna des yeux.

Un tableau de meurtre était dressé au milieu de la pièce. Il n'était pas tout à fait organisé comme elle l'aurait voulu ni mis à jour, mais les photos, les données, la chronologie partielle, tout était là. De même qu'une table de travail, un divan, trois écrans, deux ordinateurs – en plus d'une cuisine équipée, d'une salle de bains et, après inspection, d'un deuxième bureau.

— Comment as-tu fait ?

— J'ai un homme de confiance. Cela te permet de gagner du temps.

— En effet. La deuxième pièce est pour toi ?

— Oui. Moins bien équipée qu'à la maison, mais bon...

Il s'était donné de la peine pour lui faciliter la vie, lui procurer tous les outils afin qu'elle puisse travailler comme elle en avait l'habitude.

Elle s'avança vers lui, entoura son visage de ses mains et déposa un baiser sur ses lèvres.

— On se croirait chez nous, murmura-t-elle.

Puis, comme elle se sentait bien, elle l'étreignit avec fougue.

— Allons boire ce foutu verre.

9

Assise sur la terrasse, elle savoura son vin en ignorant la vue. De toute façon, Connors était beaucoup plus beau à regarder. Mais à force de le contempler, elle décela des signes qui lui avaient échappé dans sa hâte à gagner l'hôtel.

— Tu es fâché ?

Il haussa les épaules.

— Pas contre toi. Pour le moment.

— Contre qui ? Ou quoi ?

— Disons que j'en ai par-dessus la tête des flics – sauf toi, je le répète. Pour le moment.

— Si les membres de la DDE t'exaspèrent, n'y retourne pas. Tu n'as aucun besoin d'y aller alors que tu peux travailler d'ici, en coordination avec Feeney si tu le désires.

— Je ne te quitterai pas d'une semelle. Après tout, dans l'absolu, un zeste d'agacement ne représente pas grand-chose.

— Tout dépend. Qu'est-ce qui t'a chiffonné, précisément ?... Connors, insista-t-elle en lui prenant la main.

— Au fond, c'est idiot. Le père de Ricchio – flic lui aussi, comme par hasard – a participé à l'enquête sur le mien. Il a pris la peine de me le faire savoir.

Elle se hérissa.

— C'était déplacé.

— Tu crois ? Aurais-tu réagi de la même manière à sa place ?

— Possible. Probable. J'aurais eu tort. Tu es ici pour nous aider en tant que consultant civil désigné par le département de police de New York. Patrick Connors n'a rien à voir là-dedans. L'une des consultantes civiles de Ricchio est actuellement entre les mains d'un prédateur violent. C'est sur cela qu'il doit se concentrer ; il n'a pas à te harceler alors que des vies humaines sont en jeu.

— Là-dessus, nous sommes d'accord. Mais il y aura toujours un hic, n'est-ce pas ? Ainsi va le monde.

— Le monde pue.

— Souvent. Mais maintenant que tu es énervée, je me sens mieux. J'ai faim.

Pas le moins du monde apaisée, Eve se leva brusquement et s'éloigna d'un pas vif.

— Cette ville de merde, je la déteste. Je suis peut-être injuste, mais je m'en fous. C'est ici qu'ils se sont rencontrés, ton père et le mien.

— Ma chérie, Ricchio n'a aucune raison, aucun moyen d'établir un lien entre Patrick Connors, Richard Troy et le lieutenant Eve Dallas.

— Pourtant, il existe. Il existera toujours, c'est ça, le hic.

Elle fit demi-tour et revint vers lui. Se libérant enfin du poids qui lui pesait depuis leur atterrissage à Dallas, elle enchaîna :

— Nous n'y échapperons jamais totalement. Quoi que nous fassions, qui que nous soyons, nos géniteurs en feront partie. Nous n'y pouvons rien. Cela nous poursuit partout, encore plus ici qu'ailleurs.

— C'est vrai, murmura-t-il en se levant pour s'approcher d'elle. La solution : retrouver Melinda Jones très vite, épingler McQueen et rentrer chez nous.

Il appuya son front contre le sien, et elle ferma les yeux.

— Ce plan me convient. Il est simple, direct.

— J'ai foi en toi.

— Dans ce cas, je ferais mieux de me remettre au boulot. Voici ce que je te propose : pour me faire pardonner, je dîne avec toi avant d'attaquer mes rapports. Que dirais-tu d'un hamburger à la viande de bœuf du Texas ?

— Excellente idée, approuva-t-il.

Il s'empara de ses mains et ajouta :

— Réfléchis. Sans nos malheurs d'autrefois, nous ne serions pas qui nous sommes aujourd'hui et nous ne nous obstinerions pas à tenter d'effacer le passé.

— Sans doute. Tout de même...

Son communicateur bipa.

— C'est Peabody.

— Réponds-lui. Je peux commander le repas.

— D'accord. Désolée, murmura-t-elle avant de décrocher. Peabody ? Vous l'avez serré ?

Tout en programmant l'autochef, Connors garda un œil sur Eve. Elle allait et venait, une main dans la poche. Elle parlait vite, les yeux plissés.

Lorsqu'elle le rejoignit dans la cuisine, elle avait retrouvé son énergie.

— Ils ont coincé Civet en possession d'une variété de produits illicites. À un pâté de maisons d'un centre pour jeunes, ce qui n'arrange pas son cas. Vu son casier, il risque entre dix et quinze ans de prison. Il voudra passer un marché. Il parlera. Si Peabody la joue fine, ça marchera.

Elle se remit à arpenter la pièce, tourna autour du tableau.

— Il faut qu'elle laisse Baxter endosser le rôle du méchant tandis qu'elle adoptera l'attitude « On va arranger ça ».

— Tu penses qu'elle y parviendra ?

— Oui. Mais je serais plus tranquille si j'étais sur place.

— Tu meurs d'envie de faire transpirer un suspect, voilà tout.

— Oh, oui ! Peabody a eu Stibble, Lovett et maintenant Civet. Moi, j'ai eu droit à Vik l'Obèse, le gérant de bar plus que coopératif à la mémoire d'éléphant. Ce n'est pas juste.

Elle se laissa tomber sur son siège de bureau.

— N'empêche, je vais essayer de tirer les vers du nez aux anciens voisins de la présumée partenaire.

— Tu en as parfaitement le droit. Quant à moi, je vais manger mon repas à côté en jouant à « Trouver la four-gonnette » sans avoir à subir des ricanements de flics par-dessus mon épaule.

Eve s'attela à la rédaction de son rapport. Les collè-gues avaient avancé de leur côté – locations immobi-lières et transactions de véhicules –, mais le bout du tunnel était encore loin.

« La ville est grande, les immeubles et les estafettes, innombrables. Quoi d'autre ? De quoi a-t-il eu besoin ou envie ? » s'interrogea-t-elle.

Elle se cala dans son fauteuil, posa les pieds sur la table, ferma les yeux.

Il aimait le bon vin. Dans son terrier new-yorkais, on avait retrouvé une magnifique collection de cabernets.

Elle remonta dans le passé, s'appuyant sur ses sens, sa mémoire plutôt que sur les photos de la scène du crime.

« Verres à vin rangés par catégorie dans le placard », se rappela-t-elle. Aujourd'hui, elle était capable d'affirmer qu'ils étaient en cristal. « Belle vaisselle, un service sobre, blanc, avec un pourtour en relief. Fruits et légumes frais dans les sacs au logo du supermarché bio, continua-t-elle à énumérer mentalement. Aucun aliment transformé. Du fromage et... comment appelle-t-on ça, déjà ?... une baguette. Des œufs dans le frigo. Des vrais, pas des succédanés. »

Tout cela avait dû lui manquer en prison.

Dans sa tête, Eve poursuivit son tour de l'appartement : « Peu de mobilier, aucun désordre... Produits de nettoyage naturels. Sans parfum. »

La chambre comportait un lit équipé de barreaux – indispensable pour attacher cordes et menottes.

« Draps de qualité – deux paires de rechange –, tous blancs, en coton bio », se souvint-elle.

Il avait toujours violé ses proies sur une literie immaculée.

Draps de qualité rimaient avec blanchisserie.

Dans la salle de bains, serviettes et gants de toilette étaient, là encore, en coton bio, blancs. Savons, shampooings, produits de beauté, sans additifs ni conservateurs.

Il avait dû préciser ses exigences à sa partenaire. Où avait-elle fait ses courses ? Dans les boutiques locales ? En ligne ? Un peu des deux ?

Caméras de sécurité, matériaux insonorisés, chaînes. Les autorités locales et les fédéraux enquêtaient déjà sur ces éléments.

Ce n'était pas suffisant. Eve se leva pour tourner autour de son tableau tout en dictant une liste à l'ordinateur.

— Conseiller recherche de commerces dans la région de Dallas et en ligne. Literie, ustensiles de cuisine, produits de nettoyage achetés au cours des six dernières semaines. Cosmétiques, vin, quatre semaines. Denrées alimentaires, deux à trois jours. Vérifier aussi les services de blanchisserie – draps et serviettes blancs en coton bio.

Connors apparut

— Enregistrer et envoyer le mémo à tous les collaborateurs. Marquer comme priorité urgente, acheva-t-elle.

— *Requête entendue... tâche accomplie.*

— Je n'ai pas été assez méticuleuse, avoua Eve en se tournant vers Connors. J'étais tellement obsédée par la femme que j'ai négligé les détails, le quotidien. Torchons, serviettes. Merde ! Ça fait partie du mode opératoire de McQueen, de son profil.

— Dans ce cas, cela figure dans le dossier dont disposent tous les membres de l'équipe.

— Sauf qu'ils n'ont jamais mis les pieds dans cet appartement. Ils n'ont pas vu la vaisselle, les bouteilles de vin. Le flacon de *Green Nature* sous l'évier.

Fasciné, Connors haussa les sourcils.

— Tu te rappelles la marque du produit de nettoyage ?

— Oui, et bien que ce soit enfoui quelque part dans l'inventaire des objets trouvés chez lui et consignés, qui va y prêter attention à moins de rassembler le tout ? Si j'y avais pensé plus tôt, j'aurais déjà des hommes dessus.

— Au bout de combien de temps cela t'est-il revenu, une fois que tu as enfin pu t'asseoir, t'éclaircir les idées et *réfléchir* ?

— Assez vite, convint-elle. Ça m'a probablement turlupinée toute la journée sans que j'en aie conscience. Je réagis trop lentement. Autre problème, elle a sans doute fait ses courses en ligne. Remonter aux sources sera d'autant plus compliqué.

— Tu crois qu'elle est amoureuse de lui ?

Eve fixa les photos.

— Je crois qu'elle croit être amoureuse de lui.

— À mon avis, elle a dû acheter certaines choses dans des boutiques locales. Notamment la literie. Elle monte son ménage, n'est-ce pas ? Les draps, elle veut les toucher, les examiner de près, tergiverser.

— Ah bon ? s'étonna Eve.

— Tout le monde n'est pas allergique au shopping. Tu dis qu'elle est solide, qu'elle a de l'expérience. Mais il a repéré ses faiblesses. Elle a très bien pu s'accorder le temps et le plaisir de choisir, surtout si elle s'imaginait blottie contre lui.

— Tu es presque aussi perspicace que Mira. Si c'est le cas, et si une vendeuse la reconnaît, ce sera une piste intéressante. En attendant…

— En attendant, j'ai un filon sur la supposée fourgonnette.

— Déjà ?

— J'avais commencé à la DDE, mais je suis plus efficace en solo. Camionnette bleue, modèle 2052, enchaîna-t-il en se dirigeant vers l'autochef pour leur commander des cafés. Enregistrée au nom de la *Heartfelt Christian League* – une association bidon. Je suis parti du principe que si la transaction avait été effectuée par sœur Suzan, celle-ci prétendrait représenter une organisation religieuse.

— Très futé.

— C'est étonnant le nombre de congrégations qui ont acquis une fourgonnette depuis un an, observa-t-il. En ce qui concerne celle-ci, j'ai pu remonter jusqu'à l'ex-propriétaire, Jerimiah Constance, un chrétien dévot, habitant Mayville, de ce côté de la frontière avec la Louisiane. Sœur Suzan étant domiciliée à Bâton Rouge, le lien a du sens. Elle a payé en espèces, ajouta-t-il. La signature de sœur Suzan Devon apparaît sur la déclaration de cession.

— De mieux en mieux.

— Je t'ai transféré toutes les informations.

Eve tourna les talons et regagna son bureau.

— On va y arriver. Le véhicule a sans doute été repeint, mais c'est une piste de plus à explorer. Et elle aura changé l'immatriculation, ce qui n'est pas un problème en soi. Je vais inciter les fédéraux à vérifier, et demander que l'on interroge Jerimiah le croyant.

— Côté finances, McQueen s'est bien protégé.

— Il est habile. Tu l'es encore plus.

— Certes, mais merci quand même.

— Nous sommes sur la bonne voie. Continuons, et allons tourmenter quelques Texans vivant en appartement.

Connors choqua son mug contre celui d'Eve.

— Youpi !

Le bâtiment était délabré et le petit parking adjacent semblait servir de cour de récréation, car plusieurs enfants se poursuivaient entre les voitures en hurlant.

La sécurité était acceptable, mais les fenêtres grandes ouvertes étaient une invitation à l'adresse des cambrioleurs.

L'un des gosses fonça droit sur Eve.

— Chat ! C'est toi qui l'es !

— Non.

Il lui adressa un grand sourire, révélant un trou béant à la place des incisives centrales.

— On joue à chat. Vous êtes qui ?

— Je suis la police.

— On joue aussi aux gendarmes et aux voleurs. Moi, j'aime bien être le voleur. Vous pouvez m'arrêter.

— Reviens dans une dizaine d'années.

Eve examina l'entrée, le môme. Après tout, il fallait bien commencer quelque part. Elle sortit la photo de Sarajo Whitehead.

— Tu la connais ?

— Elle habite plus là.

— Mais elle y a habité.

— Ouais. Bon, faut que je retourne avec mes copains.

— Une seconde ! Elle vivait toute seule ?

— Je suppose. Elle dormait beaucoup. Elle arrêtait pas de nous crier après parce qu'on faisait trop de bruit quand y avait des gens qui essayaient de dormir. Mais ma mère, elle disait que c'était tant pis pour elle parce qu'on était au beau milieu de la journée et que les enfants ont le droit d'être bruyants quand ils jouent dehors.

— Qui est ta maman ?

— Becky Robbins, et mon papa, c'est Jake. Moi, c'est Chip. On est au quatrième étage et j'ai une tortue qui s'appelle Butch. Tu veux la voir ?

— Ta maman est à la maison ?

— Bien sûr ! M'man ! s'époumona-t-il.

— Merde ! Tu me perfores les tympans.

— On doit pas dire « merde ». On doit dire « *mer...* credi ». *M'man !*

— Chip Robbins, combien de fois t'ai-je demandé de ne pas m'appeler pour un oui ou pour un non ?

La femme qui venait d'apparaître à la fenêtre avait les mêmes cheveux bouclés et noirs que son fils, et l'air morose.

— Mais m'man, la police veut te parler. Tu vois ?

Il s'empara de la main d'Eve, l'agita avec la sienne – bien collante. Résistant à la tentation de l'essuyer, Eve montra son insigne.

— Pouvons-nous monter, madame Robbins ?

— C'est pour quoi ? Mon fils est turbulent, mais il est sage comme une image.

— Il s'agit d'une de vos anciennes voisines. Si nous pouvions monter...

— Je descends.

— M'man, elle aime pas recevoir des inconnus quand papa est pas là. Il rentre tard.

— Je comprends.

— Il conduit un aérotram et m'man travaille dans mon école. Je suis en CE 1.

— Tant mieux pour toi.

Eve sollicita Connors d'un regard suppliant, mais il se contenta de lui répondre d'un sourire.

— Tu vas arrêter un voleur ? continua le gamin.

— Tu en connais un ?

— Mon copain Evert, il a chapardé une barre de chocolat au supermarché, mais sa mère l'a su et elle l'a obligé à retourner la payer avec son argent de poche et il a pas eu le droit de s'acheter des bonbons ni *rien* pendant un mois. Tu pourrais l'arrêter. Il est juste là.

Chip désigna joyeusement le coupable.

— Il me semble qu'il a réglé sa dette envers la société.

Doux Jésus, combien de temps ce supplice allait-il encore durer ? Que fichait la mère ?

— Parle avec ce monsieur, suggéra-t-elle, sacrifiant Connors sans remords.

— D'accord. Tu es policier, toi aussi ?

— Pas du tout.

— Tu as un drôle d'accent. Tu es français ? La dame du marché, elle vient de France. Elle aussi, elle a un drôle d'accent. Elle m'a appris un mot.

— Lequel ?

— Chip, cesse d'ennuyer ce monsieur et cette dame et va jouer.

Becky Robbins avait pris le temps de se recoiffer. Elle s'approcha d'un pas vif, ses tongs claquant sur le sol, serra brièvement son fils contre elle.

— Allez, ouste !

— Salut ! lança-t-il avant de courir rejoindre ses camarades.

— Que se passe-t-il ? s'inquiéta Becky. On m'a dit que des agents du FBI étaient venus en notre absence. Et maintenant, la police.

— Connaissez-vous une femme qui prétendait s'appeler Sarajo Whitehead ?

— Oui. Elle habitait ici, au deuxième. Elle a déménagé il y a quoi... huit, dix mois ? Pourquoi ? Elle a fait quelque chose ? enchaîna Becky sans laisser à Eve le loisir de lui répondre. Les gens du FBI sont restés flous, mais Earleen, ma voisine, a flairé le coup. Je n'ai jamais aimé cette femme. Sarajo, pas Earleen.

Chip avait de qui tenir...

— Pourquoi ?

— Elle daignait à peine nous dire bonjour. Je sais qu'elle bossait le plus souvent la nuit, mais je ne supporte pas qu'on crie après les gosses.

Becky plaqua la main sur la hanche et tourna le regard vers les enfants.

— Ils ont le droit de s'amuser dehors quand le temps le permet, surtout en plein jour. Une fois, je me suis fâchée, je lui ai conseillé d'aller s'acheter des bouchons d'oreille... Qu'est-ce qu'elle a fait ?

— Nous le saurons quand nous l'aurons localisée. Recevait-elle des visiteurs ?

— Je n'ai jamais vu personne entrer chez elle à part une femme. Jeune, jolie.

— C'est elle ? s'enquit Eve en lui montrant la photo de Melinda.

— Oui. Elle n'a pas de problèmes avec la police, j'espère ? Elle semblait si gentille.

— Non, aucun. Vous ne vous rappelez pas avoir aperçu quelqu'un d'autre ?

— Eh bien... si, une fois, un homme est venu. Très gros. Il a expliqué qu'elle était son employée et qu'il la cherchait. Mais elle était déjà partie. Du jour au lendemain, en laissant tous ses meubles. Apparemment, le mobilier était loué. Par contre, elle était à jour de ses paiements, loyer compris. Je le sais par la gérante. Quoi qu'il en soit, son départ ne m'a pas attristée.

Eve attendit un instant.

— Ce n'est pas tout, devina-t-elle.

Becky scruta les alentours, se balança d'un pied sur l'autre, puis :

— C'est juste une impression. Je ne peux rien jurer.

— Le moindre détail me sera utile.

— Ça m'ennuie d'accuser les gens – même elle –, mais franchement, le FBI, la police... Je pense qu'elle se droguait. Du moins de temps à autre. J'ai un cousin qui a plongé dans ce vice, je connais les signes. Les yeux trop brillants, les tressaillements. Quand on s'est disputées à propos des enfants, je lui ai dit qu'elle n'avait qu'à augmenter la dose, comme ça, elle ne les entendrait plus puisqu'elle serait dans les vapes. Je n'aurais pas dû, mais j'étais excédée... Elle m'a jeté un de ces regards ! J'ai eu peur. Elle m'a claqué la porte au nez et je suis rentrée chez moi. Le lendemain, j'ai pris ma voiture pour me rendre au boulot. Celle de mon mari était garée juste à côté, tous ses pneus venaient d'être lacérés. Je suis certaine que c'était elle. Mais comment le prouver ? Du reste, c'est moi qui avais eu des mots avec elle, pas Jake. Il ne s'emporte pas comme moi. Si elle s'en était prise à mes pneus, j'aurais pu lui mettre les flics sur le dos, mais là... Jake a besoin de sa bagnole pour aller au boulot. Il a perdu une journée entière.

— Vous avez porté plainte ?

— Bien sûr. C'est obligatoire pour l'assurance. Mais Jake ne voulait pas que je la mentionne. De toute façon, elle aurait nié, et peut-être qu'ensuite, elle se serait vengée. Après cet incident, je l'ai évitée au maximum. Je n'étais donc pas mécontente qu'elle parte.

Eve interrogea d'autres habitants de l'immeuble, mais les informations fournies par Becky Robbins lui suffisaient.

— Devant son patron, elle savait se tenir, mais une fois chez elle, elle se laissait aller. Chez soi, on a envie de se détendre, de jouir de sa tranquillité, pas de subir les plaintes de sa voisine. Quoi de mieux pour se venger que de s'attaquer au moyen de transport du principal soutien de famille ? Qu'ils aillent au diable, tous. Elle frappe là où ça fait mal : la bourse du ménage, supputa Eve.

— Elle est coléreuse et méchante. Elle n'aime pas les enfants et n'a pas souhaité entretenir de relations avec ses voisins.

— Pas besoin. Mais par ailleurs elle est assez maligne pour payer son loyer en temps et en heure.

— On a la confirmation qu'elle ne possédait pas de voiture pendant son séjour ici. Soit elle marchait, soit elle empruntait les transports en commun. Personne hormis Melinda ne lui a rendu visite. Personne hormis son ex-employeur n'est venu à sa recherche, continua Connors.

Eve prit le relais :

— Donc, celui ou celle qui lui fournissait ses produits illicites la rencontrait ailleurs. Elle ne recevait pas d'hommes. Elle restait fidèle à McQueen. Du moins à la maison. Certains dealers préfèrent une rémunération en nature. Sexe rime avec business.

— J'adore faire du business avec toi.

— Curieusement, personne ne m'a envoyée balader. Ils sont tous si coopératifs. Ils parlent, ils parlent, ils parlent... surtout ce gosse. On a l'impression d'être dans un pays étranger... Tu crois que c'est l'eau ? On devrait peut-être éviter d'en boire, au cas où on se mettrait tout à coup à raconter notre vie à tout le monde.

— Il y a de l'eau dans le café.

— Oui, mais elle est bouillie. Ce qui tue les microbes qui déclenchent toute cette amabilité. La nuit tombe. Je sais que nous progressons, mais la nuit tombe. Melinda est entre ses mains depuis plus de vingt heures.

Eve inspira profondément.

— La nuit tombe, répéta-t-elle à mi-voix. Il aime chasser la nuit.

10

L'obscurité. Il les maintenait dans l'obscurité, car ainsi elles ne distinguaient plus le jour de la nuit et finissaient par perdre toute notion du temps. Et elles étaient privées du réconfort de se voir les unes les autres.

À moins qu'il ne laisse toutes les lumières allumées pendant des heures et des heures. Là, elles ne se voyaient que trop bien. Tous ces regards vides et désespérés. Les menottes et les chaînes, leur poids et leurs morsures aux poignets, aux chevilles.

Mais le pire, c'était quand il en détachait une et l'emmenait dans sa chambre.

Elle se débattrait quand il reviendrait. Bree affirmait qu'elles *devaient* lutter, toujours. Bree avait raison, bien sûr, mais c'était si difficile. Il lui avait fait si mal.

Elle s'y efforcerait. S'il revenait la chercher, elle lui résisterait de toutes ses forces.

Dans le noir, elle tendit la main en quête de celle de sa sœur.

C'est alors que tout lui revint d'un coup

Elle était dans l'obscurité, mais elle était seule. Elle n'était plus une enfant. Pourtant, il l'avait enlevée de nouveau, comme dans ses pires cauchemars.

Il était de retour.

Melinda changea de position, sentit le poids, les morsures des chaînes à ses poignets et à ses chevilles. Dans sa tête, elle hurla comme un animal blessé, mais elle ne laissa aucun son sortir de sa bouche.

« Reste calme, s'exhorta-t-elle. Crier ne servira à rien. Réfléchis. Trouve une solution. »

Bree était sûrement à sa recherche, soutenue par toutes les forces de police de Dallas.

Mais était-elle seulement à Dallas ? Elle pourrait se trouver n'importe où.

La terreur lui noua la gorge.

« Réfléchis », s'ordonna-t-elle.

Sarajo.

Sarajo l'avait appelée en la suppliant de l'aider. Qu'avait-elle dit ? Chaque détail comptait...

Elle avait croisé son violeur. Elle était terrifiée. Elle n'avait pas le courage de prévenir la police, pas envie de revivre cette épreuve.

Bien qu'épuisée après une longue journée de travail, Melinda n'avait pas hésité. Elle avait laissé un mot à l'intention de Bree, soigneusement fermé la porte à clé. Elle verrouillait toujours tout. Prudence, prudence...

Et pourtant.

Elle ne s'était pas méfiée une seconde. Elle avait réussi à calmer Sarajo et à la convaincre de se rendre au commissariat.

Bien sûr. « Bien sûr », avait-elle répété quand Sarajo s'était précipitée vers sa voiture dans le parking du restaurant ouvert vingt-quatre heures sur vingt-quatre. *Bien sûr*, allons nous réfugier dans un endroit moins fréquenté, moins bruyant.

Sympathie, compassion, les yeux dans les yeux, un effleurement de la main, Melinda s'était voulue rassurante. Sarajo avait pris place sur le siège passager.

Elle était visiblement bouleversée. Elle avait envie de vomir. Melinda s'était aussitôt garée le long du trottoir, s'était penchée pour lui ouvrir la portière. Elle n'avait pas vu la seringue, mais elle avait senti la piqûre dans sa nuque.

Puis, l'espace d'une seconde, juste avant de sombrer dans l'inconscience, elle avait vu Sarajo sourire, l'avait entendue lâcher :

— Pauvre idiote. Pauvre imbécile prétentieuse.

C'est alors qu'il avait surgi de nulle part.

Impossible de crier, impossible de se défendre. À eux deux, ils l'avaient déposée sur la banquette arrière.

— Coucou, Melinda ! Comme dans le bon vieux temps !

Ensuite rien. Le noir absolu.

Quand il était entré, la lumière l'avait aveuglée. Elle avait le tournis, la nausée. Il lui avait présenté son communicateur. Bree était à l'autre bout de la ligne. Melinda avait reconnu son visage, sa voix. Elle s'était forcée à rester calme, à réfléchir.

« Sarajo », pensa-t-elle de nouveau. Sa partenaire. Il avait toujours une complice. Melinda avait tout lu sur Isaac McQueen. Elle s'y était contrainte. Elle savait comment il fonctionnait.

Malgré cela, elle était tombée dans le piège. Une fois de plus, elle était à sa merci.

Il ne l'avait pas violée. Normal, ce n'était plus ce qui l'intéressait chez elle. Elle n'était plus une jeune fille.

Dieu merci, il n'en séquestrait aucune. Du moins l'espérait-elle.

Il avait jeté son dévolu sur elle pour une autre raison. La vengeance ? Elle n'avait été qu'une parmi beaucoup d'autres victimes. Il n'envisageait tout de même pas de collectionner toutes les survivantes ?

Non, non. Trop long, trop risqué, et dans quel but ?

Elle s'efforça de trouver une position plus confortable sur le sol, de chasser la torpeur qui lui engourdissait le cerveau. Il ne l'avait pas ciblée au hasard, non. Sa sœur était flic et elles vivaient ensemble. Pourquoi n'avait-il pas choisi une proie plus facile ?

Sarajo avait déclaré le viol presque un an auparavant. Par conséquent, il avait lancé la machine bien avant l'enlèvement.

Pourquoi ? *Pourquoi ?*

Parce que Bree et elle avaient été ses dernières victimes ? Était-ce aussi simple que cela ? Cela n'avait aucun sens. Pourquoi perdre son temps avec elle ?

Était-elle un appât pour attirer Bree dans ses filets ?

Ô Seigneur, Bree ! Bree. Bree.

La panique l'emporta, lui coupant le souffle.

Pas sa sœur. Pas encore.

Elle entendit le cliquetis des verrous, tenta de se ressaisir, ferma les yeux juste avant qu'il n'appuie sur l'interrupteur. La lumière lui brûla les paupières malgré tout. Elle perçut un bruit de talons hauts, l'effluve d'un parfum.

« C'est la femme, comprit-elle. Elle s'est pomponnée pour lui. Et moi, je suis l'idiote, l'imbécile prétentieuse. Elle n'est pas assez intelligente pour comprendre qu'à ses yeux, elle est aussi jetable qu'un mouchoir en papier. »

Melinda ouvrit lentement les yeux et regarda celle qu'elle avait crue désespérée.

En effet, elle s'était apprêtée pour lui. Lèvres peintes, chevelure blonde cascadant sur les épaules. Plus âgée que McQueen, mais sa robe rouge trop moulante trahissait un désir de paraître plus jeune.

Melinda masqua son dédain.

Sarajo lui apportait un sandwich sur une assiette en carton et une bouteille d'eau. Elle y avait peut-être versé un somnifère, mais Melinda afficha une expression de gratitude.

— Il ne veut pas que vous mouriez de faim, dit l'autre.

— Merci. J'ai faim. Il est très tard ?

— Trop tard pour vous.

— Je vous en prie, Sarajo, j'ignore ce que vous voulez de moi. Ce qu'il veut. Si vous me l'expliquiez, je pourrais peut-être tâcher de vous l'obtenir.

— On a déjà ce qu'on voulait. Les cœurs sensibles dans votre genre… vous êtes toutes pareilles. Faibles et stupides.

— Je voulais seulement vous aider.

— Je voulais seulement vous aider, minauda méchamment Sarajo. Oui, vous êtes toutes pareilles, toujours à gémir. Vous vous croyez intelligente, mais regardez-vous. Vous n'êtes qu'une bête dans une cage.

— Qu'ai-je fait pour que vous me haïssiez à ce point ?

— Primo, vous existez. Deuzio, à cause de vous, Isaac a croupi en taule pendant douze ans.

— Vous savez ce qu'il m'a infligé ainsi qu'à toutes les autres.

— Vous l'aviez mérité, non ? Bande de petites putes.

— J'avais douze ans.

— Ah, oui ? glapit Sarajo en se déhanchant et en inclinant la tête. Quand j'avais douze ans, j'ai couché avec des tas d'hommes. Il leur suffisait de payer d'abord. C'est là que vous êtes stupide. Vous voir ici est une sorte de récompense après tout le temps que j'ai dû passer avec vous.

— Je peux vous donner de l'argent.

— On n'en manque pas, répliqua Sarajo en lissant sa robe de la main. Et on en aura encore plus quand ce sera fini.

— Si c'est une rançon que vous voulez, je…

Sarajo explosa de rire.

— Il ne s'agit pas de vous. Vous n'êtes rien, seulement un moyen pour nous d'atteindre notre but. Elle va payer pour ce qu'elle a fait à Isaac. Quant à nous, on aura des tonnes de fric. Isaac et moi, on va vivre la belle vie.

— Il vous tuera. Quand il aura obtenu ce qu'il veut, il se débarrassera de vous.

Sarajo jeta l'assiette à l'autre bout de la pièce, renversa la bouteille d'eau. À cet instant, Isaac apparut.

— Oups ! s'exclama-t-il, tout sourire. On demande une femme de ménage, allée six.

Hilare, il enroula le bras autour de la taille de Sarajo, la serra contre lui.

— C'est de moi que vous parliez, toutes les deux ?

Il pressa les lèvres sur la tempe de Sarajo tout en adressant un clin d'œil complice à Melinda.

— Elle délire, voilà tout. C'est sa spécialité, marmonna Sarajo en se tournant vers lui. Mon chou, laissons cette salope laper son eau par terre. Viens te régaler de moi.

— Très tentant. Mais nous avons une tâche à accomplir, rappelle-toi. Et pour cela, tu dois te changer. Bien que tu sois *raaaavissante*.

— Si on s'offrait une soirée en tête à tête ?

— Tu verras, ce sera encore mieux, chuchota-t-il. Je te le promets. Allez, mon ange, va vite te changer. On va s'amuser comme des fous.

Il la gratifia d'une tape sur les fesses. Elle fusilla Melinda du regard une dernière fois et disparut.

— Isaac, vous vous êtes donné beaucoup de peine pour m'amener ici.

— Plus que tu ne l'imagines, ma douce. Mais je suis si content de revoir ton joli minois, déclara-t-il, le regard pétillant. Nous allons pouvoir rattraper le temps perdu. Je veux que tu me racontes tout ce que tu as fait depuis notre dernière rencontre.

— Vous êtes déjà au courant.

En jean repassé et chemise, il était d'une élégance irréprochable. Ses cheveux étaient blonds, son visage bronzé comme s'il avait passé son temps à s'activer au soleil.

— C'était si gentil à toi de me rendre visite.

— C'est la raison de ma présence ici ? Ma gentillesse ? Suis-je la seule à m'être rendue à la prison ?

Il poussa un soupir.

— Malheureusement, de nos jours, les bonnes manières ne sont plus ce qu'elles étaient. Remarque, c'étaient toutes de vilaines filles.

Melinda s'obligea à le fixer, à moduler sa voix.

— Vous savez comme moi que vous ne les enlevez pas parce qu'elles sont vilaines, mais parce qu'elles sont innocentes. Vous pouvez être honnête avec moi, Isaac. De toute évidence, vous dominez la situation, ajouta-t-elle en levant ses bras enchaînés. Vous avez le contrôle sur moi, sur Sarajo – si c'est son véritable prénom.

— Elle ne s'en souvient sans doute pas. Tu te débrouilles à merveille, Melinda. Le ton posé du thérapeute, le choix des mots. Je suis très fier de toi.

— Dites-moi pourquoi je suis là. Pourquoi vous vous servez de moi. N'avez-vous pas envie de partager vos desseins avec moi ?

— Si, si, mais tu connais mon goût pour les jeux.

Il s'approcha, lui souleva le menton. Un frémissement la parcourut.

— Réfléchis. C'est une sorte de puzzle. Il suffit d'en rassembler les pièces. À présent, j'ai une petite aventure en perspective. Sois bien sage.

— Si vous restiez un peu avec moi, pour parler ? Ou... ce que vous voulez. N'importe quoi. Mais ne m'abandonnez pas ce soir.

— Elle est adorable ! Sans vouloir t'offenser, mon trésor, tu sais pertinemment que tu n'es plus mon genre – bien qu'il m'arrive de me contenter de moins. L'ennui, c'est que j'ai d'autres projets pour la soirée.

— Ils sont à votre recherche, lança-t-elle. Si vous sortez, si vous tentez d'enlever une autre fille, ils vous attraperont. Tout sera terminé avant même d'avoir commencé. Ne me laissez pas maintenant. Je me soumettrai à tous vos désirs.

— Ne t'inquiète pas pour moi, mon cœur, rétorqua-t-il en lui soufflant un baiser. Je serai de retour bientôt et tu seras contente d'avoir de la compagnie. Désolé pour ton dîner mais ça t'apprendra à énerver la maîtresse de maison. Elle a un sacré caractère.

— S'il vous plaît !...

À quoi bon insister ? Rien ne l'arrêterait.

— S'il vous plaît, dites-moi au moins où nous sommes. À Dallas ou...

— Dallas est la clé du mystère. À plus tard !

Il laissa les lumières allumées. Melinda posa le front sur ses genoux et laissa échapper une plainte pour l'enfant dont l'existence serait ruinée à jamais si McQueen réussissait son coup.

Elle se balança d'avant en arrière, sanglota, cria jusqu'à en perdre la voix puis, épuisée, se roula en boule sur le sol de l'horrible pièce. Un parallélépipède rectangle muni d'une seule fenêtre condamnée. Quand bien même elle parviendrait à l'atteindre, il lui faudrait un outil pour déchiqueter le store métallique. Pas de table, pas de chaise, juste une couverture.

Et quatre paires de chaînes fixées aux parois.

Il avait tout prévu.

Que Dieu lui vienne en aide, lui donne la force de secourir celles qu'il ramènerait. Qu'Il lui procure un moyen de les sauver, de préserver leur tête et leur cœur. Elle était formée à cela. Pour le reste, elle faisait confiance à Bree.

S'ils étaient à Dallas, comme McQueen l'avait sous-entendu, les chances de s'en sortir étaient réelles. Bree ne la laisserait pas tomber. Elle était intelligente, rusée, infatigable. Flic jusqu'au bout des ongles depuis que l'officier Dallas les avait découvertes, douze ans plus tôt, à New York, elle...

Melinda se redressa.

Dallas était la clé du mystère. Eve Dallas ?

N'était-ce qu'une histoire de vengeance ?

Eve allait et venait devant son tableau, s'attardant sur les détails, échafaudant des hypothèses, les détruisant, les reformulant. Elle vérifiait l'heure sans arrêt.

Peu de temps s'était écoulé depuis qu'on avait appréhendé Civet à New York. Arracher des aveux à un dealer de cette trempe exigeait finesse, patience et sueur.

Mais pourquoi ne lui avaient-ils encore rien soutiré ?

Elle se planta sur le seuil du bureau annexe où Connors travaillait sur trois ordinateurs simultanément en jurant entre ses dents.

— Tu pourrais peut-être m'holotransporter à New York en salle d'interrogatoire ? hasarda-t-elle.

Il marqua une pause, fit jouer les muscles de ses épaules, l'examina de haut en bas.

— Ce serait possible.

— Ma présence ajouterait un poids. Je pourrais peut-être l'attaquer sous un autre angle.

Il ne dit rien, se contenta de la dévisager.

— Ça ne servirait qu'à casser leur rythme, poursuivit-elle. À saper la confiance de Peabody. Je sais ce que tu penses car je le pense aussi. Mais attendre ici, c'est...

— Difficile. Attendre, c'est toujours difficile, et frustrant même quand on sait qu'il n'y a pas d'autre solution.

— Ça t'énerve, toi aussi ?

— Par moments, énormément.

— Je ne peux rien faire de plus ce soir sinon ressasser et patienter.

— Alors accorde-toi un moment de repos et décompresse, lui conseilla-t-il. J'aurai bientôt d'autres données sur lesquelles tu pourras gamberger.

Elle s'éclipsa, se servit un autre café. Tourna autour de son tableau. Vérifia l'heure.

Pendant ce temps, Darlie Morgansten enfilait la veste la plus chic qu'elle ait jamais possédée. Elle était rose, sa couleur préférée, avec un col saupoudré de paillettes. Superbe.

Elle coûtait l'équivalent de trois mois d'argent de poche. Darlie ayant déjà dépensé ses économies pour s'offrir un sac, elle était complètement fauchée. Pourtant elle continuait à prendre des poses et à s'admirer devant la glace, indifférente au regard sévère que la vendeuse adressait à Simka, sa meilleure amie, et à elle depuis qu'elles avaient franchi le seuil de la boutique.

— Il faut *absolument* que tu la prennes, insista Simka. Elle est vraiment super.

— Papa acceptera peut-être de me donner une avance. Maman refusera, marmonna Darlie en levant au ciel ses jolis yeux verts. Tout ce qu'elle sait faire, c'est...

— Te sermonner, devina Simka. Tu pourrais le joindre, lui montrer comme tu es belle.

— Trop facile de dire non par communicateur... Flûte ! Cette femme ne nous lâche pas. On n'est pourtant pas des voleuses. Tiens, prends-moi en photo, ajouta-t-elle en tendant son portable à Simka. Ensuite, je rentrerai à la maison et j'essaierai de le convaincre quand il sera de bonne humeur.

— Quelqu'un risque de l'acheter avant.

— Il me reste un peu d'économies. Je peux la réserver.

Darlie prit une pose avantageuse et adressa un sourire éclatant à l'objectif ; une ravissante adolescente aux longs cheveux châtains semés de mèches violettes – ce qui lui avait valu un sermon pas plus tard que le matin même.

D'ailleurs, après cette querelle, elle avait dû se démener pour obtenir l'autorisation de se rendre au centre commercial avec sa copine. Et si elle avait eu gain de cause, c'était uniquement parce que sa mère avait des courses à faire, elle aussi.

Elle avait rendez-vous avec la Geôlière – c'était ainsi qu'elle appelait sa mère – à 21 h 45 précises sous la tour de l'horloge. Le lendemain était un jour de congé. Elle avait prévu une séance de shopping avec Simka suivie d'un film et d'une pizza. Mais *non*, la Geôlière s'était montrée intraitable : retour à la maison à 22 heures, au lit à 22 h 30.

À croire qu'elle avait encore trois ans.

Décidément, les mères, quelle plaie !

— Je fais mettre la veste de côté, décida Darlie. On a encore une demi-heure devant nous.

— D'accord, approuva Simka. J'essaie ce haut et ce pantalon. Tu me diras ce que tu en penses.

— Je sais d'avance que tu seras parfaite.

Darlie se précipita vers le comptoir, toisa la vendeuse en déposant les arrhes. Elle regagnait les cabines d'essayage quand une jupe *trop mortelle* attira son attention.

— Excusez-moi.

Darlie sursauta.

— Je n'ai rien fait de mal.

— Je suis désolée.

Sarajo – désormais Sandra Millford – afficha un sourire aimable.

— Je n'ai pas voulu vous faire peur. Pourriez-vous me rendre un petit service ? Ma nièce a à peu près votre taille, votre teint, votre âge. Quinze ans ?

Flattée, Darlie mentit avec allégresse.

— Oui.

— Vous croyez que ceci pourrait lui plaire ? Je veux lui offrir un beau cadeau pour son anniversaire la semaine prochaine.

Sarajo lui présenta une robe habillée de couleur rose.

— Oh ! Je l'avais repérée, celle-là. Elle est méga-top, mais elle coûte une fortune.

— C'est ma nièce préférée. Vous permettez que je la tienne devant vous pour me donner une idée de ce que ça rendrait sur elle ?

— Bien sûr. Elle est vraiment *trop* belle.

— Vous trouvez ?

Sarajo glissa la seringue sous l'étoffe, se détournant comme elle s'y était exercée pour masquer son geste. Elle enfonça l'aiguille dans le cou de Darlie.

— Aïe ! Qu'est-ce que...

— Ce doit être une épingle... Non, au fond, ce n'est pas son style.

Soutenant Darlie d'un bras, Sarajo remit la robe à sa place.

— Il est temps de partir, demain, il y a école ! claironna-t-elle en entraînant la gamine vers la sortie.

— Demain, c'est congé, bredouilla Darlie d'une voix pâteuse.

— Tu ne crois pas si bien dire.

Elle la conduisit jusqu'à l'entrée sud. McQueen les rejoignit en chemin, prit le bras libre de Darlie.

— Alors, cette séance de shopping ?

— Très sympa, répondit Sarajo. Mais notre demoiselle ne se sent pas bien. La fatigue, je suppose.

— Nous serons bientôt à la maison.

Telle une famille unie, ils émergèrent dans le parking, McQueen bloquant la sécurité au passage. Au moment où Simka jaillissait de la cabine d'essayage pour lui montrer sa tenue, ils installaient Darlie sur la banquette arrière de la fourgonnette.

Eve pénétra dans la boutique avec Connors. Elle était située au rez-de-chaussée d'un centre commercial à trois niveaux. Les issues se comptaient par dizaines.

Bree s'échappa d'un groupe de flics et se rua vers elle.

— Darlie Morgansten, treize ans, cheveux châtains, yeux verts, un mètre soixante, cinquante kilos. Elle était avec son amie.

Bree désigna une adolescente assise par terre, secouée de sanglots.

— La copine essayait des vêtements dans la cabine d'essayage. Quand elle en est sortie, Darlie s'était volatilisée. Elles devaient retrouver la mère de Darlie, Iris Morgansten, à 21 h 45. Cette dernière faisait du shopping de son côté.

Bree reprit son souffle.

— L'une des vendeuses a aperçu Darlie avec une femme et en a déduit que c'était sa mère. Elles regardaient une robe. Elles sont parties ensemble. Comme si de rien n'était. Nous avons récupéré les disques des caméras de sécurité

— Ça s'est passé il y a bientôt une heure, calcula Eve. Ils sont déjà loin. Demandez que l'on vérifie les enregistrements de ces derniers jours. La femme a certainement repéré les lieux, pris des photos. McQueen avait soigneusement prévu le parcours. Pourquoi a-t-on mis si longtemps avant de lancer l'alerte ?

— La copine a commencé par chercher Darlie. Puis elle s'est adressée à une vendeuse. Celle-ci lui a déclaré l'avoir vue partir avec sa mère. Du coup, Simka – la copine – s'est précipitée là où elles avaient rendez-vous. Mme Morgansten est arrivée trente minutes plus tard. Elles ont tout de suite compris que quelque chose clochait.

— D'accord. Je veux interroger les employées de la boutique, la gamine, la mère.

— Le père est ici aussi.

— Je n'ai pas besoin de lui s'il n'était pas présent lors des faits. Je veux…

Elle s'interrompit en voyant Nikos s'approcher.

— Vous avez raison, lâcha cette dernière. J'ai préféré me fier à mes statistiques plutôt qu'à votre instinct, et maintenant, cette petite est…

— Peu importe, coupa Eve. Vous aviez tort, mais ça ne change rien au fait qu'il n'y a pas assez de flics à Dallas pour surveiller toutes les adolescentes.

— Possible, mais ça ne me console en rien. Vous aviez vu juste aussi au sujet de la fourgonnette. Le vendeur a eu affaire à sœur Suzan. Il n'a rien pu nous apprendre d'intéressant. Transaction simple, paiement en espèces, signature de la déclaration de cession et adieu. Elle était seule. Nous avons enregistré l'entretien. Vous en aurez une copie.

— Bien.

Eve vit Laurence s'accroupir auprès de la jeune fille en larmes, lui tendre des mouchoirs en papier, l'entourer d'un bras réconfortant tandis qu'elle posait la tête sur son épaule en sanglotant de plus belle.

— Laurence devrait interroger l'amie, décida Eve. Elle lui fait déjà confiance, c'est un avantage. Peut-être pourriez-vous utiliser votre insigne d'agent fédéral pour faire pression, côté sécurité. Je veux visionner tous les enregistrements de la semaine écoulée. Inspecteur Jones, je souhaite commencer par la vendeuse.

— Entendu.

— Nous la retrouverons, déclara Nikos, et dans son regard le remords le disputait à la rage. Pourvu qu'il ne soit pas trop tard.

— En effet, répliqua Eve. L'important, maintenant, c'est de la récupérer vivante.

En dépit de la lumière aveuglante et de la peur, Melinda finit par s'endormir. Le bruit des verrous la réveilla en sursaut et elle serra les poings. Sarajo traîna une fille dans la pièce.

— Non, non, non, non, cria Melinda.

Sarajo poussa l'adolescente, nue et tremblante, à terre.

— La ferme !

Elle gifla Melinda, lui flanqua un violent coup de pied quand celle-ci tenta de se lever.

— À plat ventre, sinon je la mets en sang. C'est comme ça que ça marche avec vous, pas vrai ?

Sarajo enchaîna la petite, qui s'affaissa, à demi inconsciente.

— Si vous essayez de vous en prendre à moi, espèce de garce, c'est elle qui paiera, cracha-t-elle. Ne l'oubliez pas.

— Vous avez joué un rôle dans cette affaire ? Dans ce qu'il lui a infligé ?

— Mon rôle commence maintenant. Quant à elle, elle n'est qu'un préambule.

— Si l'occasion m'en est donnée, je vous tuerai, articula froidement Melinda. Vous êtes encore plus monstrueuse que lui.

— Vous ne me faites pas peur, ricana Sarajo.

Elle sortit, ferma la porte à clé. L'adolescente gémit, appela sa mère. Melinda rampa jusqu'à elle et s'efforça de la réconforter.

Juste avant que Sarajo n'éteigne la lumière, elle avait repéré le tatouage sur le sein gauche de la jeune fille. Le nombre 28 au milieu d'un cœur parfait.

11

Laurence pénétra dans la régie de la sécurité de la galerie marchande et jeta un coup d'œil sur les multiples enregistrements qu'Eve était en train de visionner.

— J'ai laissé la gamine rentrer chez elle, annonça-t-il. Simka Revin. Je lui ai montré les photos que nous avons du sujet. Elle hésite. Idem pour Jones avec les parents de la victime. Cependant, deux vendeuses l'ont reconnue. Elle serait venue environ deux fois par semaine depuis un mois.

— Je l'ai aperçue sur ces bandes, ici ou là, confirma Eve. Le même look chaque fois. J'en déduis qu'elle voulait qu'on la remarque, qu'on la prenne pour une cliente fidèle.

— On a déployé des hommes pour interroger le personnel et les clients qui étaient présents avant la fermeture. Le centre était bondé, entre autres de jeunes de l'âge de Darlie. Il n'y a pas classe demain.

— C'est ce que j'avais cru comprendre. Vous pouvez être sûr qu'il le savait quand il a choisi ce lieu. Il y en aura d'autres, et sa partenaire se sera chargée du repérage, comme ici. Il prend son pied, Laurence.

L'agent hocha la tête, les mains dans les poches, les yeux sur les écrans.

— Je ne suis pas né de la dernière pluie.

— Je sais. J'ai lu votre dossier.

Il esquissa un sourire.

— Idem pour moi. À mon avis, si Darlie était entrée avec elle dans la cabine d'essayage, Simka ne dormirait pas dans son lit cette nuit.

Eve indiqua les moniteurs.

— Cette boutique et deux ou trois autres attirent tout particulièrement les proies de prédilection de McQueen. Parfois elles y entrent avec un adulte, le plus souvent, elles sont en groupe. C'est ce qu'il préfère : en séparer une de la meute, tel un lion avec une antilope. Kidnapping à la vue de tous. Pour le frisson et pour le sentiment de supériorité. De nombreuses adolescentes ont défilé dans ce magasin ce soir. N'importe laquelle aurait pu convenir.

— Pas de chance pour Darlie Morgansten.

— C'est ça. Pas de chance.

Une fois le protocole initial de recherche accompli, les alertes diffusées et les équipes déployées, Eve et Connors purent enfin regagner leur hôtel aux alentours de 2 heures du matin. Les cernes sous les yeux d'Eve contrastaient fortement avec la pâleur de son visage. Elle était à bout de forces.

Elle avait besoin de repos mais, comme s'y attendait Connors, lorsqu'il arrêta l'ascenseur au niveau des chambres à coucher, elle objecta :

— Je n'ai pas fini.

— Oh, si !

Elle enleva sa veste, la jeta sur une banquette.

— J'ai un service à te demander, dit-elle.

— Parfait. Et réciproquement. On échange ?

Elle se tenait devant lui, son harnais en bandoulière par-dessus sa chemise aux manches remontées, ses yeux ambre luisant d'un mélange de fureur, de chagrin et de stress. Il comprenait. Il était dans le même état.

— Bordel de merde, Connors.

— Ce n'est pas ainsi que tu obtiendras quoi que ce soit de moi, surtout en pleine nuit. Dis-moi de quoi tu as besoin, je tâcherai de te le procurer.

— Cette femme a repéré les lieux dans la peau d'une « dame inoffensive ». Elle a même acheté des vêtements pour des filles qui correspondaient à la tranche d'âge visée. Elle connaissait l'endroit, j'en déduis donc qu'elle s'y rendait pour faire ses propres courses.

Connors se débarrassa de sa veste à son tour, s'assit sur la banquette pour délacer ses chaussures. Quitte à continuer à bosser, autant se mettre à l'aise.

— Je vois où tu veux en venir.

— Elle doit se parer pour séduire McQueen, non ? Robes, lingerie fine. Quand on veut séduire un homme, on s'offre des panoplies sexy.

Il leva la tête. Elle allait et venait, bougeait sans arrêt parce que si elle s'arrêtait – il le savait aussi bien qu'elle –, elle ressortirait aussitôt.

— Pas toi, fit-il.

— Parce que tu m'as acheté de quoi équiper un troupeau entier de prostituées professionnelles.

— C'est ma faiblesse. Un troupeau, dis-tu ? Mon Eve chérie, tu es très fatiguée.

Elle eut un tressaillement de frustration.

— Si on pouvait juste lancer un programme de reconnaissance faciale et corporelle, de quoi extirper des probabilités, on...

— Non, trancha-t-il. Tu m'as demandé de m'en charger, je m'en charge.

Il se leva, pieds nus à présent, et sortit un cordonnet en cuir de sa poche.

— En échange, reprit-il, tu vas aller te coucher.

— Je préfère démarrer cette application.

— Je m'en occupe. Ensuite, nous nous reposerons pendant deux heures, le temps que le programme s'exécute.

Je suis éreinté, mais si tu me pousses à bout, je te coucherai moi-même.

— Tu me menaces, maintenant ?

— Tu sais pertinemment que non, rétorqua-t-il d'une voix calme en s'attachant les cheveux. C'est un fait, et je refuse de perdre du temps à en discuter. Va t'allonger tout de suite, sinon la situation risque de dégénérer.

Elle s'empourpra, furieuse, et il haussa les épaules tandis qu'elle crispait les poings. Connors savait d'expérience qu'elle était parfaitement capable de s'en servir lorsqu'elle était en colère.

Il espérait presque qu'elle se lâcherait, lui donnerait un prétexte pour la soulever dans ses bras, la transporter jusqu'au lit et l'obliger à ingurgiter une dose de tranquillisant, ce qui lui permettrait de laisser libre cours à sa propre mauvaise humeur.

Apparemment, elle parvint à se ressaisir, car elle tourna les talons et fonça vers la chambre.

Elle avait eu un mal fou à se retenir. Le problème, songea-t-elle en arrachant son harnais, c'était qu'elle n'était pas au mieux de sa forme – du coup son cher mari aurait mis sa menace à exécution.

Grrrrr ! Elle détestait qu'il lui donne des ordres comme à une gamine récalcitrante à l'heure de la sieste.

Un café suffirait pour recharger ses batteries. Oui, elle était fatiguée, reconnut-elle en se déshabillant. Les flics travaillaient toujours jusqu'à l'épuisement.

Une femme de chambre avait défait leurs bagages et rangé les affaires que Summerset leur avait préparées. Elle n'avait même plus le contrôle sur sa garde-robe.

Elle ouvrit les tiroirs de la commode, excédée. Pas question de se coucher nue au risque de donner des idées à son pète-sec de mari. Elle renifla en découvrant la pile de nuisettes délicates, farfouilla parmi elles en quête de la plus moche, l'enfila.

Elle ne dormirait pas. Elle s'allongerait quelques minutes, pour qu'il soit content.

Après quoi, qu'il aille au diable.

Elle s'empara de la poignée de chocolats enveloppés dans du papier doré sur les oreillers, les jeta sur la table de chevet. Elle les dégusterait avec son café après son quart d'heure de pause. De quoi la recharger à bloc.

S'écroulant à plat ventre sur les couvertures rabattues, elle pensa tout à coup à Galahad. Le chat lui manquait.

Hantée par l'image de Darlie Morgansten, elle sombra dans un profond sommeil. Elle n'entendit même pas Connors lorsqu'il la rejoignit vingt minutes plus tard.

La pièce était glaciale. Elle avait envie de dormir, de s'échapper, mais le froid et la faim la maintenaient en éveil.

Elle n'avait pas le droit de se servir. Elle mangeait ce qu'il lui donnait, quand il le lui donnait, sans quoi « ça barderait ».

Quand « ça bardait », il la battait – ou pire. Elle connaissait l'enfer parce qu'elle y vivait.

Elle avait huit ans.

Elle tremblait, les yeux clos parce qu'il avait laissé la lumière en partant. Une lumière aveuglante, ponctuée par les clignotements de l'enseigne au néon rouge, dehors.

Il avait oublié de lui donner à manger avant de sortir. Des affaires à régler. Des endroits où aller, des gens à voir.

Elle n'allait jamais nulle part et ne voyait que lui.

Peut-être oublierait-il de revenir. Cela lui arrivait parfois et elle restait seule. C'était mieux. Elle pouvait regarder les passants par la fenêtre, les voitures, les immeubles.

Elle devait rester confinée dans la chambre. Les petites filles qui tentaient de s'enfuir et s'adressaient aux inconnus étaient ramassées par la police et jetées dans un puits ou dans une arène remplie de serpents et d'araignées qui les rongeaient jusqu'à l'os.

Elle n'avait pas envie qu'on la balance dans un trou. Pas envie que « ça barde ». Mais elle avait tellement faim.

Elle savait qu'il restait un peu de fromage. Si elle s'en coupait un petit morceau – telle une souris –, il n'en saurait rien. Surveillant la porte, elle s'empara du couteau.

Quel délice !

S'il ne rentrait pas, elle pourrait tout manger. De toute façon, s'il rentrait, il serait probablement soûl. Avec un peu de chance, il serait assez bourré pour ne pas la remarquer, ne pas la toucher.

La porte s'ouvrit si brusquement qu'elle en lâcha le couteau.

Terrorisée, elle constata qu'il n'était pas assez bourré.

Elle essaya de mentir, de faire semblant, et l'espace d'un instant – un très court instant –, elle crut qu'il allait la laisser tranquille.

Il la rossa violemment. Elle s'affaissa, un goût de sang dans la bouche.

— Je t'en supplie, non. Je t'en supplie. Je serai sage.

Mais elle eut beau implorer, prier, il la frappa encore et encore. Puis il se jeta sur elle de tout son poids. Il empestait l'alcool, la drogue et cette abominable odeur de père.

Elle savait que c'était pire quand elle se défendait, mais elle ne put s'empêcher de hurler, de se débattre tandis qu'il s'enfonçait en elle.

Et de continuer à le supplier d'arrêter.

Et tout autour, dans la chambre glaciale à l'éclairage aveuglant ponctué des clignotements de l'enseigne au néon rouge, se trouvaient d'autres petites filles. Des dizaines de paires d'yeux la fixaient pendant que les halètements et les râles de son père se mêlaient à ses cris.

Elle lui griffa le visage. Par-dessus son braillement de surprise, elle entendit un craquement sec. Une douleur intense la submergea.

Elle avait si mal. Et ce regard sur elle, ce visage déformé par la fureur... Ses doigts se saisirent du couteau.

Elle avait si mal. Elle frappa.

Le cri du monstre retentit plus fort que les siens et, dans son désespoir, résonna comme un triomphe. Elle frappa de nouveau, sentit la lame s'enfoncer dans la chair, le sang tiède dégouliner sur sa main tandis qu'elle se dégageait de son étreinte.

Elle se rua sur lui tel un animal enragé, hachant, tailladant tandis que le sang lui éclaboussait le visage, les bras, le corps.

Rouge, comme le néon. Chaud.

Les autres filles psalmodiaient en chœur.

Tue-le.

Tue-le.

Le visage de son père, les yeux écarquillés. L'autre visage, maculé de sang.

Tue-les.

Toutes les petites filles se regroupèrent autour d'elle pendant qu'elle plantait son couteau en lui. En eux. Des mains la caressaient, des bras tentaient de la soulever.

Elle se démena en grognant.

— Arrête ! Eve, arrête !

Connors était conscient de lui avoir fait mal, mais la douceur puis la fermeté n'avaient pas suffi à l'extraire de son cauchemar. Paniqué, il craignit un instant qu'elle n'en réchappe jamais.

— Eve. Mon Eve adorée. Pour l'amour du ciel, réveille-toi !

Il lui immobilisa les bras, la maintint alors qu'elle s'arc-boutait en hurlant.

— Non. Non, reviens-moi, Eve. Eve, répéta-t-il dans l'espoir de l'atteindre. Je t'aime, Eve. Je suis là. Tu es en sécurité. Lieutenant Eve Dallas, murmura-t-il en pressant les lèvres sur ses cheveux, sa tempe. Mon amour. *A ghra*. Eve.

Quand elle se mit à claquer des dents, il en éprouva un soulagement indicible.

— Chut... Chut, mon amour. Je suis là. N'aie pas peur.

— Froid. Il fait si froid.

— Je vais te réchauffer.

Il lui frotta les bras. Ils étaient glacés.

— Je vais te chercher une autre couverture. Ne...

— Malade, bredouilla-t-elle en posant une main moite sur sa poitrine. Je suis malade.

Il la souleva dans ses bras, la transporta jusque dans la salle de bains. Impuissant, il resta à ses côtés pendant qu'elle vomissait. Mais lorsqu'il voulut lui essuyer la figure avec un gant de toilette humide, elle le lui prit des mains.

— Accorde-moi une minute, murmura-t-elle sans le regarder, en s'asseyant, les genoux remontés sous le menton. S'il te plaît. Juste une minute.

Il décrocha l'un des luxueux peignoirs au logo de l'hôtel.

— Mets ça, dit-il en le lui drapant sur les épaules. Tu as la chair de poule. Je... je vais te servir un cognac.

Quitter la pièce, l'y abandonner l'anéantit.

Il remplit les verres en tremblant. Il les aurait volontiers jetés contre le mur. Il avait envie de tout casser. Piétiner. Détruire.

Il se planta devant la fenêtre, imagina la ville en flammes, réduite en cendres.

Cela ne suffit pas à le rasséréner.

« Plus tard », se promit-il. Plus tard, il trouverait le moyen de passer cette rage terrifiante qui le tenaillait.

Pour l'heure, il resterait là, jusqu'à ce qu'elle sorte de la salle de bains.

Elle était blanche comme un linge, les joues creuses de fatigue.

— Ça va mieux.

Il se tourna vers elle, lui tendit un verre.

— Mon Dieu ! s'écria-t-elle, choquée.

Ses yeux s'emplirent de larmes tandis que, du bout du doigt, elle effleurait les griffures sur son torse.

— C'est moi qui t'ai fait ça. Pardon. Pardon.

— Ce n'est rien, murmura-t-il en portant sa main à ses lèvres. Tu as cru que j'étais… que je te brutalisais. Bois… Je n'ai rien mis dedans, je te le promets.

Elle opina, se détourna légèrement, avala une gorgée d'alcool.

— Pourquoi refuses-tu de me regarder ? reprit-il. Je sais que je t'ai fait mal. J'en suis malade. Je suis malade que tu aies pu, ne serait-ce qu'un instant, me prendre pour lui. Pardonne-moi.

— Non, non, pas toi, fit-elle en tournant enfin les yeux vers lui. Pas toi… Excuse-moi, mais je ne peux pas boire ça, ajouta-t-elle en repoussant le verre de cognac.

— Tu veux de l'eau ? Du café ? Dis-moi comment je peux t'aider. Je suis perdu.

Elle se percha au bord du lit. Lui qui savait toujours quoi faire pour l'apaiser, il semblait aussi démuni qu'elle.

— Je croyais que c'était fini. Je n'étais pas retournée dans le passé depuis un moment. Je pensais avoir surmonté le traumatisme.

Prenant garde de ne pas la toucher, il s'assit auprès d'elle.

— Le fait d'être à Dallas, face à McQueen, a tout déclenché.

— C'était pire.

— Je sais.

Il voulut lui prendre la main, se ravisa.

— Je sais, répéta-t-il. Tu peux me raconter ?

— Au début, c'était comme avant. La chambre, le froid, la lumière. La faim. Je m'empare du couteau, je mange le fromage. Il déboule, soûl mais pas assez. Et ça commence. Il me frappe violemment. J'ai mal.

Connors se leva, alla se planter devant la fenêtre, le regard dans le vide.

— Tu hurlais.

— Je ne pouvais pas m'arrêter. Là où ça change, c'est que... elles étaient toutes là, autour de nous. Les jeunes filles... Mon bras... j'entends encore le craquement quand il l'a fracturé. Je suis folle de douleur et de terreur. J'attrape le couteau, je l'enfonce dans sa chair. Le sang dégouline sur ma main. Sa chaleur me réconforte. Non, non, elle ne me réconforte pas, elle m'excite... Ce n'est pas la scène que je me rappelais, la lutte pour la survie. Ce sang, je voulais qu'il coule. Les filles aussi. Elles m'encourageaient toutes à le tuer. Et là, j'ai vu son visage, puis celui de McQueen, puis le sien... J'ai éprouvé... un plaisir horrible, sordide... Je ne t'ai pas griffé parce que tu me faisais mal. Je... je me suis débattue parce que tu essayais de m'en empêcher.

Elle pressa la main sur sa joue, l'autre sur son ventre, et laissa échapper un sanglot tremblotant. Quand Connors vint vers elle, elle voulut se dérober, mais il savait à présent ce qu'il devait faire.

Il l'étreignit, lui caressa les cheveux, le dos, la berça.

— Pourquoi t'infliges-tu tant de souffrance ? murmura-t-il. Tu n'étais qu'une enfant.

— À la fin, non.

— Quand il t'a violée, si. Et aujourd'hui, tu travailles comme une forcenée pour cette fille et celle que tu as déjà sauvée une fois.

— Je ne pourrai pas les sauver si je tue de cette manière – pas pour me défendre mais pour en finir. Si je prends plaisir à commettre un meurtre, alors je suis aussi condamnable qu'eux. Mes parents.

— Jamais, trancha-t-il en ravalant un flot de colère. Ton père et ta mère, ces raclures, ont tenté de te réduire à néant. Tu es devenue tout ce qu'ils n'ont jamais été.

— Ce que j'ai ressenti dans ce cauchemar m'a terrifiée. J'ai honte.

— Tu t'es couchée épuisée et de mauvaise humeur. À cause de moi. Ne te punis pas pour un rêve, mon ange.

Comme elle posait la tête sur son épaule, il ferma les yeux.

— Tu veux voir Mira ?

— Non. Oui. Peut-être... C'est de toi que j'ai besoin. De toi.

— Je suis là pour toujours. Ne pleure plus, je t'en supplie.

— Son visage me hante. Celui de Darlie. Je savais qu'il partirait en chasse, mais maintenant... je sais ce qu'elle ressent. Elle aussi, elle aura des cauchemars bien après que nous aurons arrêté ce monstre... Laisse-moi soigner tes plaies.

— C'est inutile.

— S'il te plaît.

— Ma foi, connaissant Summerset, je suppose qu'il a prévu une trousse de premiers secours. Elle doit être dans la salle de bains.

— Je vais la chercher.

Eve se leva, s'immobilisa.

— Tu m'as calmée. Je sais que ce n'était qu'un rêve, mais tu m'as neutralisée. Si bizarre que cela puisse paraître, j'ai l'impression qu'au bout du compte, tu m'as sauvée. Merci.

— Nous n'avons de cesse de nous sauver l'un l'autre depuis que nous nous connaissons.

— Je suppose que oui.

Elle dénicha la trousse de premiers secours – ah, ce Summerset, toujours aussi efficace !

— Mon Dieu, je t'ai vraiment lacéré. Comme une gamine hystérique.

— Si cela peut te consoler, tu m'as aussi assené deux ou trois coups de poing.

— Tu as mal ?

— Je ne serais pas un homme si j'avouais souffrir de quelques écorchures infligées par une gosse.

Elle rit, l'entoura de ses bras.

— Il est presque l'heure de se lever.

— Nous n'avons pas beaucoup dormi.

— Non, pas trop. Et pourtant…

— Et pourtant, murmura-t-il juste avant que leurs lèvres ne se rejoignent.

Leur désir était réciproque, tout simple. Doux comme un chuchotement, comme la lumière de l'aube filtrant par les fenêtres. « Le réconfort », songea-t-il. Eve le comprenait. Elle savait amadouer la fureur intérieure qui le rongeait, la transformer en tendresse. Pour le moment.

Il la caressa, sidéré et empli d'humilité à l'idée qu'elle s'offre ainsi à lui après avoir vécu une telle horreur. Soulagé de pouvoir lui apporter paix et plaisir.

Leurs baisers estompaient l'effroi.

Avec une tendresse infinie, ils se touchèrent, s'effleurèrent. Eve l'entendit lui murmurer un mélange de mots anglais et irlandais qui lui fit battre le cœur. Ces paroles, le son de sa voix suffisaient à la bouleverser, à la transporter.

Elle l'avait blessé – pas uniquement en le griffant. En revenant au présent, elle avait vu son regard accablé. Quand elle retournait dans le passé, il souffrait pour elle. Ces plaies-là méritaient tout autant d'être pansées.

Elle soupira, savourant la sensation de ses mains sur sa peau. À présent, elle tremblait non plus de froid mais de désir. Elle se cambra vers lui, se fondit en lui.

— Reste avec moi, chuchota-t-elle. Je t'aime.

Il l'accompagna dans l'orgasme, la serra très fort contre lui tandis qu'ils entamaient la longue et délicieuse descente.

— Dors, l'encouragea-t-il lorsqu'elle se pelotonna contre lui.

— Peux pas. Je vais bien. Je vais mieux. Il faut que je me remette au travail. Le travail est une sorte de... pansement.

— D'accord. Mais avant, je veux que tu manges. Pour moi.

— Ça tombe bien, je meurs de faim. Douche, café, nourriture, boulot. La routine. C'est ainsi que j'arrive au bout de mes missions... Je vais peut-être commencer par le café.

— Je m'en occupe, décréta-t-il en se levant. Tu le boiras au lit. Il est encore tôt. Pendant ce temps, je vais faire ma toilette. J'ai des affaires à régler, et je veux m'assurer que le programme de recherche que j'ai lancé pour toi a bien fonctionné.

— D'accord, acquiesça-t-elle. Connors ? ajouta-t-elle comme il programmait l'autochef. Ne contacte pas Mira. Je vais bien, et je préfère qu'elle travaille avec Peabody et l'équipe de New York. Récupérer Melinda et Darlie, épingler McQueen et sa partenaire me suffiront.

Il lui apporta une tasse fumante.

— Entendu. Tiens... Je n'en ai pas pour longtemps. Ensuite, nous prendrons le petit-déjeuner et nous attaquerons la journée.

Il la laissa récupérer tranquillement, en profita pour contacter Caro et Summerset. RAS de ce côté-là, une bénédiction. Deux ou trois problèmes mineurs à régler à son retour, pas de quoi s'affoler.

Il s'apprêtait à consulter les résultats de la recherche qu'il avait lancée la veille quand l'interphone bipa.

— Connors, répondit-il.

— Bonjour, monsieur. Ici Peterson, à la réception. Un certain inspecteur Jones demande le lieutenant Dallas. J'ai vérifié son identité. Je vous envoie un visuel.

Bree apparut à l'écran.

— Faites-la monter.

— Tout de suite, monsieur.

Connors raccrocha et descendit au premier niveau du triplex. Apparemment, tout le monde s'était levé aux aurores ce matin.

12

Bree Jones n'avait pas mieux dormi qu'Eve. Elle avait fait de son mieux pour masquer sa fatigue à l'aide d'anti-cernes et de blush, mais ces subterfuges ne suffisaient pas à dissimuler l'angoisse qui lui tirait les traits. Connors lui ouvrit.

— Bonjour, inspecteur.

— Bonjour. Excusez-moi, il est tôt. Je ne m'en suis rendu compte qu'en arrivant ici.

— Pas de problème. Le lieutenant devrait nous rejoindre d'une minute à l'autre. Nous allons prendre le petit-déjeuner.

— J'aurais dû...

— Tous les trois, l'interrompit-il en lui saisissant le bras et en l'entraînant à l'intérieur. Vous n'avez pas mangé.

— Non, je... Comment le savez-vous ?

— Je suis marié avec une femme comme vous.

— C'est le plus beau compliment que vous puissiez me faire. J'aurais dû vous contacter d'abord.

— Mais non. Je peux vous assurer qu'Eve avait prévu un petit-déjeuner de travail. N'est-ce pas, lieutenant ? s'enquit-il tandis que l'intéressée descendait l'escalier.

— Absolument. Bonjour, inspecteur.

— J'espérais que vous pourriez m'accorder un moment avant que la journée démarre.

— Si je montais préparer ton bureau ? suggéra Connors.

— Bonne idée.

Il lui effleura le bras d'une caresse et disparut.

— Pardonnez-moi cette intrusion, lieutenant.

— N'ayez crainte, si vous me dérangiez, je vous le dirais. Vous avez réussi à vous reposer ?

— Pas vraiment. Je me suis installée chez mes parents. Je ne pouvais pas rester à l'appartement et, de toute façon, ils ont besoin de moi.

— Ils tiennent le coup ?

— Ils ont peur, avoua Bree en triturant sa bague. Je leur répète en boucle que nous allons sauver Melinda, et ils s'efforcent d'y croire. Je leur ai dit que je faisais un saut à la salle de gym, histoire de me défouler. C'est la première fois que je leur mens depuis ce soir où Melinda et moi nous sommes échappées en douce de l'hôtel, à New York. On voulait voir Times Square la nuit. C'était mon idée. Melinda m'a suivie parce que je l'ai menacée d'y aller seule. Aujourd'hui, je me rends compte de tout ce que nous avons fait subir à nos parents. À l'époque, je ne m'en doutais pas... Mais ça n'a aucune importance.

— Tout a de l'importance, argua Eve.

Jones n'avait pas sollicité l'aide de sa partenaire. Elle avait donc besoin de quelque chose que celle-ci ne pouvait lui offrir.

— Si nous montions manger un morceau ? Sans quoi, Connors va nous harceler.

— Je me contenterai d'un café.

— C'est ce que je dis toujours, rétorqua Eve en la précédant à l'étage.

— Ce doit être bien d'être mariée.

Eve pensa à son cauchemar, à Connors qui l'en avait arrachée.

200

— Pas mal.

Elle pénétra dans le bureau, nota que la porte menant à celui de Connors était fermée. Elle avait compris, quand il lui avait effleuré le bras, qu'il avait l'intention de lui laisser un peu de temps avec Bree.

Au-delà du tableau était dressée une table. Assiettes, tasses, jus de fruits, et surtout un énorme pot de café.

— C'est plus fort que lui, dit-elle en s'approchant de la table. Il passe son temps à nourrir les flics.

— Il travaille beaucoup avec vous.

— Plus ou moins. En tant que consultant. Il a un bon instinct et il est très doué en informatique.

— C'est merveilleux de vivre avec quelqu'un qui comprend votre métier. J'ai eu une relation pendant un temps, mais ça n'a pas marché. Mon compagnon ne supportait pas les horaires irréguliers, les rendez-vous manqués. Il estimait que je me consacrais trop à mon métier et pas assez à lui. Il avait sans doute raison.

— Il faut être fou ou stupide pour s'acoquiner avec un flic.

— Dans quelle catégorie classez-vous Connors ?

— Je n'ai pas encore décidé.

Eve souleva les cloches sur les assiettes, soupira.

— J'aurais dû m'en douter. Petit-déjeuner complet à l'irlandaise.

— Doux Jésus ! s'exclama Bree devant la quantité gargantuesque d'œufs, de bacon, de saucisses et de pommes de terre frites. Moi qui me contente d'un beignet rassis et de mauvais café !... Face à toute cette nourriture, je ne peux pas m'empêcher de me demander si Melinda a de quoi subsister. Est-ce qu'il lui donne à manger ? Il oubliait souvent... Est-ce qu'elle a froid ? Est-ce qu'elle...

— Inspecteur, restaurez-vous, ordonna Eve. Vous en aurez besoin pour tenir le coup.

Docile, Bree attrapa une fourchette.

— Pourquoi vous adressez-vous à moi et non à votre coéquipière ou à votre lieutenant ? reprit Eve.

Elle connaissait la réponse, mais voulait lui tendre une perche.

— Annalyn est formidable. Mais… je n'arrête pas de repenser au passé, à la première fois. Elle appartient à l'Unité Spéciale depuis des années, elle me forme. Elle me comprend, mais elle ignore ce que j'ai vécu. Tant qu'on n'est pas passé par là, on ne peut pas l'imaginer… Vous étiez là. Vous savez ce qu'il nous a fait subir parce que vous en avez été témoin. Ce qui s'est passé à l'époque éclaire ce qui se passe aujourd'hui. J'ai l'impression que vous le connaissez encore mieux que moi. Même si…

Les mots moururent sur ses lèvres et elle posa la main sur son cœur.

— Je ne l'ai jamais effacé.

Elle déboutonna son chemisier pour révéler le tatouage.

— Melinda a préféré faire enlever le sien. On me l'a vivement conseillé, mais…

— Vous voulez l'avoir sous les yeux. Quand vous vous emparez de votre arme et de votre insigne avant de prendre votre service, vous voulez le voir. Vous rappeler pourquoi vous faites ce métier.

Bree ferma brièvement les yeux, hocha la tête.

— C'est pour cela que je suis ici. Vous savez.

— Il la tatouera de nouveau. Par orgueil. Pour la punir, ajouta Eve en ignorant le tressaillement de Bree. Il ne la laissera pas mourir de faim, mais il la maintiendra dans le manque, l'inconfort. Il préservera sa vie jusqu'à ce qu'il en ait fini avec moi. Comme je ne lui laisserai pas le loisir de m'achever, elle s'en sortira vivante.

Eve mangeait tout en parlant, dans l'espoir que Bree suivrait son exemple.

202

— Il ne la violera pas. Il s'est défoulé sur la fille. Il se sent plus puissant, plus fort.

Bree acquiesça, mais son visage exprimait de la souffrance.

— Il pense qu'en abusant de la gamine, il va affaiblir Melinda, la rendre plus malléable, la pousser au désespoir. Il s'est servi de nous de cette manière, expliqua-t-elle.

— Vous m'avez dit que lorsqu'il ne jetait pas son dévolu sur vous ou Melinda, dans cette chambre à New York, le soulagement vous grisait. Vous étiez très en colère quand vous me l'avez confié.

— Je le suis restée ; c'était une question de survie. Mais Melinda le suppliait chaque fois de ne pas faire de mal à celle qu'il choisissait pour la nuit – ou la journée. Et quand il la ramenait, Melinda craquait complètement. C'est sur cela qu'il va jouer, à présent.

— Melinda n'est plus une petite fille.

— Non. Tout au long de l'épreuve, elle va s'endurcir, s'efforcer d'aider Darlie à surmonter ce cauchemar. S'il lui en laisse l'occasion, elle lui parlera, elle essaiera de négocier, de gagner du temps. Si elle trouve quelque chose qui puisse lui servir d'arme, elle s'en servira. Elle n'hésitera pas à le tuer pour protéger Darlie.

Bree croisa les mains sur ses genoux.

— C'est ce qui me terrifie plus que tout, avoua-t-elle.

— Il va nous contacter aujourd'hui.

— Vous êtes bien sûre de vous.

— Je le suis, oui. Il va éprouver le besoin de se vanter. S'il veut me mettre la main dessus, il doit entamer la manœuvre rapidement. Dès qu'il le fera, nous entamerons la nôtre.

— À savoir ?

— Nous les monterons l'un contre l'autre, sa partenaire et lui, comme les suspects en salle d'interrogatoire. J'espère simplement disposer de quelques éléments supplémentaires d'ici là... Et la chance nous sourit peut-être, ajouta-t-elle tandis que Connors surgissait sur le seuil de la pièce, un disque à la main.

— Tu avais raison, annonça-t-il.

— Voyons cela, fit Eve en se précipitant vers l'ordinateur.

— Elle se fait appeler Sylvia Prentiss. Sauf que Sylvia Prentiss, originaire de l'Oregon où elle exerçait le métier d'agent immobilier, est décédée depuis six ans et... Eve ? Qu'as-tu ?

Elle avait blêmi, et se tenait le ventre.

— Quoi ?... Rien... C'est le manque de sommeil.

Elle se frotta les yeux, examina la photo d'identité.

— Vous devriez vous rasseoir, lieutenant, lui conseilla Bree.

— Je réfléchis mieux debout. Excusez-moi, j'ai décroché un instant. Voici donc à quoi elle ressemble quand elle est avec lui.

— Plus jolie que les précédentes, fit remarquer Connors en lui massant la nuque. Elle prétend avoir quarante-six ans.

— Je parie qu'elle s'est rajeunie. Et qu'elle a subi des interventions de chirurgie esthétique. Mais c'est le visage qu'elle contemple dans le miroir actuellement.

— Comment l'avez-vous retrouvée ? voulut savoir Bree.

— Les enregistrements de la sécurité du centre commercial, répondit Connors. Le lieutenant a pensé, à raison, qu'elle avait déjà écumé les lieux pour elle-même. Tu veux visionner ses mouvements à travers la galerie marchande ? enchaîna-t-il à l'adresse d'Eve en laissant sa main courir sur ses cheveux.

— J'ai beau fouiller dans ma mémoire, je ne trouve pas...

— Quoi, ma chérie ?

— Je... je ne sais pas. Quelque chose. Aucune importance... Oui, voyons comment elle se déplace, où elle va.

— Il y a une adresse sur sa carte d'identité, commenta Bree, un trémolo dans la voix.

— Oui, j'ai vu. Ce sont peut-être ses coordonnées actuelles, peut-être pas. Nous vérifierons. Concentrons-nous d'abord sur les images.

— Il faut que je signale ce nouvel élément à ma hiérarchie. Qu'on se rende sur place.

— Inspecteur, ne vous précipitez pas. Elle est rusée. Elle multiplie les arnaques depuis des années. Si on se jette sur elle sans avoir élaboré une stratégie, on risque de la perdre.

Eve consulta sa montre. Il était encore tôt.

— J'attends des nouvelles de ma coéquipière à New York, qui exploite une autre source. Penchons-nous sur ces vidéos.

— Une fois la correspondance établie, intervint Connors, je l'ai isolée à plusieurs reprises, dans diverses boutiques, à des heures différentes.

— Elle vise les produits de maquillage – de luxe, nota Eve.

Blonde, cheveux longs cascadant sur les épaules. Robe bleue, courte et moulante. Les mains manucurées.

— Seigneur ! Les vendeuses ne voient donc rien ? marmonna Eve. Elle vient de piquer un rouge à lèvres et un autre truc sous leur nez.

— Du fard à paupières, dit Bree. Une marque haut de gamme. En revanche, elle paie la crème pour le visage, qui coûte encore plus cher. En espèces.

— L'habitude, peut-être. Pour certaines personnes, le vol à l'étalage est une espèce de hobby.

Eve regarda Connors, qui affichait un large sourire.

— Elle est douée, constata-t-il. Elle a la main leste.

— Elle est défoncée. Sur son petit nuage. Elle s'amuse, dit Eve.

Dans la boutique de lingerie, elle s'achetait – et volait – plusieurs panoplies et un négligé transparent.

— Elle dépense son fric dans les meilleurs magasins, murmura Bree. Mais si vous voulez mon avis, elle manque de goût.

— Elle adore s'occuper d'elle, renchérit Eve. Chaussures, sacs, tenues sexy, cosmétiques, baume pour les cheveux... Elle prépare son stock pour le retour de son chéri. Ces safaris shopping ont eu lieu entre deux semaines et deux jours avant l'évasion de McQueen. Il va falloir m'extraire des clichés de ces bandes.

— J'ai mieux, annonça Connors. J'ai la fourgonnette.

— Quoi ?

— Apparemment, elle n'a pas jugé nécessaire de bloquer la sécurité – ou n'a pas su le faire – quand elle s'est garée sous le nom de Prentiss. J'ai tenté le coup, effectué quelques recherches. Elle a aussi décidé de s'accorder une pause et a confié son véhicule au voiturier.

Il tapota sur le clavier.

— Merci mon Dieu !

— Je m'appelle Connors. Ce n'est pas bien d'oublier le nom de ton mari.

— La voilà ! La marque, le modèle, l'année. Brun foncé, terne. Tu as même réussi à repérer la plaque d'immatriculation !

— Autant bien faire les choses.

— On l'a ! s'exclama Eve avec un curieux mélange de satisfaction et d'excitation. Jones, contrôlez la plaque d'immatriculation et contactez vos collègues. Réunion dans trente minutes. Merde, j'oubliais, avertissez aussi les fédéraux.

Elle pivota vers Connors.

— Tu mérites bien plus qu'un cookie.

— Je m'en souviendrai quand viendra le jour de la paie. Tu reprends des couleurs, lieutenant.

— Je me sens mieux. Penchons-nous sur les coordonnées de sa carte d'identité.

— Je m'en charge. Je l'aurais fait plus tôt, mais je voulais que tu voies son visage. Et la fourgonnette.

— Si tu me confirmes l'adresse, je pourrai la transmettre à Peabody. À ce rythme-là, j'aurais pu aller à New York à pied, cuisiner Civet et revenir.

Elle sortit son communicateur.

— La plaque est enregistrée au nom de Davidson Millford et à l'adresse de Prentiss, annonça Bree. Je me renseignerai sur Millford dès que j'aurai lancé l'appel au briefing.

— Entendu. Dès que j'aurai joint ma...

L'appareil bipa dans sa main.

— Peabody ! glapit-elle. Il était temps.

— Désolée, Dallas. Civet nous a donné du fil à retordre. Apparemment, au cours de son dernier séjour en prison, il a entrepris des études. Ce connard se prend pour un avocat. Quelle plaie.

— Vous avez joué les méchants flics ?

— Non, marmonna Peabody en affichant une moue à l'écran. J'en avais très envie, mais Baxter a décrété qu'il était plus machiavélique. On l'a cuisiné jusqu'à minuit. Civet n'arrêtait pas de demander des pauses, de nous proposer des marchés débiles. À un moment, il a exigé qu'on le relaxe avec en prime un stock à vie de crème glacée et un abonnement annuel pour les matchs des Yankees.

— Comment avez-vous pu le laisser se moquer de vous à ce point ?

— Dallas, je vous le jure, il était muet comme une carpe. Il a dit qu'on pouvait le remettre en cellule, que ça ne lui posait aucun problème. Qu'à sa sortie, il serait magistrat. Il ne plaisantait pas. Il n'avait de cesse de nous citer toutes sortes de règles et de lois bizarres...

Peabody leva les yeux au ciel. Elle était visiblement épuisée.

— ... Il prenait son pied.

— Avez-vous obtenu quelque chose ?

— À minuit, on a jeté l'éponge, mais on a réattaqué ce matin aux aurores. Il a accepté le *deal*. Il en avait

207

l'intention depuis le début, ce salaud. Il a entendu parler de McQueen, mais affirme n'avoir jamais traité avec lui. Nous ne le croyons pas.

— Sans blague ?

Peabody ébaucha un sourire las.

— On a fait comme si on le croyait et il a fini par admettre qu'il avait eu affaire régulièrement à une certaine Sandra Millford qui...

— Millford ?

— Oui. M-I-L-L...

— Je sais l'épeler.

— D'accord. Elle lui aurait dit – j'insiste sur le conditionnel – qu'elle était la maîtresse de McQueen et qu'ils avaient de grands projets. Que McQueen allait sortir de taule, allait détruire celle qui l'avait détruit, et qu'ensuite ils crouleraient sous le fric. C'est un serpent, mais une fois le marché conclu – par écrit –, il a craché au bassinet pendant plus d'une heure. On a lancé une recherche sur Millford, on est tombés sur Sandra, on lui a montré sa photo parmi plusieurs autres. Il l'a repérée tout de suite.

— Excellent. Renseignez-vous sur un couple Millford, ordonna Eve à Bree. Davidson et Sandi ou Sandra.

— À qui parlez-vous ? Connors ? Vous me manquez. Je peux lui faire un petit coucou avant que...

— Ce n'est pas Connors.

— Je ne trouve pas de Davidson Millford ni à Dallas ni à New York, intervint Bree. En revanche, j'ai une Sandra à l'adresse de New York.

— Je suppose que vous faites équipe avec quelqu'un d'autre, bougonna Peabody. Elle est jolie ?

— Pour l'amour du ciel ! Peabody, rassemblez-moi des données sur Sandra Millford et un certain Davidson Millford.

— D'accord. Je vous transmets la copie de l'interrogatoire de Civet. Vous aurez mon rapport dès que je l'aurai rédigé. Nous avions l'intention de vérifier les coordonnées new-yorkaises après avoir fait le point avec vous.

— Parfait. Je vous envoie ma mise à jour.

— Pouvez-vous au moins me dire ce qui…

— Pas maintenant, coupa Eve. J'ai une réunion, et ensuite j'ai l'intention de me faire une vraie salope.

— J'aimerais tant faire ça avec vous, Dallas.

— Les occasions ne manqueront pas. À plus tard.

Elle raccrocha, aperçut Connors qui l'observait depuis le seuil de l'autre pièce.

— On devrait lui rapporter un souvenir, suggéra-t-il. Une paire de bottes de cow-boy, peut-être ?

— Quoi ? Qui ? Pour Peabody ? Doux Jésus ! Qu'as-tu de nouveau ?

— Une maison mitoyenne louée à un certain Davidson Millford – bail signé en son absence il y a dix mois. Située, d'après mes calculs, à une dizaine de minutes en voiture du centre où la fille a été enlevée.

— C'est là que vit la partenaire, déclara Eve, en proie à un regain d'énergie. Elle y est. McQueen n'est sûrement pas très loin. Allons-y !

— Lieutenant… commença Bree.

— Je préviens votre lieutenant en chemin, coupa Eve. Nous devons surveiller ce lieu. Votre chef n'aura qu'à s'entendre avec les fédéraux pour savoir qui va s'en charger. Simple surveillance. On n'intervient sous aucun prétexte.

— Elle pourrait nous mener droit à Melinda et à Darlie.

— Absolument. Et si nous nous débrouillons bien, elle nous y mènera.

« Qui tient les rênes ? » s'interrogea Eve pour la vingtième fois. Les flics de Dallas étaient efficaces, mais trop polis. Quant aux fédéraux, ils partaient du principe qu'ils dirigeaient les opérations. Chez eux, c'était inné.

Mais Nikos se montrait un peu trop à cheval sur les règlements et les statistiques au goût d'Eve.

Elle allait donc prendre l'affaire en main. Si cela ne plaisait pas aux autres, qu'ils essaient de l'écarter. Sur cette enquête, elle ne se laisserait pas faire.

Elle l'expliqua à Connors, qui prit le volant pendant qu'elle échafaudait une stratégie sur son mini-ordinateur.

— Ricchio connaît le secteur, les hommes, fit remarquer Connors. C'est là qu'il te sera le plus utile.

— J'en suis consciente et je le soulignerai. J'ignore comment il travaille et je n'ai pas le temps de le découvrir. Du côté des fédéraux, Nikos a reconnu s'être trompée concernant le tout dernier enlèvement, elle s'en mord les doigts. Du coup, elle coopérera peut-être plus facilement. Selon moi, Laurence est le plus doué des deux et il comprend vite. Mais je ne veux pas me laisser envahir par le système de raisonnement du FBI. Avec un minimum de flair, on pourrait en finir dès ce soir.

— J'ai approfondi mes analyses des comptes de McQueen. Je sais désormais comment il fonctionne. Sa technique est parfaitement au point, pleine de ruses et d'impasses, mais j'approche du but.

— Tant mieux. J'aimerais que tu continues sur ta lancée pendant que je prépare mon intervention. Dès que nous l'aurons serré, il faudra couper court à ses rentrées d'argent. Pas question qu'il puisse se repayer un billet de sortie.

Elle contacta Bree.

— Vous avez mis en place la surveillance ?

— Le lieutenant a déployé quatre hommes autour de la maison avec l'ordre de se contenter de la toucher des yeux. La camionnette est sur place, Dallas. La suspecte est à l'intérieur.

— On ne bouge pas, insista Eve. Que ce soit bien clair. Si elle sort, il faut la filer discrètement.

— C'est ce qu'a dit le lieutenant Ricchio. Je suis à deux minutes du commissariat.

— Nous arrivons.

Eve raccrocha, pianota un moment sur ses cuisses, joignit Peabody.

— Nous sommes en route pour l'adresse new-yorkaise, déclara celle-ci. Vous avez le bonjour de Baxter et de Trueheart.

— Bien sûr, bien sûr. J'ai un briefing dans quelques minutes. Je vais avoir besoin de vous.

Peabody brandit le poing.

— Je pars pour le Texas !

— Du calme, Peabody. Par vidéoconférence, évidemment. Préparez vos notes. Vous énoncerez tout ce que vous avez, données, noms, faits, déclarations. Soyez brève et précise. Évitez les traits d'humour. Ne m'appelez jamais Dallas, mais lieutenant.

— Compris. Vous voulez leur faire croire que vous êtes une dure à cuire.

— Je le suis.

Eve grogna devant l'écran.

— Vous êtes coiffée comme l'as de pique. Attachez vos cheveux et enlevez-moi ce rouge à lèvres.

— Mais je... Bien reçu, lieutenant. Quand dois-je intervenir ?

— Je n'en sais rien encore. Tenez-vous prête.

Elle coupa la transmission avant que Peabody passe en mode bavardage.

Connors bifurqua dans le parking du commissariat.

— Bien vu. Tu veux leur présenter un cliché du flic new-yorkais, devina-t-il.

— Qui souhaiterais-tu avoir à la tête d'un commando comme celui-ci ? La personne qui va de l'avant, celle qui connaît toutes les données, les pions, les alternatives possibles, qui agit sans se laisser influencer.

— En d'autres termes... toi.

— Quelle perspicacité !

Un instant plus tard, il la regardait foncer à travers le bâtiment, le regard aiguisé. En pénétrant dans la salle de réunion, elle offrait l'image d'une femme qui maîtrisait la situation, arborait son autorité avec autant d'aisance que son arme.

Elle se dirigea directement vers Ricchio – malin. Elle réussirait mieux dans le monde des affaires qu'elle ne l'imaginait. Prendre les devants, tout le secret était là, surtout sur le terrain de l'équipe adverse.

— Lieutenant, ma coéquipière se joindra à nous par vidéoconférence le moment venu, attaqua-t-elle. J'aimerais parler au chef des interventions spéciales et aux membres de la DDE affectés à cette affaire. L'inspecteur Jones me signale que vous avez engagé une surveillance du logement où se trouve la suspecte.

— Exact. RAS pour l'instant.

— Elle s'accorde peut-être une grasse matinée. Vous êtes-vous assuré de sa présence à l'aide d'un détecteur de chaleur ?

— C'est en cours.

— Prévenez-moi dès que vous aurez les résultats. Elle est peut-être partie à pied. Pouvez-vous me procurer un visuel du quartier sur un rayon de dix pâtés de maisons ? Boutiques, restaurants, commerces ?

— Bien sûr. Mes hommes sur place ont les photos et descriptions de toutes les identités connues de la suspecte. Je suppose que vous voulez diriger la réunion ?

— Ce sera plus simple et plus rapide. Nous ignorons quand elle va bouger. Pour la sécurité des otages et afin d'appréhender les deux sujets, nous devons mettre notre stratégie en place au plus vite. Je vous demande de sélectionner vos meilleurs éléments. Avant qu'elle nous conduise chez McQueen, nous devons savoir où nous mettons les pieds : présence de civils, échappatoires possibles, meilleurs points de vue pour les membres de la Brigade d'intervention spéciale si nécessaire. Je ne connais pas votre ville, lieutenant, mais je connais McQueen. Et depuis vingt-quatre heures, j'apprends à connaître sa partenaire.

— Si vous avez établi une stratégie, j'aimerais l'entendre. J'ai la mienne.

— Pas de problème. Mettons-nous au travail. Je ne veux pas que vos hommes chargés de la surveillance entreprennent une filature avant que nous soyons prêts... Si le facteur temps n'était pas aussi crucial, je prendrais la peine de vous soumettre mon plan, d'en discuter avec vous, puis je me tiendrais à l'écart. Je ne cherche pas à vous coincer, lieutenant. Je veux participer aux interrogatoires une fois que nous aurons attrapé ces ordures, mais le reste, je m'en fiche.

— Je comprends, lieutenant Dallas. La parole est à vous.

— Merci.

Elle se tourna, scruta le visage des hommes et des femmes rassemblés devant elle.

— Asseyez-vous, ordonna-t-elle. On se tait. Voici quelle est la situation.

Du coin de l'œil, elle vit Nikos bouger, et Laurence l'en empêcher d'un signe de tête.

Premier problème résolu.

— Vous, fit-elle en désignant une version texane de McNab – couleurs chamarrées, pantalon rouge vif muni de dizaines de poches. DDE ?

— Inspecteur Arilio. À votre service.

— Je vous charge des visuels. Affichez les lieux actuellement surveillés, écran 1.

Il s'exécuta.

— Nous avons déniché le terrier de la suspecte, enchaîna-t-elle. Il est sous surveillance. Nous avons identifié et trouvé le véhicule que la partenaire a acheté pour McQueen. Arilio, photos des deux derniers alias de la suspecte, écran 2. Sandra Millford est celle qui repère les proies de McQueen et a participé à l'enlèvement de Darlie Morgansten. Voici à quoi elle ressemble, d'après nous, lorsqu'elle n'est pas déguisée et se fait appeler Sylvia Prentiss. C'est l'apparence qu'elle préfère adopter pendant son temps libre, si je peux m'exprimer ainsi. Elle vit à cet endroit sous l'une ou, plus vraisemblablement, ces deux identités. Nous en avons une troisième à ajouter.

Elle contacta Peabody.

— Arilio, écran 3... Inspecteur Peabody, envoyez-nous la photo de la suspecte reconnue par Civet au cours de son interrogatoire.

— Bien, lieutenant. Envoi en cours.

— Donnez-nous vos informations sur cette personne.

Peabody, impassible, les cheveux tirés, s'exécuta.

— De plus, lieutenant, ajouta-t-elle, nous sommes actuellement au domicile qu'occupait la suspecte sous cette identité lorsqu'elle vivait à New York. Nous nous apprêtons à interroger les habitants de l'immeuble et avons les coordonnées de son ancien lieu de travail.

— Bon boulot, inspecteur.

— Merci, lieutenant.

— Prévenez-moi dès que vous aurez du nouveau. Vous pouvez disposer.

Elle coupa la transmission.

— Je veux que vous vous familiarisiez tous avec chacun de ces visages. Si par hasard la suspecte se déplaçait sous l'une de ces identités, elle devra être suivie. Surtout pas abordée. Qu'elle soit à pied ou à bord de la fourgonnette, nous la filerons jusqu'à ce qu'elle nous mène à McQueen.

— Pourquoi ne pas poser un dispositif de repérage sous la camionnette ?

Eve jeta un coup d'œil à l'inspecteur Price.

— Il se pourrait qu'elle soit munie de détecteurs qui alerteraient la femme ou McQueen. Comme l'était celle que nous avons confisquée à New York. Filature à quatre véhicules. Cinq en incluant le mien. Votre lieutenant formera les équipes et choisira le meilleur endroit pour patienter. Prévoyez des renforts aériens. La DDE coordonnera les transmissions et les visuels. On la

214

laisse aller jusqu'à McQueen. Si elle flaire un flic, on la perdra. De même que McQueen, Melinda Jones et Darlie Morgansten. Qu'elle soit dehors ou dedans, *personne* ne s'approche de l'estafette. On attend.

— On vient de détecter une source unique de chaleur à l'intérieur de l'appartement, annonça Ricchio. Elle bouge.

— Épatant. Elle est là, elle est levée. Je veux aussi quatre hommes en civil pour le cas où elle déciderait de sortir à pied.

Elle marqua une pause.

— Et maintenant, McQueen. Une fois qu'elle nous aura conduits jusqu'à lui, nous nous adapterons en fonction des lieux. Nous agirons par étapes. Prudemment, intelligemment. Et nous l'arrêterons.

Elle écourta la séance de questions. L'heure tournait. Cette salope n'était pas du genre ménagère à bricoler toute la journée chez elle.

Nikos attendit la conclusion de l'exposé pour s'approcher.

— Nous pouvons nous charger des renforts aériens et de la filature. Laurence et moi resterons à terre.

— Entendu.

— J'ai quelques inquiétudes concernant l'arrestation.

— Nous aviserons sur place. Une fois qu'elle sera avec McQueen, nous aurons le temps de nous pencher sur le problème. Mais je ne veux pas risquer de la perdre maintenant, alors allons-y.

Eve se dirigea vers Connors.

— Je sais que tu préférerais m'accompagner, mais j'ai besoin que tu me dégotes tous les comptes cachés. Je serai entourée de deux douzaines de flics, d'agents fédéraux et des gars de la Brigade d'intervention spéciale. De surcroît, je t'avertirai dès qu'elle bougera. Et quand elle aura retrouvé McQueen, je te transmettrai les coordonnées et tu pourras m'y rejoindre. Avant qu'on ne le serre.

— D'accord.

— Je vais bien, murmura-t-elle, notant qu'il l'exami-
nait un peu trop attentivement.

Il lui effleura les doigts.

— Je le vois.

— Il faut que j'y aille. Je prends la voiture. Personne
ne file un suspect à bord d'une bagnole pareille, elle ne
se doutera de rien. Je m'arrangerai pour qu'un officier
t'amène chez McQueen.

— Pas question, riposta-t-il. Je m'y rendrai par mes
propres moyens.

— Comme tu voudras.

Cette fois, il lui serra la main, brièvement.

— Vas-y, lieutenant. Épingle-la.

— Tu peux compter sur moi.

13

« Quartier agréable », remarqua Eve. Classe moyenne, population familiale à en juger par la quantité de jeux pour enfants dans les jardins. De véritables petites aires de récréation équipées de toutes sortes de structures pour se balancer, grimper, se casser la figure, se fracturer un bras. Des flottilles de bicyclettes – non cadenassées.

Un secteur sûr, d'après la description de Ricchio et ses propres observations, où personne ne pouvait imaginer qu'un prédateur sirotait tranquillement des cocktails tous les soirs dans la maison d'à côté.

Les voitures garées le long des trottoirs et dans les allées étaient relativement anciennes, mais il y en avait aussi des neuves, rutilantes. Celle d'Eve se fondait donc dans la masse. De toute façon, elle était stationnée à un bloc de la cible, hors de vue.

Elle étudia la bâtisse sur l'écran de son tableau de bord, écoutant distraitement les échanges entre les hommes postés dans le sous-marin de la DDE et les autres véhicules affectés à la surveillance.

Une maison mitoyenne à deux étages, impeccablement entretenue. Un joli jardin partagé en deux, des pots en céramique verts débordant de fleurs rouges et violettes sur l'autre perron. Apparemment, la suspecte n'avait pas jugé utile de s'occuper du sien, car il était dépourvu de plantations.

Une petite bicyclette bleu vif reposait sur sa béquille devant la demeure située juste avant. Un vélo de garçon, avec des roues de stabilisation.

Pas une proie pour McQueen.

Sa partenaire s'entendait-elle avec ses voisins ? Sans doute. Elle ignorait combien de temps elle allait rester, autant s'intégrer. Quand on les interrogerait plus tard, ils répondraient tous qu'elle était « charmante, très discrète ».

Une femme gentille, douce, jolie – qui devait en incarner plusieurs afin de pouvoir aller et venir sous l'une ou l'autre de ses identités. Une « ancienne camarade d'université », par exemple, une « sœur » ou encore, une « colocataire »… Elles ne se montraient jamais ensemble, mais qui s'en étonnerait ? L'une travaillait le jour, l'autre la nuit, elles ne prenaient jamais le même jour de congé… La mascarade n'était pas compliquée à jouer, à condition de rester sur ses gardes.

Les portes et les fenêtres étaient dotées d'un système de sécurité sophistiqué. Tous les stores étaient baissés.

« Allez, sors de là, l'exhorta Eve. Va faire un tour. Il ne te manque pas ? Tu es complètement obsédée par lui. Accro. Tu penses à lui du matin au soir… Qui es-tu ? Où ai-je vu ton – tes – visage(s) ? As-tu vécu à New York avant de rencontrer McQueen ? »

Car plus le temps passait, plus Eve avait l'impression de la connaître. L'avait-elle arrêtée autrefois sous son vrai nom ? Interrogée ? S'étaient-elles croisées à l'époque où Eve était ballottée de foyers d'accueil en institutions ? Oui, ce devait être ça… Ce qui expliquerait cette sensation d'effroi qui la poursuivait depuis le début de l'affaire. Toutes ces années, prisonnière d'un système qui, à l'origine, était conçu pour lui venir en aide, mais qui, malheureusement pour elle, s'était révélé un cauchemar d'un autre genre.

Elle n'avait commencé à vivre que le jour où elle s'était rendue à New York. À l'École de police.

Elle changea de position, se redressa quand la porte latérale du pavillon à la bicyclette s'ouvrit. Un enfant s'élança dehors. Un garçon, en effet. Probablement trop jeune pour aller à l'école. Aucune importance, d'ailleurs, puisqu'il n'y avait pas classe aujourd'hui. Elle le regarda se précipiter sur son vélo, le visage irradiant de bonheur.

Elle se cala dans son siège, suivit le gamin des yeux tandis qu'il pédalait comme un fou d'un bout à l'autre du trottoir. Elle le vit agiter la main, interpeller quelqu'un dans le jardin d'à côté. Un type assez âgé, coiffé d'une casquette de base-ball, qui portait des outils de jardinage. Il les posa par terre, plaqua les mains sur ses hanches et gratifia le gosse d'un large sourire.

« Une journée comme une autre dans un quartier paisible, songea-t-elle. Jeux en plein air, nettoyage des platesbandes. Tiens, une dame qui promène son chien. Drôle de bestiole, une boule de poils qui tire sur sa laisse, saute partout, jappe. Quelle idée de posséder un animal qui aboie sans arrêt ! M. Jardinier et Mme Clébard entament la conversation. Comment ça va ? Quelle chaleur, n'est-ce pas ? Et blablabla... Forcément, M. Jardinier montre ses fleurs à Mme Clébard. Et le chien qui s'énerve, le gosse qui pédale comme si sa vie en dépendait... Si je devais subir ça jour après jour, je me flinguerais. »

Soudain, la cible apparut.

Enfin ! Toute bichonnée pour lui. Par ce beau matin ensoleillé, elle incarnait Sylvia. Cheveux blonds brillants, robe rose légère, sans manches, au décolleté profond. Lunettes teintées assorties, escarpins à talons rose et blanc, sac rose.

— On l'a, annonça Eve dans son communicateur. Laissez-lui de l'espace. Elle se dirige vers la fourgonnette.

L'incident se produisit en un éclair. De là où elle se trouvait, le peu qu'en vit Eve lui suffit.

La laisse céda. Déséquilibrée, Mme Clébard atterrit sur les fesses. M. Jardinier se pencha pour l'aider à se relever.

Le chien bondit droit sur le gosse.

La suspecte se retourna en ouvrant la portière de l'estafette.

Surpris, l'enfant poussa un cri, fit une embardée, vira vers la chaussée. En plein devant une voiture qui roulait beaucoup trop vite dans un quartier aussi paisible.

— Oh, merde !

Comme le petit garçon volait par-dessus le guidon, l'un des membres de l'équipe de surveillance – Price – se propulsa hors de son véhicule et piqua un sprint vers lui tandis que le chauffard freinait brutalement. Le flic ramassa l'enfant et poursuivit sa course sans ralentir jusqu'au trottoir d'en face.

La voiture envoya valser la bicyclette alors que le policier se jetait à terre avec le môme.

Le pan de la veste de Price s'écarta. Eve vit clairement son insigne et son arme.

La suspecte aussi.

— Elle nous a repérés ! hurla Eve. Démarrez ! Démarrez !

Alors que la femme bondissait dans la fourgonnette, Eve enfonça l'accélérateur

— Coupez-lui la route, ordonna-t-elle. Annulez l'opération et appréhendez-la.

Dans un crissement de pneus, elle doubla la voiture immobilisée et la bicyclette écrabouillée. Des cris et les braillements du gamin retentirent derrière elle. La fourgonnette avait déjà pris quelques dizaines de mètres d'avance. Eve s'élança à sa poursuite.

La suspecte allait contacter McQueen dès qu'elle le pourrait. Il ne fallait surtout pas lui en laisser la possibilité.

Il n'y avait qu'une seule solution : l'arrêter maintenant. Tout de suite.

Eve se mit en mode vertical, gagna en vitesse. Plus jamais elle ne reprocherait à Connors son choix de véhicule, se jura-t-elle. Au son des sirènes hurlantes, elle bifurqua vivement en même temps que la camionnette, se rapprocha.

Encore un peu. Encore un tout petit peu.

Elle la dépassa, atterrit lourdement, braqua de nouveau pour lui bloquer la route.

L'espace d'un instant, elle aperçut le visage de la femme, vit sa bouche s'arrondir en un « oh ! » de surprise et de rage. L'estafette tenta d'éviter la collision, dérapa, percuta l'arrière de la berline, qui fit un tour complet sur elle-même. Par-delà les explosions des airbags, Eve entendit un fracas de tôle. Elle fit glisser son siège en arrière, se libéra.

La camionnette s'était immobilisée moitié sur le trottoir, moitié sur la chaussée après avoir embouti un autre véhicule.

L'arme au poing, Eve s'en approcha.

— Vos mains ! cria-t-elle. Je veux voir vos mains.

D'autres flics arrivèrent.

— Mettez vos foutues mains sur le volant ! Maintenant !

— Je suis blessée.

— Vous le serez encore plus si je ne vois pas vos deux mains sur ce volant.

Elle les vit, ainsi que le sang.

« Une plaie à la tête », nota-t-elle en ouvrant la portière. Impitoyable, Eve tira la conductrice dehors, la fit pivoter face au véhicule.

— Qu'est-ce que vous faites ? Je suis blessée. À cause de vous, ma fourgonnette est démolie. Il me faut une ambulance.

— Appelez les secours, ordonna Eve.

— Ma poitrine, se plaignit la femme, la respiration sifflante. Ô mon Dieu, mes côtes ! Et ma tête.

— C'est ça, oui. Vous êtes en état d'arrestation, déclara Eve en lui menottant les mains dans le dos.

— Qu'est-ce que vous racontez ? Je n'ai rien à me reprocher. C'est vous qui avez provoqué cet accident.

Eve la força à se retourner.

— Comment dois-je vous appeler ? Sœur Suzan ? Sarajo Whitehead ? À moins que vous ne préfériez Sylvia Prentiss puisque c'est elle que vous incarnez aujourd'hui ? Peu importe. On vous a pincée. Et on ne va pas tarder à pincer McQueen.

— Allez vous faire foutre ! Vous n'avez rien. Vous n'êtes rien !

Tout à coup, les genoux d'Eve menacèrent de se dérober sous elle tandis que sa vision périphérique se brouillait. Un flot de chaleur lui monta des orteils jusqu'au crâne, et sa peau se couvrit d'une fine pellicule de sueur.

Enfin, elle avait la réponse à la question qui la taraudait depuis des jours.

— Lieutenant Dallas, intervint Annalyn en lui prenant le bras. Vous devriez vous asseoir. Vous avez pris un sacré coup.

— Je vous connais, articula Eve à l'adresse de la suspecte. Je vous connais.

— Vous ne savez rien.

À ces mots, les yeux de la femme se révulsèrent. Elle serait tombée dans les pommes si Eve ne l'avait pas retenue.

— Je vous connais, répéta-t-elle.

— Dallas, du calme, s'écria Annalyn avant de lancer à un collègue : Jay, occupez-vous de cette ordure... Venez par ici, Dallas, vous êtes en état de choc.

— Quoi ? Quoi ?

Eve repoussa Annalyn, se laissa choir sur le trottoir, la tête entre les genoux.

Non, elle ne vomirait pas.

Elle se trompait sûrement.

Tout tournoyait autour d'elle, elle avait froid, à présent, et du mal à respirer.

— L'ambulance arrive, lieutenant, annonça Bree Jones en s'accroupissant devant elle. La fourgonnette n'était pas équipée d'airbags. La suspecte est inconsciente. Elle est salement amochée. Vous aussi, vous l'êtes, malgré les airbags.

— Je vais bien. Je suis juste un peu secouée.

— Le médecin va vous examiner, mais il vaudrait mieux aller à l'hôpital.

— J'en ai bien l'intention. Avec elle. Je monterai avec elle.

« Ressaisis-toi, s'ordonna Eve. Rappelle-toi qui tu es. » Elle leva la tête, la rabaissa aussitôt, en proie à un étourdissement.

— Seigneur, quel merdier !

— Elle n'a pas contacté McQueen. Elle n'en a pas eu le temps. Nous avons récupéré son communicateur. Price l'a déjà inspecté de même que celui du tableau de bord. Elle n'a utilisé ni l'un ni l'autre au cours de la dernière demi-heure. McQueen ignore qu'elle est entre nos mains.

— C'est déjà ça.

— Elle nous dira où il est. Nous la ferons parler, insista Bree, les larmes aux yeux.

— Un peu, oui. Mettez tout de suite la DDE sur les communicateurs.

— Nous pouvons prendre le relais, proposa Laurence en s'approchant. Nous nous chargeons du véhicule, du matériel électronique, du logement. Vous, allez vous faire soigner. Votre lèvre saigne pas mal.

Eve l'essuya, contempla la tache sur le revers de sa main.

— Ce n'est rien.

Du sang. Sur sa main, dans la fourgonnette.

Le sang ne mentait jamais.

Elle se mit debout, refusant l'assistance de Bree.

— C'est bon. J'ai besoin de marcher un peu.

Elle se dirigea vers la berline comme pour examiner les dégâts. Connors la connaissait, et inversement. Comme elle s'y attendait, il avait pensé à déposer un kit de terrain dans le coffre.

« Ne réfléchis pas, se dit-elle. Agis. »

Elle sortit plusieurs bâtonnets, en passa un sur sa lèvre, l'introduisit dans un tube stérile. Sans trembler, elle l'étiqueta et l'empocha. Puis elle se fraya un chemin entre les flics et les secouristes qui s'affairaient autour de la suspecte.

Elle regarda le sang sur le volant de la fourgonnette, en préleva quelques gouttes, étiqueta et empocha le tube.

Elle inspira profondément avant de retourner auprès des secouristes.

— Quel est le verdict ?

— Lacérations à la tête, sans doute une commotion cérébrale. Contusions sur la poitrine et les bras, deux côtes fêlées ou fracturées. Elle souffre probablement aussi de lésions internes. Nous devons l'emmener aux urgences.

— Je vous accompagne. Quel hôpital ?

— *Dallas City*. Si vous venez, c'est maintenant.

— Je viens.

Elle s'éloigna de quelques pas, contacta Connors.

— Vous avez fait vite… commença-t-il.

Son visage s'assombrit.

— Tu es blessée.

— Quelques égratignures dues aux airbags. Par contre, j'ai bousillé la bagnole.

— Ça ne m'étonne pas de toi, plaisanta-t-il, mais son regard demeura grave. Que s'est-il passé ?

— Je te raconterai plus tard. On l'a. L'opération a merdé, mais on a la femme.

Une nouvelle onde de chaleur la submergea.

— On la transporte à l'hôpital *Dallas City*. J'ai besoin de toi. Je veux que… que tu m'attendes là-bas. Je n'ai pas noté l'adresse.

— Ne t'inquiète pas. Eve, dis-moi ce qui te tourmente.

— Je ne peux pas. Pas maintenant. Je ne suis pas blessée, Connors. Ce n'est pas ça. J'ai besoin de toi.

— J'arrive.

— C'est maintenant ou jamais ! lança le médecin-chef.

— Il faut que je te laisse.

— J'arrive, répéta Connors.

Eve glissa son communicateur dans sa poche et monta à bord de l'ambulance.

Elle s'assit, étudia le visage de la femme inconsciente.

« Ouvre les yeux, nom de nom ! l'exhorta-t-elle. Ouvre-les yeux et regarde-moi. »

Parce qu'elle ne s'était pas trompée. Ce n'était pas le choc dû à l'accident. Elle connaissait la toute dernière partenaire de McQueen.

Un cauchemar de plus.

Mais la femme ne revint pas à elle durant le court trajet jusqu'aux urgences. À l'hôpital, Eve accompagna la civière, vit les paupières de sa prisonnière tressaillir, l'entendit gémir tandis qu'on l'emmenait dans une salle d'examen.

— Restez dehors, s'il vous plaît.

Eve jeta un coup d'œil à l'interne responsable, un jeune Noir à l'air harassé.

— Elle est en détention provisoire. Je reste.

— Alors tenez-vous à l'écart.

Elle recula d'un pas, mais observa les mouvements de chacun alors que les spécialistes parlaient à toute allure dans leur étrange langage tout en transférant la victime sur la table d'examen.

— Son nom ? demanda le médecin à Eve.

— Lequel ? Elle en a plusieurs. Essayez Sylvia. C'est celui qu'elle utilise actuellement.

— Sylvia. Vous êtes en sécurité. Regardez par ici. Pouvez-vous me dire quel jour nous sommes ?

— Je souffre le martyre. Faites que ça s'arrête. Donnez-moi quelque chose.

— Accrochez-vous, nous allons prendre soin de vous.

— Donnez-moi quelque chose pour cette putain de douleur, connard.

— Quelle classe, railla Eve. C'est une toxico.

— Éloignez cette putain de flic d'ici. Elle a essayé de me tuer.

— Elle est lucide, déclara le médecin.

— Elle est probablement défoncée, intervint Eve.

— Qu'avez-vous pris, Sylvia ? En quelle quantité ?

— Allez vous faire foutre. Je suis mourante. Elle a tenté de me tuer. Donnez-moi quelque chose ! cria-t-elle en se débattant.

— Attachez-la, ordonna-t-il.

Eve observa la scène d'un œil froid. L'une des infirmières s'approcha d'elle.

— Voulez-vous sortir avec moi un instant ? Elle est neutralisée et, croyez-moi, le Dr Zimmerman saura l'amadouer. Nous devons la stabiliser afin de pouvoir ausculter ses blessures.

Eve opina. Elle passa dans le couloir, mais demeura face au hublot.

— Avez-vous une idée de ce qu'elle a pu avaler ? reprit l'infirmière.

— Pas encore. Les collègues vont récolter tout ce qu'elle planquait dans son sac, à son domicile et dans son véhicule. Vous devrez effectuer des analyses vous-même pour déterminer ce qu'elle a ingurgité. Elle est dangereuse. Elle doit rester sous bonne garde vingt-quatre heures sur vingt-quatre, menottée. Interdiction absolue de communiquer avec l'extérieur.

— Qu'a-t-elle fait ?

Eve aperçut Annalyn et Bree qui remontaient le couloir au pas de charge.

— Ces inspecteurs vont vous mettre au courant.

— Dans quel état est-elle ? s'enquit Bree. Elle a parlé ?

— Rien d'intéressant, répliqua Eve. En ce qui concerne son état, adressez-vous à l'infirmière.

Elle reprit sa surveillance.

« Elle a intérêt à survivre, se dit Eve, parce que je veux des réponses à mes questions. »

À présent, Sylvia était entourée de machines et de scanners. On sondait ses organes. Les larmes avaient remplacé les cris.

— Elle est amochée, mais son état n'est pas critique, annonça Annalyn à la fin du compte-rendu de l'infirmière. La DDE fouille la maison. Dès que la voie sera libre, nous prendrons le relais.

— Qu'en est-il de ses communications ?

— La dernière était un SMS.

Annalyn sortit son carnet et lut : *Tu m'as lessivée hier soir. Vais salon beauté + shopping. Serai là vers 15 h. A+.*

— On a une petite marge. On peut pister la transmission ?

— S'il essaie de la joindre, oui. La DDE travaille sur le code dont elle s'est servie pour envoyer le message. Pour l'instant, je n'en sais pas plus.

— La fourgonnette était-elle équipée d'un GPS ? Je n'en ai pas vu.

— Désactivé. Tous ses communicateurs sont des clones jetables pourvus de filtres. Mais la DDE parviendra à ses fins.

— Elle sait où se trouve Melinda, murmura Bree.

— Et elle nous le dira, la rassura Annalyn. McQueen ne va pas se soucier d'elle avant 15 heures. Nous avons un peu de temps devant nous.

— Envoyez-lui un autre SMS, intervint Eve. Après 14 heures. Du genre : *La coiffeuse est débordée ; je m'offre un massage ; je t'ai acheté un cadeau.* N'importe quoi. Elle est en retard. Elle espère être là vers 18 heures.

— Bonne idée.

— J'en ai des tas, grommela Eve.

— J'ai appris en chemin qu'on avait repéré le salon de beauté. S'il le faut, nous pourrons le mettre sous surveillance au cas où il essaierait de l'y rejoindre.

— Envoyez une équipe tout de suite, ordonna Eve. On ne prend aucun risque.

Apercevant Connors au loin, elle se détourna d'Annalyn.

— Ne la quittez pas des yeux. S'ils l'emmènent au bloc, suivez-les. J'ai un truc à régler.

Elle intercepta Connors.

— Allons dehors, j'étouffe.

Il frôla du doigt les écorchures sur sa joue, la coupure sur sa lèvre.

— Ce n'est rien. Les airbags. Les siens n'ont pas fonctionné, elle est pas mal esquintée. Elle s'en remettra, mais elle va souffrir un moment.

— McQueen ?

— Elle nous a flairés. Elle a voulu s'enfuir. Du coup, non, nous n'avons pas localisé McQueen. Pas encore.

Eve sortit, continua à marcher.

— Toutefois, elle n'a pas pu l'avertir, et nous disposons d'un certain délai pour la cuisiner.

— Ce n'est pas ce qui te tracasse.

— J'ai besoin que tu me rendes un service, vite et en catimini.

— Entendu.

Elle sortit les tubes de sa poche.

— Je veux une comparaison d'ADN. Je veux savoir si... Il y a un échantillon de mon sang. Et un autre du sien.

Sur le visage de Connors, le choc initial fut remplacé par le chagrin.

— Mon Dieu, Eve...

— Dès le début, j'ai eu l'impression de la connaître. Tout au fond de moi, je savais qui elle était. Ça me

rendait malade. Et puis, quand je l'ai sortie de la camionnette, elle m'a regardée, et j'ai su. Ce regard, je ne l'ai
jamais oublié... Je devais avoir deux ou trois ans, j'avais
joué avec ses produits de maquillage. Elle était furieuse,
surexcitée, violente. Elle me fixait avec une telle haine.
Une haine meurtrière... Ma mère, acheva Eve après un
soupir tremblant.

— Tu viens d'avoir un accident, commença Connors.

— Je ne délire pas, l'arrêta Eve. J'en ai la certitude.
À l'époque, elle s'appelait Stella, mais c'est sans importance. Elle a toujours choisi des prénoms qui commen-
cent par un « S ». Elle possède peut-être des draps
chiffrés ou une connerie de ce genre... Je sais que j'ai
raison. J'ai simplement besoin d'une confirmation.

— Je m'en occupe, promit-il en l'attirant contre lui.
Ne t'inquiète pas. Et elle ? Elle t'a reconnue ?

— Non. Je n'étais rien pour elle sinon un ticket-repas
potentiel et un punching-ball.

Connors l'écarta avec douceur, encadra son visage de
ses mains.

— Tu dois absolument prendre du recul.

— Impossible. Cette femme ne m'empêchera pas
d'appréhender McQueen. Au contraire, cet événement
imprévu m'incite à redoubler d'efforts. Je ne craquerai
pas.

— Je veux la voir.

— Tu ne veux pas seulement la voir, répliqua Eve en
reculant pour lui prouver qu'elle tenait encore debout
toute seule. Nous aurons le temps de réfléchir à tout ça
plus tard. Elle finira ses jours en taule. En attendant,
elle nous est indispensable. Elle est le lien qui nous
conduira à McQueen.

— Peut-être pas le seul. J'ai déterré deux de ses
comptes.

— Tu... Pourquoi ne pas me l'avoir dit plus tôt ?
glapit-elle avant de lever la main. Pardon. C'est évident.

— Il a pris de l'argent sur l'un d'entre eux le jour où il t'a contactée pour la première fois à New York. Il a effectué un virement de deux cent mille dollars dans une banque dans les Caraïbes, puis de là en Afrique du Sud, et enfin à Dallas.

— Une seconde. Si je comprends bien, tu as le nom de sa banque ici même, à Dallas ?

— Exact. Pour y accéder, il se sert d'un passeport et d'un nom sud-africains. Pas plus tard qu'hier, il en a retiré la somme de soixante-quinze mille dollars. En personne. *Prairie Bank and Trust*, la filiale de Davis Street.

— Attends, attends, marmonna Eve en allant et venant. Quel foutoir ! Pourquoi avoir prélevé un tel montant en personne ? Il ne veut pas qu'elle s'en doute. Il va bientôt se débarrasser d'elle, il prévoit des munitions pour la suite. Comment s'est-il rendu à la banque ? Est-ce qu'il emprunte la camionnette pour se déplacer ? Je ne vois pas comment il pourrait le faire sans qu'elle s'en rende compte. Les transports publics, peut-être ? Ou alors un autre véhicule. Celui à bord duquel il prendra la fuite. Nous devons aller à cette agence vérifier les bandes de sécurité.

— Certainement.

— L'autre – celle-là, déclara-t-elle en montrant la porte des urgences, peut attendre. Il faut que je mette Ricchio et les fédéraux au courant.

Ils s'apprêtaient à revenir sur leurs pas quand Eve remarqua Price devant l'entrée de l'hôpital, l'air désemparé.

— Inspecteur.

— Lieutenant. Le lieutenant Ricchio vous cherchait. Il est ici… à l'intérieur.

— Connors, peux-tu aller lui relater le résultat de tes recherches ? J'arrive tout de suite.

Elle demeura à côté de Price et attendit sans mot dire.

— C'est ma faute, j'en suis conscient, commença-t-il. Elle nous aurait menés directement à Melinda et j'ai tout gâché. On avait tout prévu et j'ai enfreint le protocole.

— Aucun d'entre nous n'aurait voulu voir ce gosse aplati comme une crêpe sur la chaussée, Price. Melinda la première.

— Je ne sais pas. À l'heure qu'il est, on l'aurait sauvée.

— Si vous n'aviez pas réagi, cet enfant serait probablement mort. À présent, il est chez lui, en sécurité et en un seul morceau. Vous avez sauvé une vie aujourd'hui, inspecteur. Vous avez fait votre boulot.

— À quel prix ?

— Rien n'est jamais gratuit. Nous avons la partenaire. Nous avons d'autres pistes et un peu de marge. Secouez-vous et continuez à faire votre métier.

Elle regagna la salle d'examen. Cette fois, l'infirmière lui barra le chemin.

— Elle est stabilisée. Il va falloir l'opérer. Commotion cérébrale, deux côtes fracturées, un...

— Elle est consciente et stable, coupa Eve.

— Oui.

— Je veux lui parler.

— Dès qu'elle aura...

— Non. Maintenant. Si son état n'est pas critique, elle peut patienter un peu. Deux autres vies sont en jeu. Elle est toujours dans cette pièce ?

— Oui. On est en train de la préparer pour...

— Plus tard.

Eve contourna l'infirmière et poussa les portes battantes. Elle examina la femme sur la table.

— Soyez attentive, aboya-t-elle.

La femme ouvrit les yeux et son regard se fit sauvage.

S'avançant d'un pas, Eve cita à sa mère le code Miranda révisé.

14

— Vous avez compris ? s'enquit Eve.

— Je veux un communicateur. Tout de suite.

— Vous n'êtes pas en position d'exiger quoi que ce soit. Donnez-moi votre nom. Le vrai.

— Sylvia Prentiss.

— Plus vous vous ficherez de moi, plus vous devrez attendre pour qu'un médecin soit autorisé à vous filer une dose. Votre nom.

— Sylvia Prentiss, et je vais vous traîner en justice. Procurez-moi un communicateur. Je connais mes droits. Je veux appeler un avocat.

— À votre guise. Donnez-moi ses coordonnées, je m'arrangerai pour qu'il se déplace. Il est hors de question que vous preniez contact avec quiconque en dehors de cette chambre. Il est hors de question que vous alertiez McQueen.

— J'ignore de quoi vous parlez et je m'en contrefiche. Vous avez failli me tuer. Je refuse de vous parler. Je veux un médecin et un communicateur.

Eve se rapprocha, nota qu'elle avait changé la couleur de ses yeux ; ils étaient désormais d'un vert vif surnaturel. Dans la dernière image qu'Eve conservait de sa mère, elles avaient toutes deux les yeux ambre. À la pensée qu'elles partageaient peut-être autre chose, elle eut envie de vomir.

— Vous savez qui je suis mais vous ne me connaissez pas. Vous ne me connaissez pas, répéta Eve, mais moi, je vous connais. Peu importe votre nom. Vous avez beau en changer, vous êtes toujours la même.

Elle avait tant de questions à lui poser. Mais aucune n'était en rapport avec le présent. Avec Melinda ou Darlie. Ou McQueen.

— Vous avez abandonné une enfant aux mains d'un monstre...

« Une fois de plus, pensa Eve. Mais là, c'était différent parce que... »

— ... Une enfant aimée de ses parents et qui ne sera plus jamais comme avant à cause de vous. Vous l'avez laissée ainsi que la femme qui a tenté de vous aider. À mes yeux, vous êtes encore pire que McQueen.

Pâle, son visage contusionné luisant de transpiration, Sylvia eut un sourire sarcastique.

— Vous me confondez avec quelqu'un d'autre.

— Je vous connais, martela Eve en se penchant sur elle. Vous êtes fichue. Nous savons que Stibble vous a envoyée à McQueen en prison. Que vous entretenez des relations avec ce dernier depuis plus d'un an. Que vous avez acquis une fourgonnette sous le nom de sœur Suzan Devon. Que vous avez travaillé au *Circle D* comme barmaid sous l'identité de Sarajo Whitehead et feint un viol pour attirer Melinda Jones dans les filets de McQueen.

Le teint de la femme vira au gris.

— Nous savons que vous avez loué une maison mitoyenne sous le nom de Sandra Millford, poursuivit Eve.

Stella/Sylvia/Sandra s'humecta les lèvres.

— Si vous en savez autant, pourquoi me harcelez-vous ?

— Nous allons faire plus que vous harceler. La loi vous mettra dans le même panier que McQueen. Vous serez condamnée pour enlèvements et séquestrations. Pour complicité, incitation et encouragement au meurtre. Vous passerez le restant de vos jours en cage.

— Vous n'êtes rien.

— La boucle est bouclée. Nous avons Stibble et Lovett. Nous avons Civet. Nous avons vos papiers falsifiés, des témoins. Nous avons les enregistrements du centre commercial où vous apparaissez avec Darlie Morgansten. McQueen s'est servi de vous et se fiche pas mal de ce que vous arrivera.

La colère l'emporta sur la terreur.

— Vous n'en savez rien !

— Je le connais comme ma poche, ainsi que toutes les autres avant vous, et je sais comment il s'en est débarrassé. Je sais ce qu'il compte faire de vous. En ce moment, il est assis au domicile que vous lui avez loué et meublé. Il compte les heures avant de vous égorger.

Eve ravala un haut-le-cœur.

— Il vous reste une chance de limiter les dégâts, de négocier une incarcération sur Terre, voire de réduire les charges.

— J'ignore de quoi vous parlez. Et c'est vous qui allez tomber. Croyez-moi, vous allez le payer.

— Payer pour quoi ? siffla Eve en se penchant davantage. Je ne vous dois rien sinon souffrance et malheur. Croyez-*moi*, personne ne rêve plus que moi de vous enfermer. Je vous offre une chance de vous en sortir, mais la porte ne va pas tarder à se refermer. De toute façon, nous sommes à deux doigts d'appréhender McQueen. Dites-moi où il est, où il détient Melinda et Darlie, et je vous aiderai à conclure un marché.

— Vous n'êtes qu'une menteuse, comme tous les flics. Vous n'avez rien.

— Nous avons trouvé ses comptes en banque. Tout cet argent dont ni vous ni lui ne profiterez jamais.

Eh oui ! Vous serez saignée à blanc ou derrière les barreaux. Savez-vous qu'il a déjà sorti une jolie somme pour assurer sa fuite une fois qu'il vous aura éliminée ?

— Menteuse.

— Il vous tuera comme les autres. Avec lui, vous êtes morte. Avec moi, vous avez une chance de survivre. Où sont Melinda et Darlie ?

— Qu'elles aillent au diable. Et vous aussi.

— Il a assassiné sa propre mère et toutes les remplaçantes qui ont suivi. Il en fera autant avec vous. Il vous tranchera la gorge et vous jettera dans la rivière la plus proche.

— Il m'aime !

La passion mêlée de désespoir qui transparaissait dans la voix de cette femme choqua Eve. L'espace d'une seconde, elle éprouva quelque chose qui ressemblait à de la compassion.

— Qui se tape tout le boulot, qui prend les risques ? Pas lui. Qui est attachée sur un lit d'hôpital, en manque de drogue ? Pas lui. Il refuse que vous viviez avec lui, et s'il vous touche, ce n'est qu'une autre manière de vous utiliser. Il aime les petites filles. Vous connaissez, non, les types qui aiment les petites filles ?

— Foutez le camp !

— Comment en êtes-vous arrivée là ? s'écria Eve. Cela remonte-t-il à votre mère, à votre père ? C'est le sang de toute la famille qui est empoisonné ?

Malgré la douleur, Sylvia se hissa sur les coudes.

— Vous êtes complètement cinglée. Il va vous faire payer, vous et le salaud d'Irlandais que vous avez épousé. Payer, et payer, et payer.

Haletante, le visage déformé, elle se cabra. « Le déni, conclut Eve. Le déni, la terreur, la souffrance et la fureur. »

— Comment ?

— Vous ne l'atteindrez pas. Lui, si. Il vous enlèvera. Connors versera une fortune pour vous récupérer, mais vous ne reviendrez pas entière. Et je serai là pendant qu'Isaac vous fera hurler, vous obligera à le supplier.

— C'est ainsi que vous prenez votre pied ? En le regardant torturer ses victimes ? Vous aimez regarder les hommes qui violent des enfants ? Des innocents ?

— Personne n'est innocent ! Certains ont plus de chance que d'autres, c'est tout. Donnez-moi ma drogue ou je vous tuerai moi-même.

— Melinda Jones et Darlie Morgansten. Dites-moi où elles sont.

— Elles sont là où vous serez bientôt. Cette fois, vous aurez moins de chance. Vous ramperez devant lui pour qu'il vous tue. Votre mari crachera au bassinet chaque fois qu'Isaac découpera un morceau de votre chair. Nous nagerons dans un océan de fric.

— S'il est à ce point malin, il n'a besoin ni de Melinda ni de Darlie pour s'en prendre à moi. Dites-moi où elles se trouvent. À moins que vous ne le jugiez pas assez courageux pour m'affronter directement.

— J'espère qu'elles sont *mortes*. La garce martyre et la morveuse geignarde. J'espère qu'il me laissera vous buter quand il en aura fini avec vous.

« Elle me haïssait autrefois, elle me hait aujourd'hui », songea Eve, submergée par une immense lassitude. N'avait-elle jamais éprouvé autre chose que de la haine ? Ne serait-ce qu'une minute ?

— C'est vous qui seriez morte si tout s'était déroulé comme il l'avait prévu. Qu'est-ce qui vous fait croire que vous êtes différente des autres ?

Eve décida soudain de prendre un risque calculé.

— Qu'est-ce qui vous attire chez les hommes comme lui ? Quel est l'intérêt ? Car il n'est pas le premier. Vous avez beau changer de nom ou d'apparence, c'est du pareil au même. Richard Troy était comme lui... Stella.

Sa mère étrécit les yeux, puis détourna la tête.

— Foutez-moi la paix.

— Vous ne l'avez pas oublié. C'était il y a très long-temps, mais vous vous souvenez de lui. L'histoire s'est mal terminée, n'est-ce pas ? Comme toujours. Qui a dupé qui, cette fois-là ?

— Vous me prenez pour une idiote ? Je suis partie quand je l'ai décidé. Avec ma part. Si Richard a pré-tendu le contraire, il ment. J'ai pris ce qui me revenait et je suis partie.

— Et vous n'avez pas oublié quelque chose ?

— Rien dont je voulais. Richard n'était qu'un paumé rêveur. Isaac est efficace, il me traite bien. Je ne le trahi-rai jamais.

— En effet, je m'en rends compte. Tant pis, nous l'arrêterons sans vous. Nous rendrons Melinda et Darlie à leurs familles sans vous. Et nous vous permettrons de rester en vie afin que vous puissiez passer le restant de vos jours dans un cachot en béton.

— Il me sortira de là.

— Il vous oubliera très vite.

« Alors que moi, je penserai à vous très, très long-temps », admit Eve en silence.

— Je vous laisse réfléchir le temps que les médecins vous rafistolent, conclut-elle.

Elle se dirigea vers la porte, s'immobilisa, se retourna.

— Vous avez eu un enfant autrefois. Qu'est-il devenu ?

— Comment voulez-vous que je le sache ?

Un grand froid envahit Eve.

— C'est bien ce que je pensais, dit-elle. Vous êtes exactement celle que vous paraissez être, Stella.

Sur ce, elle sortit.

— Alors ? s'enquit Bree en la saisissant par le bras. Elle a parlé ?

— Elle campe sur ses positions.

Nikos colla le nez au hublot.

— On va essayer de lui tirer les vers du nez.

— Je vous en prie. Toutefois, je ne pense pas que nous ayons besoin d'elle. Connors a mis la main sur des comptes bancaires cachés. Il est en train de remonter aux sources. Nous avons davantage de chances de localiser McQueen par ce biais que par elle.

— Nous n'en avons pas été informés, protesta Nikos.

— Je l'ai appris juste avant de pénétrer dans cette pièce, et je vous en informe en ce moment même, répliqua Eve. Donnez une heure à Connors. C'est le meilleur dans son domaine, alors, lâchez-lui les baskets. McQueen va nous contacter, jouer son petit jeu avec moi. Nous devons nous y préparer. Allez-y, interrogez-la, conclut-elle en haussant les épaules. Mais à votre place, je la laisserais souffler quelques minutes, réfléchir. Les médecins veulent la soigner.

— Qu'ils fassent ce qu'ils ont à faire, décida Laurence. D'ici à ce qu'ils aient terminé, elle sera peut-être décidée à passer un marché avec nous.

— Bonne chance. Inspecteur Jones, où est votre lieutenant ?

— Il est retourné au commissariat. Nous devons diffuser un communiqué de presse afin de limiter d'éventuelles fuites. Si McQueen suit les infos, nous ne tenons pas à ce qu'il apprenne que nous avons sa partenaire.

— Précaution utile. Je veux un homme auprès de la prisonnière, où qu'on la transporte, quoi qu'on lui fasse. Il faut prévenir la DDE. Quand McQueen se manifestera, qu'on le bascule sur mon communicateur. Je veux pouvoir être mobile.

— Je reste avec elle, proposa Bree.

— Pas vous. Elle sait qui vous êtes, elle cherchera à vous ébranler. Croyez-moi, insista Eve comme Bree se rembrunissait, si je n'étais pas certaine que vous êtes la dernière personne à qui elle crachera le morceau, vous seriez déjà en train de la passer sur le gril. Prévenir les fuites, ici comme au commissariat, est une priorité.

— Ricchio a suggéré à Annalyn de raconter aux journalistes qu'elle est soupçonnée d'avoir commis une série de cambriolages et qu'elle aurait été blessée lors d'une course-poursuite après un vol qui aurait mal tourné.

— Cela devrait suffire pour le moment.

— Je me mets en relation avec la DDE, dit Bree. Le lieutenant Ricchio souhaite qu'Annalyn et moi restions à votre disposition.

— Combien d'homme a-t-il déployés ici, à part votre coéquipière et vous ?

— Trois, avec un relais toutes les trois heures.

— Bien. Annalyn et vous pouvez y aller. Commencez par ratisser le secteur autour de la maison. Nous sommes à la recherche d'un appartement qui comporte au moins deux chambres à coucher. Un logement plu-tôt confortable dans un immeuble avec garage. Un quartier agréable. Ce ne sera pas au rez-de-chaussée et le bail aura été signé au cours de l'année. Suivez la piste de l'insonorisation. Recensez les magasins spécialisés à trente minutes de trajet maximum. Plus de cinq ou dix, moins de trente. Il veut habiter près de chez elle mais pas trop.

— Maison mitoyenne, pavillon, appartement ?

— Appartement, précisa Eve. C'est plus anonyme. Et il doit avoir un parking pour son véhicule de secours. D'après Connors, il s'est présenté en chair et en os à l'agence de la *Prairie Bank and Trust*, Davis Sreet, pour retirer une somme conséquente. Servez-vous de cet élé-ment pour établir une triangulation. Quant à moi, je ferai un saut à la banque pour visionner les disques de sécurité.

— Connors avait déjà fait suivre cette info. Le lieute-nant Ricchio a ordonné à la DDE de récupérer les enregistrements.

— Parfait. Qu'on me les apporte à l'hôtel. J'ai deux ou trois trucs à régler là-bas, ensuite, je vous rejoindrai.

— Si elle révèle le lieu où se terre McQueen...

Comme Bree, Eve jeta un coup d'œil à la porte de la salle d'examen.

— N'y comptez pas. Votre sœur et la petite ne sont rien pour elle. Elle n'a qu'une obsession, McQueen – une drogue de plus. Elle est accro. Si je me trompe, les fédéraux la feront parler. Pour l'heure, concentrez-vous sur ce que je vous ai demandé.

Eve se détourna, appela Connors.

— Tu as un nouveau véhicule ?

— Oui.

— Je veux aller à l'hôtel, travailler sur quelques hypothèses avant de retourner au commissariat.

— Je viens te chercher là où nous nous sommes quittés tout à l'heure.

Dès qu'elle fut dans la voiture, elle renversa la tête et ferma les yeux.

— Accorde-moi une minute, d'accord ?

— Prends ton temps.

Maintenant que la tension se relâchait, elle avait mal. Partout. À la tête, au ventre, à la poitrine. Des plaies béantes, à vif, qui pulsaient au rythme de son pouls.

— Je ne sais pas si j'ai eu raison de lui parler, commença-t-elle. J'ignore si je l'ai fait pour moi ou pour les victimes.

— Tu n'oublies jamais les victimes, Eve.

— Elle n'a pas craqué. Elle ne craquera pas. Elle ne connaît pas le lien qui m'unit à elle, mais celui qui me relie à McQueen. Elle sait qu'il me déteste, qu'il a décidé de me donner une leçon. Par conséquent, c'est ce qu'elle veut aussi, plus encore qu'une négociation. Elle fonctionne ainsi. Elle s'amourache d'un certain type d'homme, puis se soumet entièrement à lui. Jusqu'à ce qu'elle en ait assez. Elle a eu un enfant dont elle ne voulait pas parce que Richard Troy considérait cela comme un investissement. Aujourd'hui, elle s'aplatit devant McQueen. Il y en a sûrement eu d'autres entre les deux… Ça n'a aucune importance, sinon que cela confirme sa façon de fonctionner. Mais on ne tirera rien d'elle. Si, par miracle, elle craque, ce ne sera pas devant moi. Je suis la cible. Pire, je suis flic. Je suis à la fois l'ennemi et l'objectif. Nous le sommes. C'est pour l'argent. Il cherche encore à gagner du fric sur mon dos. Quelle ironie.

— Sous forme de rançon ?

— Oui. C'est ce qu'il lui aurait expliqué. Ils m'enlèvent, lui s'amuse avec moi, me punit tout en t'extorquant des sommes faramineuses. Il est possible que ce soit vrai, bien qu'il n'ait aucune intention de partager sa fortune avec elle. Pour elle, c'est une mission à accomplir. Une preuve d'amour. Melinda et Darlie ne sont que des pions.

— Ce retrait en espèces signifie qu'il est déjà au boulot.

Eve se frotta le visage, se passa la main dans les cheveux.

— Oui. Il espère m'enlever d'ici deux jours. Plus tôt si possible. Pour cela, il a besoin d'elle. Un appât, un leurre. Nous venons de contrarier son plan.

Eve inspira profondément, se tourna vers Connors.

— Je serais folle de rage s'il avait réussi son coup et que tu t'apprêtais à allonger le fric.

— Sans blague ?

— Pur gaspillage. Il me tuerait de toute façon.

— Tu es bien prosaïque.

— C'est ainsi, voilà tout.

— En somme, si la chance lui sourit, je n'ai qu'à m'asseoir sur mes montagnes de billets et considérer que le sort de ma femme est scellé. Ma foi, on aura passé un bon moment ensemble.

Elle connaissait ce ton posé, aimable. Aussi dangereux qu'un serpent. Mais, pour le moment, elle était incapable de s'en soucier.

— Pas exactement. Plus ou moins. En tout cas, pas de quoi en faire un fromage puisque ça n'arrivera pas.

— Mais je ferais mieux d'en prendre note pour l'avenir. Dont acte. À présent, que les choses soient claires : si McQueen ou n'importe qui d'autre te séquestrait en échange d'une rançon, je ne reculerais devant aucun sacrifice pour te récupérer. Et tout en le payant, je poursuivrais le ravisseur. Je le débusquerais. Et il me suppliera de l'achever.

Il lui glissa un regard de biais.

— Que ferais-tu à ma place ?

Elle détourna la tête, haussa les épaules.

— C'est ton fric. Le jeter par la fenêtre ne me dérange pas. De toute façon, le problème ne se pose pas. Ce sont Melinda et Darlie que McQueen retient. D'ici quelques heures, il va se rendre compte que quelque chose cloche. Il disparaîtra. Il leur laissera peut-être la vie sauve. Ou pas.

— Quant à toi, tu demeureras toujours sa cible.

— Pour l'heure, mon objectif est de garder les otages en vie. S'il est obligé de modifier sa tactique, tout est possible.

Arrivés à l'hôtel, elle expliqua, tandis qu'ils se dirigeaient vers le hall :

— Si j'ai tenu à revenir ici, c'est parce que tu y seras mieux pour travailler. Je te ficherai la paix, et vice versa. Il va me contacter bientôt. Je veux être prête. J'ai besoin de mettre tout à plat – au calme. Quand j'aurai fini, je demanderai à Ricchio d'envoyer quelqu'un me chercher afin que tu puisses continuer ici.

Ils montèrent dans l'ascenseur en silence. Un silence bouillonnant. Ils émergèrent de la cabine au niveau de leurs bureaux, mais avant qu'elle puisse atteindre le sien, Connors lui agrippa le bras.

— Que tu cherches la bagarre à tout prix, soit. Mais avant cela, tu vas avaler un cachet pour ta migraine.

— Je n'ai pas le temps de me bagarrer avec toi.

— Dans ce cas, je te conseille de te défouler sur quelqu'un de plus faible.

Il extirpa une petite boîte de sa poche, l'ouvrit. Elle grogna en découvrant les pilules bleues.

— Ce sera beaucoup plus facile pour toi de prendre ça que pour moi de te le faire ingurgiter de force.

— Pourquoi me menaces-tu ?

— Parce que tu souffres et que tu es trop têtue pour l'admettre. Parce que je t'aime comme un fou, si bien que tu peux me mettre en rage et me fendre le cœur dans la foulée. À présent, avale cette foutue pilule.

Elle s'empara d'un comprimé, le goba.

— Ce n'est vraiment pas le moment de me provoquer.

— Dans ce cas, ne lance pas la première pierre en me disant de rester assis sur mon cul puisque de toute manière tu seras déjà morte. Je vis avec toi et ton métier jour après jour. Inutile d'en rajouter.

— Je voulais simple…

— Tais-toi. N'essaie pas de me convaincre que tu faisais simplement preuve de pragmatisme. Tu es prise dans une situation abominable. Tu t'efforces de sauver des vies alors qu'une partie de la tienne a ressurgi et te déchire le cœur. Je m'efforce de te ménager alors que tu nous prives tous deux du réconfort de partager ce poids impossible.

Atterrée, Eve s'aperçut qu'elle n'avait qu'une envie : se rouler en boule et sangloter. Un mot gentil de la part de Connors et elle s'effondrerait.

Donc, elle se déchaîna.

— Je n'ai pas le temps d'analyser mes sentiments, d'explorer ma psyché. Pendant que tu es là, à justifier ton énervement, une ordure est en train de torturer – ou pire – deux personnes dont une gamine de treize ans. Alors le réconfort et les ego meurtris attendront.

— Très bien. Puisque c'est ainsi, faisons ce que nous avons à faire, chacun de son côté. La scène de ménage, ce sera pour plus tard.

Il pivota, s'engouffra dans son bureau. Ferma la porte.

Eve fit un pas dans cette direction, recula. Elle ne se prêterait pas au jeu de : « Discutons-en, réconcilions-nous. » Ses soucis personnels n'avaient aucun rapport avec l'enquête. Le fait que sa mère était la partenaire de McQueen n'intéressait personne d'autre qu'elle.

S'ils ne retrouvaient pas McQueen d'ici quelques heures, ils perdraient toute l'avance qu'ils avaient prise. Il risquait de se débarrasser de ses deux proies avant de se volatiliser.

Eve ne pouvait pas se permettre de sombrer maintenant.

Elle se planta devant son tableau de meurtre, s'obligea à examiner les photos de celle qu'elle avait connue sous le nom de Stella. Ce qu'elle avait fait trente ans auparavant ne concernait en rien Melinda Jones et Darlie Morgansten.

Aujourd'hui, elle était Sylvia. Or, Sylvia n'était qu'un outil grâce auquel elle parviendrait peut-être à sauver deux victimes et à coffrer McQueen. Et elle finirait ses jours derrière les barreaux.

Quels que soient les sentiments d'Eve à cet égard, elle devait les mettre de côté pour l'instant.

Elle s'installa à son bureau de manière à garder un œil sur les photos tout en travaillant.

Elle réécouta l'entretien, prit des notes, en quête de mots clés, d'erreurs. De toute évidence, Stella – non, Sylvia – détestait Melinda et Darlie. Elle était pressée de s'en débarrasser. Elle voulait McQueen pour elle toute seule. En outre, elle ignorait que McQueen avait retiré une grosse somme d'argent de son compte.

Eve passa ensuite au visionnage des disques de sécurité de la banque.

Elle le repéra immédiatement. Pour son rôle de Sud-Africain, il arborait des cheveux très blonds. Ses mouvements étaient précis, son costume, taillé à la perfection.

« Où l'as-tu acheté, Isaac ? s'interrogea-t-elle. Est-ce Sylvia qui l'a choisi pour toi ? Ou toi, à New York ? Belle mallette, chaussures de qualité. Quelqu'un a fait des courses, forcément. »

Elle l'observa tandis qu'il effectuait sa transaction et gratifiait la guichetière d'un sourire charmeur. À sa sortie, il passa devant l'objectif de la caméra extérieure. Centre commercial en plein air, bondé, quantité incroyable de boutiques et de restaurants, mais il se rendit directement au parking.

Un 4 × 4 et un pick-up obstruaient la vue sur son véhicule. Eve donna l'ordre à l'ordinateur d'agrandir et de figer l'image, ce qui lui permit d'identifier une berline bleu marine de modèle récent. Comme il démarrait, elle commanda un nouvel agrandissement. Impossible de relever la plaque d'immatriculation en entier, mais elle avait de quoi lancer une recherche.

« Où t'es-tu procuré la voiture, Isaac ? pensa-t-elle. Tu avais dû préparer ton coup longtemps à l'avance. »

Elle décrocha son communicateur en mode vidéo.

— Dallas, salut ! s'exclama Peabody avec un grand sourire. Quoi de…

— Secouez Stibble. C'est l'intermédiaire. McQueen roule à bord d'une Orion neuve, bleu marine. Si Stibble s'est occupé de la négociation, arrachez-lui des aveux. J'ai un bout de plaque d'immatriculation, T, B, D, Z – Texas, Baker, Delta, Zulu. Je vérifie en même temps de mon côté. S'il ne l'a pas achetée, il l'a volée. Dans un cas comme dans l'autre, je veux savoir où et quand.

— Entendu. À part ça ? Rien de nouveau ?

Eve hésita, puis :

— La partenaire est en détention provisoire.

— Nom d'un p'tit bonhomme, c'est génial !

— Elle n'a rien dit. Pas encore. Le temps presse, Peabody. Si elle n'est pas chez lui à 18 heures, il va se méfier.

— Je viens de recevoir un rapport de la DDE, il y a quelques minutes. Ils analysent les transmissions de Stibble. Vous devriez avoir le compte-rendu d'ici peu. Je sais que Connors a avancé sur les comptes parce qu'il tient Feeney au courant de sa progression. Le barrage est sur le point de céder, Dallas.

— Le plus vite sera le mieux. McQueen a un véhicule, des espèces et certainement un itinéraire d'évasion. S'il apprend qu'on détient sa compagne, il se vengera sur les otages. Essorez Stibble, Peabody.

— Compris.

« On touche au but », songea Eve en se relevant pour examiner son tableau. Mais arriveraient-ils à temps ?

Melinda caressait les cheveux de Darlie. Elle l'avait enveloppée dans les deux couvertures, pourtant l'adolescente continuait à frissonner à la suite d'un cauchemar.

Melinda avait soif. Elle avait pris le risque de boire quelques gouttes de la bouteille d'eau que Sarajo avait jetée par terre mais, très vite, elle s'était sentie étourdie.

Rester alerte était vital.

Darlie avait besoin d'elle.

La femme avait amené Darlie dans la chambre la veille au soir – du moins pensait-elle que c'était le soir. McQueen préférait confier les corvées à ses partenaires.

Melinda avait fait de son mieux pour réconforter la jeune fille.

— Il va revenir ?

Combien de fois Darlie lui avait-elle posé cette question ? La réponse de Melinda était immuable.

— Je ferai tout mon possible pour l'empêcher de te faire de nouveau du mal. Ma sœur est à notre recherche. Je t'ai parlé de Bree, tu te rappelles ? Elle est inspecteur de police. Et elle n'est pas seule. Elle travaille avec Eve Dallas, celle qui m'a sauvée autrefois. Tu verras, Darlie, nous nous en sortirons. En attendant, il faut tenir le coup.

— Il m'a traitée de vilaine fille. Il a dit que j'aimais ce qu'il me faisait, mais ce n'est pas vrai. C'était horrible.

— Il ment, ma chérie. Il ment parce qu'il veut que tu aies honte. Tu n'as rien à te reprocher. Rien de cela n'est ta faute.

— J'ai essayé de l'empêcher. J'ai essayé de me battre, mais il me faisait tellement mal. J'ai hurlé et hurlé. Mais personne ne m'a entendue.

— Je sais. Je suis là. On va nous venir en aide.

— Il a tatoué un numéro sur mon sein. Ma mère sera furieuse. Mon père et elle m'ont interdit de me faire faire un tatouage avant mes dix-huit ans. Maman va se fâcher très fort.

— Non, ma chérie. Ne t'inquiète pas. Je te promets qu'elle ne se mettra pas en colère car tu n'es coupable de rien.

— J'ai dit des méchancetés sur elle. J'étais énervée et j'ai dit des méchancetés. Je suis une mauvaise fille.

— Pas du tout, déclara Melinda d'un ton ferme. Toutes les filles s'énervent contre leurs parents de temps à autre. Quoi qu'il advienne, sache que ce n'est pas ta faute.

— Je n'ai pas le droit d'avoir des relations sexuelles, gémit Darlie.

— Il t'a violée. Ce n'était pas une relation sexuelle, mais une attaque, une agression.

— Il va revenir ?

— Je n'en sais rien, mentit Melinda. Pense à tous ceux qui sont à notre recherche, Darlie.

— Je vous en supplie, ne le laissez pas me faire encore du mal.

— Je ferai tout pour l'en empêcher, je te l'ai dit. N'oublie jamais que tout cela n'est pas ta faute. Réfugie-toi quelque part dans ta tête, et ne le laisse pas y entrer...

Elle entendit le déclic des verrous. Darlie eut un frémissement d'effroi.

— *Oh, non !*

— Chut. Ne pleure pas, chuchota Melinda. Ça lui plaît quand tu pleures.

Le monstre apparut.

— Ah ! Les voilà, mes vilaines filles, claironna-t-il avec un sourire exprimant l'indulgence et l'affection.

Mais Melinda décela la lueur dans ses yeux.

— C'est l'heure de ta nouvelle leçon, Darlie.

— S'il vous plaît, laissez-lui un peu de temps pour encaisser la première. Elle n'en sera que plus habile.

— J'ai l'impression qu'elle l'a très bien encaissée. N'est-ce pas, Darlie ?

— Emmenez-moi, intervint Melinda. Je mérite une bonne leçon.

Il lui jeta un coup d'œil.

— Pour toi, il est trop tard. Tu n'es plus toute jeune. Alors que celle-ci…

Il s'approcha.

— Je ferai tout ce que vous voudrez. J'ai été vilaine. Vous pouvez me faire du mal, je le mérite.

— Ce n'est pas toi que je veux, riposta-t-il en giflant Melinda. Continue comme ça et c'est elle qui paiera les pots cassés.

— Et si nous discutions ? Votre amie ne semble pas avoir grand-chose à dire. De toute évidence, elle ne possède pas votre intelligente. Nous ne risquons pas d'aller où que ce soit, lui rappela Melinda en serrant la main de Darlie sous les couvertures. Vous n'avez pas envie de parler un peu ? Le jour où je vous ai rendu visite en prison, vous vouliez bavarder, mais j'ai refusé. Je le regrette. J'aimerais bien me rattraper maintenant.

— Comme c'est intéressant, fit-il en inclinant la tête de côté.

— Je ne peux pas vous donner ce qu'elle vous donne, mais je peux vous offrir autre chose. Quelque chose qui a dû vous manquer pendant toutes ces années.

— Et de quoi discuterions-nous ?

— De tout ce qui vous plairait, répondit Melinda, le cœur battant. Les hommes comme vous trouvent toujours la conversation, le débat, la discussion très stimulants. Je sais que vous avez beaucoup voyagé. Vous pourriez me parler des endroits que vous avez visités. Nous pourrions aussi discuter d'art, de musique ou de littérature.

— Intéressant, répéta-t-il, et elle sentit qu'elle l'intriguait, l'amusait.

— Vous avez une audience captive.

Il éclata de rire.

— Quelle impertinente !

Quand il ressortit, Melinda poussa un soupir de soulagement.

— Tiens bon, Darlie. Surtout, pas un mot.

Il reparut peu après avec une chaise, la posa, s'y assit.

— Voyons, commença-t-il avec un sourire, qu'avez-vous lu de passionnant, ces derniers temps ?

15

Elle se préférait en Sylvia. C'était le prénom qu'elle utilisait lorsqu'elle était en tête à tête avec Isaac, celui qu'elle souhaitait conserver quand tout serait fini et qu'ils auraient la belle vie. Sylvia rimait avec classe, élégance. Isaac était un homme raffiné.

Cette garce de flic s'obstinait à l'appeler Stella, mais Stella n'existait plus depuis belle lurette. Un autre jeu, bien décevant celui-ci. Richard Troy... Comment cette garce de flic était-elle au courant ?

Richard avait sans doute ouvert sa grande gueule. Sylvia ne voyait pas d'autre explication. Il croupissait probablement en prison quelque part, ce salaud. Il avait dû conclure un marché avec la flic et l'avait donnée en échange d'une réduction de peine.

Mais comment avait-il su ?

Aucune importance, du moment qu'il était encore en cage.

L'ingrat. Elle lui avait donné le meilleur d'elle-même. Bordel, elle avait même porté un lardon dans son ventre pendant neuf mois. Pour Richard.

« On va le former, avait-il dit. Le former et le vendre. Beaucoup d'hommes sont prêts à payer le prix fort pour de la chair fraîche. »

Ce n'était pas lui qui s'était trimballé avec ce poids supplémentaire. Ce n'était pas lui qui avait souffert le martyre parce que les stupéfiants étaient interdits au menu. Il ne voulait pas d'un monstre – la marchandise abîmée rapportait nettement moins.

Bon, d'accord, durant un temps, la gosse leur avait rendu service même si elle chialait du matin au soir. Un bébé, ça vous attendrissait les clients. Les deux premières années, ils avaient pu mener grand train en exploitant la situation à fond. Mais elle, qu'y avait-elle gagné ? Une mioche braillarde. Puis une lèvre explosée, le jour où elle s'était aperçue que Richard piquait dans la cagnotte et qu'elle le lui avait dit. Au fond, elle s'en était pas mal sortie, non ? Elle avait joué le jeu, subissant le salaud et son rejeton, jusqu'au jour où elle s'était tirée avec cinquante mille dollars en poche.

Si Richard avait pu la rattraper, il l'aurait tabassée. Il était resté coincé avec la môme et elle avait dépensé le fric.

Elle l'avait aimé, ce fils de pute.

Avec Isaac, c'était différent. Il la traitait bien – comme Richard au début, et quelques autres au fil des ans. Il l'*appréciait*. Il lui avait même envoyé des fleurs alors qu'il était en prison. Il lui disait qu'elle était belle, sexy, intelligente. Il échafaudait des *projets* avec elle.

Ils ne faisaient pas l'amour aussi souvent qu'elle l'aurait voulu mais, en ce moment, Isaac avait d'autres préoccupations. S'il avait envie de sauter la gamine qu'elle lui avait dénichée, pourquoi pas ? Cette idiote le méritait.

En plus, ça le mettait de fort bonne humeur. Quand il en avait terminé avec la geignarde, ils savouraient un bon verre de vin, elle se shootait aux amphétamines et ils parlaient, parlaient, parlaient. De l'avenir, de la fortune qu'ils allaient empocher, de sa vengeance sur celle qui l'avait expédié en taule. Cette garce ne l'aurait jamais démasqué si elle n'avait pas eu de la chance.

Eh bien, la chance cesserait bientôt de lui sourire.

Sylvia n'avait pas supporté de l'entendre démolir Isaac, de tenter de la monter contre lui. L'avenir leur appartenait, ils allaient le construire en se servant du sang de cette femme flic en guise de colle. Isaac lui ferait payer le double.

Elle entrouvrit les yeux. Le chien de garde était assis devant la porte, un énorme tas de graisse, selon elle.

Grâce aux soins qu'on lui avait prodigués, elle recouvrait ses esprits. Grâce aussi au petit remontant qu'on avait enfin daigné lui administrer. Mieux encore, quand on l'avait emmenée au bloc, on l'avait détachée.

Elle n'avait pas perdu la main, se félicita-t-elle en caressant le scalpel laser qu'elle avait chipé en feignant une crise. Ni vu ni connu, comme du temps où, enfant, elle détroussait les passants – et cet objet valait bien plus que le portefeuille d'un plouc quelconque.

Le moment était venu d'agir. Elle ne croyait pas un mot des salades que cette pouffiasse de Dallas avait racontées à propos d'Isaac. Elle devait absolument le prévenir. Il viendrait à son secours.

Peut-être lui offrirait-il de nouveau des fleurs. Ensuite, ils régleraient son sort à Eve Dallas.

Elle gémit, se tourna d'un côté et de l'autre.

— Aidez-moi, supplia-t-elle d'une voix faible, se mettant dans la peau de son personnage.

— Calmez-vous, suggéra le vigile.

— Quelque chose ne va pas. S'il vous plaît, appelez l'infirmière. Je crois que je vais vomir.

Il prit son temps, mais se leva et appuya sur la sonnette. Quelques secondes plus tard, le visage d'une infirmière apparut sur l'écran du panneau de contrôle.

— Un problème ?

— Elle dit qu'elle a besoin d'une infirmière. Qu'elle va vomir.

— J'arrive.

— Merci, murmura Sylvia, paupières presque closes. Il fait chaud. J'ai si chaud. Je vais mourir.

— Si vous crevez, vous aurez encore plus chaud là où vous finirez.

L'infirmière apparut.

— Elle dit qu'elle a envie de vomir, qu'elle a chaud et qu'elle est mourante.

— Les médicaments peuvent provoquer des nausées.

L'infirmière tâta le front de Sylvia tout en remontant le lit. Laissant échapper un râle, Sylvia tenta de rouler sur le côté, mais la menotte à son poignet droit l'en empêchait.

— Mal. J'ai mal.

Elle eut un haut-le-cœur et l'infirmière s'empara d'une cuvette.

— Peux pas. Peux pas. Crampe. Je voudrais bien mais… peux pas.

— Respirez, lui conseilla l'infirmière. Il faut lui enlever cette menotte, sinon elle va nous gerber dessus.

Le flic s'exécuta en bougonnant. D'un geste brutal, Sylvia lui lacéra la gorge avec le laser. Tandis qu'il reculait en titubant, le sang giclant partout, elle pressa l'instrument contre la joue de l'infirmière.

— Un bruit et je vous défigure.

— Laissez-moi lui venir en aide.

— Pensez plutôt à vous et détachez l'autre bracelet. Ce truc peut vous entailler à deux mètres de distance. Vous êtes infirmière, vous devez le savoir. Allez, grouillez-vous.

Une fois libérée, Sylvia délia ses doigts.

— Vous avez du sang sur vous, commenta-t-elle. Remarquez, dans les hôpitaux, ce n'est pas rare. Déshabillez-vous.

Elle envisagea un instant de tuer l'infirmière, puis se ravisa. Une blouse trop tachée risquait d'attirer l'attention. Elle se contenta donc de la menotter et de la bâillonner avec du sparadrap.

— Vous avez de grands pieds, constata-t-elle en enfilant les chaussures.

Elle s'attacha les cheveux, fixa le badge avec le nom de l'infirmière sur la poche de la blouse, attrapa un plateau sur lequel elle jeta quelques instruments chirurgicaux.

— Transmettez un message à Dallas de ma part. Dites-lui qu'Isaac et moi, on va venir la chercher.

Sur ce, elle sortit. Et s'aperçut trop tard qu'elle n'avait pas pensé à emporter le communicateur de l'infirmière. Mais le temps qu'elle franchisse les portes du hall d'entrée, elle souriait. Les voitures en étaient équipées. Cela faisait des lustres qu'elle n'en avait pas volé une.

Ah ! Le bon vieux temps.

Melinda s'efforçait de capter son attention pour le détourner de Darlie. Les nuits qu'elle avait passées à l'étudier comme elle aurait étudié une maladie avaient porté leurs fruits. Elle connaissait son profil, sa pathologie, tout ce que l'on avait découvert et publié concernant son passé.

Elle savait qu'il était cultivé, qu'il se considérait comme un érudit au goût irréprochable. Elle discuta littérature classique, enchaîna sur la musique – classique, contemporaine, les tendances, les artistes.

Une migraine atroce lui taraudait les tempes, mais Darlie avait cessé de trembler et s'était enfin assoupie.

Quand elle le contredisait, elle marchait sur des œufs, naviguant prudemment entre opinion et argument, concession et flatterie, s'accordant même le luxe de rire ici ou là comme s'il venait de marquer un point.

— Toutefois, je prends plaisir à regarder une bonne comédie de temps à autre, avoua-t-elle, songeant qu'elle vendrait son âme pour une gorgée d'eau. Glissades et tartes à la crème y compris. Surtout après une longue et dure journée.

Il haussa les épaules.

— Si ça n'incite pas à la réflexion, ce n'est pas de l'art.

— Certes, mais parfois j'ai besoin de frivolité.

— Après une longue et dure journée consacrée au suivi psychiatrique de vilaines filles.

Le cœur de Melinda manqua un battement, mais elle opina.

— Décrocher, rire permet de prendre du recul. Mais je le répète, je…

— Tu passes tes journées à leur expliquer, comme à notre petite Darlie ici présente, que ce n'est pas leur faute ?

Délibérément, elle fixa la caméra suspendue au-dessus de la porte.

— Ne nous voilons pas la face : je me savais surveillée. Je voulais la calmer. L'aider à s'adapter.

— Alors tu mens encore et encore. Car nous savons tous les deux qu'elles désirent ce que je leur donne. Toi aussi, autrefois.

— À cet âge-là, il est difficile de comprendre le…

— Les femmes sont ainsi, l'interrompit-il, s'assombrissant brusquement. Elles naissent menteuses et putains. Influençables et sournoises.

Posant les mains à plat sur ses cuisses, il se pencha en avant.

— Les jeunes filles, poursuivit-il d'un ton moralisateur, doivent être formées, éduquées, contrôlées. Elles doivent apprendre qu'elles sont sur terre pour le plaisir de l'homme. Des jouets qu'il peut utiliser comme bon lui semble. Qu'il marque au fer rouge comme du bétail.

Il sourit, agita l'index.

— Tu as effacé ma marque, Melinda.

— Oui. Mais vous me l'avez remise.

— Absolument.

Il se redressa, balaya l'air de la main.

— Les plus âgées ont leur utilité. Tu pourrais m'être utile d'ici deux décennies de maturation. Elles aiment servir – ou font semblant. Elles veulent qu'on les cajole, qu'on les bichonne, qu'on les comble de cadeaux. Qu'on leur promette la lune.

Il poussa un profond soupir et secoua la tête, mais une jubilation mauvaise scintillait dans ses prunelles.

— Elles sont tellement reconnaissantes qu'elles en deviennent pitoyables. Calculatrices, manipulatrices. Il faut les exploiter – tout en les caressant dans le sens du poil, évidemment. Une femme vous obéira au doigt et à l'œil en échange d'un bijou, d'un poème... et d'une bonne partie de jambes en l'air de temps en temps.

De nouveau, il changea de position, croisa les mains autour de son genou. Sans se départir de ce sourire satisfait qui donnait envie à Melinda de le frapper.

— Ensuite, il faut s'en débarrasser car elles deviennent odieusement ennuyeuses. Ce que tu n'es pas – pas encore. Tu le seras, mais pour le moment, ta compagnie me réjouit. Tes efforts pour établir ce lien avec moi m'enchantent, Melinda. Bien qu'ils soient superflus, car ce lien existe déjà depuis longtemps. Enlever la marque ne suffit pas pour le trancher. Tu n'oublieras jamais ce que je t'ai fait. Ce que je t'ai appris.

— En effet.

— Bien ! s'exclama-t-il en claquant les paumes sur ses cuisses avant de se lever. À présent, je vais m'occuper de la jeune génération. Je tiens à te remercier, ma chérie. Tu n'imagines pas à quel point tu m'as *stimulé*. Je sens que je vais apprécier plus pleinement encore de donner sa leçon à Darlie.

Melinda se raidit. C'était idiot et dangereux, mais elle ne le laisserait pas emmener Darlie sans se battre. Elle avait des dents, des ongles. Elle pouvait au moins le faire souffrir.

Le communicateur de McQueen bipa et ce dernier s'immobilisa pour l'extirper de sa poche.

— La vieille vient aux nouvelles, annonça-t-il avant de froncer les sourcils. Tu connais un certain Sampson Kinnier ? Moi non plus, continua-t-il avant que Melinda puisse lui répondre. Transmission croisée, je suppose. Attendons qu'il me laisse un message.

Quand la voix de Sylvia s'éleva dans la pièce, le regard de McQueen se fit impénétrable.

— *Isaac, mon chou, c'est moi. Décroche, je t'en prie. Il y a eu un problème. Cette salope de Dallas m'a poursuivie jusqu'à la maison. Je l'ai semée, mais elle a bousillé la fourgonnette. Elle m'a fait mal, mon chou, mais ce n'est rien comparé à ce qu'on va lui faire en retour. Allez, décroche ! On m'a raccommodée à l'hôpital. J'ai réussi à m'échapper – j'ai descendu un flic au passage. J'arrive. J'ai besoin d'un remontant. Maman est en manque de friandises, mon chou. Tu veux bien m'en préparer ? Je ne vais pas tarder. Et on la saignera à blanc.*

Isaac fixa le communicateur en silence. Il paraissait perplexe. Désemparé. Un flot d'espoir submergea Melinda.

Puis il soupira. Le sourire revint, le regard demeura indéchiffrable.

— Changement de plan, décréta-t-il.

Il remit le portable dans sa poche, dégaina son couteau.

Eve se rua sur les rapports de la DDE dès qu'elle les reçut. D'après Feeney, les images étaient grillées, les enregistrements audio, morcelés. Mais ils avaient réussi à sauver des fragments de transmissions et ils en auraient bientôt d'autres.

Paupières closes, Eve les écouta.

La voix de McQueen, onctueuse, assaisonnée d'une pointe de séduction. Et celle de Stella – non, Sylvia – excitée, coquette.

... sais pas ce que je... sans toi, poupée. Impatient... de... plus attendre.

... venir te voir. Tout est prêt... pourrais revenir avec toi quand...

Sois patiente... besoin de vérifier la sécurité chez nous. Je ne veux pas... problèmes une fois qu'on sera lancés.

... pas plus tard qu'hier. L'appartement est insonorisé... on n'entend plus ce bébé qui braille la moitié de la nuit au bout du...

... caméras de sécurité testées... compte sur toi, ma chérie.

Tu peux... panne la semaine dernière. Le technicien a...

Excellent. Tu as une idée de ce qui te ferait plaisir ?

Toi aussi, tu me manques.

Tu peux m'envoyer de l'argent ? Le loyer... dû dans deux jours.

... déjà tout dépensé ? ... t'es acheté quelque chose de joli ?

Pour toi, je veux être belle, mon chou.

Je m'en charge. Pas la peine d'attirer l'attention sur le compte de Maxwell. Il faut que je te laisse. Plus que deux semaines à tirer et... avec toi.

Je meurs d'impatience.

Bientôt, poupée.

Eve nota la date et l'heure de chaque communication, surligna les phrases et les mots clés sur la version texte.

— Copier et envoyer le dossier aux inspecteurs Jones et Walker, aux agents Nikos et Laurence. Mention urgente. Je veux que l'on réduise le champ des recherches sur la base du texte surligné.

— *Requête entendue. En cours... dossier copié et transmis.*

— Rechercher appartements dans un rayon de trente kilomètres autour de l'adresse référencée. Locations payables le 15 du mois. Contrats au nom de Maxwell – nom ou prénom. Logement comprenant deux ou trois chambres à coucher. Immeuble avec parking souterrain.

— *Requête entendue. En cours…*

Elle envoya les noms et les dates à Connors par mail. « Plus facile que de lui parler », se justifia-t-elle.

À cet instant précis, son communicateur bipa.

— Dallas.

— Elle s'est évadée.

— Quoi ?

— Elle a tué Malvie – l'officier Malvie, expliqua Bree. Elle a obligé l'infirmière de service à lui remettre sa blouse, elle lui a pris son badge, et elle est partie comme si de rien n'était. Ils ont bloqué toutes les issues de l'hôpital et donné l'alerte, mais…

— Elle fonce chez McQueen, coupa Eve – la fureur et la frustration, ce serait pour plus tard. Elle n'est sûrement pas à pied. Elle aura volé une voiture ou hélé un taxi.

— Ici, on ne hèle pas les taxis.

— Qu'est-ce que vous… Laissez tomber. Demandez à la sécurité si un véhicule a disparu du parking – sans doute près de la sortie. Combien a-t-elle d'avance sur nous ?

— Une heure, voire un peu plus.

« C'est trop, songea Eve. Beaucoup trop. »

— Je vous rejoins.

Elle raccrocha, cogna à la porte de Connors.

— Pour l'amour du ciel, je n'ai pas fermé à clé.

Elle entra.

— Sylvia est dans la nature. Elle a assassiné le flic chargé de la surveiller, emprunté les affaires de l'infirmière. Il faut que j'y aille. Maintenant.

— Deux minutes, grommela-t-il, penché sur son ordinateur. Deux foutues minutes. J'y suis presque. Elle va rejoindre McQueen. Laisse-moi trouver ce salaud.

— Ajoute le nom « Maxwell » dans tes recherches. Pas de questions, glapit Eve. Ajoute Maxwell et cherche un virement effectué le 12 du mois.

— Feeney m'a déjà fourni ces données. Elles sont rentrées. Tais-toi.

Elle serra les dents, crispa les poings. Mais elle connaissait ce regard, cet air renfrogné : il était à deux doigts de réussir. Il aboya des ordres tout en pianotant furieusement sur son clavier. De l'endroit où elle se trouvait, Eve voyait des données – incompréhensibles – défiler à toute allure. Son communicateur bipa, elle décrocha et aboya :

— Quoi ?

— Un dénommé Sampson Kinnier vient de déclarer le vol de son 4 × 4 au premier niveau du parking visiteurs de l'hôpital, annonça Bree. Un Marathon rouge, modèle 2050. Plaques d'immatriculation texanes, C, T, Z 151 – Charlie-Tango-Zulu-un-cinq-un. Avis de recherche lancé.

— Connors pense être sur le point de localiser McQueen. Je m'attarde encore deux minutes. S'il y parvient, je vous mets au courant en route.

— Je ne pense pas, marmonna Connors. J'en suis sûr.

Eve se fia à son instinct.

— Il va réussir. Avertissez votre lieutenant. Il nous faut une équipe de la Brigade d'intervention spéciale, un expert en stratégie, un négociateur – tout le monde, inspecteur.

— Bien reçu. Dallas, s'il s'enfuit... Melinda.

— Le mieux à faire pour elle, c'est de se mettre au boulot, et vite !

Eve rangea son communicateur.

— Connors...

Il leva la main, lui intimant le silence, puis soudain :

— Je l'ai, cette ordure. Transmettre le positionnement au GPS de mon véhicule, ordonna-t-il.

Tandis que l'ordinateur s'activait, il ramassa une arme dans son holster – une arme qu'il n'était pas censé porter sur lui – et fixa ce dernier tout en se dirigeant vers la porte.

— Où allons-nous ? s'enquit Eve alors qu'elle bondissait dans l'ascenseur à sa suite.

Il lui débita une adresse en enfilant sa veste.

— Apparemment, c'est à quelques minutes d'ici.

— Elle est déjà arrivée.

Eve transmit les coordonnées à Ricchio.

Les effets de l'adrénaline et de l'antalgique qu'on lui avait administré à l'hôpital s'étaient estompés quand Sylvia pénétra à toute allure dans le parking souterrain. Ses côtes la faisaient atrocement souffrir. Son cœur battait si fort qu'elle avait du mal à respirer. Elle se dirigea vers l'ascenseur en boitant.

Ils avaient évoqué une fêlure à la cheville. Tu parles ! La douleur était intenable.

Tout ce qu'elle voulait, c'était rejoindre Isaac, avaler sa dose. Qu'il prenne soin d'elle comme il l'avait promis, comme personne d'autre ne l'avait fait avant lui.

Il lui donnerait ce dont elle avait besoin – la drogue – et lui offrirait des fleurs.

Des larmes de souffrance et de rage jaillirent tandis qu'elle pénétrait dans le bâtiment. Son visage ruisselait de sueur.

Deux jours. Dans deux jours, elle irait mieux. Ensuite, ils enlèveraient Dallas. Vivement qu'ils mettent la main sur cette salope – elle rigolerait moins quand ils en auraient fini avec elle.

Haletante, elle s'engouffra dans l'ascenseur.

— Attendez ! cria quelqu'un.

— Allez vous faire foutre ! hurla-t-elle à la femme et à son morveux.

Elle n'avait qu'un étage à monter, mais chaque seconde était une torture.

— Isaac…

La voix rauque, elle tapa sur le panneau de sécurité. Elle ne se rappelait plus le code. Tout s'embrouillait dans sa tête.

Elle était en manque. Elle avait besoin d'un remontant. Elle avait besoin d'Isaac.

Quand il lui ouvrit, elle tomba dans ses bras.

— Je suis blessée. À cause d'elle.

— Ma poupée, murmura-t-il en lui frottant le dos.

Elle empestait la transpiration et l'éther. La stupidité et l'âge. Même ses cheveux, une masse emmêlée, puaient.

Elle avait les traits tirés, le teint blême – un visage de vieille.

— Tu ne répondais pas. Tu ne répondais pas.

— J'étais… occupé. Je n'ai pas entendu le signal, et après, je n'ai pas osé te rappeler, au cas où. Comment es-tu venue jusqu'ici, ma douce ?

— J'ai volé une voiture sur le parking de l'hôpital. Sous le nez des flics. Ils me guettaient, Isaac, devant la maison. Mais je me suis échappée. Donne-moi un fixe, Isaac. À l'hôpital, ils ont refusé.

— Je vais t'arranger ça tout de suite, promit-il en l'accompagnant jusqu'au canapé près duquel il avait déjà préparé une seringue. Vite fait, bien fait. Pauvre poupée.

Les mains tremblantes, elle s'en empara, et il la regarda enfoncer l'aiguille dans le creux de son bras, comme il avait regardé sa mère un nombre incalculable de fois.

Comme sa mère, elle émit un son guttural – presque sexuel – tandis que la drogue se répandait dans son système sanguin.

— Ça va aller, souffla-t-elle, les yeux déjà vitreux de plaisir, le sourire aux lèvres. Ça va aller.

— Oui. Que lui as-tu dit ?

— À qui ?

— À Dallas.

— Rien du tout. Elle a essayé de me monter contre toi. Putain de menteuse. Je lui ai craché à la figure, je lui ai répondu que tu allais te venger, Isaac.

— Bien sûr.

— Je veux la découper la première. Si tu savais comment elle m'a regardée... Comme si je lui donnais envie de vomir. Elle a tenté de me faire croire qu'elle n'avait pas besoin de moi parce qu'ils étaient sur le point de te trouver. Putain de menteuse.

— Ah, oui ?

McQueen se mit à arpenter la pièce.

Tout ce travail, ce temps, cet argent, ces préparatifs, songea-t-il. Pire, toutes ces heures qu'il avait dû passer avec cette *imbécile* de junkie desséchée.

Il s'imagina la tabassant comme une brute, se surprit à pivoter vers elle, le souffle court, les poings fermés.

Elle était immobile, le regard vide, le sourire aux lèvres, à mille lieues de là. L'effort qu'il dut faire pour se maîtriser lui arracha un frisson.

— Comment t'ont-ils débusquée, ma chérie ?

— Aucune idée. Ils étaient là, c'est tout. J'en veux encore.

— Dans une minute.

La fourgonnette, devina-t-il. Ils avaient réussi à la pister. Lui qui était convaincu d'avoir encore une semaine devant lui. Tant pis. Il ne lui restait plus qu'à recourir au plan B.

— Valise, marmotta-t-elle.

— Hein ?

— On s'en va ? On fait nos bagages et on part au soleil ?

Il suivit la direction de son regard. Dans sa hâte, il avait oublié de dissimuler la valise.

— Mmm, murmura-t-il en contournant le canapé.

— On va s'installer dans un bel endroit, et quand on aura attrapé Dallas, c'est moi qui la saignerai en premier, pas vrai, Richard ? Grâce à elle, on va se remplir les poches, hein ?

Il haussa les sourcils en l'entendant l'appeler Richard. « Les femmes, décidément. Incapables de faire le tri entre leurs bonshommes », se dit-il.

— Je vais malheureusement te décevoir.

D'un geste preste, il lui tira la tête en arrière et lui trancha la gorge avec une précision presque chirurgicale.

Enfin ! Il se sentait *nettement* mieux, à présent.

Comme elle laissait échapper un gargouillement et portait les mains à son cou, il secoua la tête et la laissa glisser à terre.

— Tu m'es inutile désormais. Totalement inutile.

Il ôta sa chemise, la jeta de côté et alla dans la cuisine se laver les mains et les bras.

Il avait déjà presque fini de charger le véhicule. Il se changea, se lissa les cheveux du plat de la main, chaussa une paire de lunettes noires.

Ramassant la valise, il souffla un baiser vers la porte derrière laquelle se trouvaient Melinda et Darlie.

— On a passé un bon moment, conclut-il avant de s'éloigner sans un regard pour la femme qui se vidait de son sang sur le sol.

16

Connors prit le volant pendant qu'Eve coordonnait, planifiait et informait l'équipe que Ricchio avait constituée.

— Quatre uniformes sur le site, à un bloc de la cible, dit-elle tandis que Connors appuyait sur l'accélérateur. Il ignore que nous l'avons localisé. Il doit se dire qu'elle n'y serait jamais retournée si c'était le cas – or, on a repéré la voiture volée à l'entrée du parking souterrain. Donc, elle y est. Que personne ne se montre. Pour l'heure, il a des appâts, pour commencer sa collection. S'il aperçoit les flics, les appâts deviendront des otages. Un seul lui suffit.

— La Brigade d'intervention spéciale est en route, annonça Ricchio. Nous sommes juste devant eux.

— Nous serons là-bas dans moins de deux minutes. Il nous faut un accès. Il aura sécurisé l'appartement. Il est sur ses gardes, il se demande ce que nous savons. À moins qu'il ne se soit déjà volatilisé.

— Nous verrons cela avec la DDE.

— Les détecteurs de chaleur ne les percevront pas dans la chambre qu'il leur a préparée. En admettant qu'ils s'y trouvent tous. Nous y sommes. Je vous rappelle.

Elle bondit de la voiture avant même que Connors se soit arrêté.

— Rapport, aboya-t-elle en brandissant son insigne sous le nez des uniformes.

— Aucune activité visible de l'extérieur chez l'individu. On a repéré la voiture volée dans le parking souterrain.

— Il a un autre véhicule. Une berline Orion bleu marine.

— Cette information nous a été communiquée, mais non confirmée, lieutenant. Il existe un niveau inférieur. Il faudrait pénétrer dans l'immeuble pour pouvoir nous en assurer. Nous avons reçu l'ordre de ne pas bouger.

Elle acquiesça.

— J'ai besoin d'y accéder.

— Je peux t'y aider, proposa Connors, mais elle secoua la tête.

— S'il nous observe, il te reconnaîtra en moins de deux secondes.

— Mais pas toi ?

— C'est un problème, admit-elle en balayant la rue du regard. Attends... Hé, toi, là-bas !

Au coin de la rue, un adolescent exécuta un saut sur son aéroskate.

— Oui, m'dame ?

Seigneur ! Même les skaters étaient polis, ici.

Eve s'approcha en sortant son insigne.

— Police.

— J'ai rien fait de mal ! protesta-t-il. Je suis juste en train de...

— File-moi ta casquette, tes lunettes... Et ton skate.

Dieu lui vienne en aide !

— Mince, je viens de l'acheter !

— Tu vois ce type, là-bas, avec les flics ? Celui qui a l'air super-riche ?

— Oui, madame.

— Il va te donner cent dollars. À condition que tu restes où tu es.

— Ben, oui, m'dame, mais le skate coûte...

— Deux cents dollars. Pour te l'emprunter. Si je ne suis pas de retour d'ici dix minutes, il t'en donnera trois cents. Et maintenant, passe-moi cette foutue casquette, les lunettes. Le tee-shirt, aussi.

Il s'empourpra.

— Mon tee-shirt ?

— Oui. Et ne t'avise pas de me redonner du « oui m'dame ».

— Non, m'dame.

— Qu'est-ce que tu fabriques ? s'enquit Connors en les rejoignant.

— Je vais faire du skate.

Eve ôta sa veste, la lança à Connors. Puis elle enfila le tee-shirt taille XXL arborant la photo d'un groupe de musiciens aux cheveux hirsutes.

— Si tu t'imagines ressembler à un ado, commença-t-il. Remarque, c'est pas mal, se ravisa-t-il après qu'elle eut mis la casquette et les lunettes. Mais il n'est pas question que tu pénètres dans cet édifice.

— Bien sûr que si. McQueen est au deuxième. Je ne dépasserai pas le rez-de-chaussée. Je vais accéder au parking, vérifier si son véhicule est là – ou pas. C'est important. Il va peut-être falloir évacuer les civils.

— Je passe par-derrière.

— Connors…

— Tu veux que je te fasse confiance pour passer par-devant sans qu'il te reconnaisse. Fais-en autant avec moi. Baisse la tête, lui conseilla-t-il en donnant une chiquenaude sur la visière de la casquette. Arrondis le dos.

— Excusez-moi, monsieur, interrompit l'ado. La dame m'a dit que vous me donneriez deux cents dollars pour ce prêt.

— Deux cents… ?

Résigné, Connors sortit son portefeuille.

Eve jeta un coup d'œil derrière elle, adressa un signe aux uniformes. Comment diable était-elle censée se tenir le dos rond sur un skate ? Pourvu qu'elle ne se casse pas la figure.

Elle ne prit aucun risque, mais sauta de l'aéroskate devant l'entrée de l'immeuble et le hissa sur son épaule pour masquer son visage. Dodelinant de la tête et des épaules comme tous les jeunes qu'elle avait pu observer, elle sortit son passe-partout.

Une fois à l'intérieur, elle dégaina son arme, scruta l'escalier.

Rien. Personne.

— Un seul ascenseur, précisa-t-elle dans le micro de son communicateur avant de jeter les lunettes de soleil sur l'unique chaise du hall. Situé sur la droite. L'ascenseur arrive. Tenez-vous prêts.

Elle recula sur le côté, dos au mur. Les portes de la cabine s'ouvrirent. Une femme et deux gosses en émergèrent en faisant suffisamment de bruit pour réveiller un mort.

Eve fit un pas en avant.

— S'il vous plaît, restez où vous êtes.

— Oh ! Vous m'avez fait peur ! s'exclama la femme.

Elle commença à rire, et s'arrêta net en apercevant l'arme d'Eve. Elle poussa les enfants derrière elle.

— Police, la rassura Eve en cherchant son insigne. Connaissez-vous les locataires de l'appartement 208 ?

— Je ne suis pas sûre, je...

— Un grand type athlétique, la trentaine avancée. Beaucoup de charme. Il vient d'emménager. Il reçoit une femme de temps en temps. Elle doit être chez lui en ce moment. Blonde, environ cinquante-cinq ans, jolie, un peu clinquante.

— Vous devez parler de Tony ! Tony Maxwell. Quel homme adorable. Il va bien ? Je l'ai croisé tout à l'heure alors qu'il s'en allait.

— Quand ?

« Merde ! » songea Eve en enlevant le tee-shirt qu'elle lança sur les lunettes.

— Quand, précisément ?

— Il y a environ une demi-heure. J'allais chercher les enfants et je l'ai vu dans le parking en train de ranger sa valise dans le coffre de sa voiture. Il m'a dit qu'il partait deux jours pour affaires. Que se passe-t-il ?

— Il était seul ?

— Oui.

— L'avez-vous vu démarrer ?

— Non, je suis partie avant lui, mais il montait dans son véhicule. J'aimerais savoir ce qui se passe.

— Vous allez sortir avec vos enfants, tourner à gauche et marcher jusqu'à ce que vous rencontriez les policiers en uniforme postés au bout du pâté de maisons.

— Mais...

— Allez-y. Tout de suite ! insista Eve en entendant l'ascenseur remonter.

Le trio s'éloigna en toute hâte alors qu'Eve reculait et levait son arme. Connors sortit de la cabine.

— Sa voiture n'est pas là, annonça-t-il.

— Il est parti, dit-elle en abaissant son arme. Une voisine l'a vu. Seul, avec une valise. Merde ! Il lui a raconté qu'il s'absentait deux jours.

Elle arracha la casquette, se passa la main dans les cheveux.

— Il faut monter.

À cet instant, son communicateur bipa.

— Dallas, où en êtes-vous ? s'enquit Ricchio.

Elle lui résuma la situation.

— La DDE ne relève aucune source de chaleur à l'intérieur du local ciblé, la prévint-il. Le bâtiment est cerné, les membres de la Brigade d'intervention spéciale se mettent en position.

— Nous allons essayer de vérifier si le suspect est toujours là.

— Les renforts arrivent.

— Pouvez-vous les retenir, lieutenant ? Deux minutes seulement. Au cas où il serait encore sur place, ses prisonnières seront moins en danger s'il ne s'attend pas à nous voir.

— Deux minutes. Pas une de plus.

Elle fourra l'appareil dans sa poche.

— Je suis sûre qu'il a déguerpi, mais je ne veux prendre aucun risque. Connors, tu peux bloquer son système de sécurité assez longtemps pour une entrée rapide et silencieuse ?

— Tu sais bien que oui.

— Escalier.

Ils gravirent les marches deux à deux.

— Là, murmura Connors en entrant une série de codes dans son dispositif de décryptage. Il est malin, il a pris ses précautions. On dirait des verrous standard, ajouta-t-il en sortant une petite boîte de sa poche avant de s'accroupir. Beau boulot.

— Tu le féliciteras quand il sera au trou.

— Et voilà, le tour est joué ! Prête ?

Elle opina, leva un doigt, puis deux. Au troisième, ils firent irruption dans l'appartement.

Elle sentit l'odeur du sang, de la mort, instantanément. Virant à gauche, elle vit le corps, celui de sa mère, dans une mare écarlate.

— Mon Dieu. Mon Dieu. Mon Dieu.

— Eve.

— Inspection des lieux, dit-elle d'une voix altérée. Je prends ce côté-ci et toi, l'autre.

En pivotant, elle aperçut les clés sur une console près de l'entrée, à côté d'un bloc-notes électronique.

« Il a filé », comprit-elle. Elle s'approcha, ramassa le trousseau.

Les renforts avaient envahi le hall. Si Bree était avec eux, si McQueen avait laissé d'autres cadavres derrière lui, Eve devait se tenir prête.

Elle déverrouilla la porte, inspira à fond, rassembla son courage.

Elles étaient par terre, la petite enveloppée dans une couverture, la femme couchée sur elle pour la protéger.

Melinda la dévisagea. Cligna des yeux.

— Officier Dallas, s'écria-t-elle d'une voix étranglée. Darlie, c'est l'officier Dallas. Je t'avais dit qu'on viendrait à notre secours.

— En fait, c'est lieutenant, rétorqua Eve en regardant Darlie, une autre fillette abîmée à jamais. Tout va bien, vous êtes en sécurité. Elles sont vivantes ! lança-t-elle tandis que Bree faisait irruption dans la pièce.

— Melinda !

— Je vais bien, assura-t-elle, mais elle posa la tête sur l'épaule de sa sœur lorsque celle-ci l'entoura de son bras, et se mit à pleurer. Nous allons bien. J'étais sûre que tu nous retrouverais.

Eve recula, se détourna pour céder le passage à l'inspecteur Price, qui se rua vers Melinda.

— Sortons, suggéra Connors en lui prenant le bras. Tu n'as plus rien à faire ici.

— Oh, si ! répliqua-t-elle, un filet de sueur froide roulant le long de sa colonne vertébrale. Si. Lieutenant Ricchio, la scène est à vous.

— L'ambulance arrive, répondit celui-ci. Melinda et la petite vont recevoir des soins médicaux avant de répondre à nos questions. Sécurisez le site et passez-le au peigne fin. Nous avons lancé un avis de recherche pour le véhicule à bord duquel il a pris la fuite.

« Il va s'en débarrasser très vite », devina Eve, mais elle hocha la tête.

— Nous avons posté des agents dans toutes les stations de transport de la ville, intervint Nikos. S'il essaie de quitter Dallas par un autre moyen que sa voiture, nous le coincerons.

— Il est parti précipitamment, constata Laurence en jetant un coup d'œil sur le corps. Il a peut-être oublié quelque chose près du corps de sa partenaire. S'il doit commettre une erreur, ce sera maintenant. Je me mets au travail avec deux de vos hommes. Lieutenant Ricchio, vous prendrez le relais quand vos experts seront arrivés.

— Bien. Je préviens les parents de Darlie, et je lance le quadrillage du quartier.

L'inspecteur Price souleva Darlie dans ses bras. Il lui murmura quelques mots et elle ferma les yeux. Lui pressant le visage contre son épaule, il traversa le salon et sortit.

Il avait voulu lui épargner la vue du corps, du sang, comprit Eve. Elle avait déjà assez d'horreur dans la tête.

Melinda apparut, soutenue par sa sœur. Elle regarda la morte, puis Eve.

— Merci, murmura-t-elle. Une fois de plus. Il m'a chargée de vous dire de rester dans les parages. Il...

— Plus tard, Melinda, intervint Bree en la serrant contre elle.

— Je veux rester auprès de Darlie. Elle a besoin de moi.

— Nous nous verrons tout à l'heure, dit Eve.

— Sale journée, commenta Ricchio tandis que les deux sœurs s'éloignaient. Mais ç'aurait pu être pire.

Malheureusement, ce n'était pas fini, songea Eve. Loin de là.

— J'appartiens à la Criminelle, fit-elle. Si vous n'y voyez pas d'objections, je me charge du corps.

— Je vous remercie. Je contacte le médecin légiste. Souhaitez-vous un assistant ?

— Connors connaît la chanson.

— Dans ce cas, à vous de jouer. Remarquez, ça m'a l'air assez simple.

— Oui. Oui, sans doute, reconnut-elle en s'approchant du corps. Connors, j'ai besoin d'un kit de terrain.

Comme il ne répondait pas, elle tourna les yeux vers lui, soutint son regard.

— S'il te plaît, insista-t-elle en arrêtant son magnéto-phone. Je dois le faire. Facilite-moi la tâche.

— Bien. Toutefois, quand tu auras terminé, nous devrons avoir une conversation, toi et moi.

— Je sais.

— Je vais chercher le matériel.

La pièce bourdonnait de flics, mais elle se sentit seule, terriblement seule, lorsqu'elle s'accroupit auprès du corps, la pointe de ses bottes à la lisière de la mare de sang.

Qu'aurait-elle dû éprouver ? Elle n'en avait aucune idée. Elle savait seulement ce qu'elle avait à faire.

La procédure de routine.

Elle remit son magnétophone en route.

— La victime est de sexe féminin, race blanche, environ un mètre soixante-cinq. Hématomes et contusions faciales subis lors d'un accident de la circulation plus tôt dans la journée et traités aux urgences de l'hôpital *Dallas City*. Autres lésions préalablement consignées. L'examen initial montre une entaille en travers de la gorge qui a sectionné la jugulaire. Les éclaboussures de sang correspondent à ce diagnostic.

Elle s'assit sur ses talons, scruta le sol, les murs, le canapé.

« Représente-toi le scénario », s'ordonna-t-elle.

— Elle était assise sur le canapé. Il y a une seringue sur le coussin. Elle s'est shootée. C'est lui qui lui a donné la drogue. Je demande des analyses toxicologiques afin de déterminer quelle substance elle s'est administrée et en quelle quantité. Il a pris le temps de lui parler, de la calmer, jusqu'à ce qu'elle lui dise ce qu'elle nous avait révélé, ce que nous savions. Il avait déjà préparé sa valise. Parce qu'elle l'avait joint depuis la voiture volée sur le parking de l'hôpital. Vérifier le communicateur du tableau de bord en quête de communications entre la victime et McQueen.

Elle l'avait contacté. Elle l'avait mis en garde, lui laissant le temps de faire ses bagages, de planifier, d'échafauder une stratégie. Elle avait mis sur pied son propre meurtre.

En attendant Connors et la mallette, Eve imagina le déroulement des événements. La fuite effrénée après avoir tué le flic, de la même façon qu'elle le serait, peu après. Par l'homme auprès duquel elle s'était réfugiée.

Elle devait avoir mal partout, à la tête, aux côtes, à la poitrine. Eve inspecta le corps. Cheville gauche salement enflée. Douloureuse. Elle avait dû boiter, tenter de courir, ruisselante de transpiration, le cœur battant. Souffrante et blessée, du sang de flic plein les mains, et ne pensant qu'à rejoindre celui qui allait l'achever.

Obsédée, aussi, par un autre flic, le désir de vengeance. Que les dernières pensées de sa mère aient été pour elle, n'était-ce pas là le comble de l'ironie ? songea Eve.

Connors réapparut et elle se redressa.

— Pas difficile de deviner ce qui s'est passé, déclara-t-elle en le fixant droit dans les yeux, le temps de se recentrer. McQueen a emporté tout ce dont il avait besoin. Vêtements, objets personnels, espèces, fausses identités. Il a eu largement le temps de se préparer, mais il avait probablement déjà tout prévu.

— Il veut pouvoir décamper à tout moment, acquiesça Connors.

— Je parie qu'il a gardé le costume qu'il portait à la banque. Il ignore que tu as déterré ses comptes. S'il effectue des transactions, tu peux les retracer ?

— Oui.

— Occupe-t'en, veux-tu ? Mais cette fois, je dois la jouer en équipe. Nikos ! Vous pouvez m'accorder une minute ?

— Vous avez besoin d'aide avec la victime ?

— Non. Connors a réussi à accéder aux comptes de McQueen. On a son fric.

— Excellent, approuva Nikos en gratifiant Connors d'un regard respectueux. Nos gars se cognent encore contre des murs. Ces données nous seront utiles. On va pouvoir bloquer les fonds, le déstabiliser.

— Vous pourriez aussi traquer la moindre opération financière et, par ce biais, le localiser, suggéra Eve.

— S'il réussit à se rendre quelque part où nous n'avons pas le droit d'extradition, on le perdra définitivement.

— C'est un risque à prendre. Il n'a pas fini, Nikos. Il n'a pas obtenu ce qu'il voulait. Il est fou de rage. Il va retenter le coup.

— Contre vous, peut-être. À moins qu'il ne soit assez malin pour limiter les dégâts. Écoutez, je vais soumettre les deux possibilités à mes supérieurs. Nous prendrons une décision, mais pour cela, j'ai besoin des données.

— Je vous envoie les dossiers, promit Connors. En fait, il possède trois comptes. Il n'est pas du genre à mettre tous ses œufs dans le même panier.

— Merci.

Nikos tourna les talons, sortit son communicateur et s'éloigna.

— Je peux retarder le transfert d'une heure environ en créant une petite panne de routage, proposa Connors.

— Parfait, approuva Eve. Si les fédéraux optent pour le blocage, j'enfoncerai le clou parce qu'à mon avis, c'est une erreur. Pour le moment, on en reste là – tu devrais solliciter l'aide de Feeney. Il faut que je termine ceci, ajouta-t-elle en s'emparant du kit.

Il posa la main sur la sienne.

— Je peux m'en charger, murmura-t-il. Tu pourrais te consacrer aux recherches. Tu connais McQueen mieux que personne.

— Tu sais bien que c'est impossible. Que je le veuille ou non, elle est à moi, à présent.

Eve s'accroupit, ouvrit la mallette, s'enduisit les mains de Seal-It. Puis releva les empreintes de sa mère.

— Victime, Sylvia Prentiss. Pseudo. L'appeler Marie Unetelle en attendant la vérification de sa véritable identité.

Elle chaussa ses lunettes microscope, ne dit pas un mot quand Connors s'accroupit près d'elle pour s'enduire à son tour les mains de Seal-It avant de sortir les jauges. Elle examina la plaie fatale.

— Le médecin légiste confirmera. Toutefois, l'examen initial indique une entaille de gauche à droite avec une lame à bord lisse. Au vu de l'angle et des éclaboussures, l'attaque a eu lieu par-derrière. Il lui tire la tête en arrière, tranche. Elle glisse sur le sol. Il a du sang sur sa chemise, il l'enlève et la jette de côté. Note aux techniciens : inspecter toutes les canalisations. Il s'est lavé les mains.

Connors annonça l'heure du décès.

— Moins de trente – probablement une vingtaine de minutes avant que les flics cernent l'immeuble, murmura-t-elle. Comme l'a souligné Laurence, il a dû se dépêcher. Vingt-cinq minutes après s'être enfuie de l'hôpital. Donc, elle était déjà morte avant que nous n'apprenions son évasion. Mais... Tu peux lancer une application pour estimer le temps de trajet entre l'hôpital et ici ?

— D'accord.

Elle s'empara d'un sachet stérile, mit la seringue sous scellé.

— En tenant compte de la circulation à cette heure de la journée, le parcours est d'une durée de plus ou moins quinze minutes, annonça Connors.

— Moins, décida Eve. Elle a dû rouler vite, prendre des risques. Mais il faut aussi inclure le temps qu'il lui a fallu pour voler la voiture, pénétrer dans le bâtiment... en boitant. Nous en saurons davantage quand nous aurons l'heure et l'endroit depuis lequel elle l'a contacté. N'empêche, il est pressé, mais il lui accorde quelques minutes. Il ne la tue pas dès son arrivée. Il la fait asseoir, lui donne sa dose. Il lui parle… J'aimerais bien retourner le corps, mais je préfère attendre le légiste. Apparemment, il ne la malmène pas sous prétexte qu'elle a tout gâché. Il sait qu'il va la liquider et ça lui suffit. Il est maître de la situation. Il aurait pu lui filer une overdose, mais ça, ça ne lui aurait pas convenu.

— Trop impersonnel, trop facile pour elle.

— Exactement. Quand il tue, il veut éprouver des sensations. La lame qui déchire la chair, le sang qui gicle. Il ne mutile jamais. Trop salissant. Manque de classe.

Elle jeta un coup d'œil du côté de la pièce où il avait séquestré Melinda et Darlie.

— Les jeunes filles, il aime les torturer. Il prend tout son temps. Mais sa partenaire ? Il s'en débarrasse comme d'une vieille chaussette.

— Nous avons fait le tour de la question, déclara Connors d'un ton posé. Tu sais comment, quand, qui et même pourquoi. Ça suffit pour l'instant, Eve.

— Je veux la confirmation du médecin et l'analyse toxicologique. Parce que si McQueen a forcé la dose – de quoi l'assommer avant de l'assassiner –, ce sera différent.

— Lieutenant Dallas ?

— Oui.

L'un des officiers lui tendit un bloc-notes électronique.

— McQueen a laissé ceci à votre intention.

— Merci.

Elle l'activa.

Re-bonjour, Eve. J'espère que je peux vous appeler Eve, après tout ce que nous avons traversé ensemble. J'avais prévu d'avoir une longue conversation avec vous aujourd'hui, mais j'ai dû modifier mes plans.

Bienvenue dans mon ex-demeure. J'aurais aimé être là pour vous offrir un verre de vin. Je sais que vous aimez en déguster de temps en temps. Les photos de vous en Italie, chez des vignerons, sont superbes. Le mariage vous va bien.

Comme vous pouvez le constater, je n'ai pas eu le temps de faire le ménage avant de partir. Cependant, je sais que vous serez ravie de le faire à ma place. Je vous aurais volontiers accueillie quelques jours. J'aimerais tant passer un moment avec vous. Mais cela ne saurait tarder.

Vous vous demandez sans doute pourquoi j'ai laissé la vie sauve à l'inébranlable Melinda et à l'adorable Darlie. Figurez-vous que je me pose moi-même la question. Peut-être suis-je heureux de savoir qu'elles ne m'oublieront jamais. Personne n'apprécie d'être oublié, ignoré. Ne vous imaginez pas une seule seconde que j'en ferai autant avec vous.

Vous habitez mes pensées jour et nuit. À bientôt.

— Ce salaud ne manque pas d'air, mais on perçoit dans sa voix une fureur à peine contenue.

Emportant le bloc-notes avec elle, Eve alla examiner la pièce où avaient été enfermés les otages.

— Quatre paires de chaînes seulement, nota-t-elle. Il aurait éliminé Melinda après m'avoir enlevée. Il aurait gardé la fille, et commencé à en chercher une autre. Il n'est jamais rassasié. Avec moi, il aurait pris son temps, deux ou trois jours, peut-être. Il aurait tenté de t'arracher une rançon. C'est un escroc dans l'âme, il ne tourne jamais le dos à un bénéfice possible.

— Sacré risque.

— Ça ajoute du piment. Il n'a négligé aucun détail – du moins en est-il convaincu. C'est un arrogant. Persuadé d'être le plus intelligent de tous.

— Et toi, qui es-tu ? Celle qui l'a vaincu ?

Eve haussa les épaules.

— La première fois, j'ai eu la chance d'une débutante. Sur ce point, il a raison. Il a échappé aux autorités pendant des années. Il a la certitude de pouvoir continuer. Il m'aurait enlevée. Il m'aurait obligée à le

regarder tuer Melinda, quelqu'un que j'ai sauvé autrefois. Puis sa partenaire et enfin la – ou les – fille(s).
J'aurais été la dernière. Ensuite, il aurait déguerpi, il se
serait installé ailleurs, très loin. En Europe, pourquoi
pas ? Et il aurait commencé une nouvelle collection.

— À présent, il est forcé de réviser ses projets.

« Moi aussi », pensa Eve.

— Il va s'adapter, peaufiner. Quand il me dit « À bientôt », il est sincère. Ah ! Ce doit être le légiste. Je veux la
voir avant de joindre Laurence.

Son communicateur bipa.

— Dallas.

— Lieutenant, désolée de vous déranger, commença
Bree.

— Qu'y a-t-il, inspecteur ?

— Melinda… on la réhydrate et on panse ses blessures. Ils veulent qu'elle passe la nuit en observation.
Quant à Darlie… vous savez ce qui l'attend.

— Oui.

— Elles veulent vous parler, toutes les deux. Nous
avons pris leur déposition, elles ont répondu à nos questions. Elles tiennent beaucoup à vous voir. Ricchio, les
médecins et les parents de Darlie sont d'accord. Si vous
pouviez trouver le temps de venir, lieutenant. Nous
sommes au *Dallas City*.

— Dès que j'en aurai terminé ici.

— Je les préviens.

Comme elle rangeait son appareil, Connors tendit le
bras, éteignit le magnétophone.

— Accorde-toi une pause.

— Non. Plus je suis occupée, mieux je me porte. Pour
le reste, je verrai plus tard. Je n'ai même pas encore les
résultats des tests ADN…

Il lui prit la main et elle se tut.

— Tu les as, devina-t-elle.

— Ils sont arrivés alors que j'allais chercher ton kit de
terrain.

Un flot de bile lui monta à la gorge.

— Je ne m'étais pas trompée.

— En effet.

— C'est mieux de savoir, chuchota-t-elle, les yeux rivés sur le mur.

— Tu crois ?

— Je l'ai su tout de suite, au premier regard. Je croyais l'avoir accepté. Maintenant, je... je ne sais plus, avoua-t-elle en se frottant le visage. Il faut que je travaille, je réfléchirai à ça le moment venu.

Elle s'approcha du médecin légiste et du corps. Connors demeura un long moment à contempler les chaînes fixées au mur de l'horrible petite pièce.

17

Eve ne traîna pas près du corps. À quoi bon ? Elle passa dans la chambre où Laurence menait une fouille visiblement approfondie et méticuleuse.

— Alors ?

— Draps et serviettes de luxe, couette en duvet. Aucun problème de traçabilité. Il a emporté pas mal de choses. Il a un sens de l'organisation qui frôle l'obsession. Tout est en place, nous avons donc pu constater qu'il manquait de la literie, des vêtements, des chaussures.

Il indiqua l'armoire.

— Il a laissé une douzaine de cravates. Vu sa manière de les ranger, il en a pris une autre douzaine. Qui a besoin de vingt-quatre cravates ?

Eve s'approcha.

— Il aime les vêtements, il aime les collectionner. Mais... certaines de ces cravates sont semblables, ou c'est moi qui n'ai pas l'œil question mode ?

— Vous avez raison. Même motif, même créateur.

— Cela ne lui ressemble pas. D'ailleurs, il y a un peu trop de tout. Il ne s'agit plus tant de collectionner que de...

— D'amasser, compléta Laurence. C'est aussi mon avis. Ce pourrait être une sorte de compensation après douze ans en tenue de taulard.

— Possible. C'est surtout une rupture de schéma. Intéressant.

— N'est-ce pas ? Bref, nous envoyons le linge de maison au labo pour analyses. Les accessoires de toilette appartiennent à la partenaire. Il devait y avoir un ordinateur sur ce bureau – qu'il a embarqué. Il avait un moniteur dans la salle de bains, d'où il pouvait surveiller ses victimes en se masturbant. Excusez-moi. La môme m'a bouleversé.

— Je comprends.

— Il a laissé une provision de seringues. Là encore, il en manque quelques-unes.

— Il ne consomme pas, il n'avait pas besoin d'en emporter beaucoup. Il ne va pas se chercher une nouvelle partenaire dans l'immédiat.

— La femme disposait de deux tiroirs. On dirait qu'il les a inspectés pour s'assurer qu'elle ne conservait rien la reliant à lui. Il n'a pas vérifié derrière ni dessous... Voyez ces sachets scellés, ajouta-t-il en les montrant d'un geste. Elle stockait des réserves – une véritable pharmacie.

« Comme autrefois », songea Eve, un flot de souvenirs lui inondant brusquement l'esprit.

— Elle préférait prendre ses précautions, au cas où il la priverait.

— Elle variait les plaisirs. Ce que nous avons trouvé jusqu'ici nous renseigne davantage sur elle que sur lui. Nous avons de quoi mettre ce salaud en cage jusqu'à la fin de ses jours, mais rien qui puisse nous mettre sur sa piste.

— Il a peut-être glissé un indice à l'une des victimes, suggéra Eve. Je vais les interroger.

Elle sortit de la chambre et rejoignit Connors qui s'était réfugié dans un coin avec son Palm.

— Les données devraient parvenir aux fédéraux d'une minute à l'autre, annonça-t-il. Feeney et moi avons

284

une belle avance sur eux, mais je serais plus efficace à l'hôtel.

— Nous en avons terminé ici. Tu peux y aller, creuser la question.

Il accrocha son regard.

— Je te soutiens de toutes mes forces, lieutenant. Je te l'ai déjà dit. Le mieux serait que tu fasses un saut à l'hôpital afin de parler avec Melinda et Darlie. Je peux t'y déposer si tu veux.

— Oui, mais j'ai un truc à régler avant. En chemin, précisa-t-elle.

Une fois dehors, elle scruta la rue. Les badauds s'étaient dispersés, probablement gagnés par l'ennui. Le boulot des flics était long et fastidieux, la plupart des civils perdaient vite patience.

Pas le sien.

— Tu as payé le gamin de l'aéroskate ? s'enquit-elle.

— Oui.

— Prépare-moi une note de frais. On te remboursera.

— Si ça t'amuse, murmura-t-il d'un ton neutre en montant dans la voiture. Où allons-nous ?

— Je veux retourner chez elle. Les experts ont passé les lieux au peigne fin, relevé tous les indices. Mais les gens négligent parfois certains détails, surtout quand ils ignorent ce qu'ils recherchent.

— Parce que toi, tu sais ce que tu recherches ?

— Non, mais je suis presque sûre que je le saurai quand je le verrai. Il faut que j'y aille, pour le boulot. Et pour moi.

— Dans ce cas, pourquoi m'encourager à regagner l'hôtel ?

— Je ne sais pas, avoua-t-elle, la gorge nouée. Je n'ai pas envie d'y réfléchir pour l'instant.

Il entoura son visage des deux mains.

— Je te conduirai où tu voudras. Je resterai auprès de toi. D'accord ?

— Oui, souffla-t-elle en s'efforçant de se ressaisir. Pardon pour mon éclat, tout à l'heure, reprit-elle tandis qu'il démarrait. Je ne me rappelle même pas pourquoi je me suis énervée. Je tiens simplement à mettre les choses au clair.

— Elles le sont déjà. Tu éprouvais le besoin de me provoquer pour pouvoir te défouler sur moi.

— Probable.

Elle allongea les jambes, fit jouer les muscles de ses épaules et de sa nuque. Son corps entier était tendu, douloureux.

— Je me suis plutôt bien débrouillée lorsque je l'ai interrogée. En y repensant, j'aurais pu faire mieux. Mais c'est toujours ce qu'on se dit quand les événements ne se sont pas déroulés comme prévu. J'avais peur de craquer et, du coup, je m'en suis prise à toi.

— Je me suis défendu.

— Je n'en attendais pas moins de ta part, répliqua-t-elle. Je ne pensais pas ce que je t'ai dit. C'était stupide, et je savais que ça te blesserait. J'ai agi comme par réflexe.

Il tourna la tête, contempla son visage aux traits tirés.

— J'ai contacté Mira, murmura-t-il.

Elle pivota sur son siège.

— Quoi ?

— Je me contrefiche que ça t'agace. Tu as besoin d'elle. Elle est en route.

— Tu n'as pas le droit de...

— *J'ai* besoin d'elle, bordel !

Eve écarquilla les yeux, sidérée. Quelle idiote elle était de n'avoir rien vu venir. De n'avoir pas compris qu'elle n'était pas la seule que cette affaire avait ébranlée.

— D'accord.

— Je sais ce que j'ai envie de te dire, reprit Connors plus calmement. De faire pour toi. Mais j'ignore si j'ai raison. D'autre part, je suis conscient que cette histoire

n'est pas la mienne, mais tout ce qui te touche me touche aussi. Mira pourra nous aider tous les deux.

Eve demeura silencieuse un moment.

— Tu as bien fait, concéda-t-elle enfin. Je suis
contente qu'elle vienne. C'est juste que… lorsque je
commencerai à en parler, ça deviendra réel. Ce ne sera
plus une enquête parmi d'autres.

Connors se gara, et elle examina la maison mitoyenne.

— Pendant qu'on surveillait les lieux, j'ai pensé que
c'était un quartier agréable. Pas du tout le genre de
McQueen. Trop banlieusard, bien que tout près du cen-
tre-ville. Ce n'est pas non plus son genre à elle, avec tous
ces gosses à bicyclette et ces amateurs de jardins. Il a
voulu la déstabiliser. Pour qu'elle lui soit reconnaissante chaque fois qu'il l'autorisait à venir le voir.

— Pourquoi s'est-elle entièrement dévouée à lui ?

— Ça n'aurait pas duré. Elle aurait fini par se lasser,
par s'en aller. Mais il la traitait bien. Il lui offrait des
cadeaux, lui fournissait sa drogue. Bref…

Elle descendit du véhicule. La porte voisine s'entrouvrit et Eve agita son insigne. Une femme qui approchait
la trentaine sortit.

— Des policiers sont déjà venus. Ils viennent de
repartir. Ils ont dit que Sylvia avait été arrêtée.

— En effet.

— Je ne comprends pas. Bill, qui habite au bout de la
rue, m'a raconté que le secteur était infesté de flics, que
le petit Kirk a failli être renversé par une voiture. J'étais
au travail et quand je suis rentrée, c'était la folie.

— Vous vivez ici depuis longtemps ?

— Quatre ans. Avec ma sœur Candace. Qu'en est-il
de Sandra ?

— Pardon ?

— La sœur de Sylvia. Sandra Millford. Elle a des problèmes, elle aussi ?

— On peut dire cela. Vous étiez amies ?

— On essayait, Candace et moi. Quand Sylvia et Sandra ont emménagé, nous avons pensé qu'on se verrait souvent, entre sœurs.

Elle haussa les épaules, enchaîna :

— Elles étaient toujours débordées, jamais libres en même temps. Nous avons cessé de les inviter. D'ailleurs, elles restaient très peu chez elles.

— Elles recevaient de la visite ?

— Je n'ai remarqué personne. En revanche, Sylvia avait un petit ami.

— Vraiment ?

— Une femme qui se pomponne autant a forcément un amant. Maintenant que j'y songe, je l'ai entendue discuter avec quelqu'un sur son communicateur, hier. Elle était assise dehors, comme moi, en train de boire un café. Sa façon de rire, son ton... elle avait un homme dans sa vie, c'est évident. De quoi est-elle coupable ?

— D'avoir aidé un dangereux criminel à s'évader de prison. De complicité d'enlèvement de deux femmes, dont une mineure destinée audit dangereux criminel, qui est aussi un pédophile violent.

Les yeux ronds, bouche bée, la femme se frotta la gorge.

— Ô mon Dieu !

Eve sortit son Palm, afficha la photo de McQueen.

— Je doute qu'il vienne ici, mais au cas où, restez chez vous et alertez immédiatement la police.

— Je l'ai vu aux informations ! Seigneur ! Sylvia sort avec lui ?

— Sortait. Il l'a assassinée il y a quelques heures.

— Non ! s'écria-t-elle en reculant d'un pas, les mains plaquées sur le cœur. Et Sandra ? Sa sœur ?

— Elle n'existe pas. Sylvia et Sandra n'étaient qu'une seule et même personne, sous deux identités différentes. Dites-le à vos voisins. Si cet individu se présente dans le quartier, avertissez la police.

— Vous pouvez compter sur moi.

Elle tourna les talons, se précipita à l'intérieur en appelant sa sœur.

— Tu l'as terrorisée, fit remarquer Connors.

— Volontairement. Car McQueen pourrait très bien revenir. Il craint peut-être que Sylvia n'ait laissé des indices pouvant mener à lui. Cette femme à qui je viens de parler n'hésiterait pas à répondre à ses questions. J'ai brandi mon badge de la police de New York à trois mètres de distance, et elle n'a pas cillé. Elle est sortie sans se méfier. Je ne tiens pas à apprendre qu'elle a été égorgée.

Elle gagna la porte, utilisa son passe-partout.

Les techniciens étaient passés, à en juger par la fine couche de poudre à empreintes répandue un peu partout.

— Inutile de se protéger, lança-t-elle à Connors.

— Quelle bénédiction !

— Mobilier de bonne facture, nota-t-elle en traversant le séjour. Pas en grande quantité. Zéro flonflons. Rien d'un nid douillet.

Elle examina le canapé recouvert d'un tissu imprimé de fleurs roses et pourpres.

— Ça fait mal aux yeux, ou c'est juste moi ?

Elle avait besoin de détendre l'atmosphère, comprit Connors, aussi répliqua-t-il :

— J'étais sur le point de sortir mes lunettes de soleil.

— D'ici, elle pouvait regarder son écran de divertissement, tous stores baissés, continua-t-elle. Elle préférait éviter les regards indiscrets. En attendant qu'il s'évade, elle a dû se sentir seule, mais elle n'a jamais reçu d'hommes. Elle les rencontrait ailleurs. Dans la peau d'une autre, je suppose.

Eve s'immobilisa sur le seuil des toilettes. Une seule serviette.

— Pas d'invités, nota-t-elle. S'il y avait du bazar, des détritus, les experts les auront emportés. RAS.

Elle passa dans le coin salle à manger – vide –, puis dans la cuisine.

— Elle s'asseyait au comptoir pour manger. Ou plutôt pour boire, rectifia Eve en ouvrant le réfrigérateur qui contenait en tout et pour tout quatre bouteilles de bière et une de vin, ouverte.

Elle inspecta les placards.

— Des verres, deux assiettes en faïence, un paquet d'assiettes en carton.

D'un geste, elle désigna l'évier rempli de vaisselle sale, les emballages éparpillés sur le plan de travail.

— Piètre ménagère.

— Et pas de droïde pour prendre le relais, observa Connors.

— Installation, appareils ménagers de qualité, mais elle s'en fiche. Ce n'est pas à elle. Ce n'est pas ce qu'elle veut. Elle vise bien plus haut que cette maison de poupée avec son jardin clôturé et ses deux voisines qui posent trop de questions. Elle veut la belle vie qu'Isaac va lui offrir. RAS, répéta-t-elle en sortant pour rejoindre l'escalier.

Une fois à l'étage, elle explora d'abord la chambre. « Trop de parfum, nota-t-elle immédiatement. Capiteux, lourd, étourdissant. » Le souvenir la frappa comme un coup de poing. Elle chancela. Connors lui agrippa les bras.

— Eve.

— Tu sens cette odeur de fleurs fanées ? J'en ai la nausée.

Mais elle le repoussa lorsqu'il tenta de l'emmener hors de la pièce.

— Non. Je me rappelle… la chambre – leur chambre. Ça sentait toujours ainsi. Trop fort. Le parfum. Et le sexe. Tous ces flacons, tous ces tubes. Rouge à lèvres, sprays, poudres. Si j'y touche, elle va me cogner. Elle me cognera de toute façon parce que je suis moche, stupide et encombrante.

— Non, ma chérie, arrête.

— Ça va. J'ai juste besoin d'air. Tu peux ouvrir la fenêtre ? S'il te plaît, ouvre cette fenêtre !

Il s'exécuta, et elle se pencha dehors, aspirant à grandes goulées comme une noyée.

— Ça va, répéta-t-elle. Ça m'a fichu un coup. Elle voulait se débarrasser de moi. Je les entends encore en train de se disputer. J'ai peur. Si je me cache, peut-être qu'ils m'oublieront. Elle ne veut plus de moi. Je ne suis bonne à rien, j'ai toujours faim, je suis toujours dans ses pattes. Le mieux serait de me vendre maintenant… Il refuse. Je leur rapporterai de l'argent plus tard, quand ils pourront me louer. Une gosse de six ans, ça ne rapporte pas grand-chose, mais à dix ans… On en tire profit pendant cinq, six ans, ensuite on la cède au plus offrant.

Décomposé, anéanti, Connors la serra contre lui.

— Allons-nous-en d'ici.

— Je ne guérirai jamais si je ne surmonte pas cette épreuve.

— Je sais, murmura-t-il. Je sais.

— Je ne comprenais pas ce qu'ils disaient, pas exactement. Mais j'avais si peur. Ils se sont battus. Je les ai entendus se tabasser mutuellement, puis baiser. Il me semble qu'elle est partie après cette scène. Je subissais déjà les attouchements de mon père, mais quelques jours plus tard, il s'est mis dans une colère noire parce qu'elle avait disparu en lui piquant de l'argent ou je ne sais quoi. Fou de rage, il s'est soûlé et m'a violée pour la première fois. Je m'en souviens.

Elle inspira une dernière goulée d'air, se retourna.

— C'est cela que tu cherchais ? demanda Connors.

— Non, marmonna-t-elle en se frottant les joues, agacée d'y sentir des larmes. Non, je ne m'attendais pas que des souvenirs remontent à la surface. Pas ici. C'est le parfum. Heureusement, maintenant que la fenêtre est ouverte, il s'est évaporé.

— Eve, il était très discret.

— Peu importe, grommela-t-elle.

Assez pleurniché. Elle était venue ici pour travailler, pas pour s'apitoyer sur son sort.

— Je vais fouiller cette chambre de fond en comble. Autrefois, où que nous allions, elle avait toujours une cachette pour ses provisions de drogue. Elle en a sûrement une ici. Pour stocker des produits illicites, du fric, voire autre chose. Peut-être.

— À savoir ?

— Elle croyait être amoureuse de lui. Qu'as-tu dans tes poches ?

Avec un sourire, il en sortit le bouton gris tombé de son affreux tailleur le jour où ils s'étaient rencontrés.

— Tu vois ? fit-elle, se demandant comment un vulgaire bouton gris pouvait l'émouvoir à ce point. Les amoureux conservent des objets auxquels ils sont sentimentalement attachés.

— Qu'as-tu, toi ?

Elle extirpa de son chemisier le diamant en forme de larme suspendu à une chaîne en or.

— Je ne pourrais porter un truc pareil pour personne d'autre que toi. J'en ai honte. Et j'ai aussi…

— Ah, autre chose !

— Merde. Je suis fatiguée, je jacasse comme une pie. J'ai… une de tes chemises.

Il fronça les sourcils, stupéfait.

— Une de mes chemises ?

— Dans mon tiroir, sous une pile d'affaires. Tu me l'as prêtée le matin de notre première nuit ensemble. Elle sent toujours ton odeur.

L'espace d'un instant, l'inquiétude peinte sur les traits de Connors disparut.

— C'est la chose la plus adorable que tu m'aies dite depuis que nous sommes ensemble.

— Je te suis redevable. De toute façon, tu possèdes assez de chemises pour habiller une troupe de Broadway. Tu me donnes un coup de main ?

— Volontiers.

Eve commença par la commode. Un meuble modeste, en faux bois – une sorte de grande valise avec des tiroirs.

Elle en ouvrit un, constata que sa mère avait dépensé une fortune en lingerie fine.

Elle tendit les mains, suspendit son geste. Elle n'avait aucune envie de toucher ces frivolités aux couleurs criardes.

« Ne pense pas à qui elles appartiennent, se réprimanda-t-elle. Concentre-toi sur ton boulot. »

Elle se remit à la tâche, inspecta les côtés, les fonds. Si elle s'y était autorisée, elle aurait dressé le portrait d'une femme qui achetait – ou volait – dans des boutiques haut de gamme, mais optait toujours pour la vulgarité.

L'un des tiroirs était consacré à la garde-robe plus subtile de son autre identité ; Eve y dénicha le chemisier que portait Sandra le soir de l'enlèvement de Darlie.

Elle s'attaqua aux tables de chevet. Comme elle s'y attendait, elle y découvrit les joujoux et instruments d'une femme qui ne lésinait pas sur les objets destinés à son plaisir personnel.

Eve imagina sans peine les blagues de mauvais goût des techniciens qui étaient passés avant elle.

— J'ai quelque chose ! lança Connors.

Elle le rejoignit devant le dressing, considéra l'amoncellement de vêtements, de chaussures et de sacs. Il avait libéré un espace et, à l'aide d'un de ces petits outils qu'il emportait partout avec lui, soulevait une trappe.

Il en sortit un coffret recouvert de faux joyaux et de minuscules miroirs ronds. Il jeta un coup d'œil à Eve, devina qu'elle ne tenait pas à entrer dans le dressing, à sentir le parfum qui imprégnait les étoffes.

— Si on emportait ça en bas ? suggéra-t-il.

— Bonne idée.

Elle opta pour la cuisine.

— Cette boîte a dû coûter un max, mais elle n'en est pas moins moche et kitsch, commenta-t-elle. Elle n'est pas neuve.

— Non. Elle devait sans doute l'emporter partout avec elle.

— Je n'en ai aucun souvenir, marmonna Eve. Peu importe. Ce qui compte, c'est le contenu.

Elle l'ouvrit.

— Des produits illicites, des espèces, des cartes d'identité et bancaires, énuméra-t-elle.

Elle sortit un sachet en plastique qui contenait une rose séchée.

— Ça, c'est sentimental. Regarde, elle a dessiné un cœur sur le sachet, avec les initiales S et I au milieu. Isaac lui a offert cette fleur. Et tiens ! Elle a pris une photo de lui pendant qu'il dormait.

Eve l'étudia, gisant sur le dos sous un drap froissé.

— Je parie qu'il n'est pas au courant. C'est son lit à lui. Ici, il est blond et bronzé – comme sur la photo du passeport sud-africain. Il a l'air épuisé, non ? Qu'y a-t-il sur la table de chevet ? Du champagne ? Ils ont fêté un événement. Sa sortie de prison, peut-être. Oui, ce doit être ça.

— C'est un de mes préférés. Il est très rare Je me demande de quel millésime il s'agit.

— Donc, il – ou elle – s'offre des bulles de qualité.

— Mieux, on ne peut pas se le procurer n'importe où. C'est ce qui en fait un produit d'exception, expliqua Connors.

Il sortit une loupe de sa boîte magique.

— Pratique, commenta Eve.

— Je distingue à peine... Oui, c'est un 2056, série limitée. Plutôt rare. Nous en avons bu pour fêter notre anniversaire.

— Ah oui ? Il était bon.

— Bon ? Mon Eve adorée, il était exquis. Isaac conservait d'excellents vins chez lui, mais rien de ce niveau.

— Il a peut-être emporté ses meilleurs crus.

— Possible. En tout cas, pour acheter celui-ci, il a dû s'adresser à un fournisseur spécialisé.

— À Dallas, dit Eve. Combien sont-ils à Dallas ?

— Je vais me renseigner.

— Il pourrait y retourner. Dès que nous aurons la liste des boutiques, nous interrogerons les gérants, décida-t-elle en sortant du coffret un petit paquet de messages et de cartes postales. Cette carte-là est de Dallas, mais le cachet de la poste est new-yorkais, remarqua-t-elle. Adressée à une boîte postale. Il y a une série de chiffres. Des codes ?

Connors y jeta un coup d'œil.

— Des mesures. Entrejambe, manches, tour de taille, apparemment. Il commande un costume.

— *Baker & Hugh* ? s'enquit Eve.

— C'est un magasin pour hommes réputé pour ses costumes sur mesure. Il n'en existe qu'un seul à Dallas, ajouta-t-il après avoir consulté son Palm.

— Il veut des vêtements de qualité. Il n'a pas de temps à perdre en essayages. Il lui demande de s'en charger. Quand il arrive, sa garde-robe l'attend. Non, rectifia-t-elle en fermant les yeux. À New York, quand je l'ai repéré au milieu de la foule lors de la remise de médailles, il portait un costume gris et une cravate rouge. Il lui a demandé de passer commande et de lui en envoyer un à New York. Il voulait être élégant quand je l'apercevrais.

— Il se met en quatre pour t'impressionner.

— Justement, c'est la faille. Il complique tout dans le but de me provoquer. Il engage, titille, humilie au lieu d'aller droit au but.

Elle déplia un message.

— S'il ne l'avait pas déjà tuée, il le ferait maintenant. Elle a imprimé certains de ses mails. *Tu me manques aussi, ma poupée*, lut-elle. *Jour J moins 30. L'heure est*

venue d'organiser mon envol vers tes bras. Réserve un jet
privé, Franklin J. Milo. Je vais avoir besoin des docu-
ments, bébé ; secoue Cecil. Je ne voudrais pas tomber sur
une boîte aux lettres vide. Bientôt le bonheur. Envoie les
affaires de Milo à l'hôtel pour qu'il puisse se doucher et se
changer avant de te rejoindre. Nous y retournerons un de
ces jours, nous prendrons la suite royale et nous boirons
du champagne à notre santé. Garde un œil sur Melinda,
et prends bien soin de toi, ma poupée. Je t'écris dans une
semaine pour t'indiquer les prochaines étapes. Nous tou-
chons au but ! SAUB × 2.

Eve fronça les sourcils.

— SAUB ?

— Scellé avec un baiser, multiplié par deux.

— Beurk. Il a vraiment écrit tout ça. Il avait peur
qu'elle n'oublie. Dans ses P-S, il lui rappelle de supprimer les mails, mais il est devenu négligent parce qu'il ne
la jugeait pas suffisamment intelligente pour retenir les
détails. Elle avait peut-être dû lâcher le ballon une ou
deux fois.

Eve déplia une autre feuille.

— Petits mots d'amour saupoudrés de directives. Ici,
il lui explique comment préparer ce qu'il appelle la
chambre d'amis. L'ordure. Il lui dit d'aller chez *Greek* à
Waco pour se procurer les bracelets. Les chaînes. Et
chez *Bruster B* à Fort Worth pour le matériel d'insonorisation.

— Ces éléments te sont-ils utiles maintenant que tu
as localisé l'appartement ?

Elle leva les yeux de son papier tandis que les pièces
du puzzle commençaient à se mettre en place dans sa
tête.

— Il en a un autre. Ici, à Dallas. S'est-il adressé aux
mêmes fournisseurs ? Peut-être pas. Mais...

Elle s'empara de son communicateur, contacta
Peabody.

— Franklin J. Milo – c'est le nom dont s'est servi McQueen pour réserver un jet privé et une chambre d'hôtel – suite royale. Trouvez-les-moi.

— D'accord, mais…

— C'est uniquement pour boucler la boucle, Peabody. Ça ne mènera sans doute nulle part, mais je veux un dossier bien ficelé. Ah ! Dégotez-moi aussi l'adresse du magasin pour hommes *Baker & Hugh* à New York. Voyez s'il y a acheté des vêtements. Et quel moyen de transport il a utilisé pour aller à l'aéroport. Je prendrai le relais.

— Entendu. Dites… Tray Schuster est revenu. Ils ne s'en sont pas rendu compte le jour où ils ont été agressés son amie et lui – on peut le comprendre –, mais il leur manque un vieux manteau, un communicateur qu'ils n'avaient pas eu le temps de porter au recyclage, une paire de baskets bleues, une chemise que Julie avait emballée pour l'anniversaire de son frère. Bref, des petites choses. Je vous envoie l'inventaire.

— De quoi se déguiser. Dès que vous aurez l'hôtel, demandez s'il n'a rien oublié dans la chambre.

— Vous avez l'air épuisé, fit remarquer Peabody.

— Pas encore, répliqua Eve avant de couper la communication. Allons mettre Ricchio au courant afin qu'il commence à éplucher les noms avec les fédéraux. Mais avant, j'aimerais faire un saut à l'hôpital.

Peabody avait raison, songea Connors. Eve avait l'air épuisé. Elle était pâle, les traits tirés.

— Tu devrais prendre deux heures pour te reposer. Tu le sais.

— Plus tard. J'avalerai un remontant s'il le faut.

— Ce n'est pas d'un remontant que tu as besoin, fit-il valoir tandis qu'ils s'installaient dans la voiture. Je ne vais pas te harceler, pas encore. Surtout si tu acceptes de retourner à l'hôtel après avoir parlé avec Melinda et Darlie – en l'absence d'imprévu. De toute façon, tu travailles mieux là-bas.

Difficile de le contredire, dans la mesure où c'était ce qu'elle comptait faire.

— À condition que tu ne m'obliges pas à prendre un calmant.

— Entendu.

— Tu cèdes trop facilement. C'est louche.

— Je laisserai à Mira le soin de t'apaiser.

Eve laissa échapper un petit rire.

— Je préfère.

Une fois à l'hôpital, il l'entraîna directement aux distributeurs automatiques.

— Choisis.

— Je n'ai pas vraiment…

— Tu n'as peut-être pas faim, mais tu as besoin de manger. Voyons un peu… Tiens ! Un wrap légumes, fromage. Bourré de protéines, approuva-t-il en sélectionnant la touche adéquate.

— J'aimerais mieux la…

— La barre de chocolat, je sais. Tu l'auras. Quand tu auras avalé ton sandwich, décréta-t-il en lui tendant ce dernier.

Elle mordit dedans à pleines dents.

— Pourquoi dois-je manger, et pas toi ?

— Je ne trouve rien qui m'inspire. Tant pis, soupira-t-il en commandant un deuxième wrap. Nous allons souffrir ensemble.

— Ce n'est pas si mauvais.

Il goûta le sien.

— Si, ça l'est. Je ne me risquerai pas à goûter le café, ajouta-t-il en optant pour un tube de Pepsi chacun.

— Ce que tu peux être snob dès qu'il s'agit de nourriture.

— Je n'appelle pas cela de la nourriture. Donne-moi un bout de ta friandise.

— Tu n'as qu'à t'en acheter une, riposta-t-elle.

Elle sortit toutefois des crédits de sa poche, les inséra dans la fente.

— Là, fit-elle en lui tendant une barre chocolatée avec un vrai sourire. On dirait un pirate très bien habillé qui trimballe un coffre à trésor hideux. Merci pour le déjeuner.

18

Annalyn s'apprêtait à monter dans l'ascenseur lorsque Eve et Connors en émergèrent. Elle s'effaça.

— J'arrive à l'instant. J'ai partagé mon temps entre Melinda et Darlie, les parents de Darlie, Bree, ses parents, les médecins. On se croit blindé, marmonna-t-elle en se frottant les yeux. En fait, on ne s'y habitue jamais.

— Les bons flics, non, répliqua Eve.

Annalyn baissa aussitôt les bras.

— Eh bien, aujourd'hui, je suis un sacré bon flic.

— Elles veulent toujours me parler ?

— Oui. Melinda a convaincu Darlie que ce serait bien. À l'entendre, c'est vous le bourreau du monstre.

Eve grimaça.

— L'idée que les bourreaux existent la rassure, enchaîna Annalyn, dans la mesure où elle a vu un monstre en chair et en os. Melinda devrait se reposer, mais elle n'a de cesse d'effectuer des allers-retours entre sa chambre et celle de la petite. Elles se soutiennent l'une l'autre.

Elle haussa les sourcils en découvrant le coffret que tenait Connors.

— Si c'est un cadeau, il est drôlement tape-à-l'œil.

— Il contient des preuves. Nous l'avons déniché chez Sylvia.

— Quoi ? Où ? Je n'ai rien vu de tel sur la liste des objets confisqués.

— Elle avait une cachette dans le dressing de la chambre. J'ai eu une intuition, expliqua Eve, et la chance nous a souri.

— Ce n'est pas trop tôt. J'ai beau me rappeler que nous avons sauvé Melinda et Darlie, Malvie est mort et McQueen est dans la nature.

— Elle a conservé toute sa correspondance avec McQueen dans cette boîte.

— Sans blague ?

— Nous avons des noms, des infos. Vous allez pouvoir lancer des recherches. Il y a aussi une photo de lui. Elle l'a prise pendant qu'il dormait. Vous remarquerez une bouteille de champagne sur la table de chevet. Selon ma source ici présente, c'est un millésime rare.

— Seules, deux boutiques vendent ce cru à Dallas, intervint Connors. *Fine Wine* et *Personal Sommelier*.

— Il va peut-être vouloir se réapprovisionner, murmura Annalyn en s'emparant du coffret. Je m'en occupe. Si j'ai du nouveau, vous serez les premiers prévenus.

— Mes hommes travaillent sur plusieurs des données new-yorkaises, précisa Eve. Vous pouvez joindre l'inspecteur Peabody.

— Entendu.

Annalyn rappela l'ascenseur, jeta un coup d'œil à Eve.

— Vous êtes un bon flic. La gosse va vous briser le cœur.

Eve et Connors se dirigèrent vers le bureau des infirmières.

— Je vais commencer par Melinda, annonça-t-elle. Si tu souhaites assister à l'entretien, je suis sûre qu'elle acceptera ta présence. En ce qui concerne la petite, il vaut mieux que tu restes à l'écart.

— Si tu n'as pas besoin de moi, je vais me dénicher un coin tranquille pour continuer à avancer avec Feeney.

— Encore mieux.

Eve sortit son insigne et se présenta à l'infirmière.

— Oui, vous êtes attendue. Melinda – Mlle Jones souhaite que vous passiez d'abord chez elle. Chambre 612. Darlie est juste en face.

— Merci.

Eve remonta le couloir. Elle détestait les hôpitaux, se souvenait avec horreur d'y avoir été transportée d'urgence, dans cette ville, aussi brisée et traumatisée que Darlie. Et tous ces flics qui lui posaient des questions auxquelles elle ne pouvait répondre, ces médecins incapables de masquer leur émotion en la soignant.

Devant la porte de Melinda, elle hésita. Devait-elle frapper ? Se déplaçant devant le hublot, elle vit les deux sœurs allongées côte à côte sur le lit étroit. Curieusement, c'était le flic qui dormait, un bras autour de la taille de sa jumelle. Eve entra sur la pointe des pieds.

— Lieutenant Dallas, murmura Melinda avec un sourire. Bree est si fatiguée. Elle n'a pas fermé l'œil depuis… Nos parents viennent de partir nous chercher quelques affaires. Ils ont très envie de vous revoir, de vous remercier une fois de plus.

— Je n'ai pas agi seule. Je suis étonnée que l'inspecteur Price ne rôde pas dans les parages.

Une lueur dansa dans les prunelles de Melinda.

— J'ai vaguement évoqué l'idée d'une pizza. Il est allé m'en chercher une à mon restaurant préféré, dans notre quartier. Il a lourdement insisté.

— S'activer est un bon moyen de surmonter une épreuve.

— Je sais. De même que je sais que Bree et Jayson retourneront travailler dès qu'ils seront complètement rassurés sur mon sort. Je vais bien, mais ils n'en sont pas convaincus.

— Je peux revenir plus tard. Pas la peine de la réveiller.

— Je suis réveillée, fit Bree en ouvrant les yeux. Désolée, je me suis assoupie quelques minutes.

Elle s'assit, prit la main de sa sœur. Eve nota à quel point elles se ressemblaient.

— J'ai une impression de déjà-vu, continua Bree. La situation est très différente pour nous deux, mais la première fois, vous nous aviez aussi rendu visite à l'hôpital.

— Comme aujourd'hui, vous étiez allongées sur le même lit. Je m'en souviens. C'est vous qui dormiez, Melinda.

— Il a fallu des semaines avant que j'arrive à trouver le sommeil sans que Bree me tienne dans ses bras, avoua celle-ci. Vous avez l'air fatigué.

— Nous le sommes tous, j'imagine.

— Voulez-vous vous asseoir ? On peut aller vous chercher un café ou un en-cas.

— Merci, je viens d'en prendre un, répondit Eve en se perchant sur le bord du lit. Souhaitez-vous me relater les faits ?

— Pour Darlie, c'est essentiel. Je n'ai cessé de parler de vous et de Bree pour qu'elle garde l'espoir. McQueen ne m'a pas violée. Il ne m'a frappée qu'une fois dans un élan de colère. Au début, ils me droguaient, mais j'ai arrêté de boire l'eau. Il a tué sa partenaire. J'ai vu...

— Oui.

— Sarajo – du moins, c'est sous ce nom que je la connaissais. Je n'arrive pas à comprendre comment j'ai pu ne pas voir que c'était une menteuse, qu'elle me dupait ?

— C'était une pro.

— Je voulais l'aider, je pensais y être parvenue. Quand elle m'a recontactée, si bouleversée, si paniquée, je n'ai pas réfléchi à deux fois. Je suis tombée la tête la première dans le panneau.

— Dois-je vous dire que ce n'est pas votre faute ?

— Non. J'ai eu tout le temps de me remémorer la scène. Pour vivre pleinement, il faut faire confiance aux autres, essayer de leur tendre la main. Je l'ai crue.

J'étais inquiète parce que je la soupçonnais d'être shootée, mais je me suis dit que c'était la peur. Je l'ai laissée monter dans ma voiture et j'ai quitté l'endroit où nous avions rendez-vous puis je me suis garée parce qu'elle me l'a demandé. Je n'ai rien vu venir. J'ai senti la piqûre dans mon cou, mais je n'ai compris que lorsque j'ai vu McQueen.

Elle ferma brièvement les yeux.

— J'ai pensé à vous. À Bree, puis à vous, quand je me suis réveillée dans cette chambre. Comme autrefois, il faisait noir. Mais là, j'étais seule et adulte.

Elle rouvrit les yeux.

— J'étais l'appât, c'était évident. Il m'a fait savoir sans détour que je ne l'intéressais pas : je n'étais plus assez… fraîche. La plupart du temps, c'était sa compagne qui m'apportait à manger. Une fois, elle s'est plantée devant moi et elle a dévoré mon repas. Elle me haïssait d'autant plus que j'avais essayé de l'aider.

— La salope, murmura Bree.

Eve resta muette, la gorge serrée.

— Elle vous détestait aussi, lieutenant. Elle me racontait qu'ils allaient vous enfermer dans cette même pièce, vous torturer, vous donner une bonne leçon. Qu'ils allaient gagner une fortune en vous vendant…

Un spasme secoua Eve.

— Tout va bien ? s'enquit Melinda.

— Oui, oui, ça va.

— J'aurais dû dire en *faisant semblant* de vous vendre. À mon avis, elle voulait vous achever. Peut-être encore plus que lui. Elle était obsédée par McQueen alors qu'il la méprisait. Devant moi, il ne s'en cachait pas. Ensuite, ils ont amené Darlie.

À présent, ses yeux brillaient de larmes.

— Je savais qu'il était en chasse, il avait pris soin de me le dire – une autre façon de me torturer. Sarajo a jeté Darlie dans la chambre quand ils en ont eu fini avec elle. Ils ont laissé la lumière allumée pour que je puisse voir dans quel état elle était.

— Votre présence l'a aidée, assura Eve.

— Pour être franche, la réciproque est vraie. Avoir quelqu'un à réconforter, à consoler, ça vous aide à tenir. Quand il est revenu la chercher, le lendemain, j'ai fait mon possible pour le distraire. Sa partenaire n'était pas là. Je me suis servie de ce que je savais sur lui et j'ai réussi à engager la conversation. Il a pris plaisir à étaler ses connaissances en matière de littérature, d'art.

— Avez-vous abordé des sujets d'ordre personnel ? A-t-il évoqué ses projets, dit quoi que ce soit qui pourrait nous mettre sur sa piste ?

— Non, il est resté très mondain et je n'ai pas osé l'interroger.

— Comment était-il habillé ?

— Eh bien, euh...

— Tâchez de vous rappeler. Imaginez-le devant vous.

— Un pull à col rond, manches remontées. Très classique, bleu marine. Pantalon décontracté mais bien coupé. Chamois, il me semble. Oui... et une ceinture marron à boucle en argent... Il avait aussi des boucles à ses chaussures. C'est ça, elles étaient assorties à la ceinture. Un étui en cuir était accroché à cette dernière. Je me suis demandé comment m'y prendre pour l'inciter à s'approcher de moi afin de lui subtiliser son couteau. Ah, j'avais oublié ! L'étui avait des initiales gravées dessus.

— Lesquelles ?

— I. M.

Bree se leva aussitôt et s'empara de son communicateur.

— Je lance une recherche.

— Avez-vous remarqué d'autres détails ? continua Eve. Portait-il des bijoux ?

— Une montre en argent. Je... je ne sais plus...

— Faites une pause, suggéra Eve. Non seulement vous avez surmonté une rude épreuve, mais vous l'avez empêché de s'attaquer de nouveau à la petite.

— Au bout d'un moment, il en a eu assez. Je l'avais diverti, mais il avait deviné mon stratagème. Il s'apprêtait à emmener Darlie quand sa partenaire l'a contacté. Au début, il a paru perplexe. Il a laissé la communication basculer sur la boîte vocale, a écouté le message. Il avait l'air furieux. Il a sorti son couteau. Il avait l'intention de nous tuer. Et puis, il s'est… figé.

— Figé ?

— Pendant une bonne minute, il semblait désemparé, comme quelqu'un qui a perdu le fil de ses pensées, ou oublié ce qu'il est censé faire.

— Il tergiversait ?

— C'était plutôt comme s'il ne se rappelait plus quoi faire ou était incapable de se décider. Puis il a tourné les talons et quitté la pièce. Il a verrouillé la porte. Je m'attendais qu'il revienne avec le couteau… Pourquoi n'est-il pas revenu ?

— Par manque de temps ou d'intérêt. Le changement de programme imprévu… Il sait que vous ne l'oublierez jamais, ni l'une ni l'autre. Pour lui, c'est le plus important.

— Il l'a marquée, murmura Melinda en posant les doigts sur son cœur. Et moi aussi. On peut effacer le tatouage, comme je l'ai fait autrefois. Mais il sera toujours là.

— Vous avez survécu. Elle survivra.

— Je l'espère. On ne se remet jamais complètement d'une pareille épreuve. Désormais, la pauvre petite est l'une des nôtres. Un numéro pour lui.

— Vous n'êtes un numéro pour personne d'autre que lui, Melinda, lui rappela Eve en se levant.

— Vous allez voir Darlie ?

— Oui. S'il vous revient quoi que ce soit, prévenez-moi.

Bree la suivit dans le couloir.

— Nous sommes sur les traces de l'étui en cuir, dit-elle. C'est une bonne piste.

— Intéressez-vous aussi aux vêtements, surtout la ceinture et les chaussures. Sa partenaire a acheté une partie de sa garde-robe, mais après douze ans de taule, il a dû avoir envie de s'offrir quelques séances de shopping. Peut-être a-t-il effectué des achats en allant à la banque. Histoire de remplacer ce qu'il avait été obligé d'abandonner.

— Je travaillerai d'ici. On va m'apporter un lit de camp afin que je passe la nuit près de ma sœur. Je doute fort qu'il revienne chercher l'une ou l'autre, mais...

— Ne prenons aucun risque. Restez avec Melinda.

Eve traversa le corridor, pivota.

— Il est moins malin qu'il ne l'imagine. Il est grisé autant par le fait d'être libre que par les plans qu'il a échafaudés. Il veut s'offrir les beaux vêtements, les bons vins dont il a été si longtemps privé. Il ne se terrera pas longtemps. Il ne supporte plus d'être enfermé.

— Il va se mettre en quête d'une nouvelle proie.

— Oui.

Songeant à cela, Eve pénétra dans la chambre de Darlie.

La mère était assise sur le lit, un bras autour des épaules de la petite. Le père se tenait de l'autre côté. Il s'efforçait désespérément de faire sourire sa fille.

— Bonjour, je suis le lieutenant Dallas.

— Je me souviens de vous, dit la mère en se levant. Vous étiez au centre commercial quand... Nous vous sommes si reconnaissants, mon mari, Darlie et moi.

Darlie fixa Eve.

— Je vous ai vue. Vous êtes entrée dans la pièce. Vous nous avez dit que tout allait bien.

— Vous êtes en sécurité, désormais.

— Melinda m'a dit que vous viendriez. Où est-elle ?

— Juste en face.

— Vous l'avez retrouvé ? Vous l'avez remis en prison ?

— Pas encore, mais cela ne saurait tarder.

Darlie ravala un sanglot. Le visage de son père se décomposa. Sa mère lui prit la main.

— J'aimerais parler avec Darlie en tête à tête, dit Eve.

— Elle a déjà tout raconté, protesta M. Morgansten. Elle a vraiment besoin de...

— Ça va, papa. Je veux lui parler. Ne t'inquiète pas.

— Nous vous accordons quelques minutes, décida Mme Morgansten. Sortons, proposa-t-elle à son époux.

— Je... Nous allons t'acheter la glace que nous t'avions promise, annonça-t-il. D'accord ?

— D'accord.

— Choco-coco, c'est bien cela ? Ta préférée.

— La meilleure.

— On ne s'absente pas longtemps, promit-il en se penchant pour l'embrasser.

En s'éloignant, il adressa à Eve un regard empli de chagrin, de culpabilité et d'espoir.

— Mon papa a pleuré, dit Darlie dès qu'elles furent seules. Il essaie de se retenir, mais il ne peut s'en empêcher. Il veut me remonter le moral, mais il a du mal.

Confrontée à la souffrance et à l'épuisement de l'enfant, Eve pensa à Peabody. Elle aurait su quelle attitude adopter, quels mots employer.

— Je ne peux pas dire à papa ce que ce type m'a fait. J'aimerais en parler avec maman, mais je ne sais pas comment. J'ai été stupide, alors tout est ma faute.

— En quoi as-tu été stupide ?

— Je n'ai pas le droit de parler avec des inconnus, comme cette femme. Si je n'avais pas...

— Elle était gentille, coupa Eve. Elle semblait sympathique, normale. Tu étais au beau milieu d'un grand magasin, il y avait du monde, ton amie était dans la cabine d'essayage tout à côté.

— Elle m'a raconté qu'elle voulait acheter un cadeau pour quelqu'un – je ne me rappelle plus qui. Une robe super, elle voulait mon avis. Je mélange un peu tout.

— Je parie que tes parents t'ont appris à être polie avec des adultes.

— Oui, mais…

— Tu étais dans un magasin que tu connaissais, il y avait des clients, des vendeuses, ta copine. Une gentille dame t'a posé une question. Tu lui as répondu parce que tu es bien élevée. Tu n'as rien à te reprocher. Tu n'as rien fait pour mériter ce qui t'est arrivé.

— Vous ne comprenez pas, murmura Darlie, de grosses larmes roulant sur ses joues. Les autres policiers ne comprennent pas. Vous ne pouvez pas.

— Si, je peux.

Darlie secoua vigoureusement la tête.

— Vous ne pouvez pas. Vous ne *savez* pas.

— Si, je sais.

Surprise par le ton d'Eve, Darlie s'essuya la figure et la dévisagea.

— C'était lui ? murmura-t-elle, les lèvres tremblantes. C'était Isaac ?

— Non. Quelqu'un comme lui.

— Vous vous êtes échappée ? On est venus vous sauver ?

— J'ai réussi à m'enfuir.

— Comment avez-vous réussi à guérir ? Je ne guérirai jamais.

— Tu as déjà commencé. Tu as dit à ton papa que tu avais envie d'une glace alors que c'est faux. Tu le lui as dit parce que tu ne veux pas le blesser.

Eve ramassa la brosse sur la table de chevet.

— Je parie que ta maman t'a brossé les cheveux. C'était sa façon à elle de t'aider.

— Ça m'a fait du bien.

— Tu as déjà commencé, répéta Eve en s'asseyant au bord du lit. Ce sera long et difficile. Ceux qui prétendent le contraire sont ceux qui ne peuvent pas comprendre. On ne peut guère leur en vouloir, mais c'est agaçant... et douloureux.

Les larmes repartirent de plus belle tandis que Darlie hochait la tête.

— Tu vas éprouver de la colère, de la peur, poursuivit Eve d'un ton posé. De temps en temps, tu recommenceras à te sentir coupable mais c'est faux.

— Tout le monde va me regarder d'un autre œil.

— C'est probable, du moins au début. On va avoir pitié de toi et tu auras du mal à le supporter. Parce que tu voudras que tout redevienne comme avant. Ça n'arrivera pas.

— Je ne pourrai jamais retourner à l'école.

— Ne rêve pas, ma jolie. Tu es entourée d'êtres chers qui vont t'acheter des glaces, te brosser les cheveux, te tenir la main et sécher tes larmes. Tant mieux car tu vas en avoir besoin. Mais je ne te raconterai pas d'histoires : tu apprendras à vivre avec ce que tu as subi. Ce que tu feras de ta vie dépend de toi.

— Et s'il me retrouve ?

— Mon boulot est de l'en empêcher. Je suis douée dans mon métier. Tu n'es pas obligée de me décrire ce qu'il t'a fait. Mais si tu pouvais me dire ce dont tu te souviens : l'homme, la femme, l'appartement, leurs discussions...

— Elle a dit qu'il devrait la tatouer, lui offrir un cœur avec son prénom inscrit dedans. Il a ri et elle s'est fâchée. Il était... Je ne pouvais pas bouger, chuchota-t-elle et, comme Melinda, elle posa les doigts sur son cœur. J'avais si mal. Ça me brûlait.

— Tu étais réveillée ?

— Je les voyais et je les entendais, mais c'était comme dans un rêve. Elle a dit qu'il n'avait qu'à continuer à marquer ses petites putains, qu'elle s'adresserait à un vrai pro. Il a répondu : « Ne fais pas ça. » Il ne voulait pas qu'on lui abîme la peau. Elle s'est calmée.

Darlie prit une inspiration tremblante.

— Il n'avait pas de vêtements et comme il en avait fini avec le tatouage, elle a commencé à ...

Darlie s'empourpra.

— ... à le toucher, vous savez, en bas. Et lui, il l'a touchée aussi, mais il me regardait. J'avais envie de vomir et j'ai fermé les yeux parce que j'aurais voulu que ce soit un cauchemar... Il lui a dit d'arrêter et elle s'est encore fâchée. Il a dit qu'il était temps de passer aux choses sérieuses. D'installer la caméra.

— La caméra ?

— Il lui a dit d'aller la chercher dans l'armoire. Elle était posée sur un trépied. Il m'a donné un truc à boire et j'ai réussi à bouger. Seulement mes mains étaient attachées. J'ai crié. Je pleurais, j'ai voulu me débattre et elle m'a giflée. Très fort. Elle m'a dit... Elle m'a dit : « Ferme ta gueule. » Mais lui, il a répondu qu'il aimait bien entendre les vilaines filles hurler. Et là...

Elle se remit à pleurer.

— Chut... Tu en parleras quand tu seras prête. Revenons à la caméra.

— Euh... Il l'a sortie pour filmer ce qu'ils étaient en train de faire. Quand... quand il...

Paupières closes, elle tendit la main. Comprenant, Eve s'approcha, s'en empara.

— Quand il me violait, bredouilla Darlie. Il voulait que je crie : « Au secours ! Aidez-moi, aidez-moi ! » J'ai obéi, mais il ne s'est pas arrêté. Il disait : « Crie, crie : Dallas ! » Je l'ai fait et il a continué.

Ainsi, songea Eve, submergée par la rage, il avait pensé à elle en violant Darlie.

— Tu n'as jamais été seule avec lui ? La femme a-t-elle quitté la pièce ?

— Je ne... si, je crois. Après la première fois... ou la deuxième. Je mélange tout.

— Aucune importance.

— Je n'arrivais plus à crier, ça me faisait mal. Ils étaient couchés sur le lit avec moi. Elle a dit qu'elle avait faim, qu'elle avait envie de chocolat. Elle est allée s'en chercher. Alors, il a dit qu'il me garderait peut-être avec lui, sa première nouvelle vilaine fille. Que peut-être il m'emmènerait avec lui.

— Où ? Il t'a précisé le lieu ?

— Il ne s'adressait pas vraiment à moi. Il fixait le plafond comme s'il réfléchissait tout haut. Il a dit qu'il nous trouverait une autre maman et qu'on ferait la noce quelque temps avec Dallas à nos pieds. Mais New York lui manquait. Il était pressé de rentrer. Ensuite, il a rebranché la caméra... Il est monté sur moi. J'ai recommencé à crier.

— Repose-toi. Tu m'as dit un ou deux trucs qui pourraient nous aider à l'attraper.

— Ah, oui ? Vraiment ?

— Pourquoi te mentirais-je ?

— Pour me réconforter.

— Hé, tu vas avoir une glace. Ça devrait déjà te réconforter.

Darlie ébaucha un sourire.

— Vous êtes drôle.

— Je suis un baril de singes, petite, même si je doute que des singes entassés dans un baril aient envie de plaisanter.

Le rire s'envola, un peu rouillé, un peu faible, mais il retentit dans la chambre à l'instant où les parents de Darlie entraient. En l'entendant, les yeux de Mme Morgansten se mouillèrent de larmes.

— Excellent timing, déclara Eve en se levant. Nous avons terminé.

— On vous a rapporté un cornet, claironna M. Morgansten en se ruant vers elle.

— Vous aussi, ça va vous réconforter, déclara Darlie.

— J'en ai bien l'impression. Merci.

— Lieutenant Dallas ? murmura Darlie en prenant la glace que son père lui tendait sans quitter Eve des yeux. Vous me préviendrez quand vous l'aurez renvoyé en prison ?

— Tu seras la première à l'apprendre. Je te le promets.

Elle sortit, s'adossa au mur, le temps de se ressaisir. Elle aurait pu retourner voir Melinda, mais elle n'en avait plus la force.

Elle sortit son communicateur. Connors apparut à l'écran.

— J'en ai terminé, annonça-t-elle, et j'ai deux ou trois pistes à explorer. Où...

— C'est un cornet de glace que tu as à la main ?

— Oui. Un cadeau.

— J'en mangerais volontiers un.

— Je regagne la voiture, alors...

— Si je t'accompagnais ? proposa-t-il en surgissant d'une pièce sur sa droite alors qu'elle se dirigeait vers l'ascenseur. On pourrait se partager cette merveille.

— Je crois que c'est une Choco-coco.

Il se pencha, donna un coup de langue.

— Mmm... Délicieux. Comment va la petite ?

— Elle est blessée, fragile, mais plus forte qu'elle ne l'imagine. Entre Melinda et elle, j'ai une paire de chaussures et une ceinture assortie à boucles en argent, un étui en cuir gravé des initiales I.M. et une caméra sur trépied. Autrefois, jamais il n'utilisait de caméra. Aucune des autres victimes ne l'a évoqué.

— Parce qu'il savait que si on retrouvait un enregistrement, cela suffirait à l'inculper. D'après ce que j'ai lu dans son dossier, il n'en avait pas besoin. Il n'avait pas de raison de revivre ce qu'il pouvait vivre de nouveau.

— Exactement. Il avait les filles. S'il avait envie d'un deuxième round, il lui suffisait d'en choisir une. Il n'a rien consigné parce qu'il est intelligent.

— Cette fois, cependant, il ne cherche pas à cacher ses crimes. Il est déjà condamné. Tu crois qu'il veut pouvoir visionner ses exploits entre deux victimes ?

— Je ne pense pas. Cette vidéo, il l'a tournée pour moi. Ce truc me coule sur les doigts ! s'exclama-t-elle.

Connors sortit de sa poche un mouchoir immaculé et le sacrifia en l'enroulant autour du cône. Un geste de gentleman moyennant un paiement en glace.

— Pour toi ? répéta-t-il.

— Il l'a obligée à crier « Dallas » pendant qu'il la violait.

— Merde. Ça me coupe l'appétit.

D'accord avec lui, elle jeta le cône dans une poubelle.

— Je vais éplucher la liste des pièces à conviction, mais il ne me semble pas avoir vu l'ombre d'une caméra ni d'un trépied. J'en déduis qu'il les a emportés avec lui, et que par conséquent il compte s'en resservir.

— Une autre fille ?

Comme elle hésitait, il serra les mâchoires.

— Tu penses qu'il a l'intention de te filmer une fois qu'il t'aura enlevée. Peut-être pour moi, peut-être juste pour lui.

— Preuve qu'il n'a rien perdu de son assurance. Darlie m'a révélé encore un détail, confirmant – selon moi – qu'il est encore en ville.

Elle ouvrit la portière, se glissa dans la voiture.

— Quand sa partenaire a quitté la chambre pour aller chercher du chocolat, il a dit qu'il envisageait de garder Darlie avec lui. Il ne s'adressait pas directement à elle. Il réfléchissait à voix haute. Il a parlé de leur trouver une nouvelle maman, ce qui renforce le profil. Dans son esprit tordu, ses partenaires sont une mère. Il aurait Dallas à ses pieds, mais j'ignore s'il faisait allusion à moi ou à la ville. Les deux, peut-être. Cependant, il a parlé de retourner à New York. Plus tard.

— Tu penses qu'il y possède déjà un appartement de repli.

— Depuis longtemps. J'ai besoin de réfléchir, de faire le tri. Bref, souffla-t-elle en fourrageant dans ses cheveux.

Elle appela le lieutenant Ricchio pour le mettre au courant.

— Le mieux serait que je retourne chez lui, décida-t-elle ensuite. Histoire de m'imprégner des lieux, de recenser ce qu'il a emporté, ce qu'il a laissé. Ce qu'il...

— Plus tu rassembles d'éléments, moins tu pourras faire le tri, l'interrompit Connors.

— Plus j'en accumule, plus j'ai de quoi travailler. La première fois, il y avait trop de monde et... je n'étais pas au mieux de ma forme.

Connors resta silencieux un moment.

— Mira est à l'hôtel.

— Je ne suis pas encore prête à me torturer la cervelle et les entrailles. Avant cela, je veux avoir le sentiment d'avoir fait tout ce que je pouvais. Comme pour n'importe quelle enquête. Je dois donc revisiter la scène du crime.

— Bien, allons-y. Ensuite, tu te reposeras, Eve. Ça suffit pour aujourd'hui.

Tout dépendrait de ce qu'ils trouveraient, songea-t-elle, mais elle se garda de le contredire.

— Gare-toi dans le parking, ordonna-t-elle à Connors tandis qu'ils arrivaient devant l'immeuble. C'est par là qu'il sera entré et sorti au quotidien.

Elle descendit de la voiture. Sécurité minimale, mais présente. Il avait dû bloquer la caméra quand il avait ramené Melinda, puis Darlie. Les gars de la DDE de Dallas analyseraient les disques. S'ils y décelaient quelque chose d'intéressant, elle y jetterait un coup d'œil. Mais pour l'heure...

— Et s'il avait déjà séquestré la deuxième fille ici même, sous son nez ? Comment l'aurait-elle su ? Ce serait bien son genre. Il adore ridiculiser les autres.

— J'ai une copie du dispositif de sécurité du bâtiment. On pourrait la visionner.

— Tu as raison, on ne sait jamais.

Elle étudia les lieux, les plans.

— Il les aura ramenées dans la nuit afin de réduire le risque de rencontre fortuite avec d'autres résidents ou visiteurs. Mais il a pris la précaution de bloquer l'ascenseur. Personne ne pouvait ni monter ni descendre tant qu'il n'avait pas intégré l'appartement. Il les drogue, mais pas trop. Elles tiennent debout. Il emprunte l'escalier, voilà pourquoi il choisit toujours un étage inférieur.

Elle commença à gravir les marches.

— Discret. Rapide. Assuré, mais excité aussi, d'autant qu'il a été privé de tout plaisir pendant douze ans. Sa partenaire le précède, scrute le couloir.

Connors endossa ce rôle.

— Ils entrent, continua Eve en sortant son passe-partout pour décoder le scellé. Melinda, ils l'ont emmenée directement dans la pièce de séquestration. Darlie, dans la chambre, dit-elle en se dirigeant vers cette dernière. Ils lui administrent une dose supplémentaire de somnifère, lui attachent les mains à la tête du lit. Le produit est un dérivé d'un paralysant. La victime est consciente, mais neutralisée. Il ne veut pas qu'elle se débatte quand il lui fera son tatouage. Il est perfectionniste.

Elle visualisa la scène. Il déshabillait la fille, la touchait – un peu, mais pas trop. Il pliait ses vêtements, les rangeait. Puis il sortait ses instruments.

— La caméra est dans l'armoire, marmonna-t-elle en allant l'ouvrir. Il a emporté les chaussures marron, nota-t-elle. Celles que m'a décrites Melinda. Il a pris le temps de sélectionner ce qu'il voulait garder. Posément.

Il n'a rien laissé traîner sauf la chemise maculée du sang de sa partenaire.

Eve examina de nouveau les cravates, repensa au commentaire de Melinda. Il s'était figé – comme s'il était incapable de se décider. Songeuse, elle tâta la manche d'une veste.

— Beau tissu. Il a dû râler de devoir abandonner ces costumes, d'autant qu'il n'a pas pu en porter beaucoup. Il va vouloir les remplacer. Attendra-t-il d'être à New York ? Je ne sais pas, avoua-t-elle en reculant. « Dallas à ses pieds. » S'il faisait allusion à la ville, c'est qu'il a un autre logement, plus classe que celui-ci. Il en a marre du côté petit-bourgeois. Il s'est offert une garde-robe trop chic pour ce quartier. Il se dit que le moment est venu de monter d'un cran. C'est là qu'il me conduira. Par conséquent, soit le lieu est déjà prêt, soit il doit s'en occuper.

Elle s'avança jusqu'au seuil de la salle de bains, retourna dans le salon où le sang de sa mère avait taché le sol.

Croyait-elle que cela ne l'affectait pas ? s'interrogea Connors. Ne se rendait-elle pas compte qu'elle avait tout inspecté *sauf* le sang ?

— Il passe le plus clair de son temps ici. Il apprécie d'avoir de l'espace après avoir été confiné dans une cellule. Il peut observer Melinda, puis Darlie, par le biais de ce moniteur, ou regarder un film, écouter de la musique, lire. Mais il s'impatiente. Il a la bougeotte, envie de profiter de la ville. Il opte pour les endroits très fréquentés. Boutiques, restaurants, galeries, bars. Une fois sa partenaire partie, il veut prendre l'air. Il endosse un nouveau personnage, s'installe à une table dans un club huppé, engage des conversations, flirte avec une femme. Il revient, s'enferme à double tour, jette un coup d'œil sur ses « invitées ». Il savoure un verre de vin. Puis il se couche et dort comme un bébé.

Elle passa dans la cuisine, vérifia l'autochef, le réfrigérateur, les placards.

— Curieuse, cette manie qu'il a de tout acquérir en de multiples exemplaires. Qui a besoin d'une demi-douzaine de bocaux d'olives farcies ?... Il ne va pas emporter tout ça. Il peut en racheter. On va devoir recenser les épiceries fines. Et les night-clubs à la mode. Si on découvre où il s'est rendu les soirs où il a enlevé Melinda, puis Darlie, on en saura davantage sur ses divertissements nocturnes.

— Il aura varié les plaisirs, dit Connors. Pour ne pas risquer d'être repéré.

— Tu as probablement raison. Donc, on procédera par élimination. Mais on aura une idée du style.

Elle s'approcha de la fenêtre, contempla la vue.

« Dallas à ses pieds », pensa-t-elle de nouveau.

— Il a parlé d'un hôtel et d'une suite royale. La belle vie. Étages supérieurs, prix exorbitants, grand train. S'il a changé de mode opératoire pour son logement de repli, nous devons viser une tour. Vue spectaculaire, baies vitrées, pourquoi pas une terrasse ? Beaucoup d'ouvertures. Et toujours deux chambres à coucher, un garage souterrain.

Paupières closes, elle s'efforça de réfléchir.

— Un de ces appartements de fonction, peut-être, ou une location à long terme ? Ou...

— Tu t'accroches parce que tu es crevée. Tu n'en peux plus, Eve, et tu essaies d'oublier que tu te tiens à trois mètres de l'endroit où ta mère est morte il y a quelques heures. N'empêche que tu en es consciente. Ce n'est pas ici que tu vas réussir à réfléchir. Accepte-le une fois pour toutes.

— Je crois, répliqua-t-elle avec une lenteur délibérée, qu'il a soigneusement sélectionné ce qu'il allait emporter avec lui, à savoir ce qu'il possédait de mieux en matière de vêtements, provisions, vin et matériel. Pour emménager dans un lieu plus luxueux. Je suis convaincue qu'en nous concentrant sur les immeubles haut de gamme en milieu plus urbain, nous le débusquerons.

— Dans ce cas, refile le bébé à tes associés afin qu'ils puissent se mettre au travail.

— C'est mon intention.

— Tant mieux. Pendant que tu t'occupes de ça, je contacte Mira. Elle pourra nous rejoindre au bar de l'hôtel.

— Je ne veux pas...

— C'est indispensable, Eve. Pour toi. Et si tu refuses de le faire pour toi, alors fais-le pour moi. Je te le demande.

Ignorant Connors et la mare de sang séché, elle décrocha son communicateur et contacta Ricchio tout en quittant la scène de crime.

19

Le silence d'Eve n'offusquait pas Connors. Certes, elle avait accepté de parler avec Mira et même admis que c'était nécessaire. Mais il lui avait forcé la main – il avait arrêté sa course en avant, l'obligeant à cesser de se concentrer sur les crimes, le coupable, les victimes, les questions et les réponses, tout cela pour affronter son passé.

Et ses sentiments concernant la vie et l'assassinat de sa mère.

Il comprenait son besoin de transformer sa réticence en agressivité à son encontre. À sa place, il en aurait sans doute fait autant.

Décidément, ils formaient une sacrée paire.

Il avait anticipé et s'était préparé à sa réaction quand les portes de l'ascenseur s'ouvrirent... sur Mira. Le regard qu'Eve lui lança lui transperça le cœur.

— J'admirais la vue, dit la psychiatre en se détournant de la fenêtre.

— Je suis content de vous voir, répondit Connors en allant vers elle. Le voyage s'est bien passé ?

— Très bien.

— Votre chambre ici vous convient ?

— Elle est superbe.

Derrière eux, le silence d'Eve était un rugissement de fureur.

— Si nous buvions un verre de vin ? proposa Connors.

— Allez-y, échangez vos mondanités, interrompit Eve d'une voix glaciale. Je vais prendre une douche.

Elle gravit l'escalier au pas de charge, faillit claquer la porte de la chambre. C'est alors qu'elle aperçut le chat sur le lit, qui la contemplait de ses yeux bicolores.

Le cœur battant, la gorge brûlante, elle se rua en avant, s'agenouilla devant l'animal.

— Galahad.

Il cogna sa tête contre la sienne, ronronna comme un camion.

— Il a demandé à Mira de t'amener, murmura-t-elle en frottant son visage contre la fourrure soyeuse. Mon Dieu, je suis dans un état pitoyable.

Elle s'assit par terre, le dos calé contre le lit, et un flot de tendresse l'envahit lorsque le chat sauta sur ses genoux. Il tourna en rond, ses griffes s'enfonçant dans ses cuisses.

— D'accord, d'accord, chuchota-t-elle en lui caressant le dos.

Paupières closes, elle le serra contre elle, et tenta de se ressaisir.

— Je suis désolé, murmura Connors à l'étage en dessous. Je ne lui avais pas dit que vous nous attendiez ici. Je savais qu'elle repousserait cette rencontre et que nous finirions par... j'ai pensé que ce serait encore plus difficile. Je vais chercher le vin.

Il choisit une bouteille au hasard derrière le bar. Pendant qu'il la débouchait, Mira se rapprocha.

— Vous semblez harassé. C'est si rare.

— Je ne le suis pas tant que ça. Je suis surtout énervé. Il faudrait laisser ce vin respirer quelques minutes, mais tant pis, marmonna-t-il en remplissant deux verres.

— Énervé contre Eve ?

— Non. Oui… Enfin, pas vraiment, enchaîna-t-il. Elle est surmenée. C'est surtout à moi que j'en veux. Je ne sais pas quoi faire, quoi dire pour l'aider. Je déteste me sentir aussi désemparé devant la personne qui m'est le plus chère au monde. Excusez-moi, je manque à tous mes devoirs. Je vous en prie, asseyez-vous.

Mira prit place dans un fauteuil et but une gorgée de vin tandis qu'il arpentait la pièce tel un lion en cage.

— Que devriez-vous lui dire, ou faire, selon vous ? s'enquit-elle.

— Justement, je n'en ai pas la moindre idée. Dois-je la laisser travailler jusqu'à l'épuisement ? Cela ne me paraît pas raisonnable. Pourtant, je suis conscient que se noyer dans le boulot, la procédure, lui permet de surmonter le reste.

Il fourra les mains dans ses poches, trouva le bouton gris, le tripota.

— Seulement cette fois c'est différent, continua-t-il. Il ne s'agit pas d'une affaire comme les autres.

— Venir ici représentait en soi une difficulté pour elle.

— Tous les souvenirs remontent en vrac. Les cauchemars s'espaçaient enfin, mais depuis notre arrivée, elle a replongé. Eve est d'un courage infini, vous savez. La voir si terrifiée, si vulnérable…

— Réveille votre terreur et votre vulnérabilité, devina Mira.

Il s'immobilisa, visiblement bouleversé.

— Elle a fait un rêve abominable, le pire de tous. J'ai cru que je n'arriverais pas à l'en arracher. Et c'était avant qu'elle découvre pour sa mère. C'était le seul fait d'être à Dallas, à la poursuite d'un homme qui lui rappelle son père.

— Vous saviez combien l'expérience serait douloureuse pour elle. Avez-vous tenté de l'empêcher de venir ?

— Comme si je l'avais pu.

— Connors, commença Mira, et elle attendit qu'il la regarde. Vous savez pertinemment que vous auriez pu. Vous étiez le seul à pouvoir la retenir à New York. Pourquoi ne l'avez-vous pas fait ?

Il se figea un instant, puis vint s'installer en face d'elle.

— Comment l'aurais-je pu ? Si elle ne s'était pas précipitée ici, n'avait pas fait tout ce qui était en son pouvoir, et que McQueen ait violenté, voire tué Melinda Jones, Eve ne se le serait jamais pardonné. Une partie d'elle-même en serait morte. Ni l'un ni l'autre n'aurions pu vivre avec cela.

— Melinda et la jeune fille sont en sécurité, à présent.

— Mais ce n'est pas fini, et pas uniquement parce que McQueen est dans la nature. Aujourd'hui, Eve a procédé à l'examen préalable du corps de sa propre mère. Seigneur ! s'exclama-t-il en se frottant la tempe. Elle n'a pas eu le temps d'encaisser l'événement, de le comprendre. Elle refuse de se l'accorder. Dois-je la forcer ? Verser une dose de tranquillisant dans son verre pour qu'elle se repose ? La laisser courir jusqu'à ce qu'elle tombe de fatigue ? Dois-je me contenter de la regarder souffrir sans intervenir ?

— Vous avez l'impression de n'avoir rien fait pour elle ?

— J'ai traqué des comptes bancaires et je l'ai obligée à avaler un putain de sandwich. Autrement dit, presque rien. Elle a besoin que je fasse davantage mais quoi ?

— Tu as fait venir le chat.

Eve se tenait sur l'escalier, Galahad à ses pieds. Connors se leva tandis qu'elle traversait la pièce.

— Qui d'autre aurait pensé – aurait su – que j'avais besoin de cet idiot de chat ? Qui ?

— Peut-être que je l'ai fait pour moi, riposta Connors.

Eve secoua la tête, encadra le visage de Connors de ses mains, et le scruta. Elle lut dans son regard du chagrin, de la lassitude et un amour infini.

— Tu m'as amené Mira et Galahad. Pourquoi pas Peabody et Feeney, pendant que tu y étais ? Et Mavis, pour la note comique ?

— Tu les veux auprès de toi ?

En guise de réponse, Eve eut un geste qu'elle ne se permettait jamais en présence de visiteurs. Elle réclama ses lèvres.

— Pardon. Je suis tellement désolée.

— Non. Je ne veux pas que tu le sois.

— Tant pis pour toi. Tu voulais qu'on reprenne notre souffle et j'ai refusé. Tu avais raison. C'est moi qui déconne complètement. Nous allons donc le faire maintenant. J'en profite pour te dire tout de suite que je t'aime car le répit sera de courte durée.

Il lui murmura des mots doux en irlandais, effleura son front d'un baiser.

— Nous y sommes habitués, non ? *A ghra*, tu es si pâle. Elle a déjà perdu du poids, lança-t-il à l'adresse de Mira. Au bout de deux jours à peine.

— Connors s'inquiète. Il me houspille comme une... – elle faillit dire « mère », se ravisa – épouse. Il excelle dans le rôle de l'épouse.

— Tu essaies de me pousser à bout, mais vu les circonstances, je serai indulgent. Si tu t'asseyais ? Je te verse un verre de vin.

— Un grand, s'il te plaît.

Elle se laissa tomber dans un fauteuil, poussa un profond soupir.

— Je sais que je me suis montrée grossière tout à l'heure, Mira. J'imagine que c'est un mécanisme de défense. Toutefois, je vous prie de m'excuser. J'apprécie énormément que vous soyez venue. Merci.

— Je vous en prie.

— J'ai du travail, déclara Connors en tendant son verre à Eve. Je vous laisse bavarder toutes les deux.

— Non, protesta Eve en lui prenant la main. Reste. Cela te concerne aussi.

— Entendu.

— J'ignore par où commencer. J'ai l'impression de déambuler dans un labyrinthe à la nuit tombée, et…

Galahad vint s'étaler sur ses pieds, et soudain elle retrouva ses marques.

— Mon chez-moi me manque. Connors vous a demandé de m'apporter Galahad parce qu'il en est le symbole. Avant lui, je n'ai jamais rien possédé. Je m'étonne encore de l'avoir pris sous mon aile, mais voilà, c'est ainsi. Je me languissais de lui. De Peabody avec sa grande gueule et son bon sens, de Feeney et de Mavis. Et de ma salle commune. Même Summerset me manque ! C'est tout dire.

Connors émit un gloussement et elle se tourna vers lui en étrécissant les yeux.

— Si jamais tu le lui répètes, je te rase le crâne pendant ton sommeil, je t'enfile une culotte à froufrous rose, je te filme et je vends l'enregistrement aux enchères. Je gagnerai une fortune.

— C'est noté, répliqua-t-il en pensant : « Enfin, mon Eve est de retour. »

— Ce n'est pas seulement l'éloignement. Depuis que je suis avec Connors, j'ai souvent voyagé. C'est le fait d'être ici, de travailler avec des inconnus sur un territoire étranger… Et il y a plus que cela, admit-elle tandis que Mira l'encourageait du regard à continuer. Pour moi, McQueen rime avec nouveau départ. Pas uniquement dans ma carrière. Quand j'ai ouvert cette porte à New York, derrière laquelle il séquestrait toutes ces filles, quand j'ai compris ce qu'il leur avait infligé, j'ai effectué un bond dans le passé et je me suis retrouvée, l'espace d'une minute, dans cette chambre d'hôtel à Dallas… Je m'étais probablement rappelé certains détails avant cela, mais c'était la première fois que je ne pouvais pas feindre le contraire. Il leur avait fait subir ce qu'un autre m'avait fait subir.

— Qu'avez-vous ressenti ? demanda Mira.

— Du dégoût, de la peur, de la rage. Mais j'ai tout refoulé, pendant longtemps. De temps en temps, quelques bribes s'échappaient, me tourmentaient, mais je parvenais toujours à les renvoyer dans l'ombre. Puis, juste avant que je rencontre Connors, il y a eu cette affaire. Une fillette – un bébé. Je suis arrivée trop tard.

— Je m'en souviens, murmura Mira. Le père était défoncé au Zeus. Il l'a assassinée avant que vous puissiez la sauver.

— Il l'avait découpée en morceaux. Aussitôt après, j'ai récupéré l'affaire DeBlass dans laquelle Connors était suspect. Il était si... Il était Connors, et si je pouvais l'éliminer de ma liste de suspects, j'étais incapable de l'ébranler. J'ai poursuivi mon enquête, et ma vie a basculé.

— Que ressentiez-vous ?

Eve esquissa un sourire.

— Du dégoût, de la peur, de la rage. Qu'est-ce qu'il veut de moi, celui-là ?

— Veux-tu que je te le dise ? intervint l'intéressé.

Elle le dévisagea.

— Tu me le dis chaque jour. Parfois, j'ai encore du mal à le comprendre, mais je le *sais*. Lorsque ma vie a basculé, les souvenirs sont remontés d'un coup. Mon père, le supplice qu'il m'avait fait endurer. Je ne peux plus ranger cela dans une boîte et sceller le couvercle.

— Est-ce ce que vous souhaitez ? Sceller le couvercle ?

— Jusqu'ici, oui. Maintenant, je veux régler le problème, l'accepter, aller de l'avant. J'étais sur la bonne voie, il me semble. Puis je me suis remémoré la nuit où il est entré dans la chambre, où il s'est jeté sur moi et m'a violée. Il m'a fracturé le bras (elle le massa comme si elle ressentait la douleur). Et je l'ai tué. Je craignais de ne jamais pouvoir vivre avec cela, ce souvenir. Sans Connors, sans vous, je n'y serais pas parvenue. Cependant, en revenant à Dallas, d'autres détails me sont revenus. McQueen et mon père se mélangent dans ma tête.

— Vraiment ?

— Oui. Ce n'est sans doute pas nouveau. Je sais que j'ai tué pour survivre. Je n'étais qu'une enfant désespérée. Mais je sais aussi que j'ai éprouvé… une certaine jubilation à le poignarder. À enfoncer ce petit couteau dans sa chair, encore et encore, j'étais euphorique.

— Pourquoi ne l'auriez-vous pas été ?

Sidérée, Eve fixa Mira.

— J'ai abattu des hommes, depuis, dans mon métier. Sans le moindre plaisir. Si je ressentais de nouveau cette ivresse avec du sang sur les mains, je ne m'en remettrais pas.

— C'est ce qui vous tourmente ?

— Je… savoir que j'ai cela en moi me perturbe.

— Nous l'avons tous en nous, répliqua Mira. Rares sont les gens qui sont en position – ou choisissent – de l'expérimenter. Certains deviennent des monstres. D'autres, des chasseurs de monstres.

— La plupart du temps, je le comprends, et je l'accepte. Ici, tout devient flou… J'ai fait un cauchemar et j'ai attaqué Connors.

— Ce n'était rien, commença-t-il.

— Ne dis pas cela ! N'essaie pas de me protéger. Je t'ai griffé, mordu. Il a saigné, Mira ! Si j'avais eu une arme à portée de main, je m'en serais servie. J'ai peur de dormir, avoua-t-elle spontanément. Peur de recommencer.

— Est-ce arrivé ?

— Non, mais ce matin, j'ai croisé le regard de ma mère, et je l'ai reconnue. Cet après-midi, j'ai examiné sa dépouille, et une fois de plus j'ai replongé dans le passé.

— Et vous craignez que ces souvenirs ne vous poussent à être plus violente parce que vous baissez la garde durant votre sommeil.

— Ce serait logique, non ?

— Je ne peux pas vous promettre que les cauchemars vont cesser, ou qu'ils ne seront pas violents. En revanche, voici ce que je crois. Le premier soir, vous étiez sous pression, en un lieu si évocateur de votre enfance que vous avez… surchargé la machine.

— C'est un terme de psy ?

— C'est un terme que vous comprenez. Vous n'étiez plus capable de contenir vos émotions. Vous n'avez pas attaqué Connors, vous vous êtes défendue contre l'individu qui vous brutalisait dans votre rêve.

— Et comment faire pour que ça ne se reproduise pas ? demanda Eve. Combien de temps allons-nous nous coucher le soir dans la crainte d'une bagarre et d'un bain de sang ?

— Je pourrais vous prescrire un médicament pour une courte durée, répondit Mira. Ou vous pourriez réfléchir à un facteur que vous n'avez pas encore évoqué. Si vous avez reconnu votre mère, n'est-il pas concevable que votre subconscient l'ait déjà identifiée quand vous avez examiné la photo de la partenaire présumée de McQueen ?

— Si. Il me semblait l'avoir déjà croisée quelque part, mais je n'arrivais pas à mettre le doigt dessus.

— Consciemment. Vous avez un sens aigu de l'observation, Eve. Si vous l'aviez reconnue, et qu'on ajoute ce stress à tout le reste, rien d'étonnant qu'il se soit manifesté à travers un cauchemar violent. Elle faisait partie de ce que vous n'aviez pas encore admis, de ce que vous refouliez. La mère, destinée à couver, nourrir, aimer et protéger.

— Elle me haïssait.

— Qu'en savez-vous ?

— Je l'ai vu, je l'ai senti. J'avais combien… trois, quatre, cinq ans ? Elle me cognait. Elle m'avait mise au monde parce que mon père avait eu l'idée géniale d'élever leur propre gagne-pain. À ses yeux, j'étais moins qu'un chien et elle ne me supportait pas. Elle voulait me vendre, mais il a refusé. L'investissement n'était pas encore assez mûr. Quand il s'absentait, elle me battait ou m'enfermait dans un placard. Il faisait noir, j'avais faim. Elle ne m'a même pas donné de prénom. Je n'étais rien pour elle. Moins que rien.

Tremblante, Eve but une gorgée de vin.

— Quand nous nous sommes retrouvées face à face, elle ne m'a pas reconnue.

— Cela vous a blessée ?

— Non. Je ne sais pas. Je sais seulement que, l'espace d'une minute, je suis redevenue une moins que rien. Comme si elle m'avait tout confisqué, Connors, mon insigne, ma vie, moi-même. Tout a disparu simplement parce qu'elle était là, devant moi. Je ne veux plus être une moins que rien.

— Tu ne le seras jamais, articula Connors d'une voix empreinte de colère. Tu t'en es sortie envers et contre tout. Ils n'ont pas réussi à te détruire. Tu es un miracle. Tu es mon miracle, et tu ne seras jamais rien d'autre.

— Je porte mes parents en moi.

— Et moi, donc ? Tu es au courant. Tu sais comment j'ai choisi de lutter, et pourtant tu es avec moi. De toutes les possibilités qui t'étaient offertes, tu as choisi de protéger et de servir, de rendre justice aux victimes. Même elle. Désormais, même elle.

— J'ai vu qui elle était dans ce lit d'hôpital où je l'ai expédiée. Couverte de bleus.

— Comme vous dans votre enfance, suggéra Mira.

— Comme moi. J'ai éprouvé… du mépris, peut-être, ou du dégoût, tandis que je l'étudiais comme un insecte dans l'espoir de m'être trompée. Mais je savais qui elle était, ce qu'elle était.

— Qu'était-elle ?

— Égoïste, cruelle et sournoise. Mais j'ignore toujours pourquoi... Tout ce sang. Cette mare écarlate. Je me suis demandé ce qu'il contenait. Qu'y avait-il dans ce sang, le sien, le mien ? Nous avons les mêmes yeux.

— Non, trancha Connors. Tu te trompes.

— Elle en a changé la couleur, mais...

— Non ! répéta-t-il. Qui connaît tes yeux mieux que moi ? Figure-toi que j'ai observé de près ces photos d'identité. La couleur, on peut la modifier sur un caprice. Ce qui compte, c'est la forme. Tes yeux sont les tiens, Eve. Ils ont leur couleur, leur forme et, par-dessus tout, ce qu'ils transmettent. Tu n'as rien hérité d'elle.

— Cela me rassure parce que je n'ai pas envie de me regarder dans un miroir et de l'y voir. Je ne veux pas qu'un jour tu me regardes et que tu...

— Jamais.

— C'est idiot d'y attacher de l'importance, marmonna Eve d'un ton las. Je sais que je ne lui ressemble en rien. Melinda et Darlie n'étaient pour elle qu'un moyen au service d'une fin. Pas des êtres humains. Tout ce qu'elle voulait, c'était sa prochaine dose de came. Mener les flics en bateau. Retrouver McQueen – sa faiblesse. Elle avait le don de craquer pour des hommes qui l'obligeaient à aller contre ses désirs. Mettre un enfant au monde, faire les courses, préparer un repas. Elle cédait à McQueen parce qu'il la comblait comme une drogue. Elle vivait un mensonge, mais chez elle, c'était une seconde nature. Comme utiliser et exploiter les autres. Elle m'a abandonnée à mon père en toute connaissance de cause. Il me maltraitait déjà. Pourtant, elle est partie sans moi.

— Comme elle a abandonné Darlie à McQueen, ajouta Mira.

— Oui. Je savais ce qu'elle était, et je ne ressentais que du mépris. Puis j'ai eu la nausée, je me suis mise à frissonner. J'ai dû me contrôler. Il le fallait parce que si nous ne retrouvions pas Melinda et Darlie sans son aide, je devrais revenir la cuisiner. Mais elle s'est précipitée chez McQueen. Elle a assassiné un flic sans l'ombre d'un remords pour le rejoindre. Et quand je suis entrée dans cet appartement, quand je l'ai vue par terre, dans cette mare de sang, j'ai ressenti…

— Quoi ? Qu'avez-vous ressenti ? s'enquit Mira.

— Un grand soulagement ! s'écria Eve. Elle ignorait qui j'étais, elle ne l'apprendrait jamais. Je ne passerais pas le restant de mes jours à surveiller mes arrières au cas où elle rassemblerait les pièces du puzzle, s'en servirait contre moi, contre Connors et tous ceux que j'aime. Elle était morte, et moi, j'étais soulagée.

Eve posa la main sur sa bouche, ravala un sanglot.

— Mais tu n'as pas éprouvé de la joie, fit remarquer Connors posément.

— Quoi ?

— Tu n'as pas éprouvé de la joie.

— Mon Dieu, non ! Il lui avait tranché la gorge comme à un cochon. Peu importe ce qu'elle était, il n'avait pas le droit de lui ôter la vie.

— CQFD, lieutenant.

— Je…

Elle essuya ses larmes, se tourna vers Mira.

— C'est une chance exceptionnelle d'avoir auprès de soi quelqu'un qui vous connaît et vous comprend si bien, déclara cette dernière. Qui vous aime telle que vous êtes. Il vous pose la question, comme je m'apprêtais à le faire, alors qu'il connaît déjà la réponse. Vous étiez soulagée parce qu'une menace qui pesait sur vous, ce que vous êtes, ce que vous possédez, ceux que vous aimez, était éliminée. Vous bataillez pour traiter cette victime-là comme n'importe quelle victime. Ce qu'elle n'est pas.

— Elle a été assassinée.

— Et McQueen devra payer pour ce crime. Vous devez participer à son arrestation non pas à cause du lien qui vous unit à elle, mais parce qu'elle a été tuée ici, à Dallas, par un homme que vous considérez comme aussi monstrueux que votre père. Vous avez envie de tout plaquer, mais vous en êtes incapable. Votre soulagement ne vous empêchera pas de lui rendre justice. Ce conflit engendre du stress, du chagrin et des doutes. J'espère que le fait d'exprimer vos tourments vous apaisera.

— Je l'aurais envoyée en prison.

— Une fois de plus, elle avait jeté son dévolu sur un monstre.

— Elle le croyait toujours vivant. Richard Troy. J'ai parlé de lui. Pour la tester, je suppose. Je lui ai laissé entendre qu'il nous avait communiqué des informations à son sujet.

— Bien joué, commenta Connors. Pardon, ajouta-t-il en la voyant froncer les sourcils. Est-ce méchant de ma part ? Devrais-je réagir autrement ?

— Non, chuchota Eve en fixant son verre de vin.

— Je regrette qu'elle soit morte, reprit Connors. Sincèrement. J'aurais voulu la savoir en prison. Mais à chacun ses déceptions.

— Tu la hais. Je n'en ai pas la force. Je ressens… comment dire… du dégoût, un peu de honte. Je n'y peux rien. J'aurais préféré la haine. Si elle avait vécu, j'y serais peut-être parvenue. N'empêche, bien que soulagée, je m'estime dupée. J'ignore ce que cela signifie.

Mira croisa ses jolies jambes fines.

— Vous voulez mon avis de professionnelle ? Cela signifie que vous réagissez de façon très saine à une situation très malsaine. Cette affaire vous accable tous les deux, mais vous êtes là, ensemble. Avec votre chat.

Eve laissa échapper un gloussement tandis que Galahad continuait à ronfler à ses pieds, les quatre pattes en l'air.

— Vous avez besoin de dormir. Si vous voulez un somnifère, je peux vous le prescrire, proposa Mira.

— Je préfère m'en passer.

— Si vous changez d'avis, je serai là.

— Je suis contente d'avoir un médecin à proximité au cas où j'attaquerais Connors.

— Pour l'heure, je vous prescris un repas et du repos.

— Pour la première fois de la journée, j'ai faim, constata Eve avec surprise.

— C'est bon signe. Je suis à côté si vous avez besoin de moi.

— Restez manger avec nous, proposa Connors.

— Une autre fois. Profitez de ce tête-à-tête. S'il y a du nouveau concernant l'enquête, j'aimerais en être informée.

— Bien sûr, répondit Eve, qui se leva en même temps que Mira. Que vous soyez venue, que vous m'ayez écoutée m'a beaucoup aidée.

Connors raccompagna la psychiatre jusqu'à la porte, se pencha pour l'embrasser.

— Merci, souffla-t-il.

Il revint vers Eve.

— Tu es aimée. Un jour, quand tu penseras « maman », j'espère que tu penseras à Mira.

— Quand je pense « bien », je pense à elle. C'est déjà ça.

— En effet.

— Pardonne-moi. J'ai été injuste envers toi.

— Et réciproquement.

— On se disputera sûrement encore avant la fin de cette histoire.

— Certainement. Si on se restaurait avant ?

— Bonne idée.

Elle noua les bras autour de son cou.

— Que dirais-tu d'un bon plat de spaghettis bolognaise ?

— Youpi ! s'exclama-t-elle en se blottissant contre lui.

334

Puis elle éclata de rire tandis que Galahad, qui s'était miraculeusement réveillé, venait serpenter entre leurs jambes.

— Il a l'ouïe fine, ce chat.

— Je commande trois parts. Il mérite qu'on le gâte un peu, non ?

— D'accord, mais pas de vin pour lui. Il supporte mal l'alcool.

Elle se serra encore un instant contre Connors, s'imprégnant de sa tendresse, lui offrant la sienne en retour.

— Une dernière chose, dit-elle, ensuite je n'en reparlerai plus, du moins pour le moment.

— Je t'écoute.

— Quand j'étais gamine – après le drame, à l'époque où j'étais ballottée de foyers en familles d'accueil, je m'imaginais qu'on m'avait volée à mes parents. Je me disais qu'ils allaient me retrouver, me ramener chez nous, dans une belle maison avec un jardin et plein de jouets. Qu'ils seraient formidables, parfaits, et qu'ils m'aimeraient... Au bout d'un certain temps, j'ai dû accepter la réalité. Personne ne viendrait jamais. Il n'y avait ni maison, ni jardin, ni jouets. J'ai tenu bon et un jour, j'ai décroché le jackpot. Je t'ai rencontré.

Elle s'écarta, lui prit les mains et les serra dans les siennes.

— J'ai eu une chance folle, Connors. Tu es ma réalité.

Il porta ses mains à ses lèvres, les embrassa.

— Pour toujours.

20

Il s'attendait qu'elle se remette au travail après le repas, et c'est ce qu'elle fit. Mais Mira avait raison. Il la comprenait.

Elle avait besoin d'agir, d'avancer. De parler avec Peabody, ne fût-ce que brièvement.

— Ils continuent à chercher son terrier new-yorkais, annonça Eve après avoir coupé la communication. Toutefois, ils ont réussi à retracer toutes les étapes entre son évasion et son arrivée à Dallas.

Elle se planta devant son tableau de meurtre, entama une nouvelle chronologie.

— Il récupère un colis à l'adresse postale qu'il avait communiquée à sa partenaire. Papiers d'identité, vêtements, outils, communicateur. De là, il gagne son ancien appartement. Il neutralise Schuster et Kopeski, les torture. Il s'offre un petit-déjeuner, fait le ménage, récupère ce dont il a besoin. Puis il sort se balader. Il se rend à l'hôtel *Warfield* où il a réservé une suite sous le nom de Milo. On lui remet un paquet déposé à son intention – le costume, selon moi. Peabody a retrouvé le taxi qui l'y a amené, et c'est du sacrément bon boulot. Il l'avait hélé à cinq pâtés de maisons de l'immeuble. Nous avons les disques de sécurité de la réception.

Elle commanda le démarrage de la bande.

— Regarde, Connors, il est déguisé. Manteau, casquette, lunettes de soleil, baskets – toutes ces affaires appartiennent à Schuster. Il me contacte depuis la chambre en se servant d'un filtre et d'un brouilleur. Il appelle le service pressing pour qu'on lui repasse le costume que lui a envoyé sa partenaire. Il commande un repas copieux en room service. Il s'habille.

Elle afficha une autre bande sur laquelle on le voyait émerger de l'ascenseur, cheveux blonds, complet élégant, mallette probablement achetée à New York.

— Il a payé sa note par carte depuis sa suite. Il monte dans une limousine préalablement commandée. À un bloc du Central, il descend, demande au chauffeur de patienter. Il fait une apparition à la remise de médailles, remonte dans la voiture qui le conduit à l'aéroport. À bord de la navette, il s'offre un en-cas et deux verres de cabernet. Stibble a avoué avoir aidé McQueen à acheter le véhicule qui l'attendait à l'atterrissage.

Elle ricana.

— D'après Peabody, McQueen lui aurait expliqué que c'était un cadeau pour un vieil ami.

— Il a mal jaugé ses complices, commenta Connors.

— Il n'avait pas l'embarras du choix. Du reste, Stibble lui a rendu service. McQueen n'avait pas imaginé qu'on le démasquerait aussi vite, voilà tout.

— Une erreur de calcul parmi beaucoup d'autres au cours de ce deuxième round.

— Ces erreurs ne l'ont pas empêché de tuer deux personnes, d'en torturer deux autres, d'enlever Melinda, d'enlever et de violer Darlie.

— Donc, il ne faut pas le sous-estimer, conclut Connors.

— Surtout pas. On le perd quand il prend possession de sa voiture ici, mais ce n'est pas grave. je pense qu'il s'est rendu dans un magasin de vins et spiritueux et a fait quelques courses avant de rejoindre l'appartement.

Elle fourra les mains dans ses poches, s'efforça de se mettre dans la tête de McQueen.

— À mon avis, il n'a pas précisé son heure d'arrivée à Sylvia. Il ne tenait pas à ce qu'elle soit là pour l'accueillir. Il avait d'autres chats à fouetter, envie de savourer sa solitude, de vérifier les caméras, de cacher ce qu'il ne voulait pas lui montrer. D'autant qu'elle aurait exigé des retrouvailles romantiques, non ? Il n'en a pas le temps. Il veut ramener Melinda avant de servir le champagne et le caviar.

Eve tourna autour du tableau.

— Selon toute vraisemblance, il a aussi fait un saut à son logement de repli, histoire de s'assurer que tout y était prêt.

Tournant la tête, elle aperçut Galahad, endormi dans le fauteuil. Connors buvait son café en la contemplant.

— Quoi ?

— Rien. J'observe mon flic. J'aime la voir à l'œuvre.

— J'ai enfin l'impression de toucher au but. Je me sens mieux.

— Je vois ça.

— Je me suis aéré la tête et rempli la panse. McQueen est cuit.

Il lui sourit.

— Que déduis-tu de tout cela ? fit-il. Les courses, le caviar ?

— Un schéma comportemental. Il a dû prendre le temps de changer ses cheveux, de modifier légèrement son visage, la couleur de ses yeux. Ce qui implique l'acquisition d'accessoires. Perruques, produits de maquillage. Nous n'avons rien découvert de la sorte à l'appartement, il a donc tout emporté avec lui. Ce qui signifie qu'il a l'intention de s'en resservir.

Elle recula d'un pas pour étudier les diverses photos d'identité qu'il avait utilisées.

— Tu m'offres sans arrêt des bijoux, lâcha-t-elle.

— Tu vas à la pêche aux cadeaux ?

— Sûrement pas, je suis plus que comblée. Sylvia en avait chez elle. Deux ou trois très belles pièces. Elle en portait quand j'ai défoncé sa fourgonnette. Elle devait en avoir d'autres chez lui, non ?

Connors réfléchit.

— Si. Elle espérait vivre avec lui. Quand une femme manœuvre pour s'installer chez un homme, elle a tendance à oublier des choses chez lui. Histoire qu'il s'habitue.

— Vraiment ?

Il ne put s'empêcher de sourire devant son étonnement.

— Tu t'en es bien gardée au début. J'ai dû me contenter d'un bouton égaré.

— Vivre avec toi ne faisait pas partie de mes projets. Mais les projets évoluent. Admettons qu'elle ait laissé des babioles chez lui. Il les a ramassées. Il compte s'en servir ou les revendre. Les autorités locales pourraient se pencher sur la question.

— Ça me paraît compliqué dans la mesure où tu ignores ce qu'il a et quand il compte s'en séparer.

— Toute enquête comporte son lot de complications. Il faut aussi que les collègues du coin découvrent les artisans que la partenaire a sollicités pour l'insonorisation et l'installation du dispositif de sécurité. Il en avait besoin pour l'appartement. Ont-ils été recrutés pour le logement de repli ? Non, marmonna-t-elle avant que Connors puisse ouvrir la bouche.

— Non, acquiesça-t-il. Parce qu'ils auraient pu, malgré l'interdiction de McQueen, parler du deuxième contrat à la partenaire. C'était une joueuse, elle savait y faire. Le sexe, l'argent, ou tout simplement poser la bonne question au bon moment, et le tour était joué, elle découvrait le pot aux roses.

— Donc, les locaux se concentrent sur le premier lieu et nous, sur le second. J'aimerais que tu te mettes en quête de ce dernier. Un logement plus luxueux, plus classe, plus central. Il a dû s'en occuper depuis la prison et sans complices à l'extérieur. Je vais brancher Feeney là-dessus, à partir des transmissions de McQueen. Malheureusement, elles sont de mauvaise qualité.

— Il faut du temps pour recouvrer des communications brouillées, effacées et filtrées.

— Je ne dis pas le contraire. Nous, on travaille dessus ici et eux, là-bas. Quant aux locaux et aux fédéraux, ils se mêlent de leurs oignons.

— Tu veux l'épingler toi-même, décida Connors. Avant, tu voulais qu'il tombe, mais tu te fichais de savoir qui le ferait trébucher. À présent, tu veux t'en charger.

Pour gagner quelques secondes, elle alla se commander un café à l'autochef.

— Ce n'est pas parce qu'il l'a tuée, commença-t-elle en tournant le dos à Connors. Pas à cause du lien entre elle et moi.

— D'accord.

— C'est parce qu'il a tué, point à la ligne. Parce qu'elle a égorgé un flic. Parce que le père de Darlie m'a offert une glace alors qu'il avait du mal à retenir ses larmes. Et aussi, je suppose, parce que je me revois enfant, dans ce lit d'hôpital, avec ce policier qui m'interrogeait.

— Peu m'importent tes raisons à moins qu'elles ne comptent pour toi. J'en suis heureux, Eve, car depuis le début, cette affaire est personnelle. Pas la peine de riposter que c'est impossible, que tu dois rester objective. Pour toi, c'est toujours une affaire personnelle. C'est pourquoi tu réussis si bien dans ce métier.

— J'aimerais appréhender McQueen, mais je ne râlerai pas si quelqu'un y parvient avant moi.

— Entendu. Je me mets en quête de ton lieu luxueux, classe et central.

— Avec une belle vue sur la ville. Pas moins de deux chambres à coucher, deux salles de bains et un garage souterrain. Quelle heure est-il à New York ?

Il secoua la tête.

— Une heure de plus qu'ici. La Terre tourne, Eve, quand bien même cela t'exaspère.

— Elle peut tourner autant qu'elle veut. Je ne comprends pas pourquoi les gens ne se mettent pas d'accord sur une heure commune.

— J'y songerai pendant que j'effectue ta recherche et que je discute avec Hong Kong.

— Quelle heure est-il là-bas ?

— Le matin.

— Tu vois ? C'est complètement dingue.

Elle s'assit à son bureau, appela Feeney.

Entendre sa voix, voir son visage à l'écran, quel réconfort !

— Yo ! s'exclama-t-il.

En un éclair, elle se retrouva à New York.

— Je voudrais que tu m'explores une piste. Qu'est-ce que c'est que ce boucan ?

— Match de base-ball. Score nul, fin de la deuxième manche. Deux joueurs éliminés, un autre sur la première base. Si les *Mets* se tiennent à carreau, ils réussiront peut-être à remporter la division ce soir.

— Merde, je voulais le voir, ce match.

— On n'a pas le droit de regarder le base-ball, là-bas ?

— Si. Sans doute. Je tâcherai de le capter en différé.

Il secoua tristement la tête.

— Pas pareil.

— Mieux que rien. Bref, voici mon hypothèse : McQueen aurait un deuxième terrier à Dallas.

— Peabody m'a mis au courant. Elle se débrouille bien. Je sais que McQueen a égorgé sa partenaire et filé. Que tu as sauvé la femme et la gamine.

— Cette salope a tué un flic, quitté l'hôpital à pied, volé une voiture sur le parking. Elle avait une heure d'avance sur nous.

— Oui, ça aussi, je le sais.

Il changea de position pour figer l'image du match à l'écran, et Eve constata qu'il était chez lui, pas au Central. Compte tenu de l'heure, elle aurait dû s'en douter.

« Chez lui, songea-t-elle. Le match, une bonne bière. »

— Je suis consciente que vous travaillez sans relâche, dit-elle.

— Vingt-quatre heures sur vingt-quatre. Extraction d'octets, nettoyage, rapiéçage. Ce type n'a rien d'un amateur.

— Je suis à l'affût d'octets d'une autre sorte. S'il a un logement de repli... et il en a un, j'en suis sûre, Feeney. Certaine. Je me pose la question : en avait-il un, il y a douze ans ? À l'époque, nous l'avions lui, nous n'avions pas de raisons de creuser la question. Or, tout indique qu'il en a prévu un ici. Il a donc dû le trouver, le louer ou l'acheter. Pour cela, il a forcément contacté une agence immobilière, non ? Quand bien même il aurait confié cette mission à un intermédiaire, il aura communiqué avec ce dernier, lui aura viré des fonds.

Feeney goba quelques pralines, les arrosa d'une gorgée de bière.

Au prix d'un petit effort, Eve s'imagina en face de lui dans son bureau du Central, à discuter pistes et hypothèses.

— La logique voudrait qu'il se soit procuré une planque, au cas où la situation déraperait. Il ne va pas quitter Dallas de sitôt, pas tant qu'il ne t'aura pas attirée dans ses filets, déclara Feeney. Il a toujours eu l'intention de supprimer sa partenaire. Ton intervention l'a obligé à le faire plus tôt qu'il ne l'escomptait. À en juger par ce qu'il a emporté, il avait d'autres affaires ailleurs. Le fait est qu'il est malin. Le plus sage, pour lui, c'est de faire profil bas, de te laisser rentrer chez toi, de patienter, puis de t'attaquer dès que tu auras baissé la garde.

— Il ne peut pas aller de l'avant tant qu'il ne m'aura pas piégée. Il a enlevé la gamine parce qu'il avait besoin de prendre son pied, mais aussi de me provoquer. De surcroît, cela lui permettait de brandir deux appâts ou outils de marchandage. À présent, il n'en a plus du tout.

— Tu penses qu'il va enlever une autre fille ?

Cette possibilité l'avait rongée toute la journée.

— Je crois que nous avons un, peut-être deux jours devant nous. Il a besoin de se ressaisir, et sa partenaire n'est plus une entrave. Il est énervé, Feeney, mais assez intelligent pour s'accorder un délai de réflexion. En plus, il a les enregistrements. Le plaisir ne sera pas le même – un peu comme de visionner un match en différé –, mais cela suffira à le calmer.

— Quel malade ! Je programme quelques mots clés : locations, immobilier, acompte, clôtures… Si on parvient à trouver des correspondances, on aura une piste, et on pourra se concentrer sur l'analyse du communicateur. Je ne te promets pas d'avoir un résultat en une journée, mais on s'y attelle.

— Connors se charge de cette recherche de notre côté. Quant à moi, j'attaque l'angle des achats – sécurité, insonorisation. Nous disposons d'une multitude d'éléments : étiquette de champagne, marque, modèle et plaque d'immatriculation de son véhicule, faux documents d'identité. Les fédéraux s'apprêtent à geler ses comptes, Feeney.

— De quoi le mettre hors de lui.

— Oui, et peut-être de quoi l'inciter à commettre un faux pas. Ou l'ébranler suffisamment pour qu'il emprunte la voie que tu suggérais tout à l'heure : se cacher et attendre.

Eve hésita. Elle avait du mal à mettre un terme à leur conversation.

— Comment va ta femme ?

— Égale à elle-même. Elle est à son cours de poterie. Pourquoi ?

— Comme ça.

Voilà qu'elle se mettait à papoter, maintenant. Il était vraiment temps qu'elle rentre à New York.

— Donne-moi des nouvelles.

— Repose-toi, Dallas. Tu as des valises sous les yeux.

— Je ne vais pas tarder à me coucher.

Mais elle se leva, se rendit dans le bureau de Connors.

— Il a forcément un autre compte.

— Pour régler son loyer ou ses traites, les frais inhérents à un deuxième local non encore identifié, acheva Connors. Je suis dessus.

Il s'adossa à son fauteuil, l'examina un instant.

— J'ai un problème à résoudre avec Hong Kong. Tu pourrais en profiter pour commencer tes recherches sur la sécurité et l'insonorisation, suggéra-t-il.

— Absolument.

« Quartier chic, immeuble haut de gamme, grand luxe », médita-t-elle en regagnant son bureau.

Un bâtiment neuf ?

Elle pensa à toutes les grues dressées à travers la ville, aux tours qui jaillissaient du sol comme des mauvaises herbes scintillantes. Pourquoi pas un appartement sur plan, conçu selon ses exigences personnelles ? N'était-ce pas plus facile que de rénover de l'ancien ?

Elle s'apprêtait à retourner chez Connors pour lui soumettre cette idée mais se rappela Hong Kong. Connors était plus rapide qu'elle, mais cette tâche ne l'effrayait pas.

— Ordinateur, rechercher édifices érigés à Dallas au cours des deux dernières années. Zone centrale, équipements résidentiels.

Paupières closes, elle énuméra sa liste de critères.

« Il y est déjà, songea-t-elle. En ce moment même, il est dans son nouvel appartement en train de ruminer parce que ses plans ont changé. Mais il remet de l'ordre dans tout ça, et il se dit qu'au fond, ce n'est pas plus mal ainsi. Le défi n'en est que plus amusant, le meurtre n'en sera que plus significatif. Mais il rêve de commencer sa toute nouvelle collection. À moi de l'en empêcher. »

Sentant qu'elle s'assoupissait, elle se redressa dans son fauteuil. Quand l'ordinateur annonça les résultats – décidément, dans cette ville, ils construisaient à tour de bras –, elle se leva pour se servir un autre café.

Connors la découvrit voûtée sur sa machine, comme sous le poids de la fatigue.

— Tu en as fini avec Hong Kong ?

— Pour l'instant.

— Je me suis dit qu'il avait peut-être opté pour un appartement sur plan. Le problème, c'est que les immeubles neufs sont innombrables, mais je suis en train de réduire le champ.

— Excellente initiative.

Il y avait pensé aussi et avait lancé une recherche auxiliaire. Toutefois, il jugea inutile de le lui préciser.

— Viens avec moi.

— Tu as un filon ?

— Ça tourne… comme ton programme, ajouta-t-il en se penchant pour pianoter sur son clavier. Inutile de rester plantés devant nos écrans jusqu'à pleurer des larmes de sang.

— Je veux effectuer un recoupement avec…

— L'ordinateur s'en chargera, trancha-t-il en la hissant sur ses pieds.

— Je n'ai pas sommeil.

— Très bien. Il existe d'autres moyens de se détendre.

— Ha ! railla-t-elle. Ça ne m'étonne pas de toi.

— Le sexe, le sexe et encore le sexe. Et tu te demandes pourquoi je t'ai épousée.

— Cette fois, tu vas devoir mettre ce programme en attente, riposta-t-elle.

Mais, déjà, il la poussait vers la salle de bains. Il avait rempli l'énorme baignoire encastrée dans le sol, et il s'en dégageait un parfum floral lénifiant. Il avait aussi allumé des bougies qui ajoutaient à l'atmosphère apaisante.

— Un bain chaud, décréta-t-il. Ou plutôt, te connais-sant, bouillant. Du calme et un disque de réalité virtuelle destiné à détendre et à recharger les accus.

Comme elle avait laissé sa veste et son harnais dans le bureau, il se contenta de lui faire passer sa chemise par-dessus la tête.

— Assieds-toi, je t'enlève tes boots.

— Je peux me déshabiller toute seule.

— Pourquoi me priver de mes petits plaisirs ?

Docile, elle le laissa poursuivre sa tâche. Lorsqu'elle s'immergea dans l'eau bleu pâle, elle laissa échapper un profond soupir.

— Je reconnais, ça fait du bien.

— Jets, puissance maximale, ordonna-t-il.

Elle gémit tandis que l'eau pulsait contre ses muscles endoloris.

— C'est encore mieux.

— Visons encore plus haut. Essaie la réalité virtuelle.

Elle n'avait pas envie de réalité virtuelle, mais elle n'avait pas non plus envie de rester seule. Ce qu'elle voulait se tenait au-dessus d'elle et l'observait d'un air beaucoup trop soucieux.

— Tu pourrais t'accorder une pause, toi aussi.

— Pourquoi pas ?

— La baignoire est immense. On pourrait presque y nager.

— Alors je vais t'y rejoindre. Dans une minute.

Dès qu'il fut sorti, elle s'adossa à la paroi, contempla le plafond. Il n'était pas orné de miroirs – Dieu merci –, mais d'un matériau réfléchissant qui accrochait les lueurs de flammes et les transformait en minuscules étoiles.

Joli.

Connors revint avec deux verres de vin blanc, qu'elle lorgna d'un œil soupçonneux.

— Je n'y ai rien ajouté, déclara-t-il en les posant au bord de la baignoire pour se dévêtir. Parole d'honneur.

S'il y avait versé une dose de tranquillisant, il le lui aurait dit. Elle s'empara du sien et but une gorgée.

— Un match de base-ball et une bonne bière.

— Pardon ?

— Un match de base-ball et une bonne bière, répéta-t-elle. C'est ainsi que les flics se ressourcent. Pas dans une piscine à jets avec du vin.

— Je t'en inflige, des sacrifices.

— Tu ne crois pas si bien dire, murmura-t-elle en le contemplant.

Qu'il était beau ! Élancé, musclé, athlétique et viril sous ses costumes à la coupe parfaite.

À elle. Rien qu'à elle.

En entrant dans l'eau, il laissa échapper un juron. Eve s'esclaffa.

— Elle n'est pas si chaude.

— Si j'avais un homard, on pourrait le faire bouillir et le déguster.

— C'est toi qui as réglé la température.

— Exact. Et maintenant, puisqu'il n'y a pas le moindre homard en vue, ce sont mes testicules qui sont en train de cuire.

Il avait fait couler ce bain pour elle, afin qu'elle se détende et prenne un peu de recul. Elle repensa à ce qu'elle l'avait entendu confier à Mira, à son expression anxieuse.

Il avait besoin de ce moment autant qu'elle.

— Je suppose que Hong Kong n'est qu'un problème à régler parmi d'autres.

Paupières closes, il savoura une gorgée de vin.

— L'avantage, quand on tient les rênes, c'est que l'on peut choisir de les poser quelques minutes.

— Tu devrais peut-être essayer la réalité virtuelle, suggéra-t-elle.

Il rouvrit les yeux.

— À vrai dire, la réalité toute simple me convient parfaitement.

Ils étaient assis face à face, et elle glissa le pied le long de sa jambe.

— Quoi qu'il arrive, nous rentrerons à la maison d'ici deux jours, déclara-t-elle.

— Le plus tôt sera le mieux.

— Oh que oui ! On va devoir acheter une paire de bottes de cow-boy pour Peabody, j'imagine. Feeney me dit qu'elle se débrouille comme un chef.

— Excuse-moi, ce doit être l'alcool qui me monte à la tête. Es-tu en train de me dire que je vais faire du shopping avec ma femme ?

— Je te déconseille de t'y habituer, camarade.

— Et si on offrait un Stetson à Feeney ?

Eve, qui avait pris une gorgée de vin, faillit s'étrangler de rire.

— Tu l'as fait exprès.

— Éperons et jambières pour McNab. Phosphores- centes, précisa-t-il.

Hilare, elle s'immergea jusqu'au menton.

— Je ne sais même pas à quoi ressemblent des jambières.

Connors nota, enchanté, que son regard brillait de nouveau.

— Cravates lacets pour les autres membres de l'équipe, continua-t-il.

— Quelle horreur !

— Une de ces jupettes à franges pour Mavis.

— Elle en possède déjà probablement une dizaine.

« Au diable la réalité virtuelle », décida-t-elle alors qu'il continuait sur sa lancée. S'immerger dans un bain bouillonnant en parlant de tout et de rien, c'était vrai- ment le nirvana !

Quand elle eut vidé son verre et que l'eau se rafraîchit, ils en sortirent ; Connors s'empressa de l'envelopper dans un épais drap de bain tiède.

— Si on regardait un film ?

Elle se tourna vers lui, écarta les pans de la serviette pour l'en envelopper.

— Pourquoi pas ? C'est l'étape qui vient tout de suite après les spaghettis bolognaise ?

— C'était mon plan.

Elle plongea son regard dans le sien.

— Mais, apparemment, j'ai sauté une étape, murmura-t-il en s'inclinant sur elle.

— Ce n'est pas dans tes habitudes.

Il s'empara de ses lèvres et savoura l'exquise sensation de ce corps humide et parfumé pressé contre le sien.

Quand il la souleva, la serviette tomba à terre.

Les mots n'étaient plus utiles. Ils en avaient eu assez. Assez des tempêtes et des réconciliations. Eve demeura blottie contre lui sur le lit, tandis qu'elle lui couvrait le visage de baisers. Déjà excité, déjà perdu, il fit courir ses mains sur son corps.

Vite, vite, pas le temps de réfléchir, il la sentit se cambrer, frissonner. Accepter.

Il la comblerait, ils se combleraient mutuellement. L'espace d'un moment, les souillures sordides de cette journée s'effaceraient.

L'espace d'un moment, le plaisir et la passion asphyxieraient la douleur.

Elle sentit le cœur de Connors palpiter contre le sien, un battement sourd, frénétique, réjouissant, réconfortant. Vie contre vie. Leurs vies.

Rien ne pourrait jamais changer cela, ni les cauchemars, ni la honte, ni la culpabilité. Elle s'était arrachée à l'obscurité et était désormais avide de toute la lumière dont il l'inondait.

Une lumière qui la transperça tels des milliers de flèches lorsqu'il l'emmena jusqu'à l'orgasme.

Elle poussa un cri dans lequel Connors crut percevoir un zeste de triomphe. Il comprenait. Malgré tout ce qu'elle avait subi, elle était encore capable de ressentir, de prendre et de donner. De vivre et de s'épanouir. D'avoir envie de lui.

Que ce soit possible, qu'elle le fasse, le rendait humble. L'émerveillait.

Elle glissa sur lui, se délectant de sa chair à le rendre fou de désir. Quand il la tira vers le haut, elle s'assit à califourchon, le prit en elle jusqu'à la garde, le chevaucha comme un étalon sous le fouet.

Juste avant que sa vision ne se brouille, il vit la courbe de son corps, son expression de joie féroce.

Elle s'affaissa sur lui, épuisée, haletante.

— Mon Dieu, souffla-t-elle. Merci mon Dieu. Merci mon Dieu. J'avais peur que… tu comprends, après une journée pareille… mais c'était juste comme ça devait être.

— Mon Eve adorée, murmura-t-il en lui caressant le dos.

— Ce fut une étape très réussie, conclut-elle en calant la tête au creux de son épaule.

— Peut-être même plus encore que les spaghettis bolognaise.

Elle demeura silencieuse un instant, puis :

— Je sais que tu veux que je dorme. Malheureusement, je ne… si on regardait un film, histoire d'aller jusqu'au bout de toutes les étapes ?

— D'accord. Un porno ?

À la satisfaction de Connors, elle rit et le gratifia d'un coup de coude.

— Espèce de pervers. Tu viens d'avoir ta dose, non ?

— Voilà qui montre ton incapacité à établir une distinction entre art et pornographie de bas étage.

— Dans ce cas, restons-en là. Feeney suivait le match de base-ball. Les *Mets* pourraient remporter la division ce soir. Il doit y avoir une rediffusion, un différé ou je ne sais quoi.

— Base-ball, ordonna-t-il en remontant la couette.

Elle sombra au début de la cinquième manche. Connors s'étonna qu'elle ait tenu aussi longtemps.

Il commanda la diminution de l'éclairage, au cas où elle se réveillerait, l'extinction de l'écran. Puis, la serrant contre lui, il s'endormit à son tour.

Plus près d'elle qu'elle ne l'imaginait, Isaac McQueen errait dans son nouvel espace. L'appartement était tel qu'il l'avait conçu, au détail près – couleurs, étoffes, matériaux, aménagement.

Pourtant, il avait l'impression de tourner en rond.

À cause de cette salope de Dallas, il était de nouveau enfermé. Une fois de plus, elle avait eu de la chance. Tout ça, à cause de cette idiote de Sylvia.

Heureusement, elle était morte. Sa stupidité, ses demandes sans fin ne seraient plus un problème. Elle lui avait rendu service, mais il n'aurait aucun mal à la remplacer le moment venu. Une femme sur qui il pourrait compter et qu'il n'aurait pas à charmer, former et gérer depuis la prison.

Tout le problème était là. Il ne s'était pas trompé dans son choix. L'intervention de Dallas l'avait empêché de la former correctement, voilà tout.

« La prochaine fois », se dit-il en remuant son verre de cognac.

Il maîtrisait encore la situation. N'avait-il pas prévu l'imprévisible ? Certes, sans cette idiote de Sylvia, il aurait eu Darlie pour se divertir. Rien ne le mettait plus en forme qu'une vilaine fille.

S'approchant de la fenêtre, il contempla la ville en sirotant son alcool. Combien de vilaines filles se promenaient-elles dans ces rues en ce moment même ? Une seule lui suffirait pour l'instant. Une seule.

Certes, il pourrait s'en trouver une. Il était tellement plus sagace, plus futé que les flics. Il pourrait en enlever une pour baptiser son nouveau logement.

« Non, se ravisa-t-il. Pas de précipitation. » Il était trop tendu, trop crispé. Trop furieux pour travailler convenablement.

Il ne lui restait plus qu'à se contenter du substitut pâle et sans relief de l'enregistrement.

Il rumina. Il visionnerait le film en imaginant ce qu'il ressentirait quand il forcerait Dallas à le regarder avec lui. Cela ajouterait un peu de piquant à la sauce.

Il décida de se préparer un en-cas. Durant plusieurs minutes, il déambula dans la cuisine, incapable de se décider. Tant de choix. Beaucoup trop.

Ridicule. Il se secoua mentalement, chassant cette indécision temporaire. Il savait exactement de quoi il avait envie. Il le savait *toujours*.

Il opta pour un plateau de fromages accompagné de baies et de tranches de baguette fraîche. Procéder à ces tâches domestiques fit refluer la petite pointe de panique qu'il avait ressentie.

Il adorait cette cuisine, se rappela-t-il en s'affairant, toutes ces surfaces si lisses, si brillantes. Il prendrait plaisir à s'en servir une semaine ou deux.

Oui, vraiment, ce lieu était mieux adapté. Tout se déroulait à merveille.

Bientôt, quand Dallas flotterait dans la rivière – quel dommage qu'elle l'ait privé de cette tradition avec Sylvia ! –, il s'en irait. Idéalement, il aurait voulu s'installer à New York (ne serait-ce que par rancune), mais c'était impossible.

« Londres, pourquoi pas ? » se demanda-t-il en portant son plateau dans la salle de séjour. Il avait toujours rêvé de passer un peu de temps à Londres. Il posa le plateau sur la table basse, déplia une serviette en lin blanc, laissa courir ses doigts sur le tissu immaculé.

Oui, Londres. Carnaby Street, Big Ben, Piccadilly Circus.

Et toutes ces vilaines filles aux joues roses.

— Allumage écran, commanda-t-il en imitant l'accent britannique. Diffuser *Darlie*, ajouta-t-il en riant, enchanté par ce nouveau personnage.

Il grignota, but son cognac et découvrit que le substitut pâle et sans relief produisait l'effet désiré à condition de se mettre dans le bon état d'esprit.

Aussitôt, il se promit d'en tourner un intitulé *Eve Dallas*. Il imagina la mise en scène, les décors, l'éclairage. Peut-être même écrirait-il des dialogues, pour lui et pour elle.

La forcer à prononcer ses mots à lui, quel pied !

Il était impatient de produire ce chef-d'œuvre, de le diriger. Puis de le regarder, encore et encore, une fois qu'il l'aurait tuée.

21

À l'approche de l'aube, elle rêva. Elle était prisonnière, dans le noir, cernée par les chuchotements et les
gémissements. Elle avait froid, très froid, et les chaînes
lui mordaient les chevilles et les poignets.

Il était là, tout près, et cette pensée la transperçait
d'effroi.

« Pas comme ça, pensa-t-elle en tirant sur ses chaînes.
Il y a mille et une façons de mourir, mais pas comme
ça, pas entre ses mains. »

Un rai de lumière s'immisçait à travers les fissures
pour maculer l'obscurité comme du sang.

Et voir était encore pire.

Elles se pressaient autour d'elle, toutes ces filles. Tous
ces regards vides, désespérés. Elles étaient assises, fris-
sonnantes, dans la chambre glacée de ses cauchemars.
Toutes avaient son visage. Son visage d'enfant.

Elle tira plus fort sur ses chaînes, entendit – sentit –
l'os se briser. L'une des filles hurla, et toutes lui agrippè-
rent le bras.

— Non, non ! Ce n'est pas vrai. Ce n'est pas réel.

Calée dans l'un des fauteuils confortables de son
bureau, Mira croisa ses jolies jambes.

— C'est vous qui faites en sorte que ça le soit,
répondit-elle.

— Vous devez m'aider.

— Bien sûr. C'est mon métier. Alors, quelle impression cela vous fait-il de vous retrouver ici ?

— C'est abominable. Nous devons nous échapper.

— Vous êtes en colère, observa Mira d'un ton placide en buvant une gorgée de thé dans une tasse en porcelaine. Mais ce n'est pas tout, il me semble. Que cache cette colère, Eve ? Creusons la question.

— Faites-nous sortir ! Vous ne voyez pas combien elles sont terrorisées ?

— Elles ?

— *Je* suis terrorisée.

— Nous progressons, décréta Mira avec un sourire satisfait. Parlons-en.

— Nous n'avons pas le temps, protesta Eve. Il va revenir.

— Uniquement si vous le laissez faire. La séance est terminée pour aujourd'hui.

— Pour l'amour du ciel, ne nous abandonnez pas ! Emmenez les filles. Elles ne méritent pas d'être ici.

— Non, répondit Mira d'une voix douce. Vous ne le méritez pas.

— Et moi ? glapit la femme, la partenaire, la mère, le sang giclant de sa gorge. Voyez ce que vous m'avez fait.

— Je ne vous ai pas tuée.

Eve grimaça tandis que toutes les filles se recroquevillaient sur elles-mêmes.

— Espèce de garce, tout ça, c'est votre faute !

Comme elle giflait l'une des filles, Eve ressentit le coup.

— Tu n'es qu'une salope stupide et moche. Tu n'aurais jamais dû naître.

— Mais je suis née. Comment pouvez-vous haïr ce qui vient de vous ? Comment pouvez-vous haïr ce qui a besoin de vous ? Comment avez-vous pu le laisser me toucher ?

— Tu as toujours été une pleurnicheuse. Tu n'es rien d'autre qu'une erreur, et maintenant, je suis morte parce que tu es vivante.

Le visage changea, une image vint s'imprimer sur l'autre. De Stella à Sylvia, de Sylvia à Stella.

— Tu as mérité tout ce qu'il t'a infligé, tout ce qu'il va t'infliger.

— Il est mort ! Il ne peut rien contre moi parce qu'il est mort.

— Idiote. Comment es-tu arrivée ici, alors ?

— Décidément, personne ne sait mieux vous culpabiliser qu'une mère.

Avec un sourire compatissant, Peabody s'accroupit devant Eve.

— Comment ça va ?

— À votre avis ? Sauvez ces gamines. Appelez des renforts. Apportez-moi une arme.

— Doux Jésus, Dallas, calmez-vous.

Folle de rage, Eve tira sur les chaînes.

— Me calmer ? Qu'est-ce qui vous prend ? Bougez-vous les fesses et faites votre boulot.

— Je le fais. Nous le faisons tous. Regardez.

Comme dans un rêve dans le rêve, elle vit sa salle commune, ses hommes devant leur bureau. Et Feeney, en costume froissé au beau milieu des couleurs clinquantes de ses subordonnés de la DDE. Au-dessus, Whitney veillait, les mains croisées dans le dos.

— Officier en difficulté, murmura Eve, saisie d'un vertige.

— Nous sommes là, Dallas. J'ai rassemblé les meilleurs, comme vous me l'avez enseigné. Voyez un peu, ajouta-t-elle en indiquant McNab, qui sautillait à droite à gauche en baskets à rayures multicolores. C'est comme ça qu'il bosse. N'est-ce pas qu'il a un joli petit cul ? Par contre, votre homme, il en bave.

Eve aperçut Connors derrière un mur en verre. Des écouteurs sur la tête, il s'affairait devant un ordinateur et deux moniteurs. Son communicateur bipait furieusement, codes et chiffres défilaient à toute allure sur les écrans muraux.

Il avait attaché ses cheveux. Ses yeux luisaient d'angoisse et d'épuisement.

— Connors.

— Difficile d'avoir l'esprit clair, de repérer les détails quand on est à ce point inquiet. Il vous aime. Quand vous souffrez, il souffre.

— Je sais. Connors.

— Il va falloir briser le mur en verre, je suppose, dit Peabody avec un sourire. Vous êtes mon héroïne.

— Je ne suis l'héroïne de personne.

Peabody tapota les menottes.

— Dans cet attirail, non.

— Enlevez-moi ça !

— Comment ?

— Trouvez la clé. Trouvez la putain de clé et libérez-moi.

— J'aimerais bien, Dallas, mais, justement, il y a un hic. C'est à vous de la trouver avant qu'il mette la main sur une autre victime. Avant qu'il vous tue. Vous n'avez jamais été stupide. N'écoutez pas cette femme.

— Comment voulez-vous que je trouve quelque chose si je suis attachée ? Comment... Il arrive.

— Il n'est jamais parti.

La mère se dirigea vers la porte.

— Ne l'ouvrez pas, je vous en supplie !

McQueen entra, lui adressa un sourire charmeur.

— Bonjour, fillette, lança-t-il avec la voix de son père.

Puis, le sang jaillissant de ses multiples plaies, il se rua sur elle.

Elle se redressa brusquement dans le lit en portant la main à sa gorge. Elle ne parvenait plus à respirer. Son cœur battait follement, mais elle ne parvenait plus à respirer.

Elle ne sentit même pas le chat cogner la tête contre son flanc.

Connors fit irruption dans la pièce, bondit sur le lit, plaqua les mains sur ses bras.

— Je suis là, Eve. Regarde-moi.

Elle obéit, vit son visage, ses yeux d'un bleu intense contrastant avec la pâleur de sa peau. Elle essaya de prononcer son nom.

— Respire. Nom de nom !

Il la secoua. Sous le choc, sa gorge se dénoua, l'air se rua dans ses poumons. Connors l'entoura de ses bras.

— Tout va bien. Accroche-toi à moi. Tu n'as rien à craindre.

— Il est venu nous chercher.

— Non, ma chérie, non. Il n'est pas là. Il n'y a que toi et moi.

— Tu étais derrière un mur en verre.

— Je suis ici, près de toi. Tu es en sécurité, chuchota-t-il en déposant des baisers sur son front, ses joues.

— La chambre. J'étais dans la chambre. Enfermée. Je ne sais pas laquelle. Elles étaient toutes là. Les filles.

— C'est fini.

« Non, pensa-t-elle. Non, ce n'est pas fini. »

— Pardonne-moi. Je n'aurais pas dû te laisser seule.

Elle scruta la pièce. Ils étaient dans leur suite à l'hôtel. L'éclairage était diffus, et Galahad était assis près d'elle tel un chien de garde.

— Où es-tu allé ?

— J'avais du boulot. Je ne voulais pas te réveiller, alors je suis monté dans le bureau. Tu dormais tranquillement, j'ai cru que… Je n'aurais pas dû te laisser.

Elle plongea son regard dans le sien, y décela de la peur, de la culpabilité, de l'angoisse et de la colère.

— J'ai crié ?

— Non. Tu t'es mise à te tortiller dans tous les sens, et quand je suis arrivé…

— Comment as-tu su qu'il fallait venir ?

— Je te voyais sur mon moniteur.

— Tu m'observais en train de dormir pendant que tu travaillais ?

— Il est très tôt. Je voulais que tu te reposes encore un peu.

— Mais tu travaillais et tu m'observais.

— Ça n'avait rien d'un acte de voyeurisme.

Elle le repoussa légèrement.

— Tu t'inquiétais pour moi, alors tu gardais un œil sur moi tout en essayant de bosser.

— Bien sûr que je m'inquiétais.

— Parce que tu craignais que je ne fasse un cauchemar.

— Tu en as fait un, donc…

Elle le repoussa de nouveau et se leva.

— Ainsi, tu es obligé de me surveiller comme une gosse malade, et ensuite, tu t'en veux de t'être accordé un moment pour travailler sur tes propres affaires avant le lever du soleil. Ça suffit. Ils nous ont assez fait souffrir comme ça. Il est temps que ça s'arrête.

Elle s'éloigna au pas de charge, glorieusement nue, étincelante d'indignation. Pour la première fois depuis qu'elle s'était précipitée dans son bureau de New York, quelques jours auparavant, Connors éprouva une sensation de paix.

— J'en ai par-dessus la tête, continua-t-elle. Tu ne peux même plus aller t'acheter un système solaire sans craindre que je ne m'effondre. Comment veux-tu être efficace ?

— À vrai dire, je n'envisage pas d'acheter un système solaire dans l'immédiat.

— Personne n'est à l'abri de l'horreur. Qui le sait mieux que toi ? Des choses abominables peuvent arriver, qu'on le mérite ou pas. Ton père était un salaud, il t'a martyrisé, mais tu ne restes pas assis là, à te morfondre sur ton sort.

— Toi non plus.

— Exactement ! explosa-t-elle. Je ne suis pas une pleurnicheuse. Je ne suis ni faible ni stupide. Je suis un putain de flic.

— Jusqu'à la moelle.

— Parfaitement ! Ces foutus sursauts de mon subconscient doivent cesser. J'en ai marre de me laisser ronger par le passé, marre de te voir dans cet état. Je suis un putain de flic, et peu importe pourquoi je le suis devenue ou comment j'exerce mon métier. Ce qui compte, c'est de le faire bien, intelligemment et jusqu'au bout. Ce qui compte, c'est toi et moi. Ce qui compte, c'est toi parce que je t'aime, bordel !

— Je t'aime aussi, bordel.

— Je le sais. Tu ne serais jamais tombé amoureux d'une trouillarde pleurnicheuse.

— En effet.

— Bien, conclut-elle en reprenant son souffle. C'est réglé.

Elle plaqua les mains sur ses hanches, baissa les yeux, fronça les sourcils.

— Je suis toute nue.

— Sans blague ? riposta-t-il en ravalant un rire. Ma foi, tu as raison. Cela ne m'ennuie pas du tout.

— Je te reconnais bien là, grommela-t-elle en s'emparant du peignoir qu'il avait déposé au pied du lit. Qu'est-ce que je suis énervée !

— Pas possible ?

Elle fonça vers l'autochef, programma deux cafés. Puis, repérant le chat qui la contemplait d'un air suppliant, ajouta un bol de lait à sa commande. Elle posa le bol par terre, tendit une tasse à Connors.

— Merci.

— Je ne t'interdis pas de t'inquiéter. Ça fait partie du jeu, j'en conviens. Mais je refuse que tu te mettes dans l'état où tu es depuis notre arrivée à Dallas. À cause de moi.

— Tu n'en es pas responsable.

— Il est temps que je me ressaisisse. Ma maman ne m'aimait pas, eh bien, snif, snif.

Il l'obligea à s'asseoir près de lui.

— Nous savons tous les deux que c'est un peu plus compliqué que cela.

— N'empêche, je ne vais pas la laisser me détruire au point d'en perdre la tête. Et je t'interdis de culpabiliser sous prétexte que tu t'es éloigné de moi pour travailler.

— Comme tu l'as dit toi-même, ce qui compte, c'est toi.

Il posa le bras sur ses épaules tandis qu'ils savouraient leur café.

— Tu as bien dormi, commenta-t-il. Jusque-là.

— Grâce au traitement complet spaghettis bolognaise. Qui a remporté le match ?

— Aucune idée. Je me suis endormi aussitôt après toi.

— Donc, nous nous sommes tous deux reposés. C'est un début. Je te propose un marché. Épinglons ce salaud et rentrons à la maison.

— Avec plaisir.

— Je vais m'habiller et éplucher de nouveau tous les éléments dont nous disposons. Je suis sûre que j'ai loupé quelque chose.

— Attends encore une petite minute, murmura-t-il.

Elle demeura donc près de lui, avec le chat, à boire du café et à contempler le lever du soleil.

Dans son bureau, elle se servit une deuxième tasse de café et étudia son tableau de meurtre. Elle avait refusé de prendre un petit-déjeuner et Connors n'avait pas insisté.

— Tu y vas ce matin ? s'enquit-il.

— Où ? Ah ! Au commissariat. Pas sûr. Voilà ce qui me tracasse. Nous avons sauvé Melinda. Or, c'était l'appât, la raison pour laquelle j'ai demandé de venir ici travailler avec les locaux. Continuer ne poserait aucun problème à Ricchio, ni même aux fédéraux, bien qu'ils aient tous eu le temps de se documenter sur McQueen et n'aient pas nécessairement besoin de moi. Mais à moins que nous soyons complètement idiots, il est tout à fait possible qu'il enlève une autre fille et me la brandisse sous le nez pour m'attirer dans ses filets. Pourquoi ne pas m'incruster et en finir ?

Elle haussa les épaules.

— J'ai toutefois l'impression que nous travaillons mieux ici, toi et moi. Donc, pourquoi se rendre au commissariat si nous n'avons rien de solide à ajouter ?

— Ce plan me convient. J'ai lancé la recherche sur les appartements potentiels.

— Merci. Écoute, si tu t'occupais des mille et une choses que tu as laissées en suspens au sein de ton empire ? Moi, je reprends à la case départ. Je veux relire toutes les données, tous les entretiens, revoir les chronologies. En somme, réexaminer le dossier dans son ensemble. Tu n'auras qu'à me transférer les résultats de ta recherche quand tu les auras.

— Bien. Sache quand même que Summerset et Caro ainsi qu'une multitude d'autres personnes se chargent des mille et une choses que je laisse en suspens au sein de mon empire. Donc, si tu as du nouveau ou si tu as besoin de mon aide, n'hésite pas.

— Merci.

Elle regagna son bureau, afficha la plainte déposée par Bree et sa déposition après l'enlèvement de Melinda.

Elle connaissait les faits par cœur et ne voyait pas ce qu'elle, les flics de Dallas ou les fédéraux auraient pu manquer. Néanmoins, elle se replongea dans les documents, les déclarations du gérant du bar concernant

Sarajo, celles de la voisine. Elle filtra, tria toutes les informations accumulées par Peabody, Feeney et l'équipe de New York. Pas à pas, étape par étape, elle retraça le temps passé au Texas, s'attardant sur chaque piste, chaque hypothèse, chaque calcul de probabilités.

Son communicateur bipa et elle le décrocha, encore absorbée par sa tâche.

— Dallas.

— McQueen nous a contactés, annonça Ricchio. Il veut vous parler. Je vous mets en ligne ?

— Une seconde.

Elle se précipita dans le bureau de Connors.

— McQueen, par l'intermédiaire de Ricchio. Tu peux remonter à la source ?

— Oui.

Elle retourna à sa place.

— Je suis prête.

— Voulez-vous bloquer l'image ?

— Non.

— Relais en cours.

Elle se pencha vers l'objectif de la caméra pour qu'il puisse l'observer à son aise. Elle était reposée, alerte.

— Eve.

— Isaac. Je suis désolée de vous avoir raté hier.

— Et réciproquement. C'est pourquoi j'organise une rencontre dans un avenir prochain.

— Pourquoi pas maintenant ? Je suis disponible.

— Patience. J'ai encore quelques préparatifs à effectuer pour que nos retrouvailles soient parfaites. Comme vous le savez, j'ai dû me débarrasser de mon assistante. Je suis donc à court de personnel.

— Oui, vous étiez pressé, vous avez pris moins de précautions que par le passé, Isaac. Quand vous retournerez à New York, ce ne sera que pour une courte étape. Cette fois-ci, vous aurez droit à un séjour à vie hors-planète.

— Ma chère, j'ai d'autres projets.

— Par exemple ?

— Je propose de vous les exposer quand je vous recevrai dans ma chambre d'amis. En attendant, j'ai pensé vous divertir en vous présentant la bande-annonce d'un film amateur que j'ai produit récemment.

Une image apparut, les hurlements et les sanglots de Darlie retentirent. Eve s'obligea à visionner l'extrait d'un air impassible tandis que l'enfant en elle pleurait aussi fort que celle à l'écran. Le supplice cessa brutalement.

— Nous regarderons le reste quand vous serez là, promit McQueen. Je préparerai du pop-corn. C'est tout pour le moment.

Ricchio prit le relais, le visage de marbre.

— Communication brouillée et filtrée. Nous nous efforçons de remonter à la source.

— Lovers Lane à Highland Park !

Connors intervint en écran divisé.

— Bien reçu ! lança Ricchio. Je transmets. Dallas ?

Elle secoua la tête.

— J'attends de vos nouvelles.

Elle coupa la communication, resta un instant immobile.

— Je vais bien, assura-t-elle lorsque Connors arriva avec un verre d'eau.

— Faux. Ça ne sert à rien de faire semblant.

— J'avais flairé le coup, je m'y étais plus ou moins préparée. Je refuse de craquer, ajouta-t-elle, mais elle vida le verre d'un trait. Je n'accompagne pas Ricchio parce que McQueen ne sera pas là. Ils doivent y aller, pour le principe, mais ils rentreront bredouilles.

— Tu as raison, concéda Connors.

— Son nouvel appartement n'est pas non plus dans les parages. Nous pouvons donc éliminer ce quartier. Highland Park, Lovers Lane – l'allée des amants –, tu parles ! Il l'a fait exprès.

— Oui. Tu veux en discuter avec Mira ?

— Absolument, mais pas pour moi, pour cette affaire. Pour qu'elle m'aide à peaufiner le profil. Pendant toutes ces années, il s'est tu. Il n'a pu partager ce qu'il considère comme sa supériorité qu'avec les femmes qu'il prévoyait de tuer de toute façon. Aujourd'hui, il prend plaisir à se vanter. Il m'a contactée pour me déstabiliser, pour renforcer le lien mais aussi pour partager. Il ne se contrôle plus comme avant et c'est un avantage pour nous. Mais cela le rend encore plus imprévisible... Peux-tu envoyer à Mira toutes les mises à jour et cette dernière transmission ? Demande-lui de retoucher son profil. Ensuite, nous pourrons en parler avant de le refiler aux locaux et aux fédéraux.

— D'accord. Je t'interdis de revoir cette bande.

— Tu sais bien que je n'ai pas le choix.

— Alors attends un peu. Tu dis que son intention était de te désorienter, de se vanter. Imagine qu'il ait cherché à détourner ton attention – le temps passé à étudier cette bande, tu ne le consacreras pas à d'autres pistes possibles.

— Tu n'as sans doute pas tort. Je termine ma relecture du dossier et je lance quelques calculs de probabilités. Je doute que cet extrait nous fournisse une piste pour son logement de repli. Mais il m'a confirmé en avoir un, avec une chambre d'amis. Il commet des erreurs. Pas moi.

Lorsque Connors revint, elle s'attaquait à la liste des entreprises d'insonorisation.

— Je vais t'aider, proposa-t-il. À condition que tu t'accordes une pause. Il est presque 13 heures, tu t'es levée à l'aube et tu n'as rien avalé.

— Je suis dans une impasse. Tous les appartements que j'ai recensés ont été insonorisés lors de leur construction.

— Dans ce cas, nous passerons directement à la sécurité et aux appareils électroniques. Après avoir déjeuné.

— D'accord. J'ai besoin de laisser mijoter un peu. Si j'ai loupé quelque chose, s'il existe une clé, elle m'échappe.

— De quoi as-tu envie ?

— Bof, éluda-t-elle en allant consulter le menu de l'autochef. Tiens, ils ont des nachos ! Ce n'est pas une spécialité de la région ? Et je vois une soupe à la tortilla. Pas mal.

— Bonne idée, approuva-t-il, songeant qu'elle serait obligée de s'asseoir pour les manger.

Eve commanda les plats, sortit les boissons du réfrigérateur et retourna déambuler autour de son tableau.

— Retour à la case départ, répéta-t-elle.

Elle s'assit, engloutit une crêpe de maïs copieusement fourrée.

— Il s'est installé à New York. Un terrain de chasse idéal. Il a du fric un peu partout, mais il a choisi un immeuble modeste. Nous n'avons pas trouvé de logement de repli à New York, mais il en avait probablement un. Plus luxueux. On l'arrête, on le jette en taule. Il se débrouille pour corrompre des membres du personnel. Il n'a pas commencé avec Stibble et le gardien. Il a confié des missions à d'autres personnes, accédé en douce à des communicateurs. Pour cela, il faut de l'argent. Il faut soigner ses intermédiaires. En admettant qu'il soit propriétaire du second lieu, a-t-il pu le revendre ? En investir le montant ?

— Possible.

— Car s'il en avait un autre, et j'en ai la conviction, pourquoi ne s'y est-il pas rendu ? Pourquoi est-il retourné là où je l'avais épinglé ? Il aurait pu utiliser cet appartement de repli plutôt que d'aller à l'hôtel ? À moins qu'il ne l'ait vendu. Bon, c'est un peu tiré par les cheveux.

— Peut-être, peut-être pas. Continue ton raisonnement.

— Il a tué sa partenaire de New York avant que je le serre. Selon nos hypothèses, il exécute sa complice juste avant de changer de local. Pourtant, rien n'indique qu'il avait l'intention de quitter l'appartement de New York. Il y dissimulait toute sa collection.

— Il en a eu assez de sa partenaire.

— Ou elle lui a tapé sur les nerfs. Ou encore elle a merdé. Supposons qu'il en avait assez. N'en avait-il pas une autre en vue pour la remplacer ?

— Je dirais que oui. Par conséquent, il avait besoin d'un endroit où la recevoir, la divertir, commencer à la former, sans qu'elle risque de découvrir ce qu'il dissimulait derrière la porte blindée.

— Un endroit qui correspondait mieux à ses goûts.

— Je pourrais te le dénicher, mais je ne vois pas en quoi cela te serait utile au point où tu en es.

— Des infos supplémentaires, tout bêtement. Il est à New York, une ville qui lui convient, il s'amuse comme un fou. Il écoute les médias parler du Collectionneur, de l'incapacité des flics à résoudre l'enquête. Il jubile d'autant plus qu'il s'apprête à accueillir une nouvelle maman. La vie est belle. Et voilà qu'un pauvre bougre est agressé devant son immeuble et que je me présente à sa porte.

— Ça, il ne pouvait pas le prévoir.

— Non. Or, il fonctionne en échafaudant des plans. Il anticipe, il se prépare à toutes les éventualités, il... planifie, murmura-t-elle, sa cuillerée de soupe à mi-chemin entre l'assiette et sa bouche.

— J'en connais une qui a trouvé un filon, devina Connors.

Elle se leva, s'approcha du tableau.

— Il planifie. Contrôle. Anticipe. C'est un champion de la routine, de la procédure. Qu'avait-il d'autre à faire en prison, sinon des plans ? Il décide de s'évader. Ce sera long, mais qu'importe. Il veut que tout soit en place avant de s'enfuir. Il faut du temps pour amadouer les intermédiaires, s'imprégner du rythme de la prison, se comporter en détenu modèle afin de décrocher quelques privilèges. Du temps pour sélectionner la partenaire, la former...

Connors voyait exactement où elle voulait en venir.

— Nous ne sommes pas remontés assez loin dans le temps, intervint-il.

— Non. Nous nous sommes cantonnés à ces deux dernières années. Ce n'est pas suffisant.

— Douze ans, c'est long. Et malin. Qui songerait à remonter aussi loin ?

— Moins que cela, répliqua Eve en posant le doigt sur la photo de Melinda. Tiens, regarde. Elle lui a rendu visite. S'il avait déjà bâti un projet, il l'a revu. Elle était la clé. Un signe envoyé par le dieu perverti qu'il vénérait. Elle était la dernière de ses victimes, et moi, je l'avais sauvée. Melinda, de Dallas. Je savais bien que ça allait le faire trébucher. Comment ai-je pu louper ça ?

— Ne dis pas de bêtises. Tu n'as rien loupé du tout. Tu ne le soupçonnais même pas d'avoir une autre planque avant hier. À raison. Quand lui a-t-elle rendu visite ? fit-il en se levant pour gagner le bureau d'Eve.

— Août 2055.

— Commençons par là.

— Immeuble neuf. Il n'est pas pressé, autant en profiter pour s'offrir un appartement correspondant à ses désirs.

Elle sortit son communicateur, faillit appeler Peabody, se ravisa. Consciencieusement, elle joignit Ricchio.

— J'ai peut-être une piste.

Elle laissa à Connors le soin de lancer la recherche tandis que Ricchio ordonnait à ses hommes de s'y mettre de leur côté.

— Les fédéraux sont sur le point de geler les comptes, confia-t-elle à Connors. Nous venons de gagner deux heures. Ils vont patienter jusque-là.

— Pas de pression, grogna-t-il.

Elle s'apprêtait à lui répliquer du tac au tac quand elle se tourna vers lui. Cheveux attachés, il était déjà à l'ouvrage. Elle s'approcha de lui, se pencha et déposa un baiser sur son crâne.

— Je n'ai pas encore trouvé, dit-il en levant brièvement les yeux vers elle.

— Ça ne saurait tarder. J'appelle Mira. Elle pourra peut-être nous aider. Et je contacte Feeney pour le tenir au courant.

— Ailleurs, s'il te plaît.

Quand Mira arriva, Eve jeta un coup d'œil à Connors.

— Pas un mot, prévint-elle. Il est énervé. J'ignore si nous avons du thé.

— J'en ai commandé et je ne suis pas énervé. Bordel de merde !

Eve leva les yeux au ciel et alla chercher le thé.

— Nous pouvons discuter en bas, proposa-t-elle à Mira.

— Non. Le tableau m'est utile à moi aussi, répondit celle-ci tandis que Connors marmonnait en irlandais. Il régresse.

— Non. Plus il est frustré, plus il redevient irlandais.

— Pas Connors, répliqua Mira avec un demi-sourire. McQueen. Il a passé un long moment en prison et, comme nombre de détenus, il s'est accoutumé à la routine, à la structure. Retrouver la liberté après des années de confinement peut vous effrayer, vous exciter et vous décontenancer. Comment prendre une décision alors que l'on en a perdu l'habitude ?

— En prison, il en a pris. Il a choisi une partenaire, un lieu, sa première victime en la personne de Melinda.

— Certes, mais même ces choix sont illogiques. Il est pédophile avant tout, pourtant il met sa liberté en péril pour vous achever.

— Je l'ai arrêté autrefois. Il a son ego.

— Oui. Je pensais – comme vous – qu'il allait se terrer quelque part avant de se remettre en chasse et qu'il s'attaquerait à vous en dernier. Vous êtes devenue sa priorité. Depuis qu'il s'est évadé, il agit de manière impulsive, il s'impatiente, il brise le schéma. Il a perdu confiance en lui. Il le nie, mais ses actions sont inconsidérées... inélégantes. Le fait qu'il vous ait montré cette vidéo aujourd'hui...

Eve regarda Mira droit dans les yeux.

— Je vais bien.

— Vous montrer cette vidéo prouve qu'il lutte pour recouvrer son assurance et vous prouver qu'il domine la situation.

— Cravates et olives.

— Pardon ?

— Il a acheté toutes sortes de choses en plusieurs exemplaires, ce qui ne colle pas avec son comportement d'autrefois. Des dizaines de cravates, une multitude de bocaux d'olives farcies. Entre autres. De plus, Melinda affirme qu'il a perdu les pédales quelques instants après avoir reçu le message de Sylvia. Il a dégainé son couteau, et s'est figé. Comme s'il avait oublié ce qu'il voulait faire.

Mira opina.

— Logique. Retrouver la liberté, même désirée, engendre un stress. Prendre des décisions s'avère plus difficile. S'adapter à des changements inattendus, encore plus.

Elle examina le tableau.

— Selon moi, il va continuer à régresser. Ses actes dévieront de plus en plus du schéma de comportement auquel il adhérait autrefois. Il se montrera plus violent, aussi. S'il enlève une jeune fille, il la brutalisera davantage. Il la tuera peut-être car le viol et la maltraitance ne lui suffiront plus. Vous seule pourrez le contenter, et il prendra tous les risques pour vous attirer dans ses filets. Tant que vous existerez, il aura l'impression d'avoir échoué. Vous l'avez puni. D'une certaine façon – atroce –, vous êtes désormais sa mère.

— Seigneur ! s'exclama Eve. J'avais deviné un certain nombre de choses, mais je n'avais pas poussé le raisonnement jusque-là.

— Vous ne correspondez pas à son modèle. Vous n'êtes pas assez âgée, vous ne souffrez d'aucune addiction, vous n'êtes ni vulnérable ni sensible à ses charmes. *Mais*. Sa mère a abusé de lui, l'a puni et, plus important, l'a dominé pendant des années.

— D'où son besoin de l'éliminer, de la remplacer périodiquement par quelqu'un qu'il peut contrôler.

— Je pense que vous êtes la seule femme à l'avoir privé de ce contrôle depuis sa mère.

— Je ne vais pas me gêner pour recommencer, marmonna Eve en consultant sa montre. Dans une heure, les fédéraux bloquent ses comptes. Que va-t-il faire quand...

— T'occupe, l'interrompit Connors. Je l'ai.

— Tu as des logements qui englobent tous les paramètres ?

— Non. Franchement, pour qui me prends-tu ? J'ai *le* logement.

— Comment as-tu déterminé que c'était celui-là ? Je ne remets pas en cause tes capacités, s'empressa-t-elle d'assurer en le voyant plisser les yeux. Il faut juste que je puisse refiler l'info à Ricchio et aux fédéraux, les convaincre que tu as raison.

— Il a payé un acompte pour un appartement avec deux chambres et deux salles de bains, une cuisine digne d'un chef et un ascenseur privé. Au soixante-sixième étage. En septembre 2055.

— Pourquoi n'as-tu pas repéré la transaction avant ? Ce devait être une jolie somme.

— Parce que, comme tu t'en doutais, il avait un autre compte caché – un compte d'une société de courtage. Un cabinet d'avocats du Costa Rica se charge des dépôts et retraits. Je le sais parce que j'ai lancé simultanément une recherche secondaire qui m'a permis de remonter jusqu'à lui. L'appartement est loué par *Executive Travel*, encore une entreprise fantôme, qui lui a permis de récupérer ses fonds en le louant à des entreprises pour des périodes de courte durée.

— Alors c'est...

— Cependant, enchaîna Connors, ignorant son intervention, l'appartement a été retiré du marché pour rénovation il y a trois mois. Époque à laquelle il a modernisé le système de sécurité. Il n'est plus à louer.

— On l'a.

— C'est ce que je viens de dire. Éloigne les fédéraux, rassemble les troupes. Allons en finir une bonne fois pour toutes.

22

— Voici comment nous allons procéder, déclara Eve en fonçant vers la salle de réunion de Ricchio.

Connors était à ses côtés. Mira s'efforçait tant bien que mal de rester à leur hauteur.

— Nous avons les données, c'est donc nous qui dirigerons les opérations. Pendant que j'en informe Ricchio et les fédéraux, Connors, j'aimerais que tu te charges de la mise en place de toutes les données – plan de l'appartement, sécurité de l'immeuble et la sienne. Ensuite, je t'enverrai avec un membre de la DDE désigné par Ricchio briefer son équipe.

— Est-ce bien raisonnable ?

— Ils t'écouteront, parce qu'à moins d'être complètement idiots, ils ont compris que tu es meilleur et plus rapide qu'eux. Et parce que je leur en donnerai l'ordre.

— Eve a l'esprit d'équipe, confia Connors à Mira, ce qui lui valut un regard noir de sa femme.

— Nous allons brouiller son dispositif, désactiver son ascenseur et fermer l'édifice à double tour sans l'alerter, reprit Eve. Il faudra agir vite, habilement et à l'instant « I ». À toi de jouer. Je sais que tu en es capable. J'ignore si les hommes de Ricchio le sont.

— Vous pouvez faire cela ? demanda Mira à Connors. Isoler le logement de McQueen et fermer totalement le bâtiment ?

— C'est mon passe-temps favori.

— Mira prendra la parole la première, poursuivit Eve en gratifiant Connors d'un deuxième regard, encore plus noir. Elle mettra à jour le profil. Tous les participants à cette opération doivent savoir à qui ils ont affaire. Prenez votre temps, enfoncez le clou. La dernière intervention s'est terminée en fiasco : certains seront nerveux, d'autres, impatients.

— Compris.

— Au boulot.

Elle se dirigea vers Ricchio.

— Lieutenant, pouvez-vous m'accorder une minute ?

— Bien sûr, répondit-il avant d'adresser un signe de tête à l'inspecteur à ses côtés. Convoquez-les, lui dit-il avant d'ajouter à l'adresse d'Eve : Nous avons identifié et localisé les deux individus que la partenaire a sollicités, sur ordre de McQueen, pour les travaux de sécurité et d'insonorisation. Nous allons les interroger.

— Excellent.

— Nous avons aussi entendu le vendeur de la boutique de vins et spiritueux où McQueen a acheté le champagne, le vin et le caviar. Nous avons récupéré les disques qui le montrent dans le magasin en train de payer ses emplettes. Le vendeur a transporté les paquets jusqu'à la voiture et confirmé que McQueen conduisait l'Orion.

— Tout aussi excellent, d'autant que cela vient compléter notre chronologie.

— Nous avons pu remonter jusqu'au couteau et à l'étui, acquis le même jour.

— Ma foi, vous n'avez pas perdu une minute. Lieutenant, je vous présente ma profileuse, le Dr Mira. Je souhaiterais qu'elle explique à vos hommes les changements intervenus dans le comportement et la psychologie de McQueen.

— Entendu.

— Mon consultant installe le matériel.

Elle marqua une pause en voyant les fédéraux s'approcher, pivota vers eux pour les inclure dans la conversation.

— Nous avons les plans de l'immeuble, de l'appartement de McQueen et du dispositif de sécurité, reprit-elle. Lieutenant Ricchio, mon consultant va avoir besoin de vos meilleurs éléments. Désactiver la sécurité – de l'appartement de McQueen comme de l'immeuble – et bloquer son ascenseur s'annoncent délicats, et le timing sera crucial.

— Nous avons aussi des spécialistes en la matière, intervint Nikos.

— Tant mieux. Envoyez-les à Connors. Il coordonnera.

— Il...

— Il est largement au-dessus du lot, coupa Eve.

— Je le confirme, renchérit Ricchio. Stevenson n'est pas du genre à se laisser impressionner, pourtant, s'il le pouvait, il recruterait Connors dans sa division.

« Pas bête, le type », pensa Eve.

— Connors connaît l'agencement des espaces et le système de sécurité car c'est l'une des marques qu'il fabrique. La neutralisation de celui de McQueen sera plus difficile. Là encore, tout est une question d'habileté et de timing. Nous ne serions pas là sans les données fournies par mon consultant.

— Entendu, dit Laurence avant que Nikos puisse ouvrir la bouche. Nous nous mettons à sa disposition.

— À vous entendre, on a l'impression que vous dirigez les manœuvres, Dallas. Votre dernière opération s'est terminée par une course-poursuite, un flic et un suspect morts. Ce qui m'amène à évoquer l'inspecteur Price, ajouta Nikos en jetant un coup d'œil à ce dernier.

Et mes doutes quant à la sagesse de l'inclure dans ce raid.

— Mon inspecteur a secouru un enfant qui aurait pu mourir, rappela Ricchio. Ne commencez pas à mettre en cause ses actions ou mon jugement, agent Nikos.

— Si vous tenez à coller cet échec sur le dos de quelqu'un, je suis là, aboya Eve. Auriez-vous laissé ce gosse mourir sur la chaussée ?

— Je vous en tiens pour responsable et crains par ailleurs que l'inspecteur Price ne soit pas mentalement apte à...

— C'est bon, Nikos. Sérieusement, fit Laurence en se frottant le front. Si tu tiens à blâmer quelqu'un, blâme ce foutu chien. Nous étions parfaitement préparés, et la situation a dérapé. C'est le moment de se rattraper. Dallas a toutes les données.

Nikos serra les mâchoires.

— Il faudrait commencer par les analyser afin de confirmer qu'il s'agit bien de l'appartement de McQueen.

— C'est confirmé, glapit Eve. Vous voulez que je vous décrive le processus par le menu ?

— Je veux des faits. Vérifiés.

— McQueen paie ce logement depuis septembre 2055, un mois après que Melinda lui a rendu visite à Rikers. La construction a été achevée en février de l'année suivante. Je n'ai pas fini, lança Eve alors que Nikos s'apprêtait à lui couper la parole.

« Fatiguée, nota Eve. Tendue, sous pression. Tant pis, elle n'a qu'à souffrir en silence. Comme nous tous. »

— Les traites, les fonds en provenance de la location à des entreprises et les coûts de maintenance sont gérés par *Ferrer, Arias & Garza*, un cabinet d'avocats basé au Costa Rica – plus précisément, à Heredía. Vous pourriez peut-être vous pencher là-dessus. L'appartement appartient à *Executive Travel*, qui semble honorer consciencieusement toutes les charges et les taxes par le biais dudit cabinet d'avocats. Il fait appel à une entreprise locale de nettoyage, celle engagée par la partenaire pour la maison mitoyenne. Dans les deux cas, ces prestations étaient facturées à *Executive Travel* – une boîte postale – et honorées par le cabinet d'avocats.

Consciente que les oreilles des flics tout autour s'étaient dressées, Eve fixa Nikos et insista.

— Voilà des éléments que mon consultant a pu rassembler, entre autres durant le trajet entre notre hôtel et cette salle. Si vous le souhaitez, il peut vous procurer les noms de tous les employés du cabinet d'avocats et vous préciser s'ils portent des slips ou des caleçons. C'est vous dire à quel point il est doué. Et s'il a recherché ces renseignements, c'est parce que j'avais deviné que McQueen avait un logement de repli. Moi aussi, je suis douée. Grâce à nous, vous allez pouvoir démanteler une organisation criminelle – à savoir le cabinet d'avocats, au cas où vous n'auriez pas bien suivi – qui a sûrement enfreint une multitude de règles internationales et, en prime, confisqué une montagne de fric. Pour cela, cependant, il faudrait avoir arrêté McQueen.

Eve se tourna vers Ricchio, qui avait du mal à masquer son sourire.

— Avec votre permission, lieutenant, j'aimerais démarrer la réunion. Ensuite, nous distribuerons les rôles.

— Je vous en prie.

Nikos bouillait de rage, mais Eve ne s'en offusqua pas. Au contraire, elle en éprouva un regain d'énergie.

Après l'intervention de Mira, elle prit le relais pour tout ce qui concernait la stratégie et la procédure. Puis elle attira Connors et Mira à l'écart.

— Tu vas travailler avec les informaticiens de la police de Dallas et du FBI.

— La fête, commenta-t-il sans enthousiasme.

— Ricchio va mettre un bureau à ta disposition. Il se charge aussi d'obtenir les mandats pour que tu puisses te connecter aux systèmes de sécurité de l'immeuble et de l'appartement de McQueen. Vous formez l'équipe un.

— Si tu le dis. Bien, je te laisse. À plus, en ligne, lieutenant.

— Mira, j'aimerais que vous réfléchissiez à ceci, enchaîna Eve. Nous savons que McQueen était mobile quand il m'a contactée. Je doute qu'il ait enlevé une autre jeune fille, mais ce n'est pas impossible. Si c'est le cas, il se pourrait que nous ayons besoin d'un média-teur, une démarche longue et compliquée. En plus, vous le connaissez.

— Je serais heureuse de participer.

— Nous vous maintiendrons hors champ, mais reliée afin que vous suiviez les événements pas à pas.

— Entendu.

« Pas à pas », se répéta Eve un instant plus tard, alors qu'elle montait dans la fourgonnette avec son équipe et fixait son oreillette.

Se relier à la sécurité du bâtiment, déployer des yeux et des oreilles à l'intérieur comme à l'extérieur. S'assu-rer que la cible est sur place. Si oui, localiser et neutra-liser son véhicule. À toutes les équipes, en position. Saboter la sécurité de l'appartement, désactiver l'ascen-seur. Investir le couloir, bloquer l'escalier, verrouiller toutes les issues. Le piéger comme un rat.

Enfoncer la porte, faire irruption à l'intérieur. Le neutraliser.

En l'absence de la cible, patienter jusqu'à son retour.

Bree s'installa près d'elle.

— Je voulais vous remercier de m'avoir intégrée dans votre équipe.

— Et si c'était juste pour vous avoir à l'œil ?

Bree ébaucha un sourire.

— Ne vous inquiétez pas, je serai à la hauteur. Mes parents sont avec Melinda, chez nous. Je ne les ai pas mis au courant. Au cas où.

— Vous avez eu raison.

— Je veux pouvoir leur annoncer que nous l'avons appréhendé.

— Alors arrangeons-nous pour que ça arrive.

— Je sais que Nikos vous a énervée, et a énervé Ricchio, au sujet de Price. Les rumeurs se répandent vite.

— En effet.

— Je sais que vous avez pris sa défense.

— Il n'a pas merdé. C'est la malchance, point final. Nikos en est consciente. Elle est simplement en colère et frustrée.

— Tout de même. Votre attitude a été appréciée.

— Vous m'offrirez un verre quand tout ça sera fini.

— Comptez sur moi.

La fourgonnette se gara.

— Équipe deux, en position, ordonna Eve dans son micro.

Elle agita la main en direction de l'informaticien.

— Image... Voyons ce qu'il en est.

Elle étudia l'immeuble, une large courbe tout en verre et or. Balcons et terrasses aux étages supérieurs.

— Zoomez sur la cible.

Elle se pencha en avant. À moins d'avoir un parachute ou un hélico, impossible de s'enfuir par la terrasse. Privé d'accès à l'ascenseur et à l'escalier, McQueen ne pourrait pas se réfugier sur le toit.

Pour s'évader, il devrait franchir un mur de flics. Il n'y parviendrait pas.

— Inspection rez-de-chaussée, commanda-t-elle.

Elle vit les policiers en civil déjà placés ou en train de prendre position. Le couple installé à une table devant le café jouxtant l'édifice, un homme perché sur un muret au-dessus d'un massif floral, qui tapotait sur son Palm. Un autre, occupé à regarder les vitrines...

Les instructions étaient claires : si on repérait McQueen à l'extérieur, personne ne bougeait. Pas question de provoquer une nouvelle course-poursuite au risque de le perdre.

— Nous sommes à l'intérieur, murmura Connors dans son oreillette.

— Bien reçu. Montre-moi.

Une nouvelle image apparut sur le moniteur. Le hall d'entrée, étincelant, élégant ; un droïde derrière une table étroite pour accueillir visiteurs, livraisons, équipes de nettoyage. Beaucoup de fleurs dans des vases disposés le long d'un mur.

Pendant que Connors lui offrait une visite des lieux, le chef de l'équipe quatre l'interpella.

— Les détecteurs ne révèlent aucune présence humaine, lieutenant.

Merde !

— On patiente. Équipe cinq, rendez-vous au parking. Voyons s'il est en voiture ou à pied. Si vous localisez le véhicule, désactivez-le. Connors, passons à son étage.

Elle étudia le couloir, l'emplacement des autres appartements, de l'escalier, des ascenseurs. Et le dispositif de sécurité sur la porte de McQueen.

— Véhicule de la cible repéré et neutralisé.

— Bien reçu. On ne bouge pas.

Et on attend.

À quelques pâtés de maisons de là, McQueen traînait devant les étalages d'une épicerie fine. Ce bonheur lui avait manqué – celui de prendre son temps, de choisir ce dont il avait envie.

Ce soir, il avait l'intention de s'offrir un excellent dîner, le dernier avant la venue de son invitée.

Tout se déroulerait à merveille, se rassura-t-il en s'arrêtant devant les artichauts. Il savait où la trouver, à présent.

Comme on pouvait s'y attendre dans un hôtel appartenant à Connors, la sécurité frisait la perfection. Mais la police de Dallas avait moins de moyens et moins de talents. Il n'avait eu aucun mal à trianguler le signal d'Eve au cours de leur dernier contact. Ce soir, il lui rendrait visite. Sans doute serait-il obligé de tuer Connors. Dommage, il ne pourrait pas empocher le pactole.

Mais Eve en valait la peine.

Plus que quelques détails à régler. Après ses courses.

Soudain, il se figea devant le rayon des olives. Tout cet assortiment, tous ces petits bocaux ? Comment en sélectionner un ? Comment savoir ce dont il aurait envie d'ici une heure ? Deux ?

Agacé contre lui-même, il en saisit un au hasard, puis un autre, et deux de plus. Bien sûr qu'il savait ce dont il avait envie, ce dont il aurait envie. Il était préoccupé, voilà tout. Après tout, pénétrer dans l'hôtel puis dans la suite d'Eve ne serait pas chose facile. Il en était capable, mais cela exigeait de prendre toutes ses précautions. Pas étonnant qu'il hésite entre deux marques d'olives.

Il sortit son Palm où il avait noté tout ce dont il aurait besoin pour son festin. Plus calme, à présent, il poursuivit son chemin. C'était tellement mieux quand on était organisé.

Il fixa les tomates cerises un long moment.

— Il se passe un truc au *Gold Door*.

McQueen émergea brutalement de sa transe.

— Quoi ?

— La police.

Il faillit en lâcher son panier. Tournant la tête d'un côté puis de l'autre, il se prépara à piquer un sprint. Puis il aperçut le manutentionnaire qui discutait avec un jeune homme.

— La police dans cet immeuble ? Quelqu'un a trébuché sur une pile de billets et est tombé par la fenêtre ?

— Mieux. Je viens d'y effectuer une livraison. En sortant, j'ai vu un flic.

— Et alors ? Ils sont partout sauf quand on a besoin d'eux.

— Tu t'es levé du mauvais pied ce matin ou quoi ? Ce n'était pas un simple agent, mais un inspecteur. Il devait être en mission d'infiltration.

— Comment peux-tu affirmer qu'il est inspecteur ?

— Je le connais. Inspecteur Buck Anderson. Il est venu nous parler dans mon cours de criminologie, il y a deux semaines. Un type sympa, il m'a donné envie de prendre l'uniforme.

— Tu parles !

— Je ferais un super flic. Regarde, il est là-bas, sur le muret. Jean, tee-shirt et lunettes de soleil, mais je l'ai reconnu.

— C'est peut-être son jour de congé.

— Sûrement pas. Quand je l'ai salué, il a fait comme s'il ne me connaissait pas. Or, j'avais discuté avec lui une bonne vingtaine de minutes après le cours, il m'avait même donné sa carte de visite. Mais là, il m'a envoyé paître. « Est-ce que j'ai la tête d'un flic ? »

— Waouh, Radowski, quel scoop ! Tu as dû te tromper. Et quand bien même ?

— C'était lui. Je parie qu'il est en planque. Je parie qu'il va y avoir du grabuge au *Gold Door*.

McQueen posa délicatement son panier, s'arma d'un sourire et se dirigea vers les deux jeunes.

— Excusez-moi, j'ai cru vous entendre dire qu'il y avait la police au *Gold Door*. J'ai un ami qui habite là. J'espère qu'il ne se passe rien de grave.

Frappé par ce sourire qui ne cadrait pas avec le regard furieux de l'homme qui l'avait abordé, le livreur recula en bredouillant :

— Je l'ignore, monsieur... J'ai simplement cru voir quelqu'un que je connaissais. Je dois retourner au boulot.

Le manutentionnaire se tourna vers McQueen.

— Vous cherchez quelque chose en particulier, monsieur ? Je peux vous aider.

— Non, vous ne pouvez pas m'aider.

Sur ce, McQueen s'éloigna au pas de charge, bousculant un couple qui entrait dans le magasin, et prit la direction opposée à celle du *Gold Door* et de son appartement de rêve.

Ignorant les bavardages, Eve se retrancha en elle-même. Au bout d'une heure, Connors lui murmura à l'oreille :

— McQueen a repris contact. Il veut te parler.

« Quelque chose cloche », comprit-elle.

— Retenez-le au bout du fil. Continuez la fouille. Je ne veux pas entendre un mot de l'intérieur. Tu peux remonter à la source ?

— Possible. Avec ces appareils mobiles, c'est plus difficile.

— Essaie de le localiser. Établis le relais, bloque la vidéo.

Elle changea de position, patienta.

— Deux fois en une journée. Je dois vous manquer terriblement, Isaac.

— Ce ne sera plus très long.

« Quelque chose cloche », se répéta-t-elle. Elle l'entendait à sa voix, vibrante de colère.

— Vous n'arrêtez pas de me le dire.

— Mais vous n'avez pas voulu patienter. C'est très grossier, Eve, de venir chez moi sans y avoir été invitée.

Merde, merde, merde !

— Je passais dans le quartier. Quand revenez-vous, Isaac ? J'ai un cadeau de pendaison de crémaillère pour vous.

— Vous vous croyez maligne, siffla-t-il.

— J'ai trouvé votre terrier, non ?

— Un coup de chance. Un simple coup de chance. Vous rigolerez moins quand je viendrai vous chercher. Je vous le ferai tellement regretter que vous me serez reconnaissante de vous trancher la gorge.

— Comptez-vous utiliser le couteau que vous avez acheté chez *Points & Blades* ? Vous l'avez payée sacrément cher, votre lame. J'ai hâte de la voir.

— Vous la verrez. Dans vingt-quatre heures, je serai là.

— C'est curieux, vous me semblez un peu vexé. Si nous…

Il coupa la communication et Eve lâcha un juron.

— En cours, lança Connors avant qu'elle puisse lui poser la question. Je ne peux pas le localiser. Pas d'ici. Tout ce que je peux te dire, c'est qu'il est dans Davis Avenue, entre Corral Sreet et Kensington.

Ricchio intervint.

— J'alerte le dispatching. Nous avons émis un avis de recherche.

— Il ne viendra pas, décréta Eve. On entre. Il est en fuite, mais peut-être découvrirons-nous un indice qui nous mettra sur sa piste.

Ravalant son envie de flanquer des coups de poing dans ce qui était à portée de main, elle descendit de la fourgonnette. Elle avait observé les inspections, suivi les flics en civil. Rien n'aurait dû éveiller les soupçons de McQueen.

— Comment nous a-t-il repérés ? demanda-t-elle à Connors quand il la rejoignit.

— L'instinct, peut-être.

— N'exagérons rien. Il savait que nous étions là. Que j'étais là. Il est fou de rage.

Elle laissa à Ricchio le soin d'ouvrir la voie avec le droïde. Lorsqu'ils pénétrèrent dans l'appartement de McQueen, elle avait recouvré son calme.

— Nous pensons que c'est l'un de mes hommes, déclara Ricchio. Il n'a rien à se reprocher, mais quelqu'un l'aurait reconnu, un étudiant. Mon inspecteur est intervenu dans un de ses cours récemment et a discuté avec lui après la séance. Le jeune est sorti de l'immeuble et l'a aperçu. Mon gars s'en est débarrassé, mais a effectué une recherche sur lui. Il travaille comme livreur dans une épicerie fine à deux cents mètres d'ici – juste en dehors de notre périmètre.

— Quelle guigne !

— Il est là-bas en ce moment même pour interroger le garçon. On peut supposer que McQueen faisait ses courses et l'a entendu évoquer la présence de flics dans le quartier.

— Seigneur.

— Personne ne pouvait prévoir…

— Non, en effet. La balance a penché en faveur de McQueen, point à la ligne.

Cependant, elle se raidit quand Nikos se précipita vers elle.

— Si vous vous apprêtez à me harceler, épargnez votre salive.

— Pas cette fois. Tout marchait à la perfection. Mais j'aimerais savoir pourquoi vous n'avez pas mené McQueen en bateau. Pourquoi vous lui avez confirmé notre présence.

— Parce qu'il était au courant. J'ai donc décidé de le titiller un peu. Il a perdu ses repères. Le Dr Mira dit qu'il régresse. Plus on le provoque, plus il dérapera.

— Le Dr Mira dit aussi qu'il va probablement devenir de plus en plus violent et de moins en moins maître de ses actes.

— Exact. Bloquez les comptes. Le moment est venu.

— Mission accomplie. Il y a cinq minutes, précisa Nikos.

— Parfait. Il n'a nulle part où aller, et dans le cas contraire, aucun moyen de s'y rendre à moins ou jusqu'à ce qu'il pique un véhicule. Il sait qu'il ne pourra pas rouler indéfiniment à bord d'une voiture volée. Il faut barrer les routes, surveiller les transports publics et privés. Il ne dispose que des espèces qu'il a sur lui, de la pièce d'identité correspondant au personnage du jour. S'il utilise sa carte bancaire, on le coincera et il le sait.

Elle se retourna, fit un geste du bras.

— Voyez ce lieu. Cela lui a demandé beaucoup de temps et d'efforts pour se le procurer et l'aménager, depuis la prison, qui plus est. À présent, il n'y a plus accès, et il ne peut plus retirer d'argent.

— Il va tenter de quitter Dallas.

— Possible, mais nous ne lui faciliterons pas la tâche.

Eve alla se planter devant la porte verrouillée, jeta un coup d'œil à Connors. Il la lui déverrouilla et elle pénétra dans la pièce.

Il avait recouvert les murs de photos de ses victimes. Toutes ces filles, tous ces regards.

— Ce sont les clichés issus des dossiers de l'enquête, commenta Eve. Il s'est débrouillé pour les récupérer. Il me voulait là, prisonnière avec elles.

Elle examina les chaînes, se rappela combien elles avaient pesé sur ses chevilles et ses poignets dans son cauchemar.

Pivotant sur ses talons, elle sortit.

— Voyons ce qu'il a laissé d'intéressant.

La belle vie, nota-t-elle tandis qu'ils fouillaient l'appartement de fond en comble. Draps de lin irlandais, serviettes en coton turc, champagne français, caviar russe. Drogues, neuroleptiques, seringues soigneusement rangées dans un coffret sculpté.

— Fleurs coupées un peu partout, dit-elle à Mira. De quoi se nourrir pendant des mois. Beaucoup de denrées fraîches qui pourraient se gâter.

— Il éprouve le besoin d'acquérir, de collectionner, de posséder. Il a probablement du mal à décider de ce dont il a envie.

388

— Raison pour laquelle il accumule. Trop de tout. Autrefois, il se contentait de moins – du beau, mais en moins grand nombre. Je parie que nous allons relever ses empreintes partout et qu'elles se chevauchent. Il aura touché, palpé ces objets, encore et encore. De la terrasse, il se sera senti le roi du monde. Où va-t-il se réfugier ?

— Il envisageait de s'installer à Londres, annonça Connors. Nous sommes en train de décrypter ses communications et avons découvert qu'il recherchait un logement à là-bas.

— Il ne peut plus y aller.

— Il connaît New York.

Eve se tourna vers Mira.

— Il s'attend à ce que j'y retourne. Il va devoir s'y cacher un moment, le temps de renflouer ses fonds. Il se remettra en chasse bientôt. Mais où séquestrer sa proie ? Dans une chambre de motel qu'il peut payer en liquide ? Il aura besoin d'elle pour se défouler. Ou alors, suggéra Eve en arpentant la pièce, il s'introduira par effraction dans une résidence privée. Il prendra ce dont il a besoin, s'accordera un moment de répit.

— Il est en colère, prévint Mira. Il va agir de manière impulsive. Et violente.

— Les médias pourraient nous être utiles. Qu'ils diffusent son visage, son nom, des éléments concernant la chasse à l'homme. S'il tombe dessus, il n'en sera que plus déboussolé. Il est seul, désormais, il ne peut compter que sur lui-même. Ça ne lui est pas arrivé depuis longtemps.

Eve donna l'ordre à deux uniformes de raccompagner Mira à l'hôtel, regarda les membres de la DDE sortir avec les appareils électroniques.

— Tu pourrais leur filer un coup de main, suggéra-t-elle à Connors. Je sais que tu n'aimes pas travailler chez Ricchio, mais c'est là que va le matériel.

— Dans ce cas, nous y allons aussi.

— Je reste ici, je continue à chercher. Je suis entourée d'une douzaine de collègues, lui rappela-t-elle comme il se rembrunissait. Je demanderai à deux gars bien baraqués de m'accompagner. Ça te va ?

— Promets-moi de ne pas te déplacer seule.

— Ne t'inquiète pas, je ne lui donnerai pas la moindre chance de me coincer seule.

— Je t'appellerai toutes les heures, l'avertit Connors.

— Si ça t'amuse, mais dès que j'en aurai terminé ici, j'irai à l'hôtel pour réfléchir.

— Contacte-moi quand tu quitteras les lieux. Si je le peux, je t'y rejoindrai. Nous réfléchirons ensemble.

— Marché conclu.

23

« Réduit au rang de voleur de bas étage », pensa McQueen. Eve Dallas le paierait cher. Cela dit, il n'était pas mécontent de constater qu'il n'avait rien perdu de son habileté. En trois arrêts relativement courts, il avait obtenu tout ce dont il avait besoin.

Certes, se débarrasser d'un véhicule pour en voler un autre était fastidieux. Un peu excitant aussi. Nostalgique.

La dernière fois qu'il avait piqué une voiture, il s'asseyait encore sur les genoux de sa mère. Cerise sur le gâteau, dans la deuxième voiture, il avait trouvé un porte-documents. Excellent. Les accessoires ajoutaient toujours à l'illusion.

Le moment était venu d'aller droit au but. D'en finir avec tout ça, avec *elle*, et de fuir Dallas. Cette ville lui portait la poisse. Retour à New York. Histoire d'en rajouter une couche.

Quoique... New York aussi lui avait porté la poisse.

Philadelphie ? Baltimore ? Et pourquoi pas Boston ? Non, l'hiver approchait. Il opterait pour le Sud. Atlanta... Non, Miami. Toutes ces vilaines filles sur les plages. Des proies faciles. De vraies vacances... Il s'y voyait déjà, déambulant au bord de l'eau en costume de lin blanc.

À bord du roadster « emprunté », le moral en hausse à la perspective d'une vie au soleil, il se gara devant l'hôtel. Le portier se précipita pour l'accueillir.

— Bonsoir, monsieur. Vous avez réservé une chambre ?

— J'ai rendez-vous avec un ami au bar.

— Passez une bonne soirée, monsieur.

— J'y compte bien.

Il ne lésina pas sur le pourboire. Il prévoyait de repartir les poches pleines, il pouvait donc se permettre d'être généreux.

Il entra, balaya le hall du regard comme n'importe quel nouvel arrivant, constata que l'agencement correspondait à celui du site Internet. Au passage, il jaugea la sécurité – caméras et membres du personnel.

Sa mallette à la main, il pénétra dans le bar, choisit une table face aux ascenseurs.

Il avait un peu de temps devant lui, songea-t-il. Ils ne reviendraient pas de sitôt – les flics avaient du boulot ! Fouiller l'appartement. Mettre en place les barrages routiers, lancer la chasse à l'homme.

Ils auraient beau multiplier les communiqués de presse, il avait pris ses précautions. Quelques coups de ciseaux dans les toilettes d'un grand magasin, une teinture expresse, une barbichette confectionnée à l'aide de ses cheveux coupés et d'un tube de colle chapardé, le tour était joué.

« Pas mal », se dit-il en flirtant avec la serveuse venue prendre sa commande – une eau pétillante avec une rondelle de citron vert. Toutes les femmes le trouvaient irrésistible. Et que voyait celle-ci ? Un homme aux courts cheveux châtains, avec une barbichette. La serviette en cuir, le costume bien coupé.

Pas un individu traqué par la police, non. Jamais de la vie.

Il ouvrit et ferma le poing sous la table. Il avait soif de sang. Envie du corps à peine éclos d'une vilaine, vilaine fille. De voir crever une certaine salope de flic. Mais il devait se retenir, procéder dans l'ordre.

La chance lui souriait de nouveau, se rassura-t-il. Il gratifia la serveuse d'un clin d'œil lorsqu'elle lui apporta sa boisson, une coupelle d'olives et un bol de cacahuètes.

« Des olives », se dit-il, perdant le fil un instant.

Le manutentionnaire, le livreur, les flics. Tous ces bocaux.

Il but. Eau pétillante maintenant, champagne plus tard. Tout se déroulerait comme prévu. Il ne lui restait plus qu'à guetter sa cible.

Il scruta le bar, le hall, réfléchissant, rejetant. Au bout de vingt minutes, il la repéra. Jolie, menue, robe noire très courte. Bijoux de pacotille, un peu trop maquillée, coiffure manquant de style.

En revanche, il apprécia les talons aiguilles rose bonbon.

« À peine vingt ans », estima-t-il tandis qu'elle entrait dans le bar. Une provinciale. Lorsqu'elle s'assit, à une table voisine, il vit là un signe.

Elle commanda une coupe de champagne. « La fête », conclut-il. Elle regardait autour d'elle. Il s'arrangea pour qu'elle ait la tête tournée de son côté quand il consulta sa montre, fronça les sourcils. Puis il leva les yeux, lui sourit.

Elle s'empourpra.

— Je crois bien qu'on m'a posé un lapin.

Il haussa les épaules, sourit de nouveau.

— J'espère que vous ne m'en voudrez pas de vous le dire, mais vos escarpins sont superbes.

— Ah !

Elle se mordilla la lèvre inférieure, jeta un coup d'œil à droite, à gauche. Clients alignés le long du comptoir, hôtel cinq étoiles. Où était le mal ?

— Merci. Je les ai achetés aujourd'hui.

— Excellent choix. Vous êtes de passage à Dallas ? s'enquit-il après avoir fait mine de vérifier l'heure, une fois de plus.

— Mmm…

— Désolé. Je ne voulais pas me montrer indiscret.

— Vous n'êtes pas indiscret. Je suis venue voir des amis. Nous avons prévu de dîner ensemble, mais ils ont retardé le rendez-vous. Du coup, comme j'étais prête…

— Et chaussée de ces splendides chaussures neuves.

Elle rit. « Trop facile », songea-t-il.

— J'ai décidé de descendre boire un verre plutôt que d'attendre dans ma chambre.

— Je vous comprends.

Tandis que la serveuse posait un verre devant elle, il commanda une autre eau pétillante.

— J'étais censé rencontrer un client, mais comme je viens de vous l'expliquer… D'où êtes-vous donc ?

— Euh… Nulle part, dans l'Oklahoma.

— Vous plaisantez ?

— Pas tant que ça. Une petite ville – Brady – au sud de Tulsa.

— Non ! s'exclama-t-il. C'est là que j'ai grandi, du moins jusqu'à mes seize ans, avant d'emménager ici. Ça m'a brisé le cœur. J'ai dû quitter ma petite amie dont j'étais fou amoureux. Je n'en reviens pas. Brady, Oklahoma. Décidément, le monde est petit. Permettez-moi de vous offrir un verre.

— Euh…

— Allez, entre Okies[1], il faut se serrer les coudes.

« Attention », se réprimanda-t-il. Il pivota pour lui faire face.

— Matt Beaufont, se présenta-t-il.

— Eloise. Eloise Pruitt.

----

1. Okies : habitants de l'Oklahoma. *(N.d.T.)*

— Enchanté, Eloise. C'est la première fois que vous venez à Dallas ?

Il engagea vraiment la conversation, la fit rire, rougir. Il régla leurs consommations quand la serveuse revint.

— Écoutez, ça vous ennuie que je m'asseye avec vous jusqu'à ce que vous alliez rejoindre vos amis ?

Sans lui laisser le loisir de répondre, il s'empara de son verre, se leva. D'un mouvement preste, il fit glisser sa chaise près de la sienne, l'acculant.

— Je devrais…

— Ne bougez pas, et continuez de me sourire. Vous sentez cela, Eloise ? C'est un couteau. Un geste, un cri, et je serai obligé de vous l'enfoncer dans le ventre.

Elle écarquilla les yeux, sous le choc

— J'abîmerai votre jolie robe et vous aurez du sang plein vos escarpins roses. Ce serait dommage.

— Je vous en prie.

— Je n'ai aucune envie de vous faire du mal. Sincèrement. Je veux que vous gloussiez comme tout à l'heure. Gloussez, Eloise, sinon je vous entaille.

Elle parvint à émettre une sorte de gazouillement haut perché. Il se saisit de la seringue dans sa poche. S'inclina comme pour lui chuchoter à l'oreille.

— Aïe.

— Voyons, ce n'est pas douloureux. Juste un avant-goût, pour vous aider à vous détendre. Associé à l'alcool, l'effet sera radical.

— Je me sens…

— Soûle, oui, je sais. Quel est le numéro de votre chambre, Eloise ?

— Je… 1603. J'ai la tête qui tourne. Ne me faites pas mal.

— N'ayez aucune inquiétude. Je vais juste vous raccompagner jusqu'à votre chambre. Je parie que vous avez envie de vous allonger.

— Oui.

— Glissez le bras autour de ma taille, Eloise. Gloussez.

Il la hissa sur ses pieds et elle chancela.

— Je ne me sens pas bien.

— Je vais arranger ça. Il vous suffit de m'obéir. Faites exactement ce que je vous demande.

Il l'entraîna jusqu'à l'ascenseur. Le dos tourné à la caméra, il lui ordonna de nouer les bras autour de son cou.

— Appuyez sur le bouton du seizième étage, Eloise. Souriez.

— Mes amis...

Elle dut s'y prendre à trois reprises avant de réussir à enfoncer la touche.

— Plus tard.

Personne ne monta avec eux. Tout allait pour le mieux. Dans le couloir, il feignit de la faire valser jusqu'à sa porte en riant.

— La clé, poupée.

— La clé ?

— Je m'en occupe.

Il la plaqua contre le mur, lui prit son sac, en extirpa la carte à puce.

— Que le spectacle commence.

À l'instant où ils furent dans la chambre, il la laissa s'affaisser sur le sol.

— Bravo, Eloise. Et maintenant, nous avons du pain sur la planche.

Carlotta Phelps émergea de l'ascenseur au seizième étage. Elle appartenait à l'équipe de la sécurité de l'hôtel depuis trois ans. Ce n'était pas la première fois qu'elle portait assistance à un client imbibé. Elle quittait son service dans dix minutes. Débloquer une porte de salle de bains et recoder une carte-clé, rien de compliqué.

Elle frappa.

— Mademoiselle Pruitt. Sécurité.

Elle entendit du bruit derrière la porte. Carlotta demeura impassible, mais intérieurement elle ricanait. Pourvu qu'Eloise de l'Oklahoma ait apporté de quoi se dégriser.

La femme qui finit par lui ouvrir paraissait un peu ébouriffée et très soûle, mais elle correspondait à la photo enregistrée à la réception.

— Désolée. Je suis désolée.

— Aucun problème. Vous avez perdu une clé et votre porte de salle de bains est bloquée, c'est bien cela ?

— Je... c'est ce que j'ai dit.

— Puis-je entrer ?

— Je... je vous en prie.

Eloise s'effaça, titubante, et Carlotta franchit le seuil. Tandis que la porte se refermait derrière elle, elle perçut un mouvement du coin de l'œil. Elle n'eut pas le temps de réagir avant que la seringue plonge dans son cou.

— Là ! s'exclama McQueen avec allégresse. Ce n'était pas si compliqué, n'est-ce pas ? Et maintenant, Eloise, sur le lit. À plat ventre.

— S'il vous plaît...

— Ce que tu peux être polie ! Dépêche-toi, sinon je te fends la joue jusqu'à l'os.

Elle s'exécuta.

— Le ruban adhésif, marmonna-t-il en le déroulant pour lui attacher les mains dans le dos. Rudimentaire, facile à trouver et polyvalent.

Il lui ligota les chevilles tandis qu'elle sanglotait.

— Je pourrais t'étouffer. C'est plus propre, mais en toute franchise, Eloise, ça ne m'intéresse pas.

Lassé de l'entendre le supplier, il la bâillonna.

— Ouf ! Enfin un peu de silence.

Satisfait, il reporta son attention sur la femme qui gisait à terre. Il la retourna, lui prit son passe-partout, ses

communicateurs personnel et professionnel, son oreillette et, comme un peu plus tôt avec Eloise, son argent et
ses bijoux.

Par précaution, alors même qu'elle ne reprendrait pas
conscience avant une bonne heure, il la ligota et la bâillonna aussi. Puis il rangea le rouleau de ruban adhésif
dans la mallette. Il aurait préféré lui trancher le pouce,
vite fait bien fait. Trop salissant. Il le pressa sur une
bande de papier aluminium, l'enroula soigneusement
autour du sien.

Ragaillardi par le succès, il s'approcha du lit.

— Après tout, je vais peut-être t'étouffer. Tu es
moche, tu ne mérites pas de vivre. Je plaisante ! rugit-il
en explosant de rire tandis qu'elle se tortillait dans tous
les sens. Enfin, pas tant que ça. Au revoir, Eloise et... de
rien. Tu vas pouvoir régaler tes copines avec cette aventure pendant des années.

Il enjamba l'agent de la sécurité, réfléchit. S'emparant de son brouilleur, il entrouvrit la porte. La prudence était de rigueur, au cas où un gardien aurait la
mauvaise idée de jeter un coup d'œil au moniteur au
bon moment. Il programma le blocage de trois secondes
et se rua vers l'escalier.

L'ascension serait longue, mais le jeu en valait la
chandelle.

Il se mit à transpirer. Tant mieux, c'était le résultat
d'un exercice sain.

Au cinquante-huitième étage, il fit une pause. Il allait
avoir besoin de nouveau du brouilleur. Le passe-
partout et l'empreinte suffiraient pour entrer dans la
suite, mais leur utilisation déclencherait un enregistrement et une alerte.

Toute anomalie d'une durée de plus de dix secondes
déclencherait une deuxième alerte, ce qui donnerait
lieu à une vérification de routine. Il avait intérêt à être
rapide.

Il actionna le brouilleur et bondit hors de la cage d'escalier. Il inséra la carte-clé, pressa son pouce enveloppé de papier aluminium sur l'écran. Rien.

Quelle mouche les avait piqués d'envoyer une femme ? Petites mains, petites empreintes. Dégoulinant de sueur, jurant, il recommença l'opération avec davantage de délicatesse.

La lumière passa au vert.

Il se rua à l'intérieur, éteignit le brouilleur en refermant la porte.

Alors qu'il s'accordait un instant pour reprendre son souffle, il se rendit compte qu'il avait les larmes aux yeux. Des larmes ! De joie, bien sûr. Il les ravala et balaya la suite du regard.

Elle en avait parcouru, du chemin, rien qu'en écartant les cuisses. Tapis magnifiques sur le sol en marbre, chandeliers en argent, fauteuils et canapés recouverts d'étoffes aux couleurs chaudes.

Il erra ici ou là, en proie à une jalousie sans nom, s'attarda sur le bar chromé, la longue table en ébène, la petite cuisine (une merveille comparée à celle qu'il avait conçue pour lui).

Voilà ce dont il avait envie. Ce qu'il méritait. Le cœur battant, il gravit l'escalier à la courbe élégante qui menait au deuxième niveau. Il explora la chambre principale et un flot de bile lui monta à la gorge.

Elle avait vécu dans toute cette opulence pendant qu'il croupissait en taule. Elle lui avait tout pris. Aujourd'hui encore, elle le privait du plaisir de la torturer, de prendre le temps de la regarder souffrir, de l'humilier.

Il la punirait en découpant son mari sous ses yeux.

Il s'approcha du dressing, dévoré par l'envie. Costumes, chemises, chaussures… Ce type avait bon goût – sauf en ce qui concernait le choix de son épouse.

Comme il allait se salir, il aurait besoin d'une tenue de rechange. Costume près du corps, veste déboutonnée, chemise par-dessus le pantalon. Ou alors, quelque chose de plus décontracté – toujours bien ajusté, mais…

Il perdit la notion du temps, plongé dans l'indécision, puis fit volte-face en percevant un sifflement derrière lui.

Il contempla le chat qui le fixait de ses yeux bicolores.

— Coucou, minou.

Avec un sourire, il dégaina son couteau.

L'idée de débiter son animal de compagnie en morceaux le réjouissait d'avance. Quand le félin bondit vers l'escalier menant au troisième niveau, il s'élança à sa suite.

— Ici ! Minou ! Minou !

Hilare, il pénétra dans le bureau d'Eve.

Et oublia le chat.

Le tableau de meurtre le ramena sur terre et il ressentit un sursaut de fierté.

Ses filles, toutes ses vilaines filles. Et lui… partout ! Il était devenu le centre du monde d'Eve Dallas. Exquis. Elle passait des heures et des heures à penser à lui, à tenter de se montrer plus futée que lui.

Mais qui était là, à cet instant précis, à l'attendre ? Qui avait été plus malin ? Elle avait eu ce qu'elle voulait pendant douze ans. Désormais, la situation était inversée.

— J'avais tort, murmura-t-il, les yeux brillants. Cela m'arrive pourtant rarement. Te tuer me suffira. Pas besoin de m'en prendre à ton mari. Je le ferai ici, devant toutes ces vilaines filles. C'est le lieu idéal.

— Je rentre, annonça Eve à Connors via son communicateur. J'en ai terminé ici. Je veux faire le tri, consulter Mira.

— Je te rejoins au plus vite. Nous avons progressé sur l'électronique, mais c'est lent. Je serai sans doute plus efficace en travaillant seul de mon côté. Comment retournes-tu à l'hôtel ?

— Je m'apprête à monter dans un véhicule officiel en compagnie de deux flics baraqués. Nous avons découvert la voiture que McQueen avait volée et abandonnée du côté de Fort Worth. Il a dû en piquer une autre. Nous recensons les plaintes récentes. À moins qu'il n'ait pris un conducteur en otage et filé encore plus à l'ouest. Toutes les routes jusqu'au moindre sentier sont sous surveillance.

Elle hocha la tête en direction des uniformes, s'installa sur la banquette arrière.

— Les médias sont sur le coup. Les témoignages affluent déjà. Ils seront tous pris en compte. Le hic, c'est que ce genre de démarche nous ramène le plus souvent les cinglés et les trouillards.

— Si tu demandais qu'on te dépose au commissariat ? Nous pourrions regagner l'hôtel ensemble.

— Connors, je serai dans notre suite d'ici dix minutes, en train de boire un café digne de ce nom et de rassembler mes notes. Sais-tu ce que nous avons trouvé dans sa commode ? Un album photos. Des photos de sa mère, des partenaires que nous connaissons et d'autres, inconnues. Numérotées, comme les filles. Mira va se frotter les mains.

— Il avait commencé à se renseigner sur les centres commerciaux, les cinémas, les galeries de jeux et les clubs de jeunes au centre de Londres.

— Ce n'est pas demain la veille qu'il va pouvoir s'offrir un poisson pané avec frites. Je dois revoir ma chronologie, mais je ne pense pas qu'il ait eu le temps de s'envoler pour l'étranger. Il est furieux et paniqué... On arrive devant l'hôtel. À plus tard !

— Je pars tout de suite. Tu devrais demander aux flics de monter avec toi.

— Je *suis* flic, lui rappela-t-elle. Merci, messieurs, lança-t-elle en descendant. À présent, je franchis le seuil de l'établissement. À tout à l'heure !

Ils étaient sur les nerfs. McQueen, les opérations avortées, ses soucis personnels – ils en pâtissaient tous les deux. Il était temps de souffler et de rentrer à New York. Non pas que là-bas elle ne risquerait pas sa peau, mais au moins c'était *normal*.

Alors qu'ici, rien ne l'était.

Elle passa en revue le hall, le bar et les boutiques, sur le qui-vive. McQueen ignorait où Connors et elle étaient descendus, mais il n'était pas idiot.

Se dirigeant vers les ascenseurs, elle salua le gardien en poste d'un hochement de tête.

— Bonsoir, lieutenant. Vous pouvez monter.

— Merci.

Elle s'engouffra dans la cabine, s'adossa contre le mur du fond. Un café, quelques minutes de pause, histoire de se détendre. Elle sortit au niveau des chambres. Elle rêvait d'une longue douche chaude, mais se contenta d'enlever sa veste et son harnais, pour enfiler un chemisier propre.

Déjà plus à l'aise, elle se servit un café, en but une première gorgée devant l'autochef, puis décida de partir à la recherche du chat. Un bon café, Galahad, son tableau de meurtre – c'était presque comme à la maison.

Le félin n'étant pas vautré sur le lit, Eve se dit qu'il dormait dans le fauteuil dans son bureau et se comporterait sans doute comme s'il était affamé et furieux d'avoir été abandonné toute la journée.

Elle entra dans ledit bureau, constata avec surprise qu'il n'était pas là. Il devait bouder dans son coin. Haussant les épaules, elle se dirigeait vers son tableau de meurtre quand Galahad sortit la tête de sous une chaise. Elle aurait souri et l'aurait ramassé pour le caresser, mais il découvrit les dents en sifflant.

Pour la deuxième fois depuis leur rencontre, Galahad lui sauva la vie.

Elle fit volte-face, le bras tendu. La lame creusa un mince sillon dans sa chair, mais rata son dos. Elle enchaîna avec un coup de poing, et tandis que McQueen esquivait, voulut dégainer.

Et se rappela qu'elle avait laissé son harnais et sa veste sur le lit.

Il se rua sur elle en brandissant son couteau. Elle fit un bond en arrière, réussit à atteindre son bras d'un coup de pied, mais il ne fut pas assez fort pour déloger la lame.

Elle avait une arme de secours à la cheville, mais comment s'en emparer ?

« Il régresse, se rappela-t-elle. Pousse-le à bout. »

— Vous perdez la main, Isaac, railla-t-elle en adoptant une posture de combat. Vous ne sortirez pas d'ici.

— J'y suis entré, non ? Cette fois, la chance est de mon côté. Dommage que Connors ne soit pas avec vous. Mais j'attendrai. Peut-être que je renoncerai à vous tuer – pour le moment. Vous me regarderez le découper, morceau par morceau.

— Il vous massacrera. Vous n'avez pas idée.

Elle para un nouveau coup de lame, tournoya sur elle-même, lui enfonça le talon de sa bottine dans le ventre. La lame lui entailla la hanche dans la foulée.

— Je vais vous trouer la peau.

Elle poussa un fauteuil vers lui et, en un éclair, se retrouva dans la pièce où elle s'était battue contre lui autrefois. Mais elle n'était plus une débutante. Elle était plus maligne, plus forte.

— C'est vous qui avez des trous là où vous aviez de la maîtrise et un cerveau. Vous auriez dû partir au loin dépenser allègrement l'argent que vous aviez mis de côté. À présent, c'est nous qui l'avons. Vous retournerez en taule, et cette fois vous n'aurez plus accès à aucun compte. Vous n'êtes qu'un *imbécile* !

Rouge de fureur, il chargea. Elle bondit par-dessus le divan, et le couteau en fendit le dossier. Emportée par son élan, elle se pencha pour attraper son pistolet de secours, tenta de reprendre son équilibre en se redressant.

Les deux armes tombèrent bruyamment quand McQueen la heurta de toutes ses forces. Il pesait sur elle de tout son poids, son bras était tordu sous elle. Elle perçut un craquement, un hurlement de douleur.

Et se revit dans une autre chambre, baignée d'une lumière rouge.

Connors profitait d'un embouteillage pour revoir la logistique. Ils avaient forcé la plupart des filtres de McQueen – les systèmes qu'il avait installés dans son deuxième appartement étaient de moins bonne qualité.

« Il se sentait en sécurité, songea Connors. Intouchable. »

Grossière erreur.

Rien de ce qu'ils avaient récupéré jusque-là ne se révélait utile pour les mettre sur sa piste. Toutefois, les dossiers conséquents que McQueen avait amassés sur Eve n'avaient fait qu'accroître l'inquiétude de Connors. Une telle obsession ne s'estomperait jamais. C'était précisément à cause d'elle que McQueen avait modifié son mode opératoire, repoussé les limites du bon sens, plongé dans une folle spirale d'intrigues et de plans.

Il n'abandonnerait pas la partie. Il en était incapable.

Tous ces messages, si personnels, si futiles. « Réactions d'un amant éconduit », songea Connors. Agacé par la paralysie du trafic, il entreprit de se faufiler entre les voitures.

La dernière communication était la plus étrange de toutes, pensa-t-il en bifurquant dans la rue de l'hôtel. McQueen avait contacté Eve alors qu'il était cerné par les flics et n'aurait dû avoir qu'une idée en tête : fuir. L'idiot. Survivre était toujours la priorité, il l'ignorait donc ? Quand on veut provoquer l'adversaire (encore que Connors n'en ait jamais vu l'intérêt), on le fait à distance.

Initier une transmission en sachant pertinemment qu'on remonterait à la source ? C'était...

Connors eut l'impression de recevoir un coup de marteau sur la tête.

Remonter à la source...

Il freina, bondit de son véhicule, sortit son communicateur. Tout en courant, il essaya d'abord de joindre Eve, tomba sur sa boîte vocale.

— Monsieur ! appela le portier tandis qu'il franchissait l'entrée au pas de course. Votre voiture...

— Appelez la police ! ordonna Connors en atteignant le poste de la sécurité devant les ascenseurs. Lieutenant Ricchio. Vite ! Et envoyez une équipe de vigiles armés dans ma suite. Immédiatement, nom de nom !

Il se rua dans l'ascenseur, dégaina l'arme de l'étui calé au creux de ses reins.

Il aurait pu prier, mais un seul mot tournait en boucle dans sa tête.

Eve.

Elle hurla. La douleur était intense. Insupportable. Il la frappait encore et encore, tout en pressant contre elle ce sexe dur qui allait bientôt s'enfoncer en elle, la déchirer, lui faire mal. Encore.

Et cette fois, il allait la tuer. Elle le lisait sur son visage.

Le visage de son père.

— C'est ça, crie. Personne ne t'entendra. Tu vas crier quand je te baiserai. Oui, oui, enchaîna-t-il en lui arrachant ses vêtements. Je vais te baiser, et ensuite je te tuerai. Qui a de la chance, à présent, salope ? Qui ?

— Arrêtez, je vous en supplie ! J'ai mal.

— Supplie-moi ! haleta-t-il, émoustillé. Pleure comme une petite fille. Une vilaine fille.

— Je serai sage ! Je vous en prie, non...

Quand il la frappa de nouveau, elle vit double. Folle de terreur et de douleur, elle tenta de lui griffer le visage. Il brailla, se redressa vivement.

Dans son esprit, elle le sentit s'enfoncer en elle. Dans la réalité, il referma les mains autour de son cou, lui coupant le souffle.

Elle agita sa main libre – impuissante, désespérée – et la referma sur le couteau.

Elle l'abattit sur son agresseur. Le sang gicla, tiède et gluant. Toussant, étouffant, s'étranglant, elle recommença.

Et soudain, elle fut libre, agenouillée près de lui, son bras cassé pendant le long de son flanc, le manche du couteau serré entre ses doigts. Le couteau brandi au-dessus de lui.

— Eve !

Le cœur de Connors s'arrêta. Plus tard, il se dirait que son cœur avait cessé de battre dans un mélange de soulagement – elle était vivante – et d'horreur.

— Eve !

Elle tourna la tête vers lui, le visage en sang, couvert d'hématomes, le regard sauvage. Une fois de plus, le chat, loyal jusqu'à la fin, cognait la tête contre sa hanche. Quand Connors fit un pas en avant, elle montra les dents en émettant un grognement féroce.

— Je sais qui tu es. Dallas, lieutenant Eve.

Pourvu qu'il ne soit pas obligé de la paralyser pour la sauver !

— Regarde-moi. Il ne peut plus rien contre toi, Eve. Lieutenant Eve. Mon Eve. C'est moi, Connors.

— Il est revenu.

— Pas cette fois.

— Il m'a fait mal.

— Je sais. Plus jamais, Eve. Je suis réel. Nous sommes réels...

Si elle abaissait ce couteau, elle ne s'en remettrait pas.

— Cet homme est Isaac McQueen. Ce n'est pas ton père. Tu n'es pas une enfant. Tu es le lieutenant Eve Dallas de la police de New York. Il est temps de t'occuper de ton prisonnier. De faire ton boulot.

— Le boulot, hoqueta-t-elle. J'ai mal.

— Je te soignerai.

Lentement, sans la quitter des yeux, il s'agenouilla de l'autre côté de McQueen qui avait sombré dans l'inconscience.

— Je t'aime, Eve. Fais-moi confiance. Donne-moi ce couteau.

Doucement, il posa la main sur la sienne.

— Connors.

— Donne-moi ce couteau, Eve.

— Prends-le. Je t'en supplie, prends-le. Je n'arrive pas à le lâcher.

Il l'arracha à ses doigts tremblants et le jeta de côté.

Comme il s'approchait d'elle, la soulevait dans ses bras, l'équipe de la sécurité de l'hôtel fit irruption dans la suite. Il se mit à aboyer des ordres, se rendit compte qu'il faisait fausse route – ce n'était pas ce dont Eve avait besoin.

— Dr Charlotte Mira, chambre 5508. L'un d'entre vous doit aller la chercher, lui dire que le lieutenant Dallas a besoin d'elle. Qu'elle monte avec sa trousse médicale. Tout de suite. Les autres, descendez, attendez la police.

Il porta Eve jusqu'au divan. Aussitôt, Galahad se nicha sur ses cuisses.

— Non, protesta Eve quand Connors voulut le repousser. Il m'a sauvée. Toi aussi, tu m'as sauvée.

— Tu t'es sauvée toi-même, mais nous avons joué notre rôle. Montre-moi ton bras.

— Il est cassé ?

— Non, ma chérie. Il est déboîté. Je sais que ça fait mal.

— Pas cassé, répéta-t-elle en laissant échapper un soupir tremblant. Pas cette fois.

De sa main valide, elle lui prit la sienne.

— Je voulais le tuer. J'en ai été incapable. Je tiens à ce que tu le saches...

— Ça n'a aucune importance, murmura-t-il en caressant sa joue blessée. Mira ne va pas tarder.

— Si, ça a de l'importance, répliqua-t-elle. J'en ai été incapable. Quelque chose en moi... C'est comme si j'étais entrée en moi-même. L'enfant criait, mais l'adulte était présente aussi. Moi. J'étais comme figée entre les deux. Comment l'expliquer ? Je ne pouvais pas l'achever, mais je ne pouvais pas non plus lâcher le couteau. Jusqu'à ce que tu interviennes, que tu me touches. Je n'avais pas la force de clore définitivement ce chapitre tant que tu n'étais pas là.

— Et maintenant ?

— Je n'ai pas le choix.

— Laisse-moi récupérer tes menottes.

Pendant qu'elle soutenait son bras douloureux, il les ôta de sa ceinture, se leva, fit rouler McQueen sur le ventre, s'accroupit, le menotta. Il le remettait sur le dos quand Mira apparut.

— Mon Dieu ! s'écria-t-elle.

— Elle tient le coup, déclara-t-il en se redressant pour empêcher Mira de se précipiter vers Eve. Administrez à ce salopard de quoi le réveiller.

— Eve a besoin de...

— De citer ses droits à son prisonnier, coupa-t-il. Et qu'il soit conscient lorsqu'elle le fera.

Mira adressa un long regard à Eve, puis opina. Connors pivota vers la porte tandis que flics, agents de la sécurité et agents fédéraux envahissaient la suite.

— C'est à elle de le faire, déclara-t-il. C'est le boulot du lieutenant Dallas.

Il lui tendit la main, mais elle secoua la tête. Tandis que Mira s'occupait de ramener McQueen à lui, elle se leva péniblement.

— Vous m'entendez ? demanda-t-elle.

— Vous saignez, grogna-t-il alors que Mira appliquait une compresse sur la plaie qui lui barrait le flanc.

— Vous aussi. Isaac McQueen, vous êtes en état d'arrestation pour le meurtre de Nathan Ribgy, celui d'une personne non identifiée connue sous le nom de Sylvia Prentiss, l'enlèvement et la séquestration de Melinda Jones. Pour l'enlèvement, le viol et la séquestration de Darlie Morgansten. Pour agression et homicide d'un officier de police. Pour tentative de meurtre d'un officier de police. Et d'autres charges qui restent à définir.

— Je vous retrouverai, menaça-t-il d'une voix vibrante de rage. Je m'évaderai et je vous retrouverai.

— Ma foi, je meurs de peur, railla-t-elle. Isaac McQueen, vous avez le droit de garder le silence...

L'envie de vomir qui la taraudait refluait à mesure qu'elle lui lisait ses droits.

— Inspecteur Jones, voulez-vous prendre en charge le prisonnier ?

— Oui, lieutenant.

— Que diable s'est-il passé ici ? s'écria Nikos.

— J'ai fait mon boulot.

— Comment est-ce que...

— Le lieutenant Dallas a besoin de soins médicaux, intervint Mira. Vous lui poserez toutes les questions que vous voudrez, mais plus tard. Connors, aidez-moi à la monter à l'étage. Nous utiliserons l'ascenseur.

Les flics s'écartèrent sur leur passage.

— Il faut que je prévienne Darlie. Je lui ai promis qu'elle serait la première avertie. Il faut sécuriser la scène, bredouilla Eve tandis que les portes se refermaient sur eux. Merde, je crois que je vais tomber dans les pommes.

— Aucun problème. Personne ne te voit.

Comme elle sombrait, il la souleva dans ses bras, pressa le visage contre son cou.

Lorsqu'elle reprit connaissance, elle était sur le lit, le bras dans une attelle. Mira pansait sa blessure à la hanche.

— Je n'ai pas mal.

— Pour le moment.

— Mais je me sens... Merde. Vous m'avez fait avaler un truc. Je me sens bizarre.

— Ça passera.

— C'est grave ?

— Relativement. Il vous a poignardée, battue, étouffée et il a failli vous arracher le bras. Mais vous guérirez.

— Ne soyez pas fâchée, murmura Eve avec un sourire. Il allait me violer. L'espace d'un instant, j'ai cru qu'il me violait. Mais il n'en a pas eu l'occasion.

— Non, répondit Mira en lui caressant la joue. Vous l'en avez empêché.

— Vous avez du sang sur votre tailleur. Vous qui êtes toujours si élégante, vous... Bref. Désolée.

— Ne vous inquiétez pas pour moi. J'ai presque fini.

— D'accord. Je suis nue ?

— Pas tout à fait.

— Tant mieux parce que ce serait gênant. Connors ? Où est Connors ?

— Je l'ai convaincu que je pouvais m'occuper de vous pendant qu'il répondait aux policiers. Il se charge de contacter Darlie. Vous pourrez lui parler un peu plus tard si vous le souhaitez.

— Il m'aime. Connors. Il m'aime.

— Vous n'imaginez pas à quel point.

— Personne avant lui ne m'avait aimée. Avant Mavis – mais elle est têtue comme une mule, elle s'est incrustée... Et Feeney. Mais lui serait mal à l'aise s'il devait l'avouer, alors... Motus. Connors, c'est différent, il n'a pas peur de ses sentiments. Il déborde d'amour.

— Oui. Vous devriez vous reposer, à présent, Eve.

— Je veux rédiger mon rapport. Mon visage est couvert de bleus, non ? Je déteste ça. Ce n'est pas que je sois jolie ou quoi, mais...

— Tu es la plus belle femme du monde, lança Connors depuis le seuil de la pièce.

À moitié dans les vapes, Eve lui adressa un vague sourire.

— Vous voyez, Mira ? Je vous l'avais bien dit. Il déborde d'amour... Dès que j'aurai rédigé mon rapport, on rentre tous à la maison, d'accord ?

Il s'approcha, s'assit au bord du lit.

— D'accord.

Épilogue

Mira refusa de l'autoriser à voyager avant vingt-quatre heures et elle pouvait se montrer intransigeante. Eve en profita pour clôturer le dossier.

— McQueen est en route pour une prison haute sécurité hors-planète, annonça-t-elle à Connors. Mais la police de Dallas et les fédéraux ont ajouté des charges à son encontre. Il assistera à son procès à distance.

— Tu vas devoir témoigner.

— Avec un immense plaisir. Comment vont l'agent de la sécurité et la jeune cliente ?

— Elles se sont remises de leur mésaventure. Nous allons modifier notre système de sécurité.

— Personne ne pouvait prévoir ce qu'il allait faire. Il était devenu fou.

— Mais il a réussi, non ? répliqua-t-il – et cela, il ne l'oublierait jamais. Il t'a piégée.

— Tu sais comme moi qu'avec un minimum d'habileté, beaucoup de détermination et de chance, n'importe qui peut s'introduire n'importe où. D'où l'existence des flics.

Elle se cala dans son fauteuil. Elle détestait l'avion, mais, cette fois au moins, la navette se dirigeait dans la bonne direction.

— À propos de flics, comment va le mien ?

— Plutôt bien. Sauf le bras.

— Tu as bien dormi cette nuit.

— Rien d'étonnant vu la dose de tranquillisants que j'avais ingurgitée. Je sais que je vais devoir réfléchir, surmonter cet épisode abominable, ajouta-t-elle en lui prenant la main. Mais j'en aurai la force parce que, au bout du compte, j'ai fait mon boulot. Et tu m'y as aidée.

— Je me suis toujours demandé, en admettant que ce fût possible, si je serais retourné là-bas tuer ton père pour t'épargner ce traumatisme. Puis je me suis retrouvé dans cette chambre à Dallas, et j'ai vu clairement ce qui s'était passé cette nuit-là, ce qu'il t'avait infligé.

Il porta la main d'Eve à ses lèvres.

— J'aurais pu t'arracher ce couteau des mains pour le planter dans le cœur de McQueen. Le double de ton père. J'en aurais été capable.

— Tu ne l'as pas fait.

— Non. Tu m'aimais.

— Tu m'as entendue parler à Mira ?

— En effet.

Elle posa la tête sur son épaule.

— Pour deux personnes qui ont si mal démarré dans la vie, on se débrouille plutôt bien.

Elle tourna la tête vers le hublot, ignorant le pincement à l'estomac à l'approche de l'atterrissage. Galahad bondit sur ses genoux, s'installa confortablement.

Aux côtés de Connors, le chat ronronnant comme une locomotive, elle regarda New York jaillir entre les nuages.

« De Dallas à New York, songea-t-elle. Sa ville. La boucle est bouclée. »

10271

Composition
FACOMPO

Achevé d'imprimer en Espagne (Barcelone)
par **BLACK PRINT CPI**
le 20 février 2013.

Dépôt légal : février 2013.
EAN 9782290056561
L21EPLN001242N001

ÉDITIONS J'AI LU
87, quai Panhard-et-Levassor, 75013 Paris

Diffusion France et étranger : Flammarion